本书是云南大学"双一流"建设项目
"小语种与外国语言文学学科建设"（项目号：C176210301）的阶段性成果之一

徐志英　于在照　著

西方文化
与东亚现代文学关系研究

A STUDY ON THE RELATIONSHIP BETWEEN WESTERN CULTURE
AND MODERN EAST ASIAN LITERATURE

社会科学文献出版社
SOCIAL SCIENCES ACADEMIC PRESS (CHINA)

序　言

　　本书是我们长期思考、积累的结果，是全球视域下共建"一带一路"国家文化、文学综合研究的一次积极努力，是云南大学外国语言文学学科跨文化、文学研究的一次重要突破，是云南大学"双一流"建设项目"小语种与外国语言文学学科建设"（项目号：C176210301）的阶段性成果之一。

　　目前，国内学术界对西方文化与东亚现代文学关系的研究主要集中在西方文化与中国、朝鲜等国现代文学关系上，其成果主要体现在基督教与中国现代文学关系的研究上。[①] 国外对西方文化与东亚现代文学关系的研究主要涉及西方的一些文学运动对东亚各国文学发展的影响[②]，或是西方宗教、文化对东亚某一国家文学的影响[③]，而关于西方文化与作为一个整体的东亚现代文学研究的专著和论文仍未见诸国内外的学术刊物。

　　有鉴于此，本研究以严谨求实的态度，遵循辩证唯物主义和历史唯物主义的文化观和文学观，科学地运用文化传播学、比较文学、文艺美学、

[①] 许正林：《中国现代文学与基督教文化》，《文学评论》1999 年第 2 期；李平：《中国现代文学中的基督教文化因素》，《山东社会科学》2001 年第 4 期；王本朝：《基督教与中国现代文学的文化和文体资源》，《湖北大学学报》（哲学社会科学版）2001 年第 2 期；李春雨：《论西方传教士对中国文学传播方式现代变革的影响》，《中国比较文学》2004 年第 4 期；王本朝：《基督教为何能够进入中国现代文学》，《社会科学研究》2007 年第 5 期；陈影：《基督教与中国现代文学》，《中国宗教》2018 年第 10 期；尹允镇：《朝鲜文学的近代化和西方文化》，《东疆学刊》2002 年第 1 期。

[②] Joshua S. Mostow, *The Columbia Companion to Modern East Asian Literature* (Columbia University Press, 2003), pp. 4 – 17.

[③] Megumi, Maeri, *Religion, Nation, Art: Christianity and Modern Japanese literature* (The University of Texas Libraries, 2014), pp. 13 – 43.

审美心理学等各种文化、文学理论，正确地使用各种研究方法，将历史、实证的方法与审美、批评的方法有机结合，将文本的研究与理论分析有机结合，力求借鉴、使用当今中西文化与文学关系研究的一些最新成果，依据大量翔实的西方文化在东亚传播、西方文化与东亚现代文学关系的史料，着眼于西方文化、文学与东亚现代文学的文本比对、阐释和研究，在世界历史、文化、社会发展的广阔视域下，全方位审视西方文化历史发展的过程及其规律，探究西方文化与东亚现代文学之关系，探讨西方文学对东亚现代文学全面、深刻的影响。

全球视域下的西方文化与东亚现代文学关系研究是一个富有学术价值和现实意义的重要课题。全面、系统地进行西方文化与东亚现代文学关系研究，将有助于加深对西方文化、文学形成、发展的了解，有助于了解西方文化、文学在世界尤其是在东亚国家的传播，了解西方文学对东亚现代文学深刻、全面的影响，了解西方文化、文学对世界文学发展的重要贡献，进一步推动西方文化、文学与东亚各国文化、文学交流。

本书中的"西方文化"[①] 是指在古希腊、古罗马文化体系基础上发展起来的，包括近代西方哲学思想、人文思想、政治制度、科学技术等在内的文化。

本书中的"东亚"[②] 是指亚洲的东部，与南亚、西亚、中亚相对而言。东亚包括东北亚的中国、日本、朝鲜、韩国、蒙古国和东南亚的泰国、缅甸、印度尼西亚、马来西亚、菲律宾、老挝、越南、柬埔寨、文莱、新加坡和东帝汶。

---

① "西方文化"既是一个历史文化概念，也是一个地理空间概念。作为历史文化概念，它主要指的是从古希腊、古罗马的古典文化，中世纪的宗教文化、文艺复兴、宗教改革和启蒙运动的理性文化，一直到现代的非理性文化。沈之兴、张幼香：《西方文化史》（第三版），中山大学出版社，2010年版，第2页。

② "东亚"分为广义的东亚和狭义的东亚。广义的东亚包括东北亚和东南亚。东北亚包括中国、日本、朝鲜、韩国、蒙古国，东南亚包括泰国、缅甸、菲律宾、文莱、马来西亚、新加坡、越南、老挝、柬埔寨、印度尼西亚和东帝汶。狭义的东亚指东北亚。"东亚"又分为传统的东亚和现代的东亚。在学术界，传统的东亚是指东北亚，现代的东亚是指越来越多的学者认为东亚应该包括东北亚和东南亚。如：杨军、张乃和在其《从史前至20世纪末：东亚史》（长春出版社，2006年版）中认定东亚包括东北亚和东南亚，王晓秋在其《东亚历史比较研究》（北京大学出版社，2012年版）中认定东亚包括东北亚和东南亚。我们在书中所说的东亚包括东北亚和东南亚。

本书主要以中国、日本、韩国、缅甸、泰国、印度尼西亚和菲律宾等国①为研究对象，论述西方文化与东亚现代文学的关系。

本书的"现代文学"是指 19 世纪末到 20 世纪中叶的文学。

本书的核心观点：文化是文学发展的先导，是文学产生的奠基之石，奠定文学接受的认知基础、审美心理，是文学发展的肥沃土壤，文学在文化的土壤里孕育成长，文化是文学发展的内在动力，文化不断为文学发展注入源头活水。

本书的核心命题：探讨西方文化与东亚现代文学的关系。我们从全球视域阐述西方文化的历史演变，论述西方文化在东亚各国的传播和影响，分析西方文化影响下东亚各国的西方文化观以及西方文化认知、认同心理的形成，分析西方文化、文学对东亚各国现代文学的奠基、形成和发展所产生的深刻和全面的影响。

本书的基本思路：首先，论述全球视域下西方文化是如何演进的；其次，分析全球视域下西方文化是如何通过各种渠道在东亚各国传播的；最后，探讨西方文化如何影响东亚各国文化认知心理、文学审美心理形成，如何为东亚各国文学提供发展平台和实践手段，如何影响东亚各国现代文学产生发展、升级转型。

本书分为 10 个部分。

第一部分为导论，主要概括性地论述本书的基本思路和主要内容等。

第二部分为全球视域下西方文化的历史演进，主要论述全球视域下的西方文化的历史演进及其在世界文化中的地位和对人类文化发展的贡献。

第三部分为全球视域下的西方文化与中国现代文学。首先论述全球视域下的西方文化在中国的传播。之后论述西方文化对中国现代文学的影响，具体表现为：西方文化对中国现代作家新文学观念的确立的贡献，西方新型媒体报刊对中国现代文学产生的推动，西方文学作品在中国的译介对中国现代文学的升级转型的助力，西方文学对中国现代文学形式、流派的影响。

---

① 由于我们在《法国文化对越南现代文学影响研究》书稿中，对法国文化与越南现代文学的关系进行了系统、详细的论述，在本书中我们不再对"西方文化与越南现代文学关系"进行赘述。

　　第四部分为全球视域下的西方文化与日本现代文学。首先论述全球视域下西方文化在日本的传播。之后分析西方文化、文学对日本现代文学的影响，具体表现为：西方新型媒体报刊对日本现代文学产生的推动，西方文学、美学理论著作在日本的编译对日本现代文学产生的奠基，西方文学作品在日本的译介对日本现代文学的升级转型的助力，西方文学对日本现代文学形式、流派的影响。

　　第五部分为全球视域下的西方文化与韩国现代文学。首先论述全球视域下的西方文化在韩国的传播。之后分析西方文化、文学对韩国现代文学的影响，具体表现为：西方新型媒体报刊对韩国现代文学产生的推动，西方文学作品在韩国的译介对韩国现代文学的升级转型的助力，西方文学对韩国现代文学形式、流派的影响。

　　第六部分为全球视域下的西方文化与缅甸现代文学。首先论述全球视域下的西方文化在缅甸的传播，具体表现为：缅甸人主动学习西方文化的动力推动下的西方文化在缅甸的传播，西方国家与缅甸的贸易活动对西方文化在缅甸传播的推动，英国殖民统治对西方文化在缅甸传播的推动。之后论述西方文化对缅甸现代文学的影响，具体表现为：西方新型媒体报刊对缅甸现代文学产生的推动，西方文学作品在缅甸的译介对缅甸现代文学的升级转型的助力，西方文学对缅甸现代文学形式、流派的影响。

　　第七部分为全球视域下的西方文化与泰国现代文学。首先论述全球视域下的西方文化在泰国的传播，具体表现为：泰国人主动学习西方文化的动力推动下的西方文化在泰国的传播，西方国家与泰国的贸易活动对西方文化在泰国传播的推动。之后论述西方文化对泰国现代文学的影响，具体表现为：西方新型媒体报刊对泰国现代文学产生的推动，西方文学作品在泰国的译介对泰国现代文学的升级转型的助力，西方文学对泰国现代文学形式、流派的影响。

　　第八部分为全球视域下的西方文化与印尼现代文学。首先论述全球视域下的西方文化在印尼的传播，具体表现为：印尼人主动学习西方文化的动力推动下的西方文化在印尼的传播，西方国家与印尼的贸易活动对西方文化在印尼传播的推动，荷兰殖民统治对西方文化在印尼传播的推动。之后论述西方文化对印尼现代文学的影响，具体表现为：西方新型媒体报刊对印尼现代文学产生的推动，西方文学作品在印尼的译介对印尼现代文学的升级转型的助力，西方文学对印尼现代文学形式、流派的影响。

第九部分为全球视域下的西方文化与菲律宾等国现代文学。首先论述全球视域下的西方文化在菲律宾等国的传播，具体表现为：菲律宾等国人民主动学习西方文化的动力推动下的西方文化在菲律宾等国的传播，西方国家与菲律宾等国的贸易活动对西方文化在菲律宾等国传播的推动，西方殖民统治对西方文化在菲律宾等国传播的推动。之后论述西方文化对菲律宾等国现代文学的影响，具体表现为：西方新型媒体报刊对菲律宾等国现代文学产生的推动，西方文学对菲律宾等国现代文学形式、流派的影响。

第十部分为结语。总结全书的主要观点和主要内容。

本书的出版得到了社会科学文献出版社的大力支持，特别是李建廷老师的精心策划、科学设计为本书的顺利出版提供了便利条件，在此谨表诚挚的谢意！

尽管我们在撰写这部学术著作之前为自己订立了一个较高的目标，并为此做出了巨大努力。但限于水平，书中肯定会有这样或那样的缺点和不足，敬请同人和专家批评指正。

徐志英　于在照

2019 年 10 月

于云南大学外国语学院

目　录

导　论

　　历经自公元前 3000 年至公元前 2000 年的以爱琴海文明为标志的古希腊文化到 20 世纪的现代文化的漫长发展，西方文化取得了灿烂辉煌的成就。公元前 5 世纪到公元前 4 世纪出现了苏格拉底、柏拉图和亚里士多德三位在西方哲学史上影响深远的哲学家。公元前 3 世纪出现了欧几里得和阿基米德两位著名的数学家。古罗马文化时期，罗马成为世界上最早建立起完善的教育体系和成熟教育理论的国家。著名科学家老普林尼撰写了一部百科全书式的科技著作——《自然史》37 卷。中世纪文化时期，国家法律文本的编纂和法律制度的建设成就突出，以大学的出现为标志的教育事业发展迅猛。文艺复兴时期，以自由、平等、博爱为核心的人文主义思想得以确立并产生广泛影响，自然科学领域出现了哥白尼、布鲁诺、伽利略和开普勒等科学巨匠。17、18 世纪是欧洲资本主义蓬勃兴起、封建制度日趋灭亡的时期。这一时期出现了格劳秀斯、斯宾诺莎、培根、笛卡儿、弥尔顿、洛克等著名思想家和哲学家，出现了世界科学历史上对人类文明做出划时代贡献的科学家牛顿。18 世纪，欧洲掀起了轰轰烈烈的思想启蒙运动，出现了著名的启蒙思想家孟德斯鸠、伏尔泰、卢梭和狄德罗。18 世纪中后期，以科学家瓦特改良蒸汽机为标志的工业革命在英国拉开了序幕。19 世纪，以能量守恒与转化定律、细胞学说和生物进化论这三大发现为核心内容的欧洲科学文化进入繁荣的时代。在经济学领域，亚当·斯密和大卫·李嘉图创立了英国古典政治经济学。德国古典哲学由康德开创，经过费希特和谢林的努力，在黑格尔的哲学体系中得到了最系统的阐述。圣西门、傅立叶和欧文对空想社会主义学说做出了重要贡献。伟大的马克思主义理论是马克思和恩格斯的学说和思想，是西方无产阶级文化的典型代表。马克思主义理论包括马克思主义哲学、马克思主义政治经济学和科学社会主义理论。20世纪初的西方现代主义文化思潮主要有直觉主义、存在主义、弗洛伊德的精神分析学说和实用主义哲学等。

从全球视野世界文化交流的历史过程来看，西方文化与东方文化之间的交流，经历了三个大的历史时期：一是以东方文化向西方传播为主的古代时期，二是以西方文化向东方传播为主的近现代时期，三是东方文化与西方文化全球化互融的当代时期。

19世纪末至20世纪中叶是世界文化交流历史的第二个时期——以西方文化向东方传播为主的近现代时期。这一历史时期，东亚各国正处在本国民族主义与西方殖民主义激烈对抗的阶段，是东亚各国社会、政治、经济、教育、文化等剧烈变革的时期，是西方文化以前所未有的规模、通过各种途径向东亚地区源源不断传播的时期，是西方文化与东亚各国传统文化碰撞、融合的时期，是东亚各国现代文学在西方文化与东亚传统文化的碰撞与融合中吐故纳新、脱胎换骨、从传统向现代转型的时期，是在西方文化的开拓、奠基下，西方文学参与东亚现代文学建构的时期，是在西方文化推动下，西方文学对东亚现代文学产生全面、深刻的影响的时期，是在西方文化引导下、西方文学的影响下，东亚各国现代文学均先后不同程度地发生了从文学观念到文学形式和内容的巨变的时期。

19世纪末至20世纪中叶，西方文化一般通过如下途径在东亚各国传播：一是东亚各国为救亡图存、强国自保，主动学习、吸收西方文化的内在动力，促进西方文化在东亚的传播；二是西方与东亚各国的贸易活动客观上促进西方文化在东亚的传播；三是西方列强在东亚国家的殖民统治客观上把西方文化传播到东亚国家。第一个传播西方文化的途径是东亚各国主动所为，是传播西方文化的主渠道。后两个传播西方文化的途径具有一定程度的客观意味。

西方文化在东亚传播的第一个途径是东亚各国主动吸纳西方文化。东亚各国为救亡图存、强国自保，主动学习、吸收西方文化。西方列强对东亚国家的殖民侵略促使东亚各国人民不断觉醒，东亚国家的仁人志士开始反思本国已经落后于时代的传统思想文化，思考如何学习西方先进思想文化以自救、自强。他们意识到，要挽救民族危亡、实现国家富强，就必须学习西方先进思想文化和科学技术。在学习西方先进思想文化的历史过程中，东亚各国采取的方式主要有翻译西方国家的书籍、派遣留学生出国学习、派代表团出国考察等。

在主动学习、吸收西方文化的过程中，东亚各国翻译了大量西方科学技术、政治制度等领域的书籍。

19 世纪下半叶中国兴起了学习西方语言文字和翻译西方书籍的热潮。当时有九大翻译机构：墨海书馆、美华书馆、京师同文馆、江南制造局翻译馆、格致汇编社、益智书会、广州博济医院、天津水师学堂、广学会。从 1862 年至 1898 年间，京师同文馆共译书 29 种。江南制造局翻译馆于 1868 年正式开馆，聘请中外名家作为译员。自 1868 年开始译书，到 1907 年，共译书 199 种。[①] 江南制造局翻译馆所译书籍主要涉及自然科学理论和实用技术方面，其中具有代表性的译著有《代数术》、《微积溯源》、《电学》、《声学》、《光学》和《化学鉴原》等。

在韩国，1906 年，申采浩翻译了《意大利建国三杰传》。1907 年，朴殷植翻译了《瑞士建国志》。1907 年，黄润德翻译了《俾斯麦传》。1908 年，玄公廉翻译了《美国总统加菲尔德传》。1911 年，李时厚翻译了《富兰克林传》。通过上述译著，韩国学习了西方国家的政治制度、治国理念，吸收了西方世界的政治文化。

在日本，《西学家译书目录》统计，19 世纪末，从事西学的译者有 110 多人，译著有 500 多部。[②]

在缅甸，吴波莱与法国留学归来的玻璃监翻译了化学以及包括解剖学在内的医学等领域的一些学术著作，介绍了西方先进的科学技术。对西学感兴趣的密克耶亲王支持英国人编纂《英缅词典》，翻译《英国百科全书》。在引进西方的语言、数学、天文、科技的同时，缅甸人认同西方人重现实的治学态度。[③]

东亚各国在学习西方文化的过程中意识到，要把西方先进思想文化和科学技术学到手，莫过于派留学生到西方各先进国家实地体验、全面认识、系统学习。

---

① 杨义主编，连燕堂著《二十世纪中国翻译文学史》（近代卷），百花文艺出版社，2009 年版，第 13 页。
② 叶渭渠：《日本文化通史》，北京大学出版社，2009 年版，第 310 页。
③ 尹湘玲：《东南亚文学史概论》，世界图书出版公司，2011 年版，第 160 页。

在中国，洋务运动时期，清政府派遣出洋留学的人数共有 200 余人。①
19 世纪末 20 世纪初，晚清政府在意识到西学的重要性后，积极推动留学
教育发展。1872 年 8 月 11 日，我国第一批留美学生抵达美国旧金山。从
1872 年到 1875 年，清政府先后选派 120 名官费留学生分四批到美国留学。
1874 年至 1895 年共有 45 名自费留美学生。1901 年，北洋学堂中的王惠
宠、陈锦涛等 8 人赴美留学。1909 年至 1911 年，清政府共派遣三批 180
名庚款留学生赴美学习。1910 年留美学生增加到 500 人，1911 年辛亥革命
前期留美人数已经增加到 650 人。②

在缅甸，1859 年至 1875 年间，敏同王派遣 70 多名贵族子弟去英国、
法国、意大利等西方国家学习。1859 年，加囊亲王让三名家人随同访问曼
德勒的法国使团，到法国求学。

为全面了解、学习西方文化，从 19 世纪下半叶开始，随着对外开放浪
潮的兴起，东亚国家不断派遣外交使团出国考察、访问。

在中国，1866 年，清朝总税务司赫德回英国休假，总理衙门委派章京
斌椿带 3 名同文馆学生，随同赫德到英国考察、学习，这是清朝派出的第
一个出国考察团。19 世纪 80 年代末，清政府派遣 12 名海外游历使，分为
5 个组，分赴欧洲、亚洲等的多个国家进行考察、访问。

在泰国，1897 年，朱拉隆功对欧洲进行了为期半年的访问。他访问了
意大利、奥地利、俄国、瑞典、丹麦、德国、荷兰、英国和法国等国，考
察了欧洲各国的政治、教育制度，学习了欧洲的先进科技，历览了欧洲的
风土人情。在缅甸，为了增进对西方国家的了解，加强彼此的联系，敏同
王时期，共有 15 批代表团到西方国家考察、访问。

西方文化在东亚传播的第二个途径是贸易。西方与东亚各国的贸易活
动，在客观上和某种程度上促进了西方文化在东亚的传播。

世界范围内的贸易活动、商品交换对于促进不同国家、不同地区人们
的交流发挥了重要的作用。随着西方商人的贸易范围扩展到东亚，西方与
东亚建立了直接的商业联系，改变了欧洲与东亚各国彼此隔绝的状态，促
进了欧洲与东亚的经济、文化交流。王玮在《世界通史教程》中指出：

---

① 王先明主编《中国近代史（1840—1949）》，中国人民大学出版社，2011 年版，第 136 页。
② 王先明主编《中国近代史（1840—1949）》，中国人民大学出版社，2011 年版，第 315 页。

"自有史以来，随着生产空间的拓展、生产水平的提高以及生产手段的改进，人们之间的各种交往也在不断扩大，其中最为重要的是商品交换不断在扩张，人类各种文明也因辐射范围的加大而越来越频繁地发生冲突和交融。尤其是自 15 世纪 16 世纪之交新航路的开辟和'地理大发现'以来，东、西两半球开始互相连接，从而启动了全球一体化的漫长进程。"①

在东亚近现代史上，西方各国与东亚各国的贸易活动一直持续不断。西方各国与东亚各国开展贸易活动的动力，源于自身经济发展的需要，以及对东亚市场丝绸、香料等商品的需求。西方各国与东南亚的贸易活动对东南亚经济与社会的发展产生了一定的影响。国家贸易在东南亚政治与社会形态的形成过程中曾长期发挥着重要作用，而处于发展进程中的西方资本主义和工业革命促进了这种作用的发挥，尤其是从 1850 年前后起西方资本主义和工业革命在全球的扩张，以及在近一个半世纪中所占据的不可抗拒的主导地位，使其得以凭借一种令人惊异的彻底性、迅猛性和决定性改变着东南亚。从某种意义上说，它创建了东南亚的现代化国家体系。②

西方文化在东亚传播的第三个途径是殖民统治。西方列强在缅甸、印度尼西亚、菲律宾等国家的殖民统治，不自觉地、客观上把西方文化传播到了这些东南亚国家。

近现代的东亚各国均不同程度地遭到西方列强的侵略和殖民统治。东南亚是西方殖民侵略的重灾区。第二次世界大战前，西方列强在东南亚各国攫取了大量殖民地：英国殖民者占领缅甸、马来亚、文莱、沙捞越、沙巴和新加坡；法国殖民者占领越南、老挝和柬埔寨；荷兰殖民者占有印度尼西亚群岛及伊里安西部，建立了荷属东印度殖民地；美国殖民者取代西班牙占有菲律宾群岛。

西方列强在东南亚各国实行殖民侵略和统治，把东南亚各国视为自己的原料产地和廉价商品的倾销地，对东南亚各国的自然资源进行疯狂的掠夺，对东南亚各国的社会制度、传统文化造成了极大的破坏，给东南亚各国带来了深重的民族灾难，激起了东南亚各国人民的强烈反抗。但是，我

---

① 齐涛主编《世界通史教程》（近代卷），山东大学出版社，2001 年版，第 3 页。
② 〔新西兰〕尼古拉斯·塔林主编《剑桥东南亚史》第 2 卷，贺圣达、陈明华、俞亚克等译，贺圣达审校，云南人民出版社，2003 年版，第 108 页。

们不得不承认，西方殖民者在东南亚各国犯下滔天罪行的同时，在传播西方文化方面充当了"历史的不自觉的工具"①，履行了马克思所说的"双重使命"："英国在印度要完成双重的使命，一个是破坏的使命，即消灭旧的亚洲式的社会；另一个是重建的使命，即在亚洲为西方式的社会奠定物质基础。"② 也就是说，西方殖民者在客观上和某种程度上给东南亚各国带来了一些未曾接触的西方科技、人文知识，在某种意义上传播了西方文化。"殖民征服成为东西两半球各种文明汇合的一个重要途径。"③ "殖民扩张促进了全球范围内的民族融合和文化交流。"④ "资本主义的扩张活动，一方面使原本孤立分散的世界逐渐走向一体化；另一方面，它又给世界秩序造成诸多不公平性和不合理性。正是这两种完全相悖的发展趋向构成了世界近代史的发展主体，而双方的矛盾斗争必将推动人类历史向新的更高阶段不断发展、不断进步。"⑤

西方殖民者为强化自己的殖民统治，不断在一些东南亚国家实行文化方面的同化政策。他们开办各类学校，推行西方式教育制度，传授西方语言文化。西方国家语言以及以这些语言为工具的西方式教育的推行，向当地人灌输了西方文化，在某种程度上推动了包括政治制度、教育制度和人文思想等在内的西方文化在东南亚国家的传播和渗透。西方殖民者在一些东南亚国家推行他们的语言，在文学上还产生了一种意想不到的结果，那就是一些新的文学样式诞生了，比如菲律宾等国的英语文学。

通过上述途径，西方文化源源不断地传入了东亚各国。西方文化在东亚各国的传播，向东亚各国输入了西方的"进化论"思想，这不仅影响了东亚各国人民关于自然、社会发展的观念的形成，也影响了现代东亚文学发展的观念的形成。

西方文化在东亚各国的传播，向东亚各国输入了平等、自由、人权、博爱等人文主义思想，给东亚各国带来了人道主义、理想主义思想，使东亚各国民众的政治和文化活动上升到了一个新高度，这在某种程度影响了

---

① 《马克思恩格斯选集》第 1 卷，人民出版社，2012 年版，第 854 页。
② 《马克思恩格斯选集》第 1 卷，人民出版社，2012 年版，第 857 页。
③ 齐涛主编《世界通史教程》（近代卷），山东大学出版社，2001 年版，第 11 页。
④ 齐涛主编《世界通史教程》（近代卷），山东大学出版社，2001 年版，第 416 页。
⑤ 齐涛主编《世界通史教程》（近代卷），山东大学出版社，2001 年版，第 419 页。

东亚各国人们的世界观、人生观以及近代国民道德意识、自我意识的形成。

在中国，邹容在写作《革命军》之前，认真阅读过《民约论》等西方著作，所以才会感慨万千地说："吾幸夫吾同胞之得闻文明之政体、文明之革命也；吾幸夫吾同胞之得卢梭《民约论》、孟德斯鸠《万法精理》、弥勒约翰《自由之理》、《法国革命史》、《美国独立檄文》等书译而读之也。"他号召人们"执卢梭诸大哲之宝幡，以招展于我神州土"①。

在日本，明治以后，西方文化大量传入日本，"很快在日本的各个阶层、领域扎根结果，直接影响着日本的政治、经济和社会文化，从各个方面推进了日本近代化的进程，重新建构了日本文化的主体意识。实学救国、富国强兵，在日本人积极摄取物质文明的同时，也受到西方文明的熏陶，西方文明如疾风骤雨般荡涤着日本人长期闭关锁国的心灵。日本与西方，岛国与大世界，这原为地域上的观念，而在这时——东西方文化的交融与碰撞中——变成了一个传统与现代的时间观念。可以说，西方文化直接影响着近代日本的国民意识，在近代国家的道德建构以及核心价值观的形成方面起到巨大作用，有力地推动了日本社会的发展"②。

日本近代文学家国木田独步指出："我读卡拉尔，是在二十岁那年的夏天，这是我狂热的开始。而在卡拉尔之前，我其实是一个盲目的聋子。"关于"英雄"，国木田独步在《不欺记》（1893 年 8 月 22 日）中论述道卡拉尔的"英雄"使他热血沸腾："解读卡拉尔著《英雄》，自己也成为英雄。我读《英雄》已有一年，再读也有半年，而现在才悟出《英雄》崇拜之真意。之所以尊重'英雄'，其实是尊重人生。尊重人生者希望成为英雄，是理所当然的。所谓英雄是指尊重自己的生命之意，是谓将热血、热心、热泪奉献于神前，奉献于地上，为同胞献出最宝贵的一生的人。"③

1902 年 5 月，姉崎嘲风在给高山樗牛的信中指出："叔本华将意志的否定当作道德基础，尼采教我们要在意志的扩张中超越世间道德，而瓦格纳是在意志融合的爱中探求人生的归宿。……三位天才不在浊世人间求得将来，解释大福音。三者的根本见解在于一切意志的形而上学论，在磊磊

---

① 杨义主编，连燕堂著《二十世纪中国翻译文学史》（近代卷），百花文艺出版社，2009 年版，第 20 页。
② 肖霞：《日本近代浪漫主义文学与基督教》，山东大学出版社，2007 年版，第 39 页。
③ 肖霞：《日本近代浪漫主义文学与基督教》，山东大学出版社，2007 年版，第 218 页。

的岩石、潺潺的流水中听到意志的声音，在飞禽走兽寻食、觅穴、爱子的所有行动中，直观同一意志的活动，宇宙以此在活生生的活动中，具有一贯的条理和统一的基础，在三者的根本世界观方面，这一直是叔本华给 19 世纪思想带来的天籁。"①

西方文化在东亚各国的传播和渗透，在某种程度上改变了东亚各国人们的科学思想观念以及事物认知思维习惯。"随之而发展的中等和高等教育，以西方的方法为基础并以西方的语言作为教学工具，造就了一个新的知识分子阶层，他们学到了西方的思想和组织，西方的历史和科学。他们感觉到正在改变西方的观点和技术的科学革命的影响。"②

在中国，"随着西方文化的传入，中国传统文化中许多观念都被改写。像天文、地理、物理、化学、教育等方面的知识，传入后改变了中国人以往的认识，也改变了由这些认识所维系的思想和信仰。而新引进的社会人文科学观念，如进化论、民约论、人权观等等，更直接影响和震动了中国人的传统观念"③。

在印尼，20 世纪第二个十年的印尼文学家们大多是受西方教育的新一代知识分子。他们大多出身于封建贵族和地主家庭，接受西方教育之后，思想意识发生了深刻的变化。西方的人文主义思想给了他们以启迪，使他们产生了反对封建制度、要求人权和个性解放的思想意识。

在缅甸，缅甸实验文学运动的著名诗人敏杜温在英国学习了 3 年，大量阅读英国各类图书，对英国社会进行了广泛、深刻的了解。他指出："到了英国，我看到了一个独立国家的独立民族，看到了与在我们国家看到的英国人不同的英国人，目睹了他们发达的经济。这时，我就下决心要尽可能地到更多独立国家去看一看。"④

西方文化在东亚各国的传播和渗透，使在近代已经落后的东亚各国的传统教育制度受到了巨大的冲击，迫使东亚各国不断在教育理念、体制等

---

① 肖霞：《日本近代浪漫主义文学与基督教》，山东大学出版社，2007 年版，第 301 页。
② C. L. 莫瓦特编《新编剑桥世界近代史（1898—1945）》，中国社会科学院世界历史研究所组译，中国社会科学出版社，1999 年版，第 419 页。
③ 周晓明、王又平主编《现代中国文学史》，湖北教育出版社，2004 年版，第 24 页。
④ 〔缅〕敏友威：《开先河的缅甸人》，仰光耶比出版社，2003 年版，第 189 页。转引自尹湘玲《东南亚文学史概论》，世界图书出版公司，2011 年版，第 190 页。

方面改弦更张，改变教育方式，更新教育课程。

在缅甸，从 19 世纪下半叶开始，传统的寺院教育被新型的西式教育体制所取代。19 世纪 60 年代后，新型西式学校逐渐增加。1860 年，仰光和卑谬开办中学。1871 年，丹老和马都八开办中学。1875 年，东吁和土瓦开办中学。上述中学主要开设英语、初等数学和历史等课程。1875 年，仰光和毛淡棉等地开办了高级中学。1878 年，仰光市高中开设了附属于印度加尔各答大学的预科班，该预科班 1884—1885 年扩大为加尔各答大学的预科学院部。1905 年，仰光的加尔各答大学的预科学院部改名为"仰光市国立学院"，隶属于加尔各答大学。

在泰国，19 世纪末期，不同于传统寺院教育的新型世俗学校开始涌现。1872 年，朱拉隆功建立了泰国第一所世俗学校。1881 年，朱拉隆功又为王宫中的服务人员开设英文班，该英文班后来发展为国民服务学校。1892 年，设立宗教事务和国民教育部，陆续开办各种专门学校和平民学校。1904 年，创办海军学校。1913 年，教育部管辖的学校已达 247 所。1917 年，朱拉隆功大学正式成立。1921 年，通过《初等教育法》，规定对 7 岁至 14 岁男童实施义务教育。1937 年，泰国建立了道德与政治大学。

西方文化在东亚各国的传播和渗透，造就了一大批现代新型知识分子。这些知识分子接受的是西方教育，掌握了西方的人文思想和先进的科技知识。

在中国，新文学革命的倡导者之一，著名的现代诗人、文史学家胡适从本科学业一直到博士学业都是在美国完成的。著名现代诗人徐志摩硕士和博士学业是在美国和英国的多所大学完成的。1918 年 8 月，他赴美国留学，相继进入克拉克大学、哥伦比亚大学学习。1920 年 9 月，他获得哥伦比亚大学硕士学位。1920 年 10 月，他进入伦敦大学经济学院攻读博士学位。1921 年春，转入剑桥大学国王学院，以特别生资格读书。1922 年上半年，他由特别生转为正式研究生。

泰国曼谷王朝的翻译家和作家拉玛六世瓦栖拉兀在国外留学 12 年，完成了从初中到大学的学习课程；20 世纪 40 年代著名政治家、文学家克立·巴莫曾留学英国 9 年，获得学士学位。

上述东亚各国的文学家们由于长期受到西方教育的滋养，深受西方文化的濡染和影响，对西方文化和西方文学有深刻的了解和理解，具有强烈的喜爱之感，从而逐步形成了西方文化的世界观。可以说，东亚各国现代新型知识分子的知识起点是西方文化知识，认知起点是西方文化认知，世界观基础是西方文化底蕴。

在印尼，梁立基指出："印尼现代文学家大都受过西方教育，文化素质较高，能直接吸收西方人文主义的自由、平等、博爱思想，借鉴西方文学的创作方法和文学式样。因此，他们能弃旧文学之传统而开现代文学之新风，如在诗歌创作上，他们引进了西方的商籁体诗。"①

在西方文化、文学的影响下，东亚各国知识分子形成了欣赏、崇尚西方文化、文学的审美心理。这种审美心理的形成是东亚现代自身文化、文学与西方文化、文学的差异导致的结果。

首先，东亚各国自身文学的发展滞后导致其知识分子产生了求新、求变，外求西方文化、文学的饥渴心理，这种心理是东亚各国知识分子形成欣赏、崇尚西方文化、文学审美心理的基础。

19世纪末20世纪初，随着中国社会由封闭的封建社会向半殖民地半封建社会转变、中国文化由传统向现代转型，由中国传统文化孕育、发展起来的传统文学，已不适应近现代转型社会中民众在文化、文学以及审美趣味等方面的需求。

西方小说描写的西方国家的人情世态、社会生活，为中国人前所未见，正顺应人们对开放时代的追求。在叙事模式上，西方小说完全不同于中国传统小说中大团圆的结局和"痴心女子负心汉"的模式，给中国人一种全新的感觉。对此，张静庐指出："人情好奇，见异思迁。中国小说，大半叙述才子佳人，千篇一律，不足以餍其好奇之欲望；由是西洋小说便有乘时勃兴之机会。自林琴南译法人小仲马所著哀情小说《茶花女遗事》以后，辟小说未有之蹊径，打破才子佳人团圆式之结局。"②

在泰国，随着社会环境的发展和变迁，原来的文学形式和内容已经显得陈旧和落伍。1900年6月，近代著名作家、诗人塔玛萨蒙德立公爵③在

---

① 梁立基：《印度尼西亚文学史》（下册），昆仑出版社，2003年版，第396页。
② 张静庐：《中国小说史大纲》，西北大学出版社，2019年版，第21页。
③ 塔玛萨蒙德立公爵又译昭披耶塔玛沙门德里（沙滩哈沙丁·纳阿育他亚）。栾文华：《泰国文学史》，社会科学文献出版社，1998年版，第139页。

《拉维特亚》① 杂志创刊号的前言中指出："我们几乎可以这样说，那一类长诗故事已经是无人问津的东西了。在我们看来，如果把这种故事写成诗，大多是索然无味的。即使能写成诗，其目的也只是欣赏它作为诗的韵味，而不是想读它的内容。因为这些故事刚读开头，就几乎可以知道它的结尾：一个年轻人杀死了妖怪，然后娶妖女为妻。后又娶一妻，生一子长大以后杀死妖怪，又像父亲一样娶妖女为妻，如此这般不一而足。我自己也喜欢这些长诗。虽然如此，但事实总是个见证。现在已经无人对上述长诗加以注意了。"②

其次，西方文化人文思想新颖，科学技术领先，西方文学形式多样，内容丰富，创作方法先进，这成为东亚各国文学家以及广大读者崇尚西方文化、文学审美心理形成的根本原因。

在日本，近代文学家蒲原有明在《始创期的诗坛》一书中谈到拜伦的诗歌时指出："我们背诵这些诗句，现在也还时常想起，不曾忘记，这是令人吃惊的。"③ 近代文人马场孤蝶在《初次接触大陆文学》一书中说道："我在学生时代阅读了泰纳的《英国文学史》，这本书非常有意思，由此产生了欣赏西方文学的愿望。"④ 户川秋骨在《丸善回顾》中说："我们最早购得《华兹华斯诗集》，非常喜欢。其后转向拜伦、雪莱、济慈。与此同时，了解到苏格兰图书馆有拜伦的书信，于是预约下。当时，拜伦、雪莱是我们的'金科玉律'。"⑤ 户川秋骨指出："我们学英语，读英国书，在了解18世纪英国文学的基础上，无意中接触到19世纪英国诗人，为与他们共鸣之处之多而感到吃惊。"⑥ 岛崎藤村13岁小学毕业时，开始学习英语。1896年（明治29年）入明治学院继续学习英语，开始接触莎士比亚、拜伦、华兹华斯、彭斯、歌德等西方文学家，对莎士比亚作品中呈现的崇高艺术境界赞赏有加。国木田独步指出："德富苏峰不仅是我的恩人，也

---

①　《拉维特亚》又译《腊维特亚》。栾文华：《泰国文学史》，社会科学文献出版社，1998年版，第139页。

②　李健：《泰国文学沉思录》，世界图书出版公司，2007年版，第112~113页。

③　肖霞：《日本近代浪漫主义文学与基督教》，山东大学出版社，2007年版，第164页。

④　肖霞：《日本近代浪漫主义文学与基督教》，山东大学出版社，2007年版，第165页。

⑤　肖霞：《日本近代浪漫主义文学与基督教》，山东大学出版社，2007年版，第165~166页。

⑥　肖霞：《日本近代浪漫主义文学与基督教》，山东大学出版社，2007年版，第172页。

是我深深崇拜的人。他的文章我平时爱读，几乎达到背诵下来的程度。"①
近代小说家、评论家木下尚江在松本中学时代就崇拜克伦威尔，向往英国
的共和主义。中学毕业的他到东京游学，接受了斯宾诺莎的哲学观点。

在韩国，19 世纪末 20 世纪初，国家进入开化期②，韩国自发的近代化
道路被中断，近代诗歌的形成和发展也就只能接受西方近代诗歌的影响。
例如吸收西方思想和借鉴西洋诗歌韵律或格式等，具体表现为西洋乐中的
咏歌、赞歌和各级学校的校歌，以及为数不多的西方诗歌译文等。③

在泰国，在分析人们欣赏西方文学作品的原因时，近代文化界名人、
《炮维特亚》杂志的主编萧佛成指出："通常，西方作家所创作的文艺作
品，不管是哪一部，都是要以事实作为基础的，比如当引证历史、文学人
物或者地理等的时候，大概不会出现常识性错误和与典籍相悖谬的事情。
这类书籍常常有些新思想，可以在不知不觉之中把人们的精神引向小说所
主张的善良、忠诚、纯洁和勇敢的境界，这当然比老百姓曾经读过的'加
加翁翁'之类的故事对读者更有益处。"④

西方文化在东亚各国的传播，催生了西方大众文化媒体——报刊在东
亚各国的诞生，从而为东亚各国现代文学的产生和发展提供了媒体条件和
载体基础，为东亚现代文学新思想和新内容的结合提供了现成的媒介，为
东亚现代文学提供了文学运动和论争的阵地，为东亚各国现代文学作品的
发表提供了园地，为西方文学作品的译介提供了阵地，为东亚现代文学提
供了新的表现方式和新的实践手段，同时推动了东亚各国文学的大众化和
作家的职业化。

西方的报刊文学最早兴起自 18 世纪的英国。当时英国著名的作家都有
办报刊的经历，他们的创作事业大都与报刊密不可分。1703 年至 1713 年，
笛福创办《评论》杂志。1710 年至 1711 年，斯威夫特任托利党喉舌报
《考察者》的主编。1739 年至 1740 年，菲尔丁创办并主编《战士报》。

①　肖霞：《日本近代浪漫主义文学与基督教》，山东大学出版社，2007 年版，第 220 页。
②　韩国历史上的开化期一般是指：1860 年朝鲜王朝在西方列强的逼迫下开放门户，到 1910
　　年被日本吞并的这段时间。
③　〔韩〕赵东一等：《韩国文学论纲》，周彪、刘钻扩译，北京大学出版社，2003 年版，第
　　230 页。
④　〔泰〕萧佛成：《炮维特亚·前言》，1915 年版，第 1 页。转引自栾文华《泰国文学史》，
　　社会科学文献出版社，1998 年版，第 162 - 163 页。

1756 年至 1763 年，托比亚斯·斯摩莱特①主办《批评周报》。约瑟夫·艾迪生和理查德·斯梯尔先后创办了《闲谈者》和《旁观者》两份杂志。

在中国，从 1876 年在上海创刊第一份白话报纸《民报》，到 1919 年止，累计创办报纸近 60 种，报社遍布全国各地。1921 年到 1923 年出现文学刊物 52 种。②

在日本，19 世纪末 20 世纪初，西方新型媒体杂志、报纸等纷纷创办。1891 年，坪内逍遥在早稻田大学创办了《早稻田文学》杂志。1893 年，北村透谷、岛崎藤村、户川秋谷等创办《文学界》杂志。1900 年，《明星》杂志创刊。1907 年，上田敏等人创办《昴星》杂志。1910 年，永井荷风创办《三田文学》杂志。1910 年，谷崎润一郎创办《新思潮》杂志。同年，《白桦》杂志创刊。日本现代作家的文学作品是通过报刊公之于众的。森鸥外的长篇小说《青年》于 1910 年 3 月至 1911 年 8 月连载于《昴星》杂志。夏目漱石的《我是猫》自 1905 年 1 月起在《杜鹃》杂志上连载，后分上、中、下三册结集出版。

在缅甸，1874 年，第一份缅文报纸《耶达纳崩》（又译为《聚宝盆报》）在曼德勒创办。19 世纪末 20 世纪初，西方大众传媒报刊也在缅甸各地如雨后春笋般纷纷涌现。1874 年，《瓦城报》在上缅甸创办。1909 年，"佛教青年会"编辑出版了英文周刊《缅甸人》和缅文、英文、巴利文月刊《巴利人》。1910 年，一些知识青年创办了《太阳报》，同年创办了缅甸第一份杂志《缅甸杂志》。1912 年，《缅甸之光》杂志创刊。1916 年，《教育之光》杂志创刊。1917 年，《太阳》杂志创刊。1920 年，《达贡》杂志创刊。1928 年，《文苑》杂志创刊。

在印度尼西亚，1918 年报刊约有 40 种，1928 年已发展到 200 种，而到 1938 年已有 400 多种日报、周刊和月刊。

西方文化在东亚各国的传播，在某种程度上营造了东亚接受西方文学的社会环境、文化氛围，奠定了东亚各国接受西方文学的认知基础和认同心理，确立了东亚各国接受西方文学的文化观念和文学观念，提供了东亚

---

① 托比亚斯·斯摩莱特（1721—1771）是 18 世纪英国最著名的小说家之一。他著有 6 部长篇小说，两部戏剧，编辑和撰写的非虚构作品多达 70 卷，还翻译过大量文学作品，其中包括 35 卷本的《伏尔泰全集》。

② 周晓明、王又平主编《现代中国文学史》，湖北教育出版社，2004 年版，第 130 页。

各国接受西方文学的实践手段。因此，西方文学通过翻译的渠道来到东亚各国的时候，很快便落地生根，发芽成长，成为东亚现代文学建构的重要元素，成为东亚现代文学转型升级的催化剂，成为东亚各国文学发展的动力。

西方文学传播到东亚，对东亚现代文学产生影响的路径是原作翻译、模仿改写、借鉴创造。

在东亚各国从传统文学到现代文学的转型阶段，由于社会环境、文化环境发生剧烈变化，东亚各国原来的文学形态已经不适应变化的新形势、新环境，而各国并没有随之产生相适用的文学发展模式。此时，东亚现代文学更新发展的唯一出路，就是外求、外借比自己先进的西方文学模式，这自然就要借助翻译西方文学作品。此时，西方文学翻译的作用比任何时候都大，西方文学翻译的地位比任何时候都高。可以说，此时的西方文学作品翻译是东亚现代文学更新发展的助推器。

翻译原作是东亚各国在借鉴西方文学初期所共有的现象。翻译西方各国文学作品是东亚各国接触、学习西方文学最直接、最主要的渠道。

在中国，西方文学名著翻译在中国人面前展现了一个开放的文学世界，对中国人文学观念的更新带来了积极的影响。连燕堂指出："20世纪中国文学的开放性和现代性，以翻译为其重要标志，又以翻译为其由外而内的启发性动力。翻译借助于异域文化的外因，又内渗而转化为自身文化的内因，它作为一个标志，拓展了人们的世界视野，激发了人们的精神活力，从而形成了别具一格的文化精神启示资源。"[①] 翻译西方文学名著给中国的小说创作带来了新的表现手法。以小说为例，《巴黎茶花女遗事》"译本问世之后，对我国文学界大有冲击，使传统的才子佳人式小说迅速被淘汰"[②]。

中国现代文学家认识到，要通过译介西方文学提供范本，来改造中国的旧文学，创造自己的新文学。著名小说家、翻译家曾朴在创办小说林社时，就翻译西方小说对中国现代小说发展的借鉴意义，在《小说林社总发

---

① 杨义主编，连燕堂著《二十世纪中国翻译文学史》（近代卷），百花文艺出版社，2009年版，第2页。

② 施蛰存主编《中国近代文学大系》第26卷，上海书店，1990年版，第139页。

行启》中明确提出："泰西论文学，推小说家居首，诚以改良社会，小说之势力最大。我国说部极幼稚不足道。近稍稍能译著矣，然统计不足百数。本社爰发宏愿，筹集资本，先广购东西洋小说三四百种，延请名人翻译，复不揣梼昧，自改新著，或改良旧作，务使我国小说界范围日扩，思想日进，于翻译时代而进于著作时代，以与泰西诸大文豪相角逐于世界，是则本社创办之宗旨也。"① 在五四新文化运动的高潮中，胡适推崇"西洋文学方法的完备，因为西洋文学真有许多可给我们做模范的好处，所以我说：我们如果真要研究文学的方法，不可不赶紧翻译西洋文学名著做我们的模范"②。

中国翻译者对西方文学翻译倾注了极大的热情与大量的心血，取得了辉煌的成就。见之于报刊的译作之多简直难以尽数，出版的译著也数量惊人。据阿英《晚清戏曲小说目》的不完全统计，1875—1911 年仅外国小说的翻译就有 600 多种。据《现代中国文学史》统计，1918—1923 年介绍的小说作家有来自 30 多个国家的 170 余人。③

在日本，19 世纪末期，西方文学作品翻译事业蓬勃展开。1882 年，外山正一、矢田部良和井上哲次郎共同翻译出版了《新体诗抄》。1889 年，森鸥外与"新声社"同仁翻译了西方诗集《于母影》（又译《面影》）。诗集内容包括德国的歌德、霍夫曼和英国的拜伦和莎士比亚等诗人的作品。1892 年，森鸥外翻译出版了安徒生的《即兴诗人》和修宾的《埋没的人》，此外还将其翻译的德、法、俄、美等外国小说、剧本结集为《水沫集》出版。岛崎藤村翻译了弥尔顿的《失乐园》。

在缅甸，从 19 世纪末到 20 世纪初，出现了翻译西方文学作品的热潮。希腊的《伊索寓言》、英国小说家班扬的《天路历程》、笛福的《鲁滨逊漂流记》等西方文学作品不断被翻译成缅甸语。

西方文学译作对东亚各国文学家的创作事业产生了积极的影响，为他们以西方文学名作为模本进行文学创作奠定了基础。

在中国，不少著名文学家，甚至是像郭沫若一样的文学大家，在创作

---

① 杨义主编，连燕堂著《二十世纪中国翻译文学史》（近代卷），百花文艺出版社，2009 年版，第 259 页。
② 胡适：《建设的文学革命论》，《新青年》第 4 卷第 4 号，1918 年 4 月 15 日。
③ 周晓明、王又平主编《现代中国文学史》，湖北教育出版社，2004 年版，第 140 页。

的初期阶段，都不同程度地受到西方翻译文学的影响。郭沫若指出："林译小说中对于我后来的文学倾向上有决定的影响的，是司各特的艾凡赫，他译成《撒克逊劫后英雄略》。这书后来我读过英文，他的误译和省略处虽很不少，但那种浪漫主义的精神，他是具象地提示给我了。我受司各特的影响很深，这差不多是我的一个秘密。我的朋友似乎还没有人注意到这一点。我读司各特的著作也并不多，实际上怕只有艾凡赫一种。我对于他并没有什么深刻的研究，然而在幼时印入脑中的铭感，就好像车辙的古道一般，很不容易磨灭。"①

鲁迅在谈到小说《狂人日记》时，提到了外国文学作品对他的重要影响。对此，他指出："大约所仰仗的全在先前看过的百来篇外国作品和一点医学上的知识，此外的准备，一点也没有。"②

在日本，不少诗人、作家深受西方翻译文学的影响。1913 年，由浪漫主义作家永井荷风翻译的法国诗歌集《珊瑚集》，对北原白秋、三木露风等日本诗人产生了很大的影响。波德莱尔的颓废诗不仅影响了日本新浪漫诗，而且影响了吉井勇、谷崎润一郎等近代诗人的创作。

在缅甸，列蒂班蒂达吴貌基在历史小说《那信囊》的前言中写道："欧洲作家在史书的基础上进行扩展和创作小说，以引起人们对历史的兴趣。同样，《那信囊》的创作也是为了引起缅甸人对自己民族历史的兴趣。"③ 泽亚在《妙雷瑞达波》小说前言中写道："1920 年，我文学创作起步时，正值缅甸民族意识觉醒之时，男男女女的缅甸人从软弱恭顺中振奋起来，在各地举起了民族主义旗帜，他们已不再喜欢沉浸于缠绵温婉的爱情小说了。恰在此时，我读到一本反映法国大革命的英文小说，主人公的男子汉英雄气概感染了我，给了我启示，使我产生了创作同类小说的强烈冲动。"④ 吴登貌的历史小说《勇敢的缅甸人》深受司各特小说的影响："19 世纪历史小说家中，英国作家司各特是一位在世界各国有广泛影响的人，欧洲和北美的一些著名小说家都以司各特为榜样。因此，20 世纪初司

① 郭沫若：《我的童年》，《沫若文集》第 6 卷，人民文学出版社，1958 年版，第 114 页。
② 鲁迅：《我怎样做起小说来》，《鲁迅全集》第 4 卷，人民文学出版社，1981 年版，第 452 页。
③ 尹湘玲主编《东南亚文学史概论》，世界图书出版公司，2011 年版，第 221 页。
④ 尹湘玲主编《东南亚文学史概论》，世界图书出版公司，2011 年版，第 221 页。

各特的历史小说成为缅甸小说家的范本并不奇怪。"①

在西方文学的影响下,东亚现代文学发生了从以诗歌为主到以小说为主的革命性的巨变。这种巨变源自东亚各国文学家对传统文学的批判、扬弃,以及对西方文学理论,尤其是小说理论的容摄和创新。

在中国,近代著名翻译家林纾指出:"欧人志在维新,非新不学,即区区小说之微,亦必从新世界中着想,斥去陈旧不言。若吾辈酸腐,嗜古如命,终身又安知有新理也。"②

在日本,近代文学家坪内逍遥的著名文论《小说神髓》是日本近代第一部系统论述小说理论和写作技巧的专著,该书吸收了近代西方文论,特别是英国文学理论的精髓。《小说神髓》从艺术本体论入手,用进化论的观点,以小说在近代西方备受推崇的事实,阐述了小说在文学中独特的地位和价值。坪内逍遥指出:小说是艺术的一个门类,并将随着时代的发展占据文学诸门类中的首要地位,目的在于打破日本社会视小说为消闲文字、笔墨游戏,不登大雅之堂的封建主义偏见。③

在西方文学浪漫主义、现实主义、自然主义、唯美主义、象征主义等流派的深刻影响下,东亚各国的各种文学流派逐步形成和发展起来。

在日本,近代浪漫主义文学思潮起始于19世纪后半叶,是在西方浪漫主义影响和推动下诞生的,因而带有明显的西方浪漫主义色彩,即自我、憧憬和想象的"三位一体"。日本文学家们在吸收西方浪漫主义文学理论的基础上,提出了关于浪漫主义的一系列理论。在日本人看来,浪漫主义思想是指追求自我、自由的精神,是在社会发展、个性解放的时代要求下,将自我融入艺术表现与观念之中,以求得绝对的精神解放。森鸥外强调浪漫主义文学创作中美的绝对性,肯定艺术上的天才意识,肯定"美"的形而上的存在,重视灵感的产生。

新浪漫主义流派是在19世纪末欧洲颓废派、象征主义流派的基础上,

①〔缅〕巴尔古:《缅甸长篇历史小说》,《长篇小说论文集》第1卷,仰光文学宫出版社,1981年版,第80页。转引自尹湘玲主编《东南亚文学史概论》,世界图书出版公司,2011年版,第221页。

② 林纾:《斐洲烟水愁城录序》,转引自连燕堂《二十世纪中国翻译文学史》(近代卷),百花文艺出版社,2009年版,第188页。

③ 于荣胜、翁家慧、李强编著《日本文学简史》,北京大学出版社,2011年版,第152页。

于 20 世纪初以德国、奥地利为中心兴起的文学流派，主要以梅特林克、霍夫曼斯塔尔、斯特凡为代表。新浪漫主义流派反对自然主义，倡导艺术至上主义、唯美主义或神秘主义。新浪漫主义流派很快传到了日本。大塚保治在《论浪漫主义及吾国文艺之现状》一文中首先使用了"新浪漫主义"这一概念，他指出："近来尼采问题大为喧闹，随之而来，文艺上又有人鼓吹新浪漫主义。""新浪漫主义的重要代表，在英国是已经故去的 Rossetti、Morris 两位诗人以及小说家 Stevenson，还有现在还活着的 Swinburne 等人，他们都是日本人非常熟悉的。"①

在中国新文学运动中，英国浪漫主义诗人华兹华斯关于"诗是强烈感情的自然涌现"的诗学主张被创造社的成员奉为圭臬，从而引发了中国诗界的一场革命。

西方现实主义文学是在 19 世纪中后期资本主义制度在欧洲主要国家进入巩固和发展时期的历史背景下产生的。英国现实主义文学产生于 19 世纪 30 年代，在 40 年代和 50 年代达到高潮，著名的作家有狄更斯、萨克雷、盖斯凯尔夫人、夏洛蒂·勃朗特等。19 世纪后半期法国重要的现实主义作家主要有福楼拜、莫泊桑等。西方文学家们主张从人道主义出发，以冷静、务实、批判的目光观察现实，分析和剖析现实社会，力求客观、真实地描绘现实生活，反映现实生活的本质，探究其社会根源。现实主义文学通过塑造典型环境中的典型人物，在反映生活本质方面取得了很高的艺术成就。

在中国，在西方现实主义文学思想的影响下，以现实社会为指针、以人为中心的现实主义文学蓬勃兴起。随着 1921 年"文学研究会"等文学社团纷纷成立，现实主义文学不断得到推进。在中国 20 世纪 30 年代的现实主义文学浪潮中，出现了茅盾、老舍等一批著名的现实主义作家。

西方自然主义文学是欧洲 19 世纪下半叶最重要的文学流派，是在孔德的实证主义哲学，达尔文的生物进化学说和贝尔纳的生物学、实验医学的影响下产生的一种文学思潮。自然主义文学产生于 19 世纪 60 年代的法国，龚古尔兄弟所写的《翟米尼·拉塞特》和埃米尔·左拉所写的《黛莱丝·拉甘》都呈现出自然主义创作的特点。自然主义文学在 19 世纪七八十年代发展到高潮，左拉以自然主义理论为指导创作的系列小说《卢贡·马卡

---

① 肖霞：《日本近代浪漫主义文学与基督教》，山东大学出版社，2007 年版，第 328 页。

尔家族》开辟了自然主义文学创作之路。他的周围聚集了一批作家，结成"梅塘集团"。19 世纪 80 年代初，左拉发表了《戏剧中的自然主义》《实验小说》《自然主义小说家》等论著，全面系统地阐述了自然主义理论。自然主义主张文学要如实地再现自然，不要夸张，也不要强调，只要事实；文学家要像科学家那样用实验的方法进行创作；文学家要从生理学角度去描写人物，剖析人物的性格特征。自然主义否定文学创作的典型概括，忽视文学创作中的人和社会生活的社会本质、阶级属性。到 19 世纪 80 年代末，随着"梅塘集团"的解体，这一流派开始衰落，其影响却逐渐遍及欧美乃至东方，成为一种世界性的文学潮流，对东亚各国 19 世纪末和 20 世纪上半叶的文学产生了重要影响。

日本是东亚各国中受西方自然主义文学影响最深刻的国家。1906 年，自然主义文学传播到日本，并在日本形成一场自觉的文学运动。1906 年到 1912 年是日本自然主义文学的成熟时期，其标志是以岛崎藤村、田山花袋为代表的自然主义文学流派的出现。

在中国，从 20 世纪 20 年代到 40 年代，左拉的作品基本被翻译成中文出版。自然主义流派对中国现代文学家李劼人和茅盾的小说创作产生了较大影响。

西方唯美主义最早产生于法国。法国诗人、唯美主义的旗手戈蒂耶在《莫班小姐》的序言中明确地提出了"为艺术而艺术"的主张。"艺术无功利"是戈蒂耶的核心观点，也是整个 19 世纪唯美主义思潮的理论支撑。唯美主义的代表作家是英国的文艺理论家佩特和爱尔兰作家王尔德。佩特系统地发展了唯美主义理论，他的《文艺复兴：艺术与诗的研究》的结论部分是唯美主义的宣言书。唯美主义文学流派的根本特征是，艺术与政治、道德和功利毫无关联，艺术是纯粹的审美活动。这种艺术脱离现实的观点具有明显的唯心主义倾向。

西方象征主义文学流派萌发于 19 世纪 70—90 年代。它产生于法国，波德莱尔是其先驱。此后具有代表性的诗人是法国诗人马拉美、兰波、魏尔伦，他们发表了大量象征主义诗歌。1886 年 6 月，法国诗人莫雷亚斯在《费加罗报》上发表了《象征主义宣言》一文，"象征主义"一词才成为这一流派的名称。象征主义文学流派主张，诗歌应借助具体的意象来表现人隐蔽的内心世界，反对现实主义文学流派如实地描写现实和浪漫主义文学流派直抒胸臆。象征主义文学流派大量运用象征、隐喻等手法，注重诗歌的音乐性，丰富了诗歌的艺术表现方法，增强了诗歌的艺术表现力。象征主义文学影响深远，不仅波及德国、奥地利、俄国等国家，还波及中国和日本等东亚国家。

在中国，现代文学家李金发开了象征主义艺术先河。他首先对象征主义理论和作家作品进行了译介，之后创造性地将象征主义运用到自己的诗歌创作实践中。

西方不少著名的文学家对东亚各国文学产生了较大的影响，其中最具代表性的是莎士比亚，他在中国、日本等东亚国家有着广泛的社会影响和巨大的艺术魅力。

威廉·莎士比亚（1564—1616）是英国最著名的戏剧家，被誉为"戏剧之王"，也是世界文学史上声望最高、影响最大的戏剧家之一。莎士比亚的创作分为三个时期。第一个时期（1590—1600），他完成了 9 部历史剧，其中《亨利四世》一剧最为著名。同时他还写了 10 部喜剧，其中《仲夏夜之梦》《威尼斯商人》《皆大欢喜》《第十二夜》被称为"四大喜剧"。这一时期的创作内容主要是抨击封建统治，歌颂人文主义理想，创作的基调是明朗乐观的。第二个时期（1601—1607）是莎士比亚悲剧创作的辉煌时期，他创作了 8 部悲剧，其中《李尔王》、《麦克白》（又译《麦克佩斯》）、《哈姆雷特》（又译《哈姆莱特》）、《奥赛罗》（又译《奥瑟罗》）被称为"四大悲剧"。莎士比亚的悲剧主要写理想与现实的矛盾和人文主义理想的破灭。从歌颂人文主义理想转向对残酷现实的揭露和批判，创作的基调是悲愤沉郁的。第三个时期（1608—1612）的创作表明作者力图用博爱之精神来调和矛盾。莎士比亚先后写了 4 部传奇剧和 1 部历史剧，主要有《泰尔亲王配力克利斯》（又译《泰尔亲王佩力克里斯》）、《辛白林》、《冬天的故事》、《暴风雨》等，其中最具代表性的是传奇剧《暴风雨》。

莎士比亚的戏剧不仅思想性强，在艺术上也达到了无以复加的高水平。他的戏剧语言形象生动，情节丰富多彩，人物栩栩如生、个性鲜明。他善于用内心独白的手法揭示人物复杂的内心世界。莎士比亚的艺术成就是人类文学史上的伟大奇迹，对包括东亚现代文学艺术在内的世界文学艺术产生了深远的影响。

在中国，1843 年，魏源是最早把莎士比亚介绍到中国的人。魏源的

《海国图志》把莎士比亚译为"沙士比阿"。该书将莎士比亚视为英国著名诗人，同时介绍了弥尔顿、斯宾塞、德莱顿。① 除《海国图志》外，较早记述莎士比亚的中国人是郭嵩焘，在他的日记中，莎士比亚被称为"舍克斯毕尔"。严复在《天演论》中将莎士比亚译为"狭斯丕尔"。梁启超在其《饮冰室诗话》中写道："希腊诗人荷马，古代第一文豪也。近代诗家如莎士比亚、弥尔顿、田尼逊等，其诗动亦数万言、伟哉！勿论文藻，即其气魄固已夺人矣。"② 目前的研究表明，中国最早的莎剧演出是在 1896 年 7 月 18 日，圣约翰书院的学生在夏季毕业典礼上表演了《威尼斯商人》中的"法庭"一幕。③

20 世纪初期，莎士比亚剧作翻译较多，有田汉译《哈姆雷特》《罗密欧与朱丽叶》，曾广勋译《威尼斯商人》，邵挺、许绍珊译《罗马大将该撒》（即《裘力斯·凯撒》），张采真译《如愿》（即《皆大欢喜》）等。

在日本，对莎士比亚的正式介绍始于明治维新后。1871 年（明治四年）发行的由萨缪·斯麦鲁兹著、中村正直翻译的《西国立志篇》中出现了"舌克斯毕"（莎士比亚）的译名。

最早出现的对莎士比亚的文字介绍不是在莎剧的完整日译本中，而是在根据莎剧改编的小说中。根据莎士比亚作品改编的舞台剧也出现了，但都被改编为歌舞伎等日本传统戏剧的形式。由日本人演出的最早的莎剧是明治初年在横滨上演的《哈姆雷特》。

通过文献记载确认的最早的莎剧演出是歌舞伎《何樱彼樱钱世中》，改编自兰姆《莎士比亚故事集》中的《威尼斯商人》。演出时间是 1885 年（明治 18 年），地点是大阪戏座。和中国一样，早期的日本莎剧演出均根据兰姆《莎士比亚故事集》改编而成。

1886 年（明治 19 年）假名垣鲁文在东京《绘入新闻》上发表了《叶武列土倭锦绘》，将《哈姆雷特》的内容用净琉璃历史剧的文体，改编为

① 李长林：《中国对莎士比亚的了解与研究——〈中国莎学简史〉补遗》，《中国比较文学》1997 年第 4 期。
② 〔日〕濑户宏：《莎士比亚在中国——中国人的莎士比亚接受史》，陈凌虹译，南方出版传媒、广东人民出版社，2017 年版，第 53 页。
③ 钟志欣：《走向现代——晚清中国剧场新变》，台北艺术大学博士学位论文，2012。转引自〔日〕濑户宏《莎士比亚在中国——中国人的莎士比亚接受史》，陈凌虹译，南方出版传媒、广东人民出版社，2017 年版，第 63 页。

日本南北朝时代（14世纪）的故事。

1901年（明治34年），新派在明治座上演了《该撒奇谈》。该剧根据坪内逍遥《凯撒奇谈：自由大刀余波锐锋》（编译自莎士比亚的《裘力斯·凯撒》）改编，选取其中两场进行上演。1902年（明治35年），新派的福井茂兵卫剧团上演了改编自《李尔王》的《暗与光》。1903年（明治36年），川上音二郎剧团上演了《奥赛罗》。同年，川上剧团还在本乡座演出了《哈姆雷特》。日本最早的莎士比亚的全译本是1884年（明治17年）出版的坪内逍遥的《凯撒奇谈：自由大刀余波锐锋》。①

综上所述，东亚现代文学的产生和发展，是东亚文学自身求新、求变的结果，是东亚各国在本民族传统文学基础上不断革新的结果，是西方文化推动的结果，是东亚现代文学不断引进西方先进文化的结果，是东亚各国吸收、学习西方文学的结果，也是东亚各国不断将本民族文学与西方文化、文学融合的结果。

下面，我们首先对全球视域下西方文化的历史发展进行简要的论述，然后就全球视域下西方文化与东亚各国现代文学的关系进行分析，具体分析西方文化在东亚各国的传播，以及西方文化对东亚各国文学的影响。

---

① 〔日〕濑户宏：《莎士比亚在中国——中国人的莎士比亚接受史》，陈凌虹译，南方出版传媒、广东人民出版社，2017年版，第274、276、278页。

第一章

全球视域下西方文化的历史演进

文化是人类社会活动的精神成果。纵观世界文化的历史发展进程，人类从愚昧走向文明是世界文化史的开端。黄河流域的中下游、爱琴海地区、幼发拉底河和底格里斯河流域南部以及北非尼罗河流域的下游地区、印度河流域等地区最早迈进了人类文明时期。上述最早进入人类文明的地区分别孕育了中国文化体系、西方文化体系、阿拉伯伊斯兰文化体系、印度文化体系等四大文化体系。①

西方文化源远流长，历史悠久。它起源于古希腊文化。在地理上，古希腊主要指希腊半岛、爱琴海和爱奥尼亚海上的群岛和岛屿、今天的土耳其西南沿岸、意大利西部和西西里岛东部沿岸地区。在古希腊文化中，最早进入文明的地区是爱琴海地区。爱琴海文明指公元前3000年至公元前2000年分布于爱琴海诸岛及其周围一带的文化，又称"克里特—迈锡尼文化"，是前后相接的两个古代文化——克里特文明和迈锡尼文化的统称。

古希腊文化发展的一个历史转折是多利安人的入侵和迈锡尼文明的灭亡。公元前11世纪至公元前9世纪，希腊文明严重衰退。在希腊广袤的土地上，只有行吟诗人们从一个村庄到另一个村庄，吟唱着民谣和质朴的短歌。直到公元前9世纪左右，这些民谣和短歌才逐渐被汇集起来，伟大的"荷马史诗"就是在那时形成的。"荷马史诗"包括《伊利亚特》和《奥

---

① 中国著名学者季羡林指出："一个民族或若干个民族发展的文化延续时间长，又没有中断、影响比较大、基础比较统一而牢固、色彩比较鲜明、能形成比较独立的体系叫'文化体系'。"季羡林：《简明东方文学史》，北京大学出版社，1987年版，第J页。季羡林将世界文化分为四大文化体系：中国文化体系、印度文化体系、伊斯兰文化体系、西方文化体系。

德赛》两部分。"荷马史诗"叙述的是迈锡尼时代的故事，但是由于其主要是在荷马时代流传，史诗中所反映的很多内容和思想与荷马时代密切相关，这一时期通常也被称为"荷马时代"。

公元前8世纪，希腊半岛生产力不断发展，商业和城市逐渐出现。希腊大地上出现了一些以一个城镇或较大的村落为中心的奴隶制城市。随着贸易的发展，这些城市围绕着市场和防御工事发展起来，并成为政府的所在地。城邦，这种古希腊人发明的最负盛名的政治组织建立起来。独立存在的城邦逐渐取代了建立在氏族和部落基础上的农村公社，以成文法律为基础的、规范的文明社会取代了野蛮的军事民主制度，这就是希腊城邦制度。希腊城邦制度的存在对希腊文化产生了重要影响。城邦制度孕育出一系列影响深远的政治概念，如公民、政治生活或宪法、公民团体或政府、治理城邦者或政治家以及治理城邦的技巧或政治学等。①

公元前6世纪，小亚细亚的米利都出现了希腊历史上最早的一批哲学家、科学家，他们被称为"米利都学派"。米利都学派的代表人物包括泰勒斯、阿克那西曼德和阿克那西美尼等。米利都学派十分关注物质世界的本原问题，泰勒斯认为水是万物之源。他还提出几个几何命题，并加以证明。毕达哥拉斯创立"毕达哥拉斯学派"，该学派关注存在的性质和真理的意义等玄奥问题。毕达哥拉斯认为数是万物之源，他提出了最早的太阳中心说，证明了毕达哥拉斯定理（中国学者称为"勾股定理"）。这时期其他著名哲学家还有赫拉克利特、德谟克里特、巴门尼德、留基波等。德谟克里特认为，一切事物的本原是不可再分的原子与虚空。希波克拉底被誉为"医学之父"，他把医学从巫术引向科学。

公元前5世纪左右，随着希腊民主政治的不断发展，雅典出现了以普罗泰戈拉为代表的一批以演说和论辩术为业的思想家，他们研究的中心已经从自然宇宙的本原和生成原理转向社会政治伦理方面的议题。作为对智者学派哲学观点的纠偏，一种认为真理和绝对标准确实存在的哲学流派发展起来。这一流派的领袖就是在西方思想史上影响深远的三位大哲学家：苏格拉底、柏拉图和亚里士多德。这三位著名哲学家为西方哲学的发展起到了奠基的作用。

① 王立新主编《西方文化简史》，河南人民出版社，2005年版，第79页。

苏格拉底认为，哲学的任务就是探讨与人生幸福有关的道德伦理问题。他提倡知德合一说，认为美德基于知识、源于知识，美德和知识的获得有赖于教育。柏拉图是苏格拉底的得意门生，他著有《理想国》。他认为，只有理念才是真实的，具体的事物与事物的理念相比都是不完善的。亚里士多德是柏拉图的弟子。他既是哲学家，也是科学家，是百科全书式的学者，是古典希腊科学的集大成者。

在希腊化时代，哲学家们所研究的不再是解决自然与社会的根本问题，而是研究追求个人幸福、寻找摆脱痛苦的途径的问题。犬儒学派、伊壁鸠鲁学派、斯多噶学派和怀疑主义学派成为这一时期真正有影响力的学派。这些学派具有代表性的哲学家分别为狄奥根尼斯、伊壁鸠鲁、芝诺和皮浪，他们的哲学主张有所不同，但有一点是相同的，那就是要给人提供一种行为准则、规范，给人以生活指导。

在希腊化时代，天文学研究达到了新高度。当时著名的天文学家有阿里斯塔克、希帕卡斯。阿里斯塔克著有《论月亮及太阳之大小及其与地球之距离》，提出了太阳中心说。数学在希腊化时代取得巨大成就，欧几里得是这一时期著名的数学家，著有《几何原本》。该书奠定了古典几何学的基础，成为世界各国几何学教科书的蓝本。阿基米德是希腊化时代伟大的数学家和力学家，是微积分的最初奠基者、杠杆原理的发明者、力学和流体力学的奠基人。欧几里得的学生阿波罗尼斯是圆锥曲线论的创立者。埃拉托斯尼著有《地理学概论》，创立了数学地理学。

古罗马文化是在继承古希腊文化的基础上发展起来的。从公元前5世纪到公元前3世纪，意大利半岛开始呈现罗马化特征。罗马人全力推行罗马文字和城市文化，并且将希腊文化的精髓吸收到罗马文化中，从而满足了罗马社会发展的需求。公元前202年，罗马击败迦太基，控制了整个西地中海。从公元前197年起，罗马先后侵占了法国南部、西班牙科尔特人地区、马其顿、塞琉古、托勒密以及小亚细亚地区，结束了希腊化时代，从此开启了罗马文化时代。

在哲学研究领域，出现了折中主义、新柏拉图主义等学派。西塞罗是罗马折中主义哲学的代表，他将柏拉图主义、斯多噶主义和毕达哥拉斯主义进行综合、折中，形成了自己的哲学特色。西塞罗的哲学著作有《论善恶之定义》、《论神之本性》（《论神性》）等。卢克莱修是罗马共和国末期的诗人和哲学家，他继承了伊壁鸠鲁哲学，并用毕生精力写成《物性论》哲学诗篇 6 卷。新柏拉图主义是罗马帝国后期一个较大的哲学流派，它以柏拉图的理念论和同一神教的思想为基础，同时吸收了斯多噶派、亚里士多德的某些思想，形成了神秘主义哲学。该派代表人物是普罗提诺，主要著作为《九章集》。他认为，不可理解和不可说明的神是万物的始源，神在存在和思维之上。

在教育方面，罗马是世界上最早建立起完善的教育体系和成熟教育理论的国家。在罗马自然科学领域，老普林尼成为科技成就最卓越者。他在总结前人经验和自己探索考察的基础上写成了《自然史》37 卷，这是一部百科全书式的科技著作。在文学方面，普劳图斯、泰伦提乌斯是两位著名的戏剧家，维吉尔是古罗马最著名的诗人，贺拉斯是奥古斯都时期著名的诗人和文艺理论家。在医学方面，塞尔苏斯撰写了 8 卷本的《医学大全》。盖伦是古典医学的集大成者。

古罗马文化之后，是西方中世纪时期的文化。中世纪始于 5 世纪西罗马帝国灭亡（476）至 15 世纪中叶拜占庭帝国（东罗马帝国）（1453）灭亡。

476 年，西罗马帝国的灭亡标志着欧洲古代社会历史的结束和中世纪的开始。5 世纪到 10 世纪初期是西方封建制度的形成时期。这一时期，拉丁文成为一种通用文字，并作为一种文化载体，将古代文化与罗马文化渗透到中世纪。[①]

西罗马帝国灭亡后，拜占庭帝国即东罗马帝国又延续了上千年。拜占庭帝国占据着重要的战略地位和有利的地理条件，加之统治者较高的治国水平和行之有效的官僚体制，形成了较为发达的经济和较为突出的文化成就。拜占庭的文化成就当首推对罗马法的总结和完善。528 年，查士丁尼召集一批法学权威，对从罗马共和国以来的法令、决议、法学论点、司法先例进行了整理。到 534 年，先后编纂出《查士丁尼法典》《学说汇纂》《法学阶梯》三部法律汇编，加上后来编纂的《查士丁尼新律》，统称为《民法大全》。《民法大全》的问世，不仅对拜占庭帝国上千年的统治有着极其重要的影响，它所提供的法与国家建设的密切关系的经验，也给了后

---

① 沈之兴、张幼香主编《西方文化史》，中山大学出版社，2010 年版，第 87 页。

世诸多启示，其法理思想对近现代国家制定法律影响深远。[1] 拜占庭人很好地保存了古希腊的典籍，继承了古希腊文化遗产，在文化上取得了辉煌的成就，对西方文明的承继和发展，特别是文艺复兴的兴起做出了突出的贡献。

经院哲学是西欧中世纪的主要哲学流派，它起源于9世纪前后兴起的各种宫廷学校、教会学校和修道院。经院哲学的代表人物有安瑟伦、阿奎那、贝伦加尔和阿伯拉尔。安瑟伦提出"上帝本体论证明"，阿奎那是欧洲思想史上重要的神学家，他的主要著作是《神学大全》《哲学大全》《反异教大全》等。阿奎那宗教哲学的基本特点是把亚里士多德哲学和神学结合，创立了自己独特的哲学和神学体系。

中世纪的欧洲教育得到了较大发展。1100年左右，欧洲的基础教育进入发展兴盛时期，学校数量快速增加，学生来源和课程设置也发生了很大变化。除原来的以传授教义和阅读祈祷文为基本内容的课程外，还增加了法律和世俗管理方面的内容。学校还要求学生通过对一些古典著作的研究，全面了解拉丁语法知识和写作技巧。随着与社会相关课程的增加，学校也逐步脱离了教会的控制并迅速发展起来，受教育的人也越来越多。

大学的出现是欧洲中世纪教育发展的一个重要变化，是中世纪西方文化对人类文化教育发展的突出贡献之一。中世纪最早的大学是位于意大利那不勒斯附近的萨莱诺大学。[2] 欧洲古老的大学还有意大利的波伦亚大学、法国的巴黎大学等。12世纪后期到13世纪，欧洲许多国家也纷纷成立大学，主要有英国的牛津大学（1168）和剑桥大学（1209）、法国的蒙彼利埃大学（1181）和图卢兹大学（1230）、意大利的那不勒斯大学（1224）和帕多瓦大学、西班牙的帕伦西大学（1212）、葡萄牙的里斯本大学（1290）以及奥地利的维也纳大学（1365）和德国的科隆大学（1388）等。

14世纪至17世纪是西欧国家从中世纪向近代过渡的时期，是西欧封建社会向资本主义社会转变的时期。这一时期产生的文艺复兴运动是西欧新兴资产阶级发起的一场反封建、反教会的资产阶级思想文化运动，是新

---

[1]　王立新主编《西方文化简史》，河南人民出版社，2005年版，第144页。

[2]　王立新认为，12世纪，意大利出现得最早的大学是波伦亚大学。王立新主编《西方文化简史》，河南人民出版社，2005年版，第140页。

兴资产阶级在文学、艺术、哲学和科学领域对封建主义、中世纪神学和经院哲学发动的一场思想革新运动，它解放了人的思想，从根本上动摇了整个西方神学世界观的基础。

文艺复兴延续三个世纪，分为三个阶段。14 世纪至 15 世纪中叶是以佛罗伦萨为中心的早期意大利文艺复兴时期，这一时期展开了批判经院哲学的启蒙运动，提出了人文主义思想。人文主义者借助古希腊罗马文化中的理性精神和人本精神，在批判中世纪神学和封建思想意识的基础上，创造出了适应时代发展要求的新思想、新道德和新文化。14 世纪至 15 世纪中叶的文艺复兴运动主要局限在意大利，从 15 世纪中叶到 16 世纪逐渐延伸到德国、法国、英国、西班牙等国。

人文主义反对以神为中心，提倡以人为世界的中心，肯定人的价值、尊严和力量，以人权反对神权，以人性反对神性；肯定现实生活，视现世幸福高于一切；主张个性解放，用个性解放反对禁欲主义；强调理性，用理性反对蒙昧主义和神秘主义，重视人的聪明才智，提倡知识、科学，反对愚昧；在政治思想方面拥护中央集权，反对封建割据，主张有一个强大的、具有美德的君主，实行理想化统治。我们也注意到，人文主义反对封建思想而不反对封建王权，反对教会腐败而不反对宗教本身。在反对禁欲主义、追求财富和爱情自由的同时，人文主义也存在纵欲和极端个人主义的问题。

在政治学和哲学领域，欧洲人文主义者取得了卓越的成就。意大利的马基雅维里、英国的托马斯·莫尔、意大利的康帕内拉等名家的政治思想，为人类政治思想理论宝库的丰富做出了贡献。

尼克罗·马基雅维里（1469—1527）是意大利文艺复兴时期的政治理论家、史学家，也是近代政治科学的先驱。他的《君主论》（又称《霸主》）主要总结意大利几百年来的社会政治发展历史；《论李维的前十卷书》（又称《罗马史论》）主要评论古罗马历史，借古鉴今。

托马斯·莫尔（1478—1535）是英国著名的政治活动家和思想家、空想社会主义者。1515 年至 1516 年，他完成了不朽之作《乌托邦》（全名为《关于最完美的国家制度和乌托邦新岛的既有益又有趣的金书》）。在书中，他批判了英国和欧洲其他国家的君主专制制度和刚刚产生的资本主义制度，描绘了美好的乌托邦理想社会。

托马斯·康帕内拉（1568—1639）是意大利早期空想社会主义的另一代表人物。他的传世巨作《太阳城》受到柏拉图的《理想国》和莫尔的《乌托邦》的深刻影响，是作者力图改造社会、寻找拯救人类的出路、建立幸福社会的探索。

文艺复兴时期，欧洲哲学家们对过去的哲学进行了批判性的修正与创造性的思考，对未知领域进行了尝试性的探索。十五六世纪，哲学领域具有代表性的是摆脱了亚里士多德条框的自然哲学理论和英国的唯物主义。

尼古拉·库萨（1401—1464）是在继承、弘扬新柏拉图主义和泛神论传统基础上产生的第一位自然哲学家。他的《有学问的无知》一书通过泛神论阐述了具有唯物主义性质的自然哲学思想。尼古拉的自然哲学还具有一定的辩证思想，是近代第一个坚持"对立面一致"观点的哲学家。

倍尔那狄诺·特莱肖（1509—1588）是具有唯物主义倾向的自然哲学家，他的著作《物性论》（又称《按照事物本身的原则论事物的本性》）力求只从世界本身来说明世界，而不诉诸任何超自然的力量。在自然观上，特莱肖肯定世界是物质的。

乔尔丹诺·布鲁诺（1548—1600）是文艺复兴时期卓越的自然哲学家、伟大的思想家和科学家。他著有《论原因、本原和太一》《论无限性、宇宙和诸世界》《论三种极小和限度》等学术著作。布鲁诺在哲学上的贡献是对近代唯物主义和辩证法的首次阐释。

西欧文艺复兴的思想解放作用不但表现在人文科学方面，也表现在自然科学方面，其中天文学的发展居于领先地位，代表人物是哥白尼、布鲁诺、伽利略、开普勒。尼古拉·哥白尼（1473—1543）是杰出的天文学家，他根据丰富的观测资料和细致的计算研究，写出了划时代的科学巨著《天体运行论》，创立了"日心说"。布鲁诺认为，太阳并不是宇宙的绝对中心，宇宙是无限的，在太阳之外还有无数个类似的恒星系统，从而发展了哥白尼的"日心说"。伽利略奥·伽利略（1564—1642）是意大利天文学家、数学家、物理学家，是欧洲自然科学的创始人之一。他著有《关于托勒密和哥白尼两大世界体系的对话》（《关于两个世界体系的对话》）、《新科学谈话》、《论力学和运动》等书。约翰尼斯·开普勒（1571—1630）是德国杰出的天文学家和数学家，他的研究为哥白尼的理论提供了可靠的数学依据，捍卫和发展了哥白尼的天文学理论。他创立了行星运动三定律,即"开普勒定律"。他的三大定律奠定了经典天文学的基础,为牛顿后来发现万有引力定律奠定了基础。

文艺复兴时期,文学家们冲破神学对文艺的禁锢,恢复和发展了古希腊罗马文艺理论的传统,重视文学艺术的社会作用,提出了一系列文艺理论。意大利文艺复兴的先驱薄伽丘①提出了"诗的虚构中隐藏着真理"的学说,强调诗歌的教化作用。意大利的思想家卡斯特尔维屈罗提出了文艺创作的"三一律"原则:"事件中的地点必须不变","表演的时间和所表演的事件的时间,必须严格地相一致","事件的时间不超过十二小时",在有限的时间和地点内"完成主人公的巨大幸运转变"。②英国文艺复兴时期的诗人、文学批评家锡德尼在其《为诗辩护》一书中指出,诗的方法主要是通过虚构或想象来创造完美的形象,以感动读者,取得哲学家、道德家、历史学家所不能取得的效果。英国伟大的剧作家莎士比亚为世界文学的发展做出了突出的贡献,同时在文学理论方面也颇有建树。他认为,自然是艺术的源泉,艺术必须模仿自然。自然比艺术更丰富、更美好。同时,他重视文学想象的作用。他认为:"诗人的眼睛在神奇的狂放的一转中,便能从天上看到地下,从地下看到天上。想象会把不知名的事物用一种形式呈现出来。"③

16世纪欧洲的宗教改革运动,是人文主义思想在宗教领域内的运用和发展。宗教改革运动是从德国开始的,主要的派别有:德国路德的宗教改革、瑞士加尔文的宗教改革和英国的宗教改革。欧洲宗教改革者对以罗马教皇为首的教会进行了猛烈抨击,削弱了以罗马为中心的教会在欧洲的神权统治,同时逐渐摆脱了教会组织的羁绊,建立起了适应资产阶级或新兴民族国家统治者需要的新教各派教会。这场宗教改革运动是欧洲从中世纪迈入近代社会的重要一步,对欧洲国家和民族的历史、文化和信仰产生了深刻的影响。

17世纪是欧洲资本主义蓬勃兴起、封建制度日趋灭亡的时期。17世

---

① 薄伽丘的代表作短篇小说集《十日谈》是欧洲近代文学史上第一部现实主义作品,它不仅奠定了欧洲近代短篇小说的基础,而且以全新的面貌对欧洲现实主义文学产生了巨大影响。

② 马新国主编《西方文论史》第3版,高等教育出版社,2008年版,第88页。

③ 马新国主编《西方文论史》第3版,高等教育出版社,2008年版,第100页。

纪初，荷兰的尼德兰资产阶级革命取得了最后的胜利，建立了第一个资产阶级共和国。当时的荷兰成为欧洲科学文化中心。格劳秀斯和斯宾诺莎是17世纪荷兰著名的两位思想家。

胡果·格劳秀斯（1583—1645）是资产阶级的政治思想家、资产阶级自然法学派的创始人之一、近代国际法理论的奠基人。格劳秀斯的自然法理论的特点是用"人"的眼光来观察国家，从理性和经验中总结出国家的自然规律。他的政治学说是建立在人性论的基础上，认为人生来就有社会性，人的行为是受理性支配的，而理性就是自然法的渊源。格劳秀斯认为，国际关系应以国际法为基础，而国际法的准则是正义和公理。

别涅狄克特·斯宾诺莎（1632—1677）是著名的资产阶级唯物主义哲学家和政治思想家，他的著作有《神学政治论》和《伦理学》等。他主张哲学摆脱宗教的控制，政教分离；他反对限制公民自由，认为最好的国家形式就是民主制度；在国家起源问题上，他提出自然法和天赋人权论。

17世纪至18世纪初期，法国、英国和德国等国出现了布瓦洛、屈雷顿、高特雪特等新古典主义方面的文学理论家。法国诗人、文学理论家尼古拉·布瓦洛（1636—1711）是法国新古典主义的代表，他的《诗的艺术》一书对法国17世纪新古典主义艺术实践进行了较为全面的总结，在艺术创作的某些具体问题上提出了一些现实主义的见解。

17世纪中叶，英国资产阶级革命爆发，1688年确立了君主立宪制。1689年3月国会通过了具有深远影响的《权利法案》，进一步巩固了君主立宪制。这标志着中世纪的结束和欧洲近代史的开端。

17世纪，欧洲在科学和以理性为核心的哲学方面得到了长足的发展，构成了近代欧洲文化的起点。弗兰西斯·培根（1561—1626）是英国唯物主义哲学家、英国经验主义哲学的开创者、西方近代哲学的奠基人之一。培根的学术著作有《学术进步》（《学术的进展》）、《新工具》、《新大西岛》等。培根针对亚里士多德的逻辑演绎法，提出了以自然科学为基础的归纳法，提出了唯物主义的反映论：自然界是独立于人的意识而存在的物质世界，自然规律是客观存在的，哲学的主要内容就是通过认识和研究，发现自然规律，以达到征服自然、为人类谋福利的目的。他认为，人类的知识和力量是结合在一起的，只有认识了自然，才能支配自然，才有力量，因此他提出了"知识就是力量"的著名格言。①

勒内·笛卡儿（1596—1650）是法国著名的哲学家和数学家，近代理性主义的创始人。他的主要哲学著作有《方法谈》（《方法论》）、《形而上学的沉思》、《哲学原理》等。他认为，在自然科学内，物质是唯一的实体，是存在和认识的唯一依据。

约翰·弥尔顿（1608—1674）是 17 世纪英国资产阶级思想家之一，他的著作有《论出版自由》《偶像破坏者》《为英国人民辩护》《建设自由共和国的简易办法》等。弥尔顿站在资产阶级的自由权利神圣不可侵犯的立场上，对封建君主专制制度进行了猛烈的抨击。他认为，无论在和平时期还是战争时期，政府执政都要首先保障人民的自由，只有人民享有充分的自由，政治生活才是完善的。

詹姆斯·哈灵顿（1611—1677）是英国 17 世纪著名的政治思想家，他的学术著作是《大洋国》。他认为，财产是国家的基石，国家的性质、政府的形式是由财产中最重要的因素——地产的分配情况决定的。哈灵顿提出了政府的组织原则以及如何防止封建专制制度复辟的观点，对西方政治思想的发展和欧美资产阶级国家政治制度的建立产生了重要影响。

约翰·洛克（1632—1704）是英国经验主义哲学的鼻祖，是英国革命后期著名的政治思想家，他的主要著作有《人类理智论》、《政府论》、《论宗教宽容》和《论教育》等。洛克首次提出了关于国家政治组织形式的"三权分立"学说。他将国家权力分为立法权、执行权和对外权三种。他第一次从理论上说明了资产阶级"天赋人权"的基本原则，深刻地影响了以后美国独立战争和法国大革命。洛克的《教育漫话》完全摆脱了中世纪的神学体系，他的教育观点不是从神学和"来世"出发，而是立足于现实生活的需要，这是划时代的创举。洛克认为，"观念和原则同艺术和科学一样，不是天赋的"。在他看来"人类之所以千差万别，便是由于教育之故"。教育对人的后天发展起着重要的作用。②

在经历了与封建神学的艰巨斗争之后，从 17 世纪中叶起，西方自然科学技术蓬勃发展。望远镜、显微镜、温度计、气压机、抽气机和钟摆等观

---

① 王立新主编《西方文化简史》，河南人民出版社，2005 年版，第 189 页。
② 〔英〕约翰·洛克：《教育漫话》，傅任敢译，教育科学出版社，1999 年版，第 187 页。

察和实验用的仪器相继被发明和应用，成为科学研究卓有成效的手段和巨大推动力。

伊萨克·牛顿（1642—1727）是英国伟大的科学家，也是世界科学历史上对人类文明做出划时代贡献的科学家，他在数学、物理学和天文学等领域具有卓越的成就。牛顿在伽利略等人研究的基础上，总结前辈的成就，把天文学和动力学结合起来，进行了深入的研究。1687年，他出版了《自然哲学的数学原理》一书。该书是欧洲近代科学史上最伟大的著作之一。在这本具有划时代意义的巨著里，牛顿详细地阐述了他的力学三定律和万有引力定律。在数学方面，牛顿和莱布尼茨共同建立并发展了微积分。牛顿用三棱镜分析日光，发现白光由不同颜色即不同波长的光组成，这成为光谱分析的基础。

18世纪，欧洲出现了一场思想文化启蒙运动。资本主义生产方式的产生是这场运动兴起的经济基础。17世纪英国的经验主义哲学和法国的唯理性论哲学是这场运动兴起的思想基础。这场思想启蒙运动继承和发展了16世纪文艺复兴的人文主义精神，反对中世纪的封建统治及几百年来教会思想对人的束缚，提出以人而不是以神为中心的世界观。启蒙思想家利用近代以来所积累的关于自然和人的各种科学知识成果和哲学认识成果，特别是运用自然法理论，以人的本性作为思想的出发点，为人民描绘出理性的人类社会组织形式——一个自由、平等、博爱、基于天赋人权之上的理性国家，并构想出实现理性王国的途径。

法国的思想启蒙运动，在18世纪20年代兴起，到60年代达到高潮。运动中著名的启蒙思想家有孟德斯鸠、伏尔泰、卢梭等。60年代以后，著名的启蒙思想家是"百科全书派"的领袖狄德罗。

夏尔·德·塞孔达·孟德斯鸠（1689—1755）是18世纪法国著名的资产阶级启蒙思想家，他在《论法的精神》一书中提出的思想，对法国大革命时期的《人权宣言》和美国革命时期的《独立宣言》均产生重要影响。孟德斯鸠认为，政治自由就是君主按照法律去进行统治，公民按照法律去行动，把政治自由与法律有机统一。孟德斯鸠仿效洛克的"三权分立"原则，提出实行立法、司法、行政三权分立。他认为，实行"三权分立"的君主制是最合乎理性的政治制度。这样可以避免君主滥用权力，更好地保障公民自由。孟德斯鸠的"三权分立"原则对西方近代政治制度的完善和发展产生了决定性的影响。

让·雅克·卢梭（1712—1778）是法国著名的启蒙思想家，他著有《民约论》、《论人类不平等的起源》和《论科学与艺术》等。《论人类不平等的起源》通过考察人类社会不平等现象的产生和发展过程，揭示了人类不平等的根源。《社会契约论》是为建立资产阶级共和国而提出的政治方案，集中体现了卢梭的政治主张。他第一次提出了"主权在民"的思想。他认为，社会契约是人民之间自由结成政治团体而订立的，国家是人民自由协议的产物，国家的最高权力应当属于人民。国家必须代表公共意志，为公共利益服务。由公民选举领袖的共和制是最好的政体。法国著名的《人权宣言》和1793年的宪法都体现了卢梭的政治思想。卢梭的理论对后来资产阶级革命时代的许多国家产生了重要影响。卢梭在教育领域贡献颇大，他根据其天性论，主张教育必须顺遂天性的自然发展。他的教育理论在18世纪的欧洲是富于革命性的。

伏尔泰（弗朗索瓦·马利·阿鲁埃）（1694—1778）是法国著名的哲学家和历史学家，是法国启蒙运动的倡导者和领袖。在哲学思想上，伏尔泰的哲学著作《哲学通信》所阐述的主要是经验主义的哲学观点。伏尔泰从唯物主义的经验论出发，既批判了笛卡儿的"天赋观念"论，又无情地抨击了教会的统治，批判了宗教学思想。在政治思想上，伏尔泰认为，人生而平等及自由，自由是人的天赋权利，他反对一切压迫，反对封建等级和特权，倡导自由和平等，倡导法制、出版自由和信仰自由，主张建立一个更为有效的政府管理制度。

德尼·狄德罗（1713—1784）是法国"百科全书派"的领袖，是18世纪法国杰出的启蒙运动的思想家、哲学家和教育家。狄德罗与达兰贝尔、爱尔维修和霍尔巴赫合编了举世瞩目的《科学、艺术和工艺的详解词典》（简称《百科全书》）。《百科全书》传播了当时先进的科学文化知识和唯物主义进步思想，启迪了人们的心灵。在哲学上，狄德罗坚持世界只有一个本源的观点，认为宇宙实体就是物质实体，超自然的独立的精神实体是根本不可能存在的，人应当在自然中而不是在头脑中把握物体。在教育上，狄德罗重视教育的作用，肯定教育的民主特性，认为优良的自然素质绝不是少数贵族所特有的。

18世纪的法国唯物主义哲学家，除狄德罗外，还有拉·美特利（又译拉·美特里、拉·梅特里）、爱尔维修和霍尔巴赫等，他们在启蒙运动中占有重要地位。拉·美特利（1709—1751）是法国唯物主义哲学家，著有《人是机器》和《心灵的自然史》。他认为，在宇宙里只有一种特质实体，一切都是它的产物和表现形式。克劳德·阿德里安·爱尔维修（1715—1771）是法国唯物论的杰出代表，著有《论精神》和《论人的理智能力和教育》（简称《论人》）等。他坚持物质第一性，认为精神只是人们对物质世界的认识与感受。他坚持唯物主义的感觉论，反对一切关于人的精神的神秘观念。他肯定自然界中存在各种各样的物体，而构成物体的最重要性质是广延性、密度和不可入性。在教育上，爱尔维修提出了"教育万能说"。该学说主要含义：第一，人是他（她）所受的教育的结果；第二，完善的教育是改造社会的主要手段。

保尔·霍尔巴赫（1723—1789）是法国杰出的唯物主义哲学家和政治思想家，他的著作有《自然体系》、《自然政治》、《社会体系》和《道德政治》等。他认为，一切都是被机械地决定了的，一切因果联系都是必然的。他把机械唯物论直接应用于人，大力驳斥了"灵魂不灭"和"意志自由"等宗教唯心主义思想。伟大领袖列宁在谈到上述唯物主义哲学家在启蒙运动和欧洲近代史上的作用时曾指出："在欧洲全部近代史中，特别是18世纪末叶，在进行了反对一切中世纪废物、反对农奴制和农奴制思想的决战的法国，唯物主义成为唯一彻底的哲学，它忠于一切自然科学学说，仇视迷信、伪善行为及其他等等。"①

法国是启蒙运动的中心，许多启蒙思想家往往就是启蒙文学的优秀作家。法国的启蒙思想家把文学当作批判封建专制和宗教迷信、宣传启蒙思想的武器，因此法国的启蒙文学具有更丰富的思想内容和更强的革命性、战斗性。孟德斯鸠的《波斯人的信札》是第一部书信体哲理小说，以两个在法国旅行的波斯人与家人通信的方式，揭露法国君主专制的黑暗，讽刺教会的伪善，具有强烈的反封建精神。伏尔泰共写过26部哲理小说，主要作品有《查第格》《老实人》《天真汉》等。狄德罗著有《修女》、《拉摩的侄儿》和《宿命论者雅克》等3部哲理小说。卢梭的文学作品表现出激昂的反封建精神，其代表作是《新爱洛伊丝》、《爱弥儿》和《忏悔录》。

---

① 列宁：《列宁选集》第2卷，人民出版社，1995年版，第310页。

18 世纪下半叶至 19 世纪上半叶，佩斯泰洛齐、赫尔巴特、福禄培尔和第斯多惠等著名教育家为欧洲现代教育理论的发展做出了重要贡献。约翰·亨利赫·佩斯泰洛齐（1746—1827）是瑞士著名的资产阶级民主主义教育思想家，他深受卢梭自然教育思想的影响。他的教育思想可概括为：①教育是使人保持其本性和排除罪恶影响，并借此使社会得到改进的工具；②教育的根基存在于母子关系之中，爱是教育的起点、中心和终结；③基础教育的目的在于发展和提高学生的智力，而不在于教条的扩充；④知识教学从属于道德教育，道德教育的目的在于形成正确的道德判断和道德行为。佩斯泰洛齐的教育理论成为赫尔巴特、福禄培尔和第斯多惠等著名教育家的思想源泉之一。约翰·弗里德里希·赫尔巴特（1776—1841）是近代德国的哲学家、心理学家和教育家，以"科学教育学之父"闻名于世。他认为教育的目的应该依据伦理学，教育方法则由心理学来决定。福禄培尔·弗里贝尔（1782—1852）是德国近代教育家，是佩斯泰洛齐民主教育思想的信奉者，他以建立幼儿教育理论而著称于世。

18 世纪，德国在英、法等先进国家的影响下，也开始了启蒙运动。德国的启蒙运动的任务不是像法国那样导向革命，而是导向教育、哲学和文学的发展。

德国启蒙教育家巴塞多夫·约翰·贝恩哈特（1724—1790）深受卢梭思想的影响，著有《对真理之爱》，否认神的训诫，只承认自然本身的启示。他在儿童教育理论方面多有建树。德国启蒙哲学家克里斯蒂安·托马修斯（1655—1728）主张哲学应摆脱经院神学的束缚，注重实际知识和现实生活，强调将启蒙思想理论运用到教学实践中。戈特弗里德·威廉·莱布尼茨（1646—1716）是启蒙时代享有世界声誉的数学家和哲学家。他在数学上创立了微积分理论和"二进位制"，奠定了后世控制论和计算机原理的基础。克里斯蒂安·沃尔夫（1679—1754）是德国启蒙运动中的哲学家，他著有《神、世界和人的灵魂的理性思想》等书，他在莱布尼茨理论基础上建立起新的哲学体系，这一体系被称为"莱布尼茨—沃尔夫哲学"。

德国 18 世纪出现了一批伟大的思想家、文学家、艺术家，从而把德国的哲学、文学、音乐都推进到了全欧先进的水平。18 世纪七八十年代，德国发生了一场声势浩大的文学运动——狂飙突进运动。其基本精神是：反对封建专制统治，唤醒民族意识觉醒，建立民族文学，要求个性解放。高特荷德·埃夫拉姆·莱辛（1729—1781）是德国启蒙运动时期的优秀剧作家、文艺理论批评家、德国民族文学和现实主义戏剧理论的奠基人。他的美学名著《拉奥孔》和戏剧理论评论集《汉堡剧评》表现了莱辛对过去文艺理论强烈的批判精神，代表了莱辛在美学和文艺理论上的重大成就。约翰·沃尔夫冈·歌德（1749—1832）是德国伟大的诗人、剧作家和美学家。在文艺理论方面，歌德从自己丰富的艺术实践出发提出的文艺理论主张，具有明显的现实主义倾向和唯物主义特性。弗里德里希·席勒（1759—1805）是德国著名诗人、剧作家、美学和文艺理论家。他的美学著作《审美教育书简》受到康德哲学思想的影响，并发展了康德的某些思想。

18世纪中后期的工业革命从英国拉开了序幕。1769年，英国科学家瓦特制成了他的第一台大型蒸汽机。瓦特蒸汽机的发明解决了工业动力问题，从此以后，英国工业以及受其影响的西方各国工业纷纷进入"蒸汽时代"。英国资本主义由工场手工业生产过渡到机器大工业生产，这就是工业革命，也叫产业革命。产业革命首先从传统的棉纺织业实现机械化开始，继而扩展到采掘冶金、轻工业和运输业等各个工业部门。机器生产开始取代手工生产而成为资本主义工业的物质技术基础，从而大大地提高了劳动生产率和社会生产力。19世纪40年代，英国基本完成了产业革命，法国、德国等西欧国家和大洋彼岸的美国也在19世纪内先后完成了产业革命。19世纪末，西方各资本主义国家先后完成了第一次科技产业革命而走向强盛。工业革命是西方资本主义发展史上一个重要的转折点，由它开始的工业资本主义时期开启了真正近代意义上的资本主义时代。

19世纪，欧洲进入科学繁荣的时代。首先，自然科学取得了重大进展，一些学科逐步建立起系统的理论体系，在物理、生物、化学、数学等诸多领域都有重要的发现，其中能量守恒和转化定律、细胞学说和生物进化论这三大发现，为辩证唯物主义奠定了自然科学基础。其次，科学活动启发了实际应用和发明，科技发明又为科学与工业发展开辟了道路，这一时期，各国的新发明、新创造层出不穷，极大地改变了社会面貌。19世纪科学技术的发展，使人们认识到世界是物质的，世界是统一的，世界是由自然界进化而来的。

在生物进化论方面，英国生物学家查尔斯·达尔文（1809—1883）做出了历史性贡献。达尔文经过 20 多年的研究，于 1859 年出版了《物种起源》，1871 年出版了《人类的由来及性的选择》。达尔文用大量的事实和丰富的资料证明了"物竞天择、适者生存"的生物进化规律。他认为，生物界普遍存在变异现象，变异的基本原因是生活条件的改变。生物不仅有变异性，而且有遗传性。整个有机界（植物、动物和人）是长达千百万年发展演化的结果。达尔文的"生物进化论"所提出的"人是由古猿进化来的"理论震动了世界，驳倒了生物起源的"神创论"，在宇宙观上实现了一次巨大的飞跃。

在经济学领域，英国古典政治经济学的创立是欧洲 19 世纪前半期的最突出成果。英国古典政治经济学学说是由斯密和李嘉图创立完成的。他们受自然科学的影响，用科学抽象的方法，论证了劳动价值理论，并提出了资本主义社会的生产与分配问题。

亚当·斯密（1723—1790）是英国工业革命早期伟大的经济学家，著有不朽之作《国富论》（《国民财富的性质和原因的研究》）。他提出了劳动价值理论，认为商品的价值取决于一般社会劳动，一切劳动都创造价值，商品价值的多少取决于生产商品实际消耗的社会劳动。他的这一理论成为马克思主义政治经济学的来源。斯密提出的关于生产劳动和非生产劳动的理论，为马克思剩余价值理论的产生奠定了基础。他的经济自由理论构成了市场经济的理论基础和当时商品经济的运行原则，对欧美国家影响巨大。

大卫·李嘉图（1772—1823）是古典政治经济学的集大成者。1817年，他出版了《政治经济学及赋税原理》一书。他认为，商品的价值取决于其生产所必需的相对劳动量，而不是绝对劳动量。在李嘉图的经济学理论中，资本主义的分配问题占有极为重要的地位。他认为，工人作为商品出卖的是劳动，而劳动不能以劳动来决定，所以应用工资形式替换劳动的价值。

德国古典哲学是指 18 世纪末 19 世纪初德国新兴资产阶级的哲学，它提出了认识论、本体论、伦理学、美学、法哲学、历史哲学以及政治哲学等领域的各种重大问题和范畴，是欧洲资产阶级上升时期哲学发展的顶峰。德国古典哲学由康德开创，经过费希特和谢林的努力，在黑格尔的哲学体系中得到了最系统的阐述。伊曼努尔·康德（1724—1804）是德国古典哲学的创始人，他的主要著作有《纯粹理性批判》、《实践理性批判》和

《判断力批判》。费希特和谢林进一步发展了康德的哲学思想。费希特著有《知识学基础》、《知识学导言》、《论学者的使命》和《人的使命》等。谢林的主要著作有《自然哲学体系初稿》《先验唯心论的体系》等，他把费希特的主观唯心论发展为客观唯心论。[1] 弗里德里希·黑格尔（1770—1831）是德国著名的哲学家，他最主要的哲学著作有《精神现象学》、《逻辑学》、《哲学全书》、《法哲学原理》、《哲学史讲演录》、《历史哲学》（《历史哲学讲演录》）、《美学》（《美学讲演录》）等。辩证法思想是黑格尔哲学体系的"合理内核"，是对人类哲学思想的最大贡献。在欧洲哲学史上，黑格尔第一个把自然、历史和精神的世界作为一个系统来分析，揭示世界不断地运动、变化、改造和发展的内在规律。路德维希·费尔巴哈（1804—1872）是德国著名的哲学家，他著有《黑格尔哲学批判》等，建立了与神学和黑格尔唯心主义哲学相对立的人本学唯物主义哲学体系。

实证主义哲学的创始人是法国思想家奥古斯特·孔德（1798—1857），他的主要著作有《实证哲学教程》、《实证政治》（《实证政治体系》）等。实证主义哲学尊重事实与经验，注重事实与价值的区分，反对宗教神学和抽象的形而上学。孔德认为，一切关于事实的知识都以经验的实证材料为依据，只有实证的（即确切的、肯定的、有用的）知识即经验事实才有价值，才是科学的对象。

功利主义学说的开创者是英国思想家耶利米·边沁（又译杰雷米·边沁）（1748—1832），他的学术著作有《道德与立法原理》和《政府片论》等。他的主要思想观点是，人的全部活动、道德和立法的活动，都只能依据一个原则，即功利。功利就是追求快乐和避免痛苦，力争有利的东西而避免有害的东西。保障人的快乐和利益，不仅是个人的动机，也应该成为立法者的目标。

约翰·斯图亚特·穆勒（1806—1873）是边沁功利主义的继承者，他著有《逻辑体系》《政治经济学原理》《论自由》等。穆勒的功利主义在边沁理论的基础上有所发展，他认为，快乐有高低、优劣之分。他主张，理性的、有道德情操的快乐比仅仅是感官上的快乐要更高尚，更有价值。因此，当一个人追求快乐时，应该平等地顾及一切人的利益；功利的标准

---

① 沈之兴、张幼香主编《西方文化史》，中山大学出版社，2010年版，第205页。

不应是追求者一己之幸福，而应是与这一追求有关的所有人的幸福。①

19世纪初期，欧洲出现了三位伟大的空想社会主义者，他们是法国的圣西门、傅立叶和英国的欧文。他们对空想社会主义学说做出了重大贡献。他们从社会发展的观点或政治学原理出发，分析资本主义社会的种种弊端，并进行尖锐的批判，力图探求社会发展的一般规律，提出要建立新的社会制度。他们的理论包含有许多合理因素，但他们的理论还是一种不成熟的社会主义思想。

西方无产阶级文化以马克思主义理论为代表，是在吸收前人研究成果基础上不断创新的结果。马克思主义学说是卡尔·马克思和弗里德里希·恩格斯创立的理论，是西方无产阶级文化的典型代表。马克思主义理论主要由马克思主义哲学、马克思主义政治经济学和科学社会主义理论组成。

马克思主义哲学包括辩证唯物主义和历史唯物主义，是在批判各种资产阶级哲学派别，尤其是批判德国古典哲学中诞生的。社会存在决定社会意识的唯物史观的创立是马克思主义哲学的一个伟大贡献，它突破了黑格尔哲学和费尔巴哈哲学的历史局限性，为完成哲学和一切历史科学的伟大革命奠定了理论基础。

马克思主义政治经济学提出了劳动价值学说，马克思从分析商品二因素即使用价值和价值中导引出劳动二重理论，阐明了商品二因素同劳动二重性之间的内在联系和依存关系。马克思主义政治经济学还提出了剩余价值学说、资本积累学说、科学的社会资本再生产和经济危机学说等。

科学社会主义理论是马克思、恩格斯在吸收英国古典政治经济学、德国古典哲学和法国空想社会主义理论精华，将无产阶级革命思想与欧洲工人运动结合的基础上创立的。科学社会主义理论阐明了资本主义产生、发展和灭亡的客观规律，揭示了社会主义必然代替资本主义、最终实现共产主义社会的历史发展趋势。

19世纪后期，资本主义社会从自由竞争走向垄断，资本主义社会的道德水平普遍下降，社会矛盾比自由竞争时期更加复杂和尖锐。这一时期，以德国哲学家叔本华、尼采为代表的非理性主义哲学思潮开始兴起。他们否定现存的社会秩序，否定世界的整体性和人类的理性，对世界感到失

---

① 沈之兴、张幼香主编《西方文化史》，中山大学出版社，2010年版，第207页。

望，只好退回内心，强调意志。亚瑟·叔本华（1788—1860）是非理性主义哲学的开创者，是唯意志论哲学家。他的著作有《作为意志和表象的世界》等。他认为世界的本原和人的本质是意志，而不是理性。弗里德里希·尼采（1844—1900）是德国著名哲学家、思想家，他的主要著作有《悲剧的诞生》、《查拉图斯特拉如是说》、《善恶的彼岸》和《权利意志》等。尼采哲学以积极行动代替悲观主义，其反叛精神对于那些不满现实、要求张扬个性的小资产阶级知识分子有很大的影响。

20 世纪初的西方现代主义文化思潮主要有直觉主义、存在主义、弗洛伊德的精神分析学说和实用主义哲学等。

亨利·伯格森（1859—1941）是法国哲学家、直觉主义美学家，是 20 世纪初西方非理性主义哲学思潮的代表。他的主要著作有《物质与记忆》《创造进化论》等。伯格森直觉主义哲学的基础是时间和生命冲动理论。他认为，生命冲动追求着创造性和个性，造成绵延不绝的进化，它在时间或运动的某一点上的停滞，就会变成物质。① 在文学艺术上，他强调艺术的无意识、艺术家的作用和艺术的内在规律，强调天才、个性、灵感和艺术的特殊功能。

存在主义出现在 20 世纪的德国，当时以卡尔·雅斯贝斯（1883—1969）和马丁·海德格尔（1889—1976）为代表的一批哲学家，一反西方哲学传统，主张从人的存在来解释现实世界，关注个人的生存境遇，并追求人性的复归。存在主义哲学的集大成者是法国哲学家让 - 保罗·萨特（1905—1980），其存在主义哲学的核心命题是"存在先于本质"。萨特的存在主义哲学在第二次世界大战后初期影响遍及欧美、日本等国家，在这些国家的文学艺术领域也产生了较大影响。

精神分析学说的创始人是奥地利精神病医生西格蒙德·弗洛伊德（1856—1939）。精神分析起初只是一种治疗神经系统疾病的方法和研究人类心理功能的技术，由于弗洛伊德的杰出贡献，它成为现代心理学的一个重要流派，并对文学、艺术、宗教、道德和人类学等诸多领域产生较大影响，成为 20 世纪最具影响力的思潮之一。

实用主义哲学源自美国，其创始人是查理·皮尔斯（1839—1914）。

---

① 马新国主编《西方文论史》第 3 版，高等教育出版社，2008 年版，第 317 页。

实用主义哲学充分体现了美利坚民族注重求实精神、履行功利主义的原则，是 20 世纪美国哲学对世界文化的贡献。实用主义思想在威廉·詹姆斯那里得到了系统发展。在詹姆斯之后，杜威将实用主义哲学进一步发展并应用于各个领域，成为美国最负盛名的实用主义哲学家。

分析哲学的发展集中代表了 20 世纪西方哲学的另一股潮流——科学主义的潮流。分析哲学家很多出身于数学、物理学等自然科学领域，他们以尊重事实、崇尚科学自居，试图建立一套科学的认知模式。早期分析哲学的奠基人包括弗莱格、罗素、摩尔和维特根斯坦等。在逻辑分析哲学发展的初始阶段，弗莱格把哲学分析变成语言分析的理论，给后来的哲学家以很大的影响。罗素提出了被他称为"逻辑原子主义"的理论。根据这一理论，一切科学命题和概念都可以分解为一些不可再分的、基本的经验单位，罗素称它们为"原子事实"。

综上所述，西方文化历史悠久，源远流长，成就辉煌。西方文化对人类文化的发展做出了突出贡献，在世界文化发展史上具有重要地位。西方文化，尤其是西方近现代文化对包括东亚文化在内的世界文化的发展影响深远。

从 19 世纪下半叶开始，西方近现代先进文化冲击着其他古老地区的文明、文化，尤其是对在近现代发展滞后的东方文化冲击巨大。西方文化的崛起和东方文化的衰弱，两大文化此消彼长，改变了世界的文化图景和格局。

19 世纪下半叶至 20 世纪上半叶是西方文化与东亚传统文化碰撞的时期，是东亚社会、政治、经济和教育等剧烈变革的时期。西化与本土化、现代性与传统性、殖民与救亡、变革与保守是近现代东西文化冲撞、交汇中特定历史时空的产物。在西方文化的影响下，东亚各国现代文学均先后不同程度地发生了从形式到内容的变化。

在下面的章节中，我们将从文化与文学关系的视角，从世界历史、文化发展的视域，分析西方文化如何在东亚各国传播，西方文化的传播如何带动了西方文学的传播，西方文学的传播如何推动了东亚各国现代文学的转型升级、如何影响了东亚各国现代文学的形成和发展。

第二章

全球视域下的西方文化与中国现代文学

在古代，源远流长、博大精深的中国文化对世界文化的发展产生了重要的影响，做出了巨大的贡献。在近代，由于闭关自守，故步自封，中国国势日益衰败，对世界文化发展的影响力也日益衰弱。与中国的颓势形成鲜明对比的是，西方近代新型文化、先进科技异军突起，突飞猛进，对世界文化的影响越来越大，尤其是对日益落后的中国社会产生了极大的影响，对中国文化的吐故纳新、升级发展发挥了重要的作用，对中国现代文学的转型升级产生了积极的影响，做出了突出的贡献。下面，我们从全球视域下西方文化在中国的传播、西方文化与中国现代文学之关系两个大的方面进行系统论述和分析。

第一节　全球视域下西方文化在中国的传播

西方文化在中国传播的主渠道是中国先知先觉的知识精英在救国图强的过程中主动学习西方文化。通过这个途径，西方文化传播到了中国。下面，我们就中国人主动吸纳西方文化的历程和成就进行较为系统的论述。

从 19 世纪 40 年代起，以英国为首的西方列强以坚船利炮打开了古老中国的大门，一步步将中国变为半殖民地半封建社会，并且将中国变为它们的原料产地和商品市场。西方列强对中国的殖民侵略促使中国人觉醒，促使中国的仁人志士开始思考、反思传统文化，促使中国人积极摄取西方先进思想文化，以达到救亡图存、富国强兵的目的。在这种主动容摄西方文化的动力推动下，西方文化以前所未有的规模和速度在中国广泛传播。

1840 年爆发的鸦片战争是中西关系的分水岭，它的直接起因是英国进行肮脏的鸦片贸易。18世纪中期以后，虽然清政府仍实行闭关政策，与外国实行有限通商，但贸易规模仍有相当发展。以英国的主要对华贸易机构东印度公司为例，据统计，从1784年之后的50年内，它输入中国的货值就增长了5—6倍。尽管如此，在中英贸易中，由于中国封建经济固有的自给自足性，英国一直处于贸易逆差的地位。为了改变这种不利状况，英国竟然向中国大规模地偷运鸦片。鸦片的泛滥造成了严重的社会危害。清政府在屡禁不止的情况下，决定铲除这一毒瘤。1839年，中国掀起禁烟运动。英国以此为借口，公然挑起蓄谋已久的侵华战争。

1840年6月，鸦片战争正式爆发。中国军民奋勇抵抗，林则徐在广州、邓廷桢在厦门、葛云飞在定海先后给侵略者以痛击，各地民众也踊跃参战，特别是广州三元里人民，"以区区义兵，围夷首，斩夷帅，歼夷兵"，给英军以重创。但由于清朝的腐败无能和全局指挥的混乱，闽、浙、苏沿海重要城镇相继陷落。1842年8月，清朝被迫与英国签订了《南京条约》，中国割地赔款，开口通商，开始沦为西方国家肆意搜刮的对象。继英国之后，美国、法国于1844年强迫清政府分别签订了《望厦条约》和《黄埔条约》，中国的主权遭到了更严重的侵害。除西方大国外，甚至葡萄牙（1843）、比利时（1845）、瑞典（1847）、挪威（1847）等国也趁机从中国获得了通商权。①

19世纪50年代初，太平天国运动兴起，清朝的统治危机日益加深。1856年，英国趁机再次发动侵华战争，史称第二次鸦片战争。1858年，英法联军进逼天津，清政府被迫屈服，相继与美、俄、英、法签订《天津条约》。1859年，英法继续扩大战争，次年攻入北京，逼迫清政府签订中英、中法《北京条约》。第二次鸦片战争是中国走上半殖民地化道路的重要标志。西方列强通过一系列不平等条约，把侵略的触角从沿海伸入内陆、从经济领域伸入政治领域，开始了对中国的全方位侵略。大片国土的沦丧使中国长期以来形成的疆域遭到践踏，面临被西方列强瓜分的危机、面临亡国灭种的威胁。

面对西方列强的侵略威胁，中国人不得不正视残酷的现实，反思自身发展的落后问题。中国人深刻地认识到，近代的西方人已经不再是以前骚

---

① 丁名楠、余绳武：《帝国主义侵华史》第1卷，人民出版社，1961年版，第41页。

扰中国的"蛮夷"之辈，而是难以遏制的强敌。"中国接受这种现实乃是当务之急，尽管这样做是不愉快的。"① 中国人也认识到，要图强自保，必须改弦更张，学他人之长，补己之短。中国人主动学习、吸收西方文化为己所用，这极大地推动了西方文化在中国的传播，推动了中国文化的近代化。

林则徐（1785—1850）是近代中国开眼看世界的第一人。林则徐在广东领导查禁鸦片和抗英斗争期间，命人搜集英国的军事、政治等各种情报，搜集各种有关西方国家的资料，然后将这些资料翻译成中文。林则徐基于翻译的资料，根据英国在广东贩卖鸦片的实际情况，制定抗英决策。

林则徐组织人员翻译了英国人慕瑞（又译慕莱）的《世界地理大全》（又译《地理百科全书》），并亲自加以修订，编辑成书，书名为《四洲志》，叙述了世界上 30 多个国家的地理情况，为中国人系统了解世界地理提供了丰富的素材。另外，林则徐还让人翻译了瑞士人滑达尔的《万国公法》，译名为《各国律例》或《滑达尔各国律例》。

林则徐在广东禁烟抗英有功，却遭到投降派的污蔑陷害，被道光皇帝下令革职，并流放新疆。1841 年 6 月，林则徐在北上途中经过镇江会见了好友魏源。两人分别之时，林则徐把《四洲志》书稿以及其他关于西方国家的资料交给了魏源，委托他将外国史地做进一步的整理、研究，之后编辑出版一部新书。

魏源（1794—1857）是继林则徐之后近代中国启蒙运动的先驱者。魏源受林则徐委托后，立即埋头著述，除了引用《四洲志》全文外，还征引了历代史志、中外著作、翻译书刊、奏稿文件等各种资料，最终于 1843 年 1 月编成《海国图志》50 卷，共 57 万字。之后陆续加以修订增补，1847 年补充为 60 卷，1852 年又增加到 100 卷。百卷本全书约 88 万字，并有各种地图 75 幅、西洋船炮器艺图说 42 页。其内容除世界各国的历史、地理以外，还有总结鸦片战争经验教训、论述海防战略战术的《筹海篇》、翻译西人论述的《夷情备采》及西洋科技船炮图说等。这是近代中国人自己编撰的第一部系统介绍世界历史、地理，知识最丰富的重要著作。当时中

---

① 〔美〕费正清、刘广京：《剑桥中国晚清史》（下），中国社会科学院历史研究所编译室译，中国社会科学出版社，1993 年版，第 87 页。

国人编写的其他关于世界史地的著作，还有徐继畲的《瀛环志略》、梁廷枏的《海国四说》等。

魏源的《海国图志》冲破了"中国中心""天朝上国"等传统旧观念，树立了中国并非世界中心而只是世界一员、应学习外国长处的新世界观念。魏源把香港英国公司绘制的地球全图放在全书之首，如实反映世界整体面貌和中国在世界上的位置及大小。魏源的《海国图志》为国人了解世界大势、学习外国先进的军事和科学技术提供了可靠的资料，开创了向西方学习的时代新风，对后来的洋务运动和维新变法运动都具有一定的启示意义。

19 世纪中叶以后，中国人主动大量译介西方学术著作，西方文化因此在中国不断传播、浸透。中国知识分子从救亡图存的角度重新审视西方文化，并在上层人物中逐渐形成"中学为体，西学为用"的文化建设新主张。华夷之辨的传统观念从根本上被动摇，中国开始主动吸纳西方的科学文化。传播西学的方式在 19 世纪中叶以后向多元化发展，传播的范围也从官方扩展到民间。

从 19 世纪 70 年代到 90 年代，随着洋务运动的开展及其他一系列改革的深化，中国逐渐出现了一些吸纳西方文化的新气象，对西方文化的学习意识越来越强。洋务运动所推动的西学引入，是沿着从办实业到引进自然科学和社会科学的路径发展的。19 世纪 60 年代初期，清朝统治者中的洋务派就大力主张兴办军用企业，以求"自强"。19 世纪 70 年代之后，为了解决资金不足问题，洋务派转向"求富"的目标，大力兴办官办、官督商办、官商合办的民用企业，其中以官督商办为主。1865 年 9 月 20 日，曾国藩、李鸿章在上海开办江南机器制造总局。经过大力购置设备、扩建工厂，1867 年逐步建成了包括机器厂、洋枪楼、汽炉厂、铸造厂和轮船厂等在内的大型制造机构。1866 年，左宗棠创办了轮船制造厂——马尾船政局。1867 年，三口通商大臣崇厚创办天津机器制造局。1872 年，李鸿章在上海创办了轮船招商局，这标志着洋务运动从创办求强的军用企业向创办求富的民用工业企业转变。1878 年，李鸿章开办开平矿务局。到 19 世纪 90 年代，大量洋务派创办的民用企业已经投入生产。1890 年，汉阳铁厂开始动工兴建，1893 年 11 月建成。1891 年，大冶铁矿建成投产。盛宣怀、张之洞在 19 世纪 90 年代在武汉设立了织布官局、纺纱官局、缫丝局。此外，洋务派还兴办了交通运输业、电报业等。

在走向"自强"和"求富"的历史实践中，洋务派认识到，无论是军事工业的兴建和管理，还是民用事业的创建和经营，人才的培养是根本。由于与各国交往的需要，洋务教育首先是从学习外国语言文字开始的。1862 年 6 月 11 日，由总理衙门主办的京师同文馆成立。学校最初只设英文馆，后又设法文馆和俄文馆。1867 年又设天文算学馆。同文馆从起初的单纯培训中西外交所需译员的学校变为教授外语加天文、算学的新式学校。

洋务运动兴起后，在中外长期隔绝的情况下，洋务派只能借助于翻译解决洋务事业所需要的科学知识和技术，于是学习西方语言文字和翻译西书开始大规模兴起。当时有九大翻译机构：墨海书馆、美华书馆、京师同文馆、江南制造局翻译馆、格致汇编社、益智书会、广州博济医院、天津水师学堂、广学会。其中，京师同文馆、江南制造局翻译馆和天津水师学堂等三家为洋务官办。从 1862 年至 1898 年间，京师同文馆共译书 29 种。江南制造局翻译馆于 1868 年正式开馆，聘请中外名家作为译员。自 1868 年开始译书，到 1907 年，共译书 199 种。① 自 1871 年至 1909 年共译书 160 种。② 江南制造局翻译馆所译书籍主要是自然科学和应用技术方面的。在当时，堪称精品的书籍有《代数术》、《微积溯源》、《电学》、《声学》、《光学》和《化学鉴原》等。

在关注物质层面的变革的同时，制度和思想观念层面的变革也逐渐受到重视。由于清政府被迫与列强签订各种条约，翻译西方的法律、引进现代外交的观念成为当务之急。洋务派创办的京师同文馆先后翻译了《万国公法》《公法会通》《公法千章》《法国律例》《公法便览》《公法新编》《新加坡刑律》《邦交提要》等书籍。上述关于国际法系列图书的译介和出版，加强了清政府对国际关系准则的认识，对清政府处理对外关系有一定的裨益，也给中国带来一些关于国际关系的新观念。同时，对中国法律思想的发展具有重要意义。洋务派大力倡导运用国际法，旨在保障中国不再

---

① 杨义主编，连燕堂著《二十世纪中国翻译文学史》（近代卷），百花文艺出版社，2009 年版，第 13 页。

② 陈洙：《江南制造局译书提要》第 2 卷，江南制造局，1909 年版，第 34 页。转引自王立新《美国传教士与晚清中国现代化》，天津人民出版社，2007 年版，第 205 页。

受到列强的进一步侵略。郑观应认为，中国必须抛弃天朝大国的幻想，把自己视为"万国之一"，才能够利用国际公法保障自己的权益。① 薛福成进一步提出，国家不分大小强弱，在国际公法面前一律平等。他认为，日本和泰国之所以能够免于列强的瓜分，根本在于"附乎泰西之公法"。② 中国的仁人志士认识到，在与西方列强的斗争中，必须了解、掌握世界的法律体系，这样才能更好地维护国家权益。

随着近代工业的产生及其对科学技术人才的需求，洋务教育事业逐渐向工业制造技术方面以及天文、算学等自然科学领域倾斜。其中比较系统地招收培养工科技术人才的，当首推左宗棠所办的求是堂艺局。在教习外语的同时，求是堂艺局将数学、物理等科学知识课程列为必修课。在洋务企业向民用领域大规模扩展的进程中，在 19 世纪 70 年代中期以后，以服务于工商业为主的实业学堂，如实学馆、电报学堂、矿务学堂以及商务、铁路、医学等学堂如雨后春笋般不断涌现。据统计，截至 1896 年，各地洋务派开办的洋务学堂近 30 所。③ 这一时期，人们的思想观念也开始发生重要转变。洋务派和早期维新派中的一些人士大力发展近代教育事业，派遣留学生出国留学。这些具有现代意识的人才成为引进西方科学技术和思想文化的先行者。

近代中国人自办的第一所高等学府是北洋大学堂。北洋大学堂建校后，盛宣怀聘请美国公理会的丁家立为总教习。丁家立大量聘用美国教习，推行西化方针。课程设置除国文外，其余均为西学课程。南洋公学（后发展成为交通大学）创办于 1896 年 12 月，宗旨是"以通达中国经史大义厚植根柢为基础，以西国政治家日本法部文部为指归，略仿法国国政学堂之意"④，由美国美以美会福开森任监院。该校为国家培养内政、外交等方面的人才做出了贡献。

在维新改革实践中，洋务派意识到，西方技艺之先进，实以西学为本原。要把西学西技学到手，莫过于派留学生到各先进国家学习。洋务运动

---

① 夏东元：《郑观应年谱长编》（上卷），上海交通大学出版社，2009 年版，第 61～62 页。
② 丁凤麟、王欣之：《薛福成选集》，上海人民出版社，1987 年版，第 414 页。
③ 王先明主编《中国近代史（1840—1949）》，中国人民大学出版社，2011 年版，第 134 页。
④ 《南洋公学章程》，载《交通大学校史资料选编》第 1 卷，西安交通大学出版社，1986 年版，第 36 页。

时期，派遣出洋留学的人数共有 200 余人。① 他们学成回国后，在实业、外交、教学等各个方面，均发挥较为重要的作用。中国近代著名的铁路工程专家詹天佑就是洋务派派赴美国留学的第一批学生之一。北洋海军舰队的"镇远""定远""靖远""济远""超勇"等军舰的管带，均曾留学欧洲。我国近代著名翻译家和教育家严复，1877 年 3 月前往英国学习海军知识。1879 年 6 月，他毕业于英国皇家海军学院。回国后，严复担任各地学堂的教习、总教习 20 多年，其间翻译了不少关于进化论、天赋人权论等方面的西方著作，主要有《法意》《名学浅说》《天演论》《原富》等。这些译著为近代中国思想启蒙运动提供了重要的理论支撑。

清朝统治者在自强、求富的同时，进行了一系列外交改革。19 世纪 60 年代设立的总理各国事务衙门（亦称总理衙门）是中国历史上第一个专管外交的中央机构，它是西学冲击造成的直接后果，从制度上改变了中国只有理藩院，而没有专门的外交机构的局面。清朝不仅接受了在国家交往中礼节平等、互派外交使节等现代国际关系原则，而且被迫在各式公文中不再"提书夷字"。② "从 19 世纪 70 年代开始，觐礼问题的解决，条约谈判中追求对等原则的努力，以及驻外使节的派遣等等，都说明了这一时期的清政府已经不得不承认和接受了西方的国际秩序和交往方式。"③

根据第二次鸦片战争后所订立的条约，列强与中国互设使馆。各国在中国设立使馆后，直到 1876 年，清政府才开始派出郭嵩焘担任公使，在英国伦敦设立常驻使馆，这是清政府的第一个驻外使馆。常驻使馆制度产生于西方现代国家体系，它的设立标志着中国被迫接受了西方国家体系的原则。④

郭嵩焘（1818—1891）是清政府派驻英国的第一任中国使馆公使，是认识西方世界深刻且超前的官僚知识分子中的杰出代表。1876 年 12 月 3 日，郭嵩焘从上海出发，1877 年 1 月 21 日抵伦敦，并在伦敦波克伦伯里斯 45 号建立了第一个中国驻外使馆。1879 年 1 月 31 日，离英归国。作为清政府派遣出使西方世界的第一位高级官员，他利用担任公使的两年时

① 王先明主编《中国近代史（1840—1949）》，中国人民大学出版社，2011 年版，第 136 页。
② 王铁崖：《中外旧约章汇编》第 1 册，生活·读书·新知三联书店，1957 年版，第 102 页。
③ 田涛：《国际法输入与晚清中国》，济南出版社，2001 年版，第 348 页。
④ 〔英〕马丁·怀特等：《权力政治》，宋爱群译，世界知识出版社，2004 年版，第 72 页。

间，在英国及欧洲多地进行考察研究，对西方政治与文化有了全新的认识。郭嵩焘认为对西洋各国再不能以夷狄视之。他指出"西洋立国二千年，政教修明，具有本末"。他敢于承认西方资本主义文明已超过中国封建文明，并列举大量事实说明欧洲国家的文明程度。如出席伦敦万国公法学术讨论会，见其"议论之公平、规模之整肃"，在中国从未见过。①

在学习西方的长处方面，不同于一般洋务派官员常说的练兵、办工业，郭嵩焘更注重学习西方资产阶级民主的政治制度。他认为，"西洋所以享国长久，君民兼主国政故也"。他对西方国家的议会制大加赞扬，不仅亲临会场旁听，而且向人询问并做笔记，还把心得写信告诉亲友、上奏朝廷，希望改革中国政治。郭嵩焘还参观西方监狱等司法机构，对其整洁严明赞叹不已。郭嵩焘批评李鸿章等洋务大员"专意考求富强之术，于本源处尚无讨论，是治末而忘其本，穷委而昧其源也"。同时，他还提倡学习西方资本主义的经济、文化和教育。他一边实地考察西方国家的工厂、学校，一边探讨西方的经济、教育理论。他主张在中国发展民族企业，以利民政策达到民富的目的。郭嵩焘强调教育在建设近代文明中的重要作用，建议多办学校，多派留学生，学以致用。他还呼吁加强对西方文化学术的介绍和研究，使中国人了解世界，跟上世界发展潮流。他在日记中曾经详细地记述了希腊学术史和欧洲科学史，这可能是近代中国对希腊学最早的介绍。②

19 世纪下半叶，随着对外开放浪潮的兴起，清政府开始派遣外交使团出国考察、访问，以了解西方各国科技、文化以及局势发展。

1866 年，清朝总税务司赫德回英国休假，总理衙门委派章京斌椿带 3 名京师同文馆学生，随同赫德到英国考察、学习，这是清朝派出的第一个出国考察团，由此开启了清朝政府出访考察西方的第一步。1868 年 2 月 25 日，由刚刚卸任美国驻华公使的蒲安臣率领的清朝外交使团，先后访问了美国、法国、英国、丹麦、荷兰、普鲁士、瑞典、俄国、比利时、意大利、西班牙等 11 个国家，历时两年八个月。作为清政府出访欧美的第一个正式外交使团，蒲安臣使团迈出了清政府走向国际舞台、国际社会的第一

① 王晓秋：《东亚历史比较研究》，北京大学出版社，2012 年版，第 177 页。
② 王晓秋：《东亚历史比较研究》，北京大学出版社，2012 年版，第 178 页。

步，成为中国外交从传统走向近代、从朝贡体系转向条约体系的开端，为以后中国近代外交使节制度的建立奠定了基础。当时李鸿章就指出，此次乃"权宜试办，以开风气之先，将来使回，如查看有效，另筹久远章程，自不宜常令外国人充当"。① 19 世纪 80 年代末，清政府派出 12 名海外游历使，分为 5 个组，分别对欧洲、亚洲、南北美洲的 20 多个国家进行为期两年的访问。

19 世纪末，西方列强对中国进行疯狂的掠夺，中国面临被瓜分的威胁。在民族危亡的严重情况下，中国的仁人志士纷纷掀起挽救民族危亡、图强自保的维新改良运动。以严复、康有为、梁启超为代表的维新派在这个时期提出了全然不同于洋务新政的变法方案，突出了制度变革的价值与意义："一切要其大成，在变官制。"② 一个全民族的变法救亡潮流在中国大地上开始兴起。

严复（1853—1921）是近代著名翻译家、教育家。1877 年至 1879 年留学英国，精通英语等西方语言。他广泛接触西方社会，涉猎西方自然科学和社会科学。中日《马关条约》的签订，使严复深感民族危亡灾难之深重，开始创办《国闻报》，发表了关于西方文化、变法图强的《论世变之亟》、《辟韩》、《原强》和《救亡决论》等一系列文章，用"天赋人权说"，批判封建专制，宣传维新变法，提出挽救民族危机和政治改革的主张。严复倾力翻译介绍西方学术著作，具体有赫胥黎的《天演论》、斯密的《原富》、孟德斯鸠的《法意》、斯宾塞的《群学肄言》等西方学术名著。

在严复翻译的著作中，《天演论》影响最大。《天演论》原是英国生物学家赫胥黎的论文集《进化论与伦理学》中的前两篇。严复翻译了它的主要内容，并附加了许多按语以阐发他自己的见解。严复认同赫胥黎的观点，认为人类社会的发展和自然界其他生物一样，都是遵循"物竞天择"的自然规律，强者、智者生存，弱者、愚者被淘汰。严复以民族大义、民族生存为出发点，以"物竞天择，适者生存"为理论根据，号召中国人学

---

① 《筹办夷务始末》，同治朝，卷 55。转引自王晓秋《东亚历史比较研究》，北京大学出版社，2012 年版，第 210 页。
② 梁启超：《论变法不知本原之害》，《戊戌变法》第 3 册，神州国光社，1953 年版，第 21 页。

习西方的先进文化和技术，变法图强，避免"弱者先绝"的亡国命运。

康有为对严复其人及其译作《天演论》给予高度评价，并在他的《孔子改制考》中吸收了《天演论》中的"进化论"观点。梁启超也根据严复介绍的进化论，在《时务报》上发表文章。可以说，译述《天演论》是严复对戊戌维新以至于整个近代中国最大的贡献。严复也因此成为中国近代史上最著名的启蒙思想家之一。

康有为（1858—1927）是戊戌变法运动的领袖，资产阶级改良主义的代表人物，近代著名的思想家、教育家。康有为青年时代除学习传统儒学外，也钻研西学，研究世界大势和各国历史。甲午战争爆发后，康有为奔走呼号，陈述时势之险恶、救亡之危急。1890 年，康有为在广州设立"万木草堂"，招收学生讲学，宣传他的变革主张。1890 年至 1893 年，康有为在广州一面聚徒讲学，培养维新变法的骨干，一面致力于变法理论的研究。他重要的著作有《新学伪经考》、《孔子改制考》和《大同书》等。在 1898 年戊戌变法期间，康有为先后向光绪皇帝进呈了《俄彼得变政记》、《日本变政考》、《波兰分灭记》、《列国比较表》及法国、德国、英国变政考等书。上述书籍系统介绍了各国变法经过，"究其本原，穷其利弊"，总结历史经验教训，提出中国近代化的蓝图，以供中国变法维新借鉴采用。在他看来，当时的世界是一个列国竞争的世界，各国"争雄竞长，不能强则弱，不能大则小，不能存则亡"。① 而中国"既不能出大地之外，又不能为闭关之谋"，只有在竞争中求生存。他认为，在当时竞争的世界上，要救亡自强，"除变法外，别无他图"②，在以康有为为首的维新派的大力宣传鼓动下，许多中国人认识到，要救中国只有维新，要维新只有学习西方各国的先进文化。

梁启超（1873—1929）是戊戌变法的思想启蒙者，戊戌变法运动的领袖之一，中国近代思想家、教育家。1896 年 8 月至 1897 年 11 月，梁启超在《时务报》上发表了大量维新变法的文章，主要有《变法通议》《西学书目表》《古议院考》《论中国积弱由于防弊》《论报馆有益于国事》《论

---

① 康有为：《日本变政考》，中国人民大学出版社，2010 年版，第 3 页。
② 康有为：《上清帝第五书》，转引自王晓秋《东亚历史比较研究》，北京大学出版社，2012 年版，第 180 页。

君政民政相嬗之理》《论加税》《论群自序》等重要文章，介绍西方资产阶级哲学、社会政治学说和文化学术思想，较为系统而详细地宣传了变法维新的理论。

梁启超大力赞扬西方国家的议会制度，认为中国应该解决的基本问题是封建专制的"政体"问题，提出了在中国设立议院的主张。根据"进化论"的观点，梁启超认为，自然界中的一切事物都处在不停地运动变化之中，根据同样的道理，人类社会制度也需要不断更新以适应新的社会环境。他相信人类社会中的各种制度，由上古、中古以至近代，已经不知经历了多少次的变化，人类社会中的各种制度必须随着时代的变迁而变化，这是"古今之公理"。这些论断为维新变法提供了理论依据。

谭嗣同（1865—1898）是维新运动中杰出的思想家、理论家和政治活动家，是维新时期最激进的维新志士。谭嗣同努力钻研西方的自然科学和社会政治学说，强烈主张变法维新。他于 1897 年完成的哲学著作《仁学》，系统地阐述了他的"维新变法"的哲学观点和社会政治改革思想。

1895 年 4 月，康有为在京参加科举会试期间，传来了清政府与日本签订《马关条约》的消息，举国上下痛心疾首，群情激愤。康有为对此极其愤慨，他连夜起草了一封长达一万四千余字的"上皇帝书"，试图征集在京应试举人签名，准备递交都察院代奏。虽未递交成功，但"万言书"在社会上广为流传，影响深远。康有为策动举人上书事件，史称"公车上书"。"公车上书"是 19 世纪 90 年代中国士人第一次作为一种社会政治力量表现出的群众性爱国行动。"公车上书"之后，变法呼声日趋高涨。康有为意识到营造社会舆论、集合社会力量以推动维新事业的迫切性与重要性。为此，康有为等维新人士纷纷在北京、上海、湖南、广东、天津等地创办报刊，组织学会，开办学堂，为变法维新制造舆论。

在康有为、梁启超等维新人士的推动下，1898 年 6 月 11 日，光绪皇帝颁布了"明定国是"诏书，决定实施维新变法的方针。在政治、人事方面，广开言路，准许士民上书言事，严禁官吏阻挠。在学术教育方面，"明定国是"诏书发布之日，即首命举办京师大学堂①，派孙家鼐管理，节

---

① 京师大学堂建于 1898 年 6 月，其办学宗旨是"中学为体，西学为用。中西并重，观其会通"。京师大学堂不仅是当时全国最高学府，也是全国最高教育行政机关。

制各省学堂。所有书院、祠庙、义学、社学一律改为兼习中、西学的学堂；省会设高等学堂，郡城设中等学堂，州县设小学堂，朝廷奖励私人兴学，劝导海外华侨开办，改革科举，废除八股，改试策论；开经济特科，上海设立译书局，翻译外国书籍；允许自由设立报馆和学会，派遣人员出国留学和游历。在经济方面，保护及奖励农工商业，京师设立农工商总局；鼓励垦荒、私人办实业，奖励发明创造；成立铁路、矿务总局，鼓励商办铁路、矿业；裁撤驿站，设立邮政局；改革财政，创办国家银行，编制国家预算。在军事方面，改练洋操，挑留精壮，裁空粮，节饷需，实行团练，裁减绿营，准备举办民兵队伍；定兴造枪炮特赏章程，筹设武备大学堂，武科停试弓箭骑剑，改试学科；采用西洋兵制，裁汰绿营练勇，筹建海军；力行保甲。[①]

戊戌变法运动在清朝守旧势力的阻挠下失败了，但它对中国近代社会历史的发展具有深远的影响和重要的意义。戊戌变法运动是一次变法图强的爱国运动，它提出了近代意义上的民族主义和爱国主义概念，强调国家为国民所有，而非一人一姓之私产，从而为中华民族的觉醒达到更高水平奠定了思想基础。"戊戌变法"也是中国进步知识分子进行政治近代化变革的一次努力，它突破了洋务新政的"中体西用"的思维定式，开启了全面学习西学，并以西学改造中学的路径。维新变法提倡新学，批判旧学，通过办报刊、学会和学堂，大量地传播西方近代自然科学和社会科学知识，介绍西方的自由、平等学说。维新变法在改革社会风俗方面也提出了许多新的主张，如主张革除吸食鸦片及妇女缠足等恶俗陋习，提出"剪辫易服"的主张，倡导讲文明、重卫生、反跪拜等。可以说，"戊戌变法"是中国近代民主启蒙运动的真正起点。

严复、康有为、梁启超、谭嗣同等思想家为中国 19 世纪末 20 世纪初期的启蒙运动做出了贡献。中国人的思想开始从"天地君亲师"的封建专制思想的枷锁当中挣脱出来，沿着"自强"的道路一步步走向了民主革命。

戊戌变法运动过后，为了缓和统治危机，从 1901 年到 1905 年，清政

---

① 王先明主编《中国近代史（1840—1949）》，中国人民大学出版社，2011 年版，第 235、236 页。

府开始实施"新政"。1901年1月29日，慈禧太后以光绪皇帝名义在西安发布变法诏谕。为适应"新政"改革的需要，清政府对中央机构也做了相应的调整：一是创设新的中央管理机构，于1903年9月设立了商部，1905年冬设立了学部和巡警部；二是改组临时性的旧的中央管理机构，1901年8月，清政府将总理衙门改制为外务部。这些中央机构的调整和改革，打破了自隋唐以来传统的六部建置，在一定程度上反映了清王朝政府推进中国社会改革的理念和思路，成为近代中国制度现代化进程中的重要步骤。1901年清政府实行"新政"后，为全面推行编练"新军"计划，于1903年12月4日设立练兵处。1906年11月7日，清政府改兵部为陆军部，统一指挥全国新军。改革科举制度是清政府新政改制中的主要内容之一。1901年8月，清政府下令"嗣后乡会试，头场试中国政治史事论五篇，二场试各国政治艺学策五道，三场试四书义二篇，五经义一篇"。在各方面的压力下，晚清政府不得不于1905年9月再次发布谕令，从1906年开始，全国范围内的乡试、会试、各省岁科考试全部废除。至此，在中国实行了一千多年的科举考试，终于退出了历史舞台。兴办学堂是"新政"的另一项重要内容。1901年9月14日，清政府发布上谕："著各省所有书院，于省城均改设大学堂，各府及直隶州均改设中学堂，各州县均改设小学堂，并多设蒙养学堂。"①

19世纪末，晚清政府在意识到西学的重要性后，积极鼓励学生出国留学。1872年8月11日，我国第一批留美学生抵达美国旧金山。从1872年到1875年，清政府先后选派120名官费留学生分四批到美国留学。1874—1895年共有45名自费留美学生。1901年，北洋大臣从北洋学堂中选出王惠宠、陈锦涛等8人赴美留学。1908年，美国宣布退还部分庚子赔款，用于兴办留学教育。1909年至1911年，清政府共派遣三批180名庚款学生赴美学习。1910年留美学生增加到500人，1911年辛亥革命前期留美人数已经增加到650人。这些留美学生大多数学有所成，回国后积极从事自然科学研究和教学，成为中国科技发展的主导力量。②

20世纪初的五大臣（载泽、尚其亨、李盛铎、戴鸿慈、端方）出国

---

① 朱寿朋：《光绪韩东华录》（四），中华书局，1958年版，第4719页。
② 王先明主编《中国近代史（1840—1949）》，中国人民大学出版社，2011年版，第315页。

考察，标志着晚清官员在走向世界的历程上迈出一大步。五大臣先后访问了美国、英国、法国、比利时、日本、德国、奥地利、俄国、意大利、丹麦、瑞典、挪威、荷兰、瑞士等国。在这些国家，他们参观考察了议会、政府机关、工厂、银行、学校、警察局、图书馆和博物馆等。他们认真记录，编辑了大量关于各国情况的书籍，既有介绍欧美各国政体制度的《欧美政治要义》，又有介绍各国政治的源流和概况的《列国政要》。这些书籍详细介绍了所访问国家的政治体制和统治得失以及经验教训等，对清末新政和预备立宪的各项改革和制度建设具有重要参考价值。[①] 他们的出访收获很大，成效明显，在某种程度上推动了预备立宪的决策的落实。

"戊戌变法"之后，资产阶级民主革命的领袖孙中山接过了康有为等维新人士的接力棒。在批判、吸收维新改良思想的基础上，孙中山开创了资产阶级革命派的民主共和思想的时代性潮流。1894 年 6 月，孙中山向李鸿章上书，提出"人能尽其才""地能尽其利""物能尽其用""货能畅其流"的主张，即改良教育制度、选拔人才；发展农业生产力，改良耕作方法，提倡农业科学；采用先进科学技术以发展工农业生产；振兴交通运输业，扩大国内商品市场。孙中山认为这是"富强之大经，治国之大本也"。[②] 1894 年 11 月，孙中山在美国檀香山创立了第一个中国资产阶级革命组织——兴中会。该会确立了"驱逐鞑虏，恢复中华，创立合众政府"的革命目标。

革命派以孙中山民权主义为旗帜，借用欧美资产阶级民主、自由、平等、博爱、天赋人权等思想武器，批判封建的专制制度，强调中国的唯一出路是用革命的手段推翻清王朝的统治，建立资产阶级共和国。当时在宣传资产阶级民主共和思想方面影响最大的是邹容、章太炎和陈天华。

1903 年，邹容从日本回到上海后发表了脍炙人口的《革命军》，以洋洋两万言的篇幅，无情揭露了清政府的腐败，对西方资产阶级的"天赋人权""自由""平等"等学说，极尽溢美之词，大加赞颂。

---

① 王晓秋：《东亚历史比较研究》，北京大学出版社，2012 年版，第 218 页。
② 孙中山：《上李傅相书》，据《万国公报》第六十九、七十册连载的广东香山来稿《上李傅相书》（光绪二十年九、十月）。转引自王先明主编《中国近代史（1840—1949）》，中国人民大学出版社，2011 年版，第 361 页。

邹容发表《革命军》的同时，学者章太炎发表了《驳康有为论革命书》，批判康有为所主张的"中国只可立宪，不可革命"的论调。他指出"公理之未明，即以革命明之，旧俗俱在，即以革命去之"，歌颂革命为"启迪民智，除旧布新"的良药，认为现在提倡革命，必然要提倡"合众共和"，"在今之世，则合众共和为不可已……以合众共和结人心者，事成之后，必为民主"，相信在革命之后中国人民完全有能力建立民主共和制度。①

陈天华也加入宣传新思想的队伍中，他出版了《警世钟》《猛回头》等宣传材料，以昂扬的斗志、饱满的热情，大力宣扬革命新思想，深受民众欢迎。

20 世纪初，民主革命思潮更加高涨，孙中山成为公认的民族民主革命领袖。1905 年，孙中山在日本东京创建了同盟会，并把三民主义作为同盟会的政治纲领，主张推翻清政府的统治，建立民主共和政体。同盟会成立后，举行了一系列的反清武装起义。1911 年 10 月 10 日，武昌起义爆发，起义的革命党人建立了湖北军政府。武昌起义后不到两个月的时间内，有14 个省宣布独立，脱离清政府的统治。1912 年 1 月 1 日，中华民国临时政府在南京宣告成立。随后不久，清朝最后一个皇帝溥仪宣布退位。

辛亥革命取得了历史性的胜利，它推翻了清王朝 260 余年的封建统治，结束了两千多年的封建君主专制制度，建立了资产阶级共和国。辛亥革命新政府十分软弱，为了获得列强的承认和借款，不得不对外宣布清政府与列强各国所缔结之条约和赔款继续有效。1912 年 3 月 10 日，北洋军阀袁世凯领导的反动派篡夺了国家权力，袁世凯在北京就任中华民国临时大总统。由此开始到 1928 年，为中华民国北京政府时期。这一时期，中国陷于军阀混战的内乱之中，列强纷纷趁机加紧侵略中国的边疆地区。1917 年和 1922 年，孙中山先后领导了两次护法运动。但是，由于他试图利用军阀之间的矛盾，达到恢复临时约法的目的，两次护法运动相继失败了。

1915 年 9 月 15 日，以宣传"民主"与"科学"为宗旨的《青年杂

---

① 章太炎：《驳康有为论革命书》，转引自汤志钧编《章太炎政论选集》上册，中华书局，1977 年版，第 203 页。

志》（后改名《新青年》）的创刊，标志着 20 世纪初期"新文化运动"的开始。新文化运动既是一场思想文化的变革，又是一场文学思潮的变革。作为思想文化变革，它倡导民主和科学，批判封建专制制度和宗法制度，提倡个性解放，提倡个人主义和自由平等。作为文学思潮的变革，它提倡白话文，废除文言文；主张建立新文学，废除旧文学。白话文的形成和广泛运用，有利于推动新教育的发展，有利于推动新式教育理念、方法的确立。随着思想启蒙运动的深入以及西学潮流的冲击，中国的教育制度开始发生根本性变化。新学堂开始大规模兴办，这表明现代教育体系基本确立。"传统教育体制的解构和现代转型，使新式知识分子的脱颖而出有了可能。正是在这样的历史境遇中，'中国传统的创造性转化'才有了丰厚的资源背景作支撑。"①

新文化运动前期的主要活动内容是资产阶级的新文化反对封建旧文化的斗争。新文化运动后期的主要活动内容是宣传马克思主义思想。新文化运动期间涌现出众多进步社团，如北京的"少年中国学会""新潮社"，长沙的"新民学会"等。这些社团在宣传马克思主义方面做出了贡献。马克思主义在新思潮中的脱颖而出，是新文化运动对 20 世纪中国文化思想发展的一大贡献，为五四运动和中国民族民主革命的深入发展奠定了坚实的思想基础。

1919 年 5 月 4 日发生了反帝反封建的爱国运动——五四运动。5 月 4 日下午 1 时许，北京大学、北京高等师范大学、北京高等工科学校、法政专门学校、中国大学、汇文大学等 13 所学校共 3000 多名学生齐聚天安门，举行集会演讲，高呼"外争国权，内除国贼""还我青岛""废除二十一条""抵制日货""拒绝在巴黎和约上签字"等口号，要求惩办签订"二十一条"的曹汝霖、章宗祥、陆宗舆。集会吸引了不少市民，壮大了学生声势。集会过后学生们开始游行示威，前往使馆区东交民巷。游行队伍怒打了正在曹宅的章宗祥，火烧了曹汝霖住宅。北京政府出动大批警察，逮捕了爱国学生 32 人，当天的示威活动渐趋平息。学生的爱国运动得到全国各界的支持。

五四爱国运动迫使中华民国北京政府拒绝签订对德和约，这是中国近

---

① 马永强：《文化传播与现代中国文学》，安徽大学出版社，2003 年版，第 240 页。

代史上民族主义运动取得明确胜利的一次运动。五四运动民主和科学思想的弘扬，动摇了封建思想的统治地位，推动了中国人思想，尤其是青年思想的空前解放。五四运动中的先进知识分子接受了马克思主义，将新文化运动转变为更高层次的马克思主义思想传播和宣传运动。五四运动加速了中国现代化的进程，成为中国社会现代化过程中的重要转折点。五四运动以后，以宣传和传播马克思主义为主的社团如马克思学说研究会、北京大学社会主义研究会、马克思主义研究会、觉悟社等如雨后春笋般涌现出来，对促进马克思主义的传播起到了巨大推动作用。五四运动后的一年时间，全国出现的新刊物有 400 多种。《少年中国》《湘江评论》《觉悟》《星期评论》等都以宣传新思想、新文化而风靡一时。五四运动推动了马克思主义思想在中国的传播，推动了马克思主义思想与中国工人运动的结合，为中国共产党的成立奠定了思想和理论基础。

综上所述，从鸦片战争到五四运动，中国的仁人志士为挽救民族危亡、图强自保不断求索，不断学习、吸收西方先进文化思想，极大地推动了西方文化在中国的传播，为中国现代文学的发展奠定了文化基础、文化氛围，为中国现代文学的吐故纳新、升级转型注入了西方现代的文化因子。

第二节 全球视域下的西方文化与中国现代文学

中国现代文学的吐故纳新、更新转型，始终与西方文化在中国的传播、推动以及西方文学思潮的影响息息相关。中国现代文学的蓬勃发展、文学成就的辉煌灿烂，不仅是中国现代文学自身求变、求发展的结果，也是西方文化、文学思潮触发的结果。西方文化在中国的传播营造了中国现代文学发展的社会氛围，改变了中国人的文学审美趣味，推动了中国现代文化观念、现代文学观念的确立；西方文化在中国的传播催生了西方新型媒体报刊的诞生，从而为中国现代文学升级发展提供了园地；西方文化在中国的传播推动了西方文学的引进，促进了西方文学作品在中国的翻译，西方文学译本为中国现代文学的升级发展提供了可资借鉴的范本，推动了西方文学思潮、流派在中国文坛的流布，促进了中国现代文学思潮的形成。

一 西方文化与中国现代作家新文学观念的确立

西方文化在中国的传播和浸透，改变了中国人的科学思想观念与事物认知思维习惯，营造了中国现代文学发展的西方文化社会氛围，推动了中国现代作家新文学观念的确立。

以民主、自由、科学、个人价值为核心的西方文化成为中国人现代文化观念的重要组成部分，同时成为中国文学家现代文学观念的核心。

西方的民主观念，既指资产阶级的民主制度，又指"自由、平等、博爱"等民主思想。民主是民主制度与民主精神的统一体。

中国新文化运动的先驱者们主张，以民主制度取代封建制度，以科学精神取代封建专制主义的盲从、迷信和独断。在《青年杂志》发刊词《敬告青年》一文中，陈独秀揭露中国封建社会的黑暗，痛批专制制度的罪恶，对青年们提出了"自由的而非奴隶的""进步的而非保守的""进取的而非退隐的""世界的而非锁国的""实利的而非虚文的""科学的而非想象的"六大主张。

关于民主问题，陈独秀认为，民主就是"法律上之平等人权，伦理上之独立人格，学术上之破除迷信、思想自由"。[1] 陈独秀认为"吾国欲图世界的生存，必弃数千年相传之官僚的专制的个人政治，而易以自由的自治的国民政治"。[2] 陈独秀强调民主的根本就是主权在民，人民是国家的主人："国家者，乃人民集合之团体，辑内御外，以拥护全体人民之福利，非执政之私产也"，"民主国家，真国家也，国民之公产也。以人民为主人，以执政为公仆者也"。[3] 陈独秀要求弘扬人的自由、平等等民主权利："个人之自由权利，载诸宪章，国法不得剥夺之，所谓人权是也。"[4] 1915年，陈独秀撰写了《法兰西人与近世文明》一文，认为人权说、生物进化论、社会主义乃"最足以变古之道，而使人心社会划然一新者"，而"此近世三大文明，皆法兰西人之赐。世界而无法兰西，今日之黑暗不识仍居

---

① 陈独秀：《袁世凯复活》，《新青年》第 2 卷第 4 号，1916 年 12 月 1 日。
② 陈独秀：《吾人最后之觉醒》，《青年杂志》第 1 卷第 6 号，1916 年 2 月 15 日。
③ 陈独秀：《今日之教育方针》，《青年杂志》第 1 卷第 2 号，1915 年 10 月 15 日。
④ 陈独秀：《敬告青年》，《青年杂志》第 1 卷第 1 号，1915 年 9 月 15 日。

何等"。①

李大钊高度赞许"特立独行之我"。② 他所谓的"平民主义"就是"民主主义",就是指"把政治上、经济上、社会上一切特权阶级,完全打破,凡具有个性的,不论他是一个团体,是一个地域,是一个民族,是一个个人,都有他的自由的领域,不受外来的侵犯和干涉,其间全没有统治和服属的关系。这样的社会,才是平民的社会;在这样的平民的社会里,才有自由平等的个人"。③ 胡适在 1918 年 6 月《新青年》"易卜生专号"上发表《易卜生主义》一文,借介绍易卜生的思想和作品,主张"人的哲学",反对"非人的哲学",主张"真的文学",反对"说谎文学",提倡"造出自己独立的人格"。④ 鲁迅极力推崇"尊个性而扬精神"。⑤

上述"新文化运动"的先驱们都不是在传统文化基础上进行人的价值重建,而是以西方民主观念为模式重新确立人的价值,以人格的独立和个性的解放为民主价值取向的核心和归宿。"人"的发现是"新文化运动"的核心内容之一,正如茅盾所说:"人的发现,即发展个性,即个人主义,成为'五四'时期新文化运动的主要目标。"⑥

严家炎以当代人的视野和思考,对现代文化观念、现代文化意识进行了界定和分析:"所谓现代意识,简单一点说,就是尊重人,把人当作人,就是民主的精神,人人平等的精神,既懂得自尊也懂得尊重别人的精神,以及尊重科学、尊重文明、热爱进步的观念,等等。'五四'后的小说作者,正是受了现代意识——民主主义和社会主义思潮的影响。"⑦

西方文化的"科学",本属于知识范畴,既包括自然科学知识和生产工艺技术在内的物质制度科学,又包含科学精神即精神文化。陈独秀在《新青年》创刊号上发文指出:"科学者何?吾人对于事物之概念,综合客

① 陈独秀:《法兰西人与近世文明》,《青年杂志》第 1 卷第 1 号,1915 年 9 月 15 日。
② 李大钊:《青春》,《新青年》第 2 卷第 1 号,1916 年 9 月 1 日。
③ 李大钊:《平民主义》,《向着新的理想社会——李大钊文选》,上海远东出版社,1995 年版,第 421 页。
④ 胡适:《易卜生主义》,《新青年》第 4 卷第 6 号,1918 年 6 月 15 日。
⑤ 鲁迅:《文化偏至论》,《鲁迅全集》第 1 卷,人民文学出版社,1981 年版,第 57 页。
⑥ 茅盾:《关于创作》,《茅盾文艺评论杂集》(上),上海文艺出版社,1980 年版,第298 页。
⑦ 严家炎:《中国现代小说流派史》,人民文学出版社,1989 年版,第 18 页。

观之现象，诉之主观之理性而不矛盾之谓也。"他认为"科学之兴，其功不在人权说之下，若舟车之有两轮焉。今且日新月异，举凡一事之兴，一物之细，罔不诉之科学法则，以定其得失从违；其效将使人间之思想行为，一尊理性，而迷信斩焉，而无知妄作之风息焉"。① 关于科学的作用，鲁迅指出一切"灵学"和"讲鬼话"都是科学的对头，只有"科学能教道理明白，能教人思路清楚，不许鬼混"②，必须用科学来扫荡愚弄人民的"鬼话"。胡适自称"信仰科学的人"。他认为，"科学"这个名词"在国内几乎做到了无上尊严的地位；无论懂与不懂的人，无论守旧和维新的人，都不敢公然对它表示轻视或戏侮的态度"。③ 显然，新文化运动所提倡的"科学"已被泛化和提升，"五四"时代"赛先生"的历史意义也已超出了自然科学本身的范畴。它更强调"以科学的方法整理中国固有的文化，以科学的知识充实中国现在的社会，以科学的精神光大中国未来的使命"。④ 于是，科学精神渐渐向社会政治、文化、生活世界渗透。"五四"时期知识分子着力阐发"科学"思维观念和价值，努力以"科学精神"改变人们传统的世界观和人生观，努力以"科学精神"破除人们的封建迷信思想，努力以"科学精神"围绕宗教、劳工、教育、文学、艺术、妇女、贞操等问题展开一系列的文化批判，最终构建以"科学精神"和"理性批判精神"为核心的思维模式和文化价值体系。正如时人所述："科学者，以智力为标准，理性为权衡。彼对诸宇宙现象，靡论自然界，精神界，皆诉诸理性。"⑤

　　1918 年，周作人发表了《人的文学》一文。他以"人道主义"为指针，认定"人"的问题是新文学的核心问题，并将"人的文学"确定为新文学的发展方向。周作人明确指出："所说的人道主义，并非世间所谓'悲天悯人'或'博施济众'的慈善主义，乃是一种个人主义的人间本位

---

① 陈独秀：《敬告青年》，《青年杂志》第 1 卷第 1 号，1915 年 9 月 15 日。
② 唐俟：《随感录·三十三》，《新青年》第 5 卷第 4 号，1918 年 10 月 15 日。
③ 胡适：《〈科学与人生观〉序》，转引自张君劢等编《科学与人生观》，山东人民出版社，1997 年版，第 10 页。
④ 顾毓琇：《"中国科学化"的意义》，《中山文化教育馆季刊》第 2 卷第 2 期，1935 年夏季号。
⑤ 谭鸣谦：《哲学对于科学宗教之关系论》，《新潮》第 1 卷第 1 号，1919 年 1 月。

主义。"① 周作人要求新文学"用这人道主义为本，对于人生诸问题，加以记录研究"，通过人的文学来"养成人的道德，实现人的生活"。"人的"还是"非人的"，成为他判别新文学与旧文学的思想标准，由此断定那些表现儒教、道教的作品和以游戏态度写成的鸳鸯蝴蝶派、黑幕派小说大都是"非人的文学"，因其"全是妨碍人性的生长，破坏人类的平和的东西"。② 周作人认为"人的文学"的内容，既可描写人的理想生活，在物质方面"应该各尽人力所及，取人事所需"，在道德方面"应该以爱智信勇四事为基本道德，革除一切人道以下或人力以上的因袭的礼法，使人人能享自由真实的幸福生活"，也可以抱着"悲哀或愤怒"的感情和认真、严肃的现实主义态度，而不是采取"玩弄与挑拨"的"游戏"方式来表现"人的平常生活"或"非人的生活"，"即黑暗社会人们的不幸生活和命运"。③

王国维在进行文学理论研究和文学创作中，大力引入西方著名哲学家康德、叔本华的哲学思想与美学思想，对中国传统文学存在的问题进行了深刻、系统的分析，其中对"文以载道"的封建文学观念予以批判，为中国的文学批评由古典向现代的转换架设了桥梁。

综上所述，在中国现代文学历史上，在西方文化大潮的荡涤下，中国现代文学家们在其文学修养成型期，大量接受"科学"、"民主"和"人文"等西方文化观念，大量接受西方"以人为核心"的文学思想。因此，西方文学的思想内容与审美风格等深深浸透到了中国现代文学家们的文学观念中，深刻地影响着他们的文学审美情趣以及艺术思维方式，使他们在中西文化、文学的评判和取舍层面上设立一个可资对照的价值体系，并不断构建起自己的现代文化观念和现代文学观念。

二　西方新型媒体报刊与中国现代文学的产生

西方文化对中国现代文学的影响之一，体现在以报刊为主的西方新型媒体为中国现代文学的产生提供了条件和基础。可以说，以报刊为主的西

---

① 周晓明、王又平主编《现代中国文学史》，湖北教育出版社，2004年版，第151页。
② 周晓明、王又平主编《现代中国文学史》，湖北教育出版社，2004年版，第152页。
③ 周晓明、王又平主编《现代中国文学史》，湖北教育出版社，2004年版，第152页。

方新型媒体文化在中国的传播是中国现代文学产生的基础工程。以报刊为主的大众文化传媒为中国现代文学新观念的建立提供了现成的媒介，为西方文学思潮的传播和现代文学理论的论争提供了最佳平台，为中国的外国文学作品译作的发表提供了坚固的阵地，为中国现代文学的推陈出新、升级转型提供了新的表现方式和新的实践手段，为中国现代文学家发表作品提供了广阔的园地。

关于报刊对传播西学、提高民智的重要作用，梁启超认为："凡欲造成一种新国民者，不可不将其国古来误谬之思想，摧陷廓清，以变其脑质，而欲达此目的，恒须借他社会之事物理论，输入之而调和之。"所以，"交换智识，实惟人生第一要件。而报馆之天职，则取万国之新思想以贡于其同胞者也"。[①]

梁启超不仅是报刊发展的理论引导者，也是办报的实践者。1896年，他创立《时务报》《清议报》等，每份报刊都重视文学翻译以及外国文学的推广。在《时务报》上，除了"广译五洲近事"和《华盛顿传》以外，他还刊登了五篇侦探小说，其中四篇是著名侦探小说家柯南·道尔的作品，为中国引进侦探小说之始。第六十册到六十九册，刊登了英国解佳（哈葛德）著、曾广铨翻译的《长生术》。梁启超在日本主办《清议报》，发表政治小说《佳人奇遇》和《经国美谈》译文。《清议报》这一大特色，带动了其他政治小说的引进。

《新民丛报》刊登了《十五小豪杰》《外交家之狼狈》《窃皇案》《美人手》《歇洛克复生侦探案》等翻译小说，还有《日耳曼祖国歌》《题进步图》《日本少年歌》《德国男儿歌》等翻译诗歌，以及《翻译世界》《翻译与道德心之关系》《翻译与爱国心之关系》等讨论翻译问题的短文。

《新小说》是中国最早的专门刊登小说的刊物之一，既登创作小说，也登翻译小说，而每期中翻译小说都占1/2以上，主要有科学小说《海底旅行》，哲理小说《世界末日记》，冒险小说《二勇少年》《水底渡节》，法律小说《宜春苑》，写情小说《电术奇谈》，奇情小说《神女再世奇

---

① 梁启超：《清议报一百册祝辞并论报馆之责任及本馆之经历》，转引自连燕堂《二十世纪中国翻译文学史》（近代卷），百花文艺出版社，2009年版，第125页。

缘》，侦探小说《离魂病》《毒药案》《毒蛇圈》《失女案》《双公使》等，其中大部分是近代颇有影响、在翻译史上占一定地位的作品。《新小说》还在每期正文前刊登外国著名作家的肖像，如托尔斯泰、拜伦、嚣俄（雨果）、斯利（席勒），等等，这对中国人了解外国文学，尤其是了解西方文学、吸收西方文学的新元素发挥了一定作用。

从 1876 年在上海创刊的中国第一份白话报纸《民报》，到 1919 年止，累计创办报纸近 60 种，报社遍布全国各地。1921 年到 1923 年出现文学刊物 52 种。① 其中主要有《小说》《小说月报》《诗》《创造》《戏剧》《弥洒》《创造周报》《文学旬刊》《创造日》《洪水》《创造月刊》《南国》《狂飙》《支那二月》《语丝》《沉钟》《莽原》《湖光》《艺林》《诗坛》《绿波》《未名》《诗刊》《剧刊》《新月》等刊物。

在现代历史上，中国大量著名文学家创办报刊。1916 年 8 月，李大钊创办了《晨钟报》，宣传救亡图存的革命思想和西方的文艺思想。1918 年，陈独秀、李大钊创办《每周评论》杂志，为新文学发展保驾护航。1919年，傅斯年、罗家伦等创办了《新潮》月刊，提倡白话文创作。1922 年，继《创造季刊》之后，郭沫若与创造社成员又创办了《创造周报》和《创造日》两种刊物。

1921 年至 1926 年创办的通俗文学报刊有：《小说世界》《星光》《侦探世界》《消闲月刊》《快活》《星期》《紫兰花片》《游戏世界》《半月》《礼拜花》《小说日报》《红》《滑稽新报》《心声》《社会之花》《小说旬报》《钟声》《金刚钻报》《红玫瑰》《紫罗兰》等。据统计，在 1917 年至 1926 年的 10 年间，创刊的通俗文学期刊就有 60 种左右，平均每年 6 种，小报约 40 种。②

大量新型报刊的涌现和迅速发展、报社的设立以及文章稿酬制度的建立，推动了写作职业的诞生，推动了以撰文为职业的报人作家的诞生。文学创作的职业化，不断改变着文学的创作目的和本质属性，渐使文学创作转向关注社会现实，关注普通民众，回归文艺的娱乐功能和审美属性。

① 周晓明、王又平主编《现代中国文学史》，湖北教育出版社，2004 年版，第 133 页。
② 孔庆东：《超越雅俗——抗战时期的通俗小说》，北京大学出版社，1998 年版，第 43 页。

大众文化传媒改变了传统文学观念。文学再也不是宫廷的玩物，不是骚人墨客手里的把戏，不是获禄争宠的工具，而是一项表现人生、关乎现实的重要事业。

以报刊为主的大众文化传媒造就了中国现代职业作家群体——报人作家。正是他们首先用文学的形式表达了中国现代社会民众的心声，同时推动了中国人文和社会的现代变革。

报纸、杂志为中国现代作家发表文学作品提供了广阔的平台。当时的《小说月报》《文学周报》《诗》等文艺性报刊登载了大量文学作品。1910 年 8 月 29 日创刊于上海的《小说月报》，发表了许多在中国现代文学史上有影响的作品，对中国现代文学的建设做出了卓越的贡献，推动了小说创作的发展。同时，《小说月报》刊发了不少关于文学思潮和作家创作的评论文章，推动了文学评论和文学理论的研究，对当时的文艺运动和创作产生过重要的影响。此外，报刊大规模地翻译和介绍西方文学思潮和著名作家、作品，为当时的读者和文坛提供了一个借鉴西方文学的窗口。其他一些非文艺性报纸、杂志也设有文艺副刊登载文学作品。创刊于 1915 年 9 月 15 日的《新青年》杂志，除了大力宣传新思想外，还发表了一些文学作品，其中有鲁迅的《狂人日记》以及胡适最早的一批白话诗作等。同时，该刊还注意吸收外国优秀文化遗产，先后译载了屠格涅夫、王尔德、莫泊桑、契诃夫的作品。1918 年 6 月，《新青年》第 4 卷第 6 期隆重推出《易卜生专号》，揭开了翻译、介绍和学习挪威戏剧家易卜生作品的序幕。随后，《新潮》《小说月报》等刊物也竞相译介易卜生作品。《娜拉》《人民公敌》《群鬼》等作品纷纷被介绍到中国。20 世纪第一个十年里创办的一些文艺刊物，如《新小说》《月月小说》《小说林》《绣像小说》等，大量刊登西方文学作品，甚至把翻译西方文学作品作为首要任务。

综上所述，西方新型文化传媒报刊在中国的诞生，为中国现代文学家面向社会、面向公众发表自己的作品提供了新的表现手段和工具，为中国现代文学大众化、现代作家职业化做出了贡献。

三 西方文学译作与中国现代文学的转型

文学翻译是学习、吸收西方文学的最主要、最便捷、最直接的渠道。

西方文学作品在中国的大量译介，为中国现代文学注入了新鲜血液，助推了中国现代文学从内容到形式上的巨大变化，助推了中国现代文学的升级转型。

我国现代著名文学家胡适，在谈到引入西方文学对中国现代文学发展的作用时指出："今日欲为祖国造新文学，宜从输入欧西名著入手，使国中人士有所取法，有所观摩，然后乃有自己创造之新文学可言也。"①

19 世纪 40 年代，西方文学作品最早由西方学者通过翻译引入中国。1840 年，英国人罗伯特·汤姆翻译了《意拾喻言》（《伊索寓言》），在《广东报》上发表，后由广学会刊行。

鸦片战争以后，随着西方列强的侵入，西方文化如潮水般涌入中国。在西方文化广泛东渐的大背景下，通过翻译、汇编介绍等各种渠道传入中国的西方文学作品，如雨后春笋般出现在中国文坛。

1853 年，厦门出版了 17 世纪后期英国作家班扬的长篇小说《天路历程》译本，署"宾（REV. WM. CHALMERS BURNS）译"。

约翰·班扬（1628—1688）是英国著名作家，为现代叙事艺术做出了重要贡献。其代表作《天路历程》是一部寓言性文学作品，在 17 世纪、18 世纪英国一般读者中十分流行，普及程度仅次于《圣经》。② 《天路历程》全书分为上、下两部，上部讲述一个叫基督徒的人逃离"毁灭之城"，最终在上帝的指引下到达"天国之城"的历程；下部描写他的妻子和孩子到达"天国之城"的历程。

《百年一觉》是美国作家贝拉米的著名作品。1888 年，该书在波士顿出版后，便成为深受读者欢迎的畅销书。3 年后，该书被译介到中国，1891 年 12 月到 1892 年 4 月的《万国公报》第 35 册至 39 册上刊登了题为《回头看纪略》的节译本，译者署名析津，国籍不详。1894 年，英国人李提摩太再次节译，题为《百年一觉》，由广学会出版，并广为散发，引起国内众多学者关注。

1857 年创刊的由英国人伟烈亚力主编、墨海书馆印行的《六合丛谈》，

---

① 胡适：《论译书寄陈独秀》，《胡适学术文集·新文学运动》，中华书局，1998 年版，第 474 页。
② 王守仁、方杰：《英国文学简史》，上海外语教育出版社，2006 年版，第 67 页。

有《希腊为西国文学之祖》《希腊诗人略说》《罗马诗人略说》等文章，该刊物还介绍了"荷马史诗"①、希腊三大悲剧家②和阿里斯托芬③的喜剧等。④

中国人自己进行的纯文学翻译起始于 19 世纪 60 年代。1864 年，董恂根据威妥玛译文改译的美国诗人朗费罗的《人生颂》，是中国人翻译的第一篇外国诗歌。1869 年，张德彝乘船从巴黎回国途中，一个英国人递给他

---

① "荷马史诗"包括《伊利亚特》和《奥德赛》两部作品。《伊利亚特》全诗共 15693 行，叙述的是希腊人同特洛伊人的战争。特洛伊王子帕里斯去斯巴达做客，拐走了世间最美丽的女子——斯巴达王之妻海伦，于是希腊人组成联军，由斯巴达王之兄、迈锡尼王阿伽门农为统帅，进军特洛伊。经过 10 年的战争，希腊人终于攻陷了特洛伊，夺回了海伦。《奥德赛》故事的线索发端于特洛伊战争。战后，以智慧闻名的希腊将领伊大卡国王奥德赛（亦译作俄底修斯、奥德修斯），历尽艰辛，经过 10 年的海上漂流回到伊大卡。返乡后，与儿子一道，对一帮长期对其妻纠缠不休的贵族进行报复，最终一家人得以团圆。"荷马史诗"不但具有很高的艺术价值，还具有珍贵的文献价值，它再现了荷马时代希腊生活的真实情景。李赋宁总主编，刘意青、罗经国主编《欧洲文学史：古代至十八世纪欧洲文学》第 1 卷，商务印书馆，1999 年版，第 22 页。
② 希腊三大悲剧家是指希腊古典时代（公元前 6 世纪以后直至马其顿征服希腊）的埃斯库罗斯、索福克勒斯和欧里庇得斯。埃斯库罗斯（公元前 525—公元前 456）是古希腊最伟大的悲剧作家，被誉为"悲剧之父"。他的悲剧作品已知剧名的有 80 部，传世的作品主要有《俄瑞斯忒斯》（又译《奥瑞斯忒亚》）三联剧〔（《阿伽门农》、《奠酒人》、《复仇女神》（又译《降福女神》）以及《波斯人》、《七将攻忒拜》、《被缚的普罗米修斯》（又译《普罗米修斯》）和《乞援人》（又译《求援女》）〕。索福克勒斯（公元前 497—前 406）是古希腊三大悲剧家之一，他一生创作了 120 部到 130 部悲剧，其中流传下来的有 7 部，即：《俄狄浦斯王》、《俄狄浦斯在科罗诺斯》、《安提戈涅》、《斐罗克忒提斯》、《埃阿斯》、《特剌喀斯少女》和《厄勒克特拉》。其中《俄狄浦斯王》被公认为希腊悲剧的典范。欧里庇得斯（公元前 480—公元前 406）是古希腊三大悲剧家之一，他一生写过 80 部至 90 部悲剧，流传下来的有 18 部，包括《美狄亚》《特洛浦妇女》《阿尔刻提斯》《希波吕托斯》《赫拉克勒斯的儿女》《伊菲革涅亚在陶利斯》等。古希腊悲剧大多取材于神话、英雄传说和史诗，所以反映的事件和情调都很严肃。古希腊悲剧中常常渗透一种命运变幻莫测、因果报应不爽的神秘主义因素，宣扬命运不可抗拒的思想，曲折地反映了古希腊人在理想与现实的冲突中产生的妥协意识倾向。古希腊悲剧具有布局简单、人物精炼、性格鲜明、语言朴素、风格雅致的特点。李赋宁总主编，刘意青、罗经国主编《欧洲文学史：古代至十八世纪欧洲文学》第 1 卷，商务印书馆，1999 年版，第 25 页。
③ 阿里斯托芬（约公元前 446—公元前 385）是希腊古典时代最著名的喜剧创作家，被誉为"喜剧之父"。他一生共创作了 44 部剧作，保存下来 11 部，主要有《阿卡奈人》《鸟》《宴会者》《巴比伦人》《财神》《骑士》《云》等。阿里斯托芬的喜剧用夸张的、闹剧式的，甚至是荒诞的手法来反映现实，讽刺雅典社会中的不合理现象，这是一种独具特色的古典喜剧。他的喜剧想象丰富，讽刺尖锐，语言生动，在古代就受到称赞。他对欧洲近代的作家，特别是对拉伯雷、斯威夫特等讽刺作家，具有深刻的影响。匡兴主编《外国文学史》（西方卷），北京师范大学出版社，2010 年版，第 20 页。
④ 连燕堂：《二十世纪中国翻译文学史》（近代卷），百花文艺出版社，2009 年版，第 16 页。

一张西贡出版的报纸，"系英、法文，无汉字，内有安南著名大夫诗一章"，他见"语有可采"，便把它翻译出来："堪怜世上人，梦里度光阴。夭寿穷通判，都关一点心。既无登仙意，营营求名利。日夜逐纷华，费尽三寸气。欺人人恒欺，伤人亦伤己。为人第一宜讲求，正直道德与仁义。世风日下心不古，事事皆思己有益。心机耗尽不遑恤，名利到手而已矣。所谓人子孝亲今有几？人臣忠君今有几？骨肉视如秦越人，结纳更难得知己。同室有异心，一片怀私意。人不我轧我倾人，千秋万古伊胡底？如此世界为人难，难难难难难又难。既得杖头有余钱，沽酒且学醉中仙，尚可安常守分度余年。"① 这首译诗载在张德彝著的《再述奇》稿本中。1980年，钟叔河把它从北京图书馆柏林寺分馆中发掘出来，以《欧美环游记》为题，收入《走向世界丛书》，该译诗才得以面世。

马君武和苏曼殊在西诗中译事业中贡献突出。马君武译有《哀希腊歌》，德国贵推（歌德）的《米丽容歌》《阿明临海岸哭女诗》以及英国虎特（胡德）的《缝衣歌》等。1914年出版的《君武诗稿》中收有他用歌行体翻译的外国诗歌三十八首。苏曼殊译拜伦的诗最多，并编有《拜伦诗选》，内收他所译的《赞大海》《去国行》《哀希腊》《星耶峰耶俱无生》四篇。此外，苏曼殊还译了彭斯②的《颍颍赤墙靡》、豪易特的《去燕》、雪莱的《冬日》、歌德③的《题沙恭达罗》等。

相比于西方诗歌翻译，西方小说翻译的数量明显更多。蠡勺居士翻译的《昕夕闲谈》，是中国人翻译的第一部外国小说，自1873年1月起在我国最早的文学刊物《瀛寰琐记》上连载。《昕夕闲谈》译自英国作家利顿的《夜与晨》。

梁启超极其重视西方文学的翻译，他在《〈晚清两大家诗钞〉题辞》

---

① 《欧美环游记》转引自钟叔河主编《走向世界丛书》，岳麓书社，2008年版，第808~809页。

② 罗伯特·彭斯（1759—1796）的诗分为三类：政治诗、讽刺诗和抒情诗。彭斯的诗歌以苏格兰的民间文化为源泉，无论在形式还是内容上都具有民间诗歌的特征，自然天成，毫无刻意雕刻的痕迹。

③ 约翰·沃尔夫冈·歌德（1749—1832）是德国文学史上伟大的诗人、剧作家和思想家，18世纪中叶到19世纪初叶欧洲文学的卓越代表。歌德的创作生涯长达60多年之久，他创作了大量优秀的抒情诗、戏剧和小说。主要有抒情诗《野玫瑰》《五月之歌》《欢会与离别》，长篇小说《威廉·麦斯特的漫游年代》，书信体小说《少年维特的烦恼》和诗剧《浮士德》等。

中说："文学是无国界的。研究文学，自然不当限于本国。何况近代以来，欧洲文化，好像万流齐奔，万花齐苗，我们侥幸生在今日，正应该多预备'敬领谢'的帖子，将世界各派的文学尽量输入……第一件，将人家的好著作，用本国语言文字译写出来。第二件，采了他的精神，来自己著作，造出本国的新文学。"①

20世纪初期，为了反对封建文学并使文学适应于新的社会现实，中国现代作家们大力翻译、介绍西方文学经典作品。西方翻译文学不仅是中国人张望异域世界的窗口，思想启蒙的载体、精神沟通的桥梁，还是救治传统文学观念弊病的良药、新文学建设的范型。中国现代著名文学家曾朴在《真善美》杂志创刊号上发表代发刊词《编者的一点小意见》，指出："无论哪一国的文学，不受外国潮流的冲激，决不能发生绝大变化的。不过我们主张把外潮的汹涌，来冲激自己的创造力，不愿沉没在潮流里，自取灭顶之祸……不是拿葫芦来依样的画，是拿葫芦来播种，等着生出新葫芦来。"②

开启西方翻译文学之风者为林纾（1852—1924），字琴南，因此也被称为林琴南。他共翻译了英、美、法、比利时、瑞士、希腊、德、俄、日、西班牙、挪威等11个国家98个作家的163种作品（不包括未刊印的18种）③，涉及莎士比亚、狄更斯、雨果、塞万提斯等众多世界著名作家，代表作有《巴黎茶花女遗事》《黑奴吁天录》《鱼雁抉微》《撒克逊劫后英雄略》《拊掌录》《滑铁卢战血余腥记》《迦茵小传》《伊索寓言》《不如归》《吟边燕语》《魔侠传》《海外轩渠录》《鲁滨逊漂流记》《块肉余生述》等。

西方小说描写的西方国家的人情世态、社会生活，为中国人见所未见，闻所未闻，正满足人们向往新时代的追求。在叙事模式上，完全不同于中国传统小说中大团圆的结局和"痴心女子负心汉"的模式，西方小说给人一种耳目一新的感觉。对此，现代文学史家张静庐指出："人情好奇，见异思迁。中国小说，大半叙述才子佳人，千篇一律，不足以餍其好奇之

---

① 连燕堂：《二十世纪中国翻译文学史》（近代卷），百花文艺出版社，2009年版，第130页。
② 连燕堂：《二十世纪中国翻译文学史》（近代卷），百花文艺出版社，2009年版，第259页。
③ 薛绥之、张俊才：《林纾研究资料》，知识产权出版社，2009年版，第348页。周晓明认为："在25年中，林纾翻译外国文学作品184种（包括未刊的23种）。"周晓明、王又平主编《现代中国文学史》，湖北教育出版社，2004年版，第109页。

欲望;由是西洋小说便有乘时勃兴之机会。自林琴南译法人小仲马所著哀情小说《茶花女遗事》以后,辟小说未有之蹊径,打破才子佳人团圆式之结局。"①

西方文学作品的翻译为中国传统的古典型文学向现代型文学转化拉开了帷幕。20世纪初期,侦探小说类作品,在中国翻译得最多的是柯南·道尔的侦探小说。除了报纸、杂志发表和单篇出版的以外,较重要的结集本包括:1901年,黄鼎、张在新合译的《泰西说部丛书之一》;1902年,警察学生译的《续译华生包探案》;1903年,商务印书馆译印的《补译华生包探案》;1904—1906年,奚若、周桂笙译的《福尔摩斯再生案》;1916年,周瘦鹃、程小青、刘半农等印的《福尔摩斯侦探案全集》。

除柯南·道尔外,世界其他著名的侦探小说家的作品也几乎都有翻译,较为重要的有:1905年碧罗女士(周作人)翻译了被称为"侦探小说鼻祖"的美国作家爱伦·坡的《玉虫缘》;1906年,罗季芳翻译了英国葛威廉(今译威廉·鲁鸠)的《三玻璃眼》;1907年,张瑛翻译了美国威登的《黑蛇奇谈》;1909年,杨心一翻译了英国哈华德的《海谟侦探案》;1918年常觉、觉迷、天虚我生翻译了爱伦·坡的《杜宾侦探案》。西方侦探小说的新奇引得中国作者竞相仿效,使中国的小说又多了一个门类——侦探小说。

20世纪初期,中国科学小说翻译多为名家名作,且数量大、质量高。1900年,薛绍徽翻译了有"科幻小说之父"之称的法国作家儒勒·凡尔纳的《八十日环游记》。1907年,张勉旃和陈无我翻译了英国海立福医士笔记《新再生缘》。1908年,商务印书馆译印了英国斯底芬孙(近译斯蒂文生)的《易形奇术》。1915年,又集中出现了英国著名科幻小说家乔治·威尔斯的作品,如杨心一翻译的《八十万年之后之世界》和《火星与地球之战争》等。西方科学小说的输入,在一定程度上满足了当时中国人全面了解西方科学文化的需要,对促进中国人开阔眼界、解放思想、提高智识、追求文明等有着积极的意义。科学小说的输入,还引起了中国作者的模仿,催生了中国科学小说的萌芽。

中国新文化运动领袖之一胡适(1891—1962)自1911年至1918年翻

① 张静庐:《中国小说史大纲》,西北大学出版社,2019年版,第21页。

译的短篇小说 10 种，基本是著名作家的作品：法国都德的《最后一课》
和《柏林之围》，英国吉百龄（今译吉卜林）的《百愁门》，法国莫泊桑
的《二渔夫》《梅吕哀》和《杀父母的儿子》，瑞典史特林堡的《爱情与
面包》，意大利的卡德奴勿的《一封未寄的信》等，于 1919 年结集出版，
题名为《短篇小说第一集》。1918 年 4 月 15 日，在《新青年》第四卷第四
号上，胡适发表了苏格兰女诗人林德赛的爱情诗《老洛伯》。1919 年 3 月
15 日在《新青年》第六卷第三号上，胡适发表了美国诗人蒂斯黛尔的诗歌
《关不住了》。

刘半农（1891—1934）是中国新文化运动先驱，文学家、教育家，自
1914 年起至 1919 年，翻译了英、法、德、美、日、俄、丹麦、希腊、葡
萄牙等国小说近 50 篇（含译述和改译），绝大多数是短篇。其中有美国欧
文的《暮寺钟声》、霍桑的《塾师》，英国麦道克的《磁狗》，法国耶米曹
拉的《卖花女侠》等。在西诗东译方面，刘半农做出了贡献。他翻译了爱
尔兰诗人柏伦克德的《悲天行》三首、麦克顿那的《咏爱国诗人》三首，
以及皮亚士的《割爱》六首。周瘦鹃（1895—1968）是 20 世纪杰出的作家
和文学翻译家，16 岁开始翻译西方文学作品，到"五四"前已经翻译各类
作品 165 种，其中 80% 以上是短篇小说。他于 1917 年出版的《欧美名家短
篇小说丛刊》，分上、中、下三卷，收欧美十四国 47 家作品 50 篇。

周桂笙（1873—1936）是 20 世纪初我国著名翻译家。1900 年，周桂
笙为上海《采风报》翻译了《一千零一夜》，即《天方夜谭》。1902 年，
他为上海《寓言报》翻译了《公主》《乡女人》《猫狗成亲》等 15 篇短篇
小说，并辑成《新庵谐译初编》，上卷收《一千零一夜》《渔者》两篇，
下卷收《猫狗成亲》等 15 篇，1903 年夏由上海清华书局印行。1906 年，
他译出《福尔摩斯再生一至五案》《福尔摩斯再生六至十案》《福尔摩斯
再生十一至十三案》，前两册与奚若合译，均由小说林社刊行。周桂笙在
《月月小说》各期上陆续发表的译作有：虚无党小说《八宝匣》，航海小说
《失舟得舟》，奇情小说《左右敌》，科学小说《飞访木星》《伦敦新世
界》，英国培台尔著的教育小说《含冤花》，法国纪善著的侦探小说《妒妇
谋夫案》和《红痣案》，侦探小说《海底沉珠》，英国弥泼著的滑稽小说
《猫日记》，札记小说《自由结婚》，短篇小说《水深火热》等。

20 世纪初，翻译家伍光建（1866—1943）翻译了法国作家大仲马的三

部作品：《侠隐记》（今译《三个火枪手》）、《续侠隐记》（今译《二十年后》）、《法宫秘史》（今译《布拉日罗纳子爵》）。从此，他在翻译界声名鹊起。伍光建后来又陆续翻译了狄更斯的《劳苦世界》（《艰难时世》）、《二京记》（《双城记》），斯威夫特的《伽利华游记》（《格列佛游记》）①，菲尔丁的《大伟人威立特传》（又译《大伟人江奈生·魏尔德传》、《约瑟安特路传》）和《托木宗斯》（《汤姆·琼斯》）②，勃朗特的《孤女飘零记》（《简·爱》③），雨果的《海上劳工》④，法郎士的《红百合花》，塞万

---

① 斯威夫特是英国文学史上最著名的讽刺作家之一，他的著名作品《格利佛游记》（《格列佛游记》）以幻想游记的方式叙述了一个英国医生格利佛航海漂流到小人国、大人国、飞岛国、慧马国的经历，将现实与幻想有机地结合在一起。小说通过反语、影射、夸张、对比等手法对英国的政治、军事、文化、社会现实等进行了辛辣的讽刺，开英国文学讽刺小说之先河。

② 亨利·菲尔丁（1707—1754）是18世纪英国杰出的小说家，其小说有《约瑟夫·安德鲁斯传》（1742）、《大伟人江奈生·魏尔德传》（1743）、《汤姆·琼斯》（1749）和《阿米丽亚》（1751）。其中长篇小说《汤姆·琼斯》（又译《弃儿汤姆·琼斯的历史》）是菲尔丁的现实主义代表作。小说以男、女主人公汤姆和苏菲娅的恋爱故事为叙述线索，通过他们在乡村漂泊途中以及在伦敦的遭遇，展现从农村到城市五彩缤纷的社会场景。小说《汤姆·琼斯》场面宏大，涉及人物众多，被誉为18世纪英国社会的散文史诗。小说具体讲述的是男主人公汤姆·琼斯是个弃婴，开明绅士奥尔沃绥收养了他。后来，汤姆成长为一个相貌英俊、心胸大度的青年。汤姆爱上了邻家的女孩苏菲娅，但苏菲娅的父亲希望让女儿嫁给奥尔沃绥的外甥布利菲尔。由于布利菲尔的挑唆，汤姆被养父逐出家门。苏菲娅为逃婚前往伦敦。汤姆在得知苏菲娅的情况后也踏上去伦敦的路程。汤姆和苏菲娅在路上都遇到无数的坎坷和磨难。在伦敦，汤姆为寻找苏菲娅而不幸上当受骗。布利菲尔的阴谋败露遭到惩罚。汤姆和苏菲娅有情人终成眷属。

③ 夏洛蒂·勃朗特（1816—1855）是英国现实主义小说家，其代表作是长篇小说《简·爱》。小说具体讲述的是主人公简·爱自幼父母双亡，住在舅父家里。舅妈尖酸刻薄，表哥经常欺凌她。她被送进罗武德慈善学校。在寄宿学校里，简·爱受到校长公开羞辱。但她凭借自己的努力终于获得老师和同学们的肯定。后来，她去桑菲尔德庄园做家庭教师，与庄园的主人罗切斯特相爱。就在他们即将成婚之际，简·爱得知罗切斯特已有妻子，她就是被关在阁楼上的疯女人伯莎。简·爱拒绝了罗切斯特的请求，离开了桑菲尔德庄园。当简·爱最终获得稳定的经济来源，可以自由地生活时，却又发现自己需要罗切斯特的真爱，于是便离开表兄回到罗切斯特身边。小说充分展示了在简·爱身上表现出的英国妇女对维多利亚传统的叛逆精神和觉醒了的女性意识。

④ 雨果的《海上劳工》是他于1866年发表的一部浪漫主义长篇小说。在这部小说里，雨果以巨大的艺术力量，描写了一个劳动者同大自然进行的惊心动魄的搏斗。在同大自然的搏斗中，渔夫吉利亚一下子变成了像古代巨人那样的伟大英雄，表现出了刚毅、机智的非凡品质和大无畏精神，不但战胜了狂风恶浪，还创造了惊天动地的奇迹。小说情节的离奇和主人公的非凡能力紧密地交织在一起。所有这一切都鲜明地表现了这部小说的浪漫主义特色。匡兴主编《外国文学史》（西方卷），北京师范大学出版社，2010年版，第191页。

提斯的《疯侠》(《堂吉诃德》①),霍桑的《红字》,刘易斯的《大街》和《财阀》等。

鲁迅(1881—1936)很早就开始进行文学作品的翻译活动了,可以说他是通过翻译而登上文坛的。自1902年开始,鲁迅在具有革命倾向的刊物《浙江潮》上先后发表了5篇译作:《哀尘》《斯巴达之魂》《中国地质略论》《地底旅行》《说铂》。

西方文学译作对中国许多现代作家的创作均产生过不同程度的影响,甚至一些著名的作家,在他们青年时代也曾受过林译小说的熏陶和西方文学译作的影响。郭沫若在谈到林纾译作对他的影响时指出:"Lamb 的 *Tales from Shakespeare* 兰姆的《莎士比亚故事集》,林琴南译为《英国诗人吟边燕语》,也使我感受着无上的兴趣。它无形之间给了我很大的影响。后来我虽然也读过 *Tempest*《暴风雨》、*Hamlet*《哈姆雷特》、*Romeo and Juliet*《罗密欧与朱丽叶》等莎氏的原作,但总觉得没有小时所读的那种童话式的译述来得更亲切了。"②

周作人仅发表在《新青年》杂志上的翻译小说就有10余篇短篇小说,在谈到西方翻译作品对他的影响时,说过一段很有代表性的话:"老实说,我们几乎都因了林译才知道外国有小说,引起一点对于外国文学的兴味。我个人还曾经模仿过他的译文。"③ 周作人对西方翻译小说对中国小说创作的借鉴意义给予了充分的肯定,他在《日本近三十年小说之发达》中说,

① 米盖尔·德·塞万提斯·萨维德拉(1547—1616)是西班牙16世纪著名的小说家,他创作的文学作品包括小说、诗歌和戏剧等。短篇小说集《惩恶扬善故事集》包括12篇短篇小说,是西班牙最早的短篇小说集。长篇小说《堂吉诃德》全名为《奇情异想的绅士堂吉诃德·德·拉·曼却》,是塞万提斯的代表作,共分两部,分别于1602年、1615年出版。小说模仿骑士传奇的写法以诙谐幽默的笔端描述了堂吉诃德和他的随从桑丘·潘沙三次游侠的故事,讽刺了骑士阶层的鲁莽愚昧。小说真实、形象地描绘了西班牙16世纪的社会现实,全面深刻地反映了西班牙的社会矛盾。堂吉诃德是作者倾尽笔墨塑造的典型形象:他深受骑士小说的毒害,耽于幻想、脱离现实生活乱冲乱杀。他模仿骑士,以打抱不平的方式,企图消除社会罪恶,实现社会正义,但他处处碰壁。因为他动机虽好,但是行事的方法和路径是错误的,最终成为一个悲剧性人物。长篇小说《堂吉诃德》在世界范围内广泛流传,堂吉诃德这个形象已经成为世界各国读者所津津乐道的艺术典型。匡兴主编《外国文学史》(西方卷),北京师范大学出版社,2010年版,第221页。

② 郭沫若:《我的童年》,《沫若文集》第6卷,人民文学出版社,1958年版,第114页。

③ 周作人:《林琴南与罗振玉》,载《林纾研究资料》,第217页。转引自连燕堂《二十世纪中国翻译文学史》(近代卷),百花文艺出版社,2009年版,第193页。

中国小说不发达的原因在于不肯模仿，"我们要想救这弊病，须得摆脱历史的因袭思想，真心的先去模仿别人。随后自能从模仿中，蜕化出独创的文学来"①。

正是由于整个社会对西方翻译文学的价值有了全面而深刻的认识，在20世纪初期重要的报刊上，均大量刊登西方文学翻译作品。"译文""译丛""译述""名著"等各种翻译栏目与各种报刊的"专号""专辑"，如雨后春笋般在中国文坛涌现，成为当时中国报刊业的时尚与审美追求，成为吸引读者的一大卖点。《新青年》办刊伊始就注意译介外国文学作品。《小说月报》《文学周报》《诗》《晨报副刊》《京报副刊》《民国日报》《时事新报》等文艺类刊物，将外国文学作品的翻译视为头等重要的办刊原则，每期都大量翻译外国文学译作，不断推进翻译文学的发展。《每周评论》《解放与改造》《曙光》《新潮》《国民》《新社会》《人道》《少年中国》《努力周报》等综合性刊物，也重视西方译作刊发，以吸引读者。

为赢得读者，各个出版机构不断加大出版外国文学作品翻译的力度。不少出版社不仅翻译出版外国文学作品的单行本，还结集出版外国文学翻译丛书。如《未名丛刊》（北新书局、未名社等）、《世界文学名著》（商务印书馆、上海金屋书店、北新书局）、《新俄丛书》（上海光华书局）、《近代世界名家小说》（北新书局）、《世界名著选》（创造社出版部）、《小说世界丛刊》（商务印书馆）、《欧罗巴文艺丛书》（上海光华书局）、《世界少年文学丛刊》（上海开明书店）、《欧美名家小说丛刊》（北新书局）、《近代世界短篇小说集》（上海朝花社）等。

上述出版社翻译的重点多集中在西方的名家名作上，如但丁②、莎士比亚、莫里哀及其作品等。其中莎士比亚剧作最多，具体有田汉译《哈姆雷特》《罗密欧与朱丽叶》，曾广勋译《威尼斯商人》，邵挺、许绍珊译《罗马大将该撒》（《裘力斯・凯撒》），张采真译《如愿》（即《皆大欢喜》）等。

《哈姆雷特》是英国伟大戏剧家莎士比亚于1601年创作的最著名的悲

---

① 连燕堂：《二十世纪中国翻译文学史》（近代卷），百花文艺出版社，2009年版，第28页。

② 但丁・阿里盖里（1265—1321）（又译但丁・阿利格里，又译但丁・阿里吉耶里）是意大利文艺复兴的先驱，是中世纪末期著名的意大利诗人，是中世纪文学向近代文学过渡的标志性诗人。但丁的代表作是《神曲》。

剧作品，它通过哈姆雷特与以克劳狄斯为首的黑恶宫廷势力的斗争，反映了深刻的社会现实矛盾，讴歌了为正义而斗争的理想人物。《哈姆雷特》不仅代表着莎士比亚本人戏剧创作的最高成就，还被视为整个文艺复兴时期文学创作的巅峰。

《哈姆雷特》讲述的是正在德国威登堡大学学习的丹麦王子哈姆雷特接到父亲突然死亡的消息，立马启程回国。等他返回宫中时，却发现叔父克劳狄斯已经继承王位，并娶了他的母亲葛特鲁。父亲的亡灵告诉哈姆雷特，他的叔父是杀死自己的凶手。在确信他的叔父确实犯下了杀父之罪后，哈姆雷特决心为父报仇。哈姆雷特先装成疯子来蒙蔽对方，并对克劳狄斯的诡计一一加以识破，寻机揭发了克劳狄斯的罪恶。最后，哈姆雷特用毒箭和毒酒杀死了克劳狄斯，自己也自杀身亡。

《罗密欧与朱丽叶》是莎士比亚于 1594 年创作的一部悲剧作品。该剧源于 1554 年意大利作家班戴洛的一个故事。该剧具体讲述的是，蒙太古之子罗密欧与凯普莱特之女朱丽叶一见钟情、倾心相爱，但是两个家庭的宿怨成为他们爱情不可逾越的障碍。万般无奈之下，他们商定私下结婚。后来由于一系列阴差阳错的事件，罗密欧与朱丽叶双双为情而死。最后，两个家庭为他们的真情所打动，结束了多年的宿仇，握手言和。《罗密欧与朱丽叶》是莎士比亚悲剧中浪漫主义抒情色彩最浓的一部剧作，也是一部反对封建主义，倡导自由平等、个性解放、婚姻自由的佳作。

《裘力斯·凯撒》是莎士比亚于 1599 年创作的一部悲剧作品。剧中的主要人物布鲁托斯是一个高尚的理想主义者，却死于自己对敌人的过分仁慈与宽大；安东尼是一个阴险狡诈、能言善辩的政客。该剧题材来源于古罗马作家普鲁塔克的《希腊、罗马名人传》。剧本写布鲁托斯和凯歇斯等人为反对罗马独裁者裘力斯·凯撒称帝而合谋将其刺死。但凯撒的亲信安东尼却巧妙地利用布鲁托斯给他的当众演讲机会，煽起民众对刺杀凯撒的仇恨情绪，使布鲁托斯等人失掉了民心，最后战败而身亡。安东尼等攫取了罗马统治大权，开始了继凯撒之后的专制统治。《裘力斯·凯撒》以生动简练的笔触，描写了独裁势力和反独裁势力之间的生死搏斗，形象地展示了共和主义理想在与专制强权之间的巨大冲突中遭到毁灭的悲剧。

《皆大欢喜》是莎士比亚创作的"四大喜剧"之一。该剧题材来源于托马斯·洛奇的《罗莎琳德》。莎士比亚热情讴歌了善良无私、忠于爱情的美好品质，揭示了背信弃义、自私自利的丑恶行径，颂扬了和解、宽恕与报答的伦理道德观，展示了人文主义理想的情操与价值。剧中女主角罗莎琳是莎士比亚创造的成功女性之一，她乐观机智、善良而又忠于爱情。剧中的小丑"试金石"富于人性，赋予了这出浪漫戏剧某种冷峻的现实色彩。《皆大欢喜》是莎士比亚喜剧中的精品之一，当代西方莎学界对之评价甚高。①

西方各国的名著均被大量翻译、介绍到中国。有英国狄更斯的《劳苦世界》（《艰难时世》）、萧伯纳的《卖花女》、哈代的《德伯家的苔丝》、斯蒂文生的《玛丽玛丽》等，法国作家雨果的《悲惨世界》、卢梭的《忏悔录》、莫泊桑的《羊脂球集》、左拉的《失业》、小仲马的《巴黎茶花女遗事》等，德国作家歌德的《浮士德》、席勒的《阴谋与爱情》②、尼采的《德意志短篇小说集》、霍普德曼的《火焰》、雷马克的《西线无战事》等，美国作家马克·吐温的《夏娃日记》、辛克莱的《屠场》、奥尼尔的《琼斯皇》、霍桑的《红字》、赛珍珠的《大地》等。译成中文的重要的欧洲各国的文学作品还有《希腊神话》、欧里庇得斯的希腊悲剧《美狄亚》、希腊"荷马史诗"的《奥德赛》、中世纪的骑士文学、无名氏的《屋卡珊与尼各莱特》、但丁的《神曲》、薄伽丘的《十日谈》③、西班牙塞万提斯的《堂吉诃德》等。

---

① 李赋宁总主编，刘意青、罗经国主编《欧洲文学史：古代至十八世纪欧洲文学》第1卷，商务印书馆，1999年版，第261页。

② 约翰·克里斯托弗·弗里德里希·冯·席勒（1759—1805）是德国18世纪著名诗人、剧作家和文艺理论家，在德国文学史上的地位仅次于歌德，其戏剧创作的代表作是《阴谋与爱情》（1784）。《阴谋与爱情》讲述的是，主人公是宰相之子费迪南，他与提琴师米勒之女露依斯相爱。宰相为了加强自己在宫廷的势力，强迫费迪南娶公爵的情妇米尔福特夫人，费迪南不从。宰相便听从秘书武尔牧的策划，用假情书使费迪南怀疑露依斯不忠。费迪南中计，令露依斯自尽，自己也服了毒。露依斯临终前揭露宰相的阴谋，但为时已晚，已无法扭转乾坤。

③ 乔万尼·薄伽丘（1313—1375）是意大利著名的人文主义作家，代表作是短篇小说集《十日谈》。作品叙述了10个男、女青年为逃避瘟疫，在佛罗伦萨郊区的一座别墅里住了14天，在其中的10天里，每人每天讲一个故事，总共讲了100个故事，所以作品取名《十日谈》。这些故事题材来源十分广泛，分别取材于历史事件、中世纪趣闻轶事、法国寓言、东方民间故事、宫廷传闻和街谈巷议。作品反对罗马教廷，反对禁欲主义，肯定人有享受爱情、享受现实世界幸福的权利。《十日谈》是欧洲近代文学史上第一部现实主义作品，它对欧洲现实主义文学产生了深远影响。

上述译作涵盖了古希腊文学、古罗马时代文学、中世纪文学一直到西方近代文学的各个历史时期。上述译作包括了英国的人文主义文学、法国的象征主义和自然主义文学、德国的浪漫主义文学和美国的现实主义、表现主义文学等流派，基本是西方文艺复兴以后到 19 世纪初的各种文艺思潮的代表作。

古希腊悲剧家欧里庇得斯的《美狄亚》是希腊悲剧中的优秀作品之一。作品讲述的是，美狄亚是个野蛮国家的公主，她为了和伊阿宋的爱情，帮助他取得金羊毛，背井离乡随他来到希腊，同他结了婚并生有两子。伊阿宋结婚几年后，却要抛弃美狄亚，另娶科任托斯国王的女儿格劳刻为妻。科任托斯国王克瑞翁还要将美狄亚驱逐出境。美狄亚愤怒而生报复之念。她让两个孩子把一件浸染毒药的新衣送与新娘格劳刻，新娘着衣立即死去，国王克瑞翁也抱着女儿中毒身亡。为了惩罚伊阿宋，让他没有后嗣，美狄亚又在极度痛苦中杀死了两个孩子，然后乘龙车逃往雅典。

"荷马史诗"《奥德赛》全诗共 12105 行，后来被分为 24 卷。《奥德赛》的故事发生在紧接着特洛伊战争之后的十年中。特洛伊战争后，希腊英雄们都胜利返回了祖国，智多星奥德赛却被海上风暴所困，被迫流落他乡。他漂流到菲埃克斯人的斯科里亚岛，得到岛上国王阿尔喀诺俄斯的款待。奥德赛向国王讲述了他离开特洛伊之后的曲折经历。原来奥德赛一行人曾被吹到忘忧果之乡，在那里，吃了该果的路人都不愿回故乡。奥德赛好不容易才使他的手下人逃避这种生活。但他们很快又遇到了放牧的独眼巨人库克罗普斯。库克罗普斯一个一个地吞食奥德赛的手下，并准备把奥德赛留在最后享用。但奥德赛用酒把巨人灌醉，然后用利器刺瞎了他的眼睛，跑回到自己的船上。奥德赛接着在爱奥利亚着陆，风神送给他一个袋子。但他手下的人误以为里边装着财宝，在途中将其打开，结果里面的各路大风飞了出来，将他们的船又吹回到了爱奥利亚。他们后来又到了把人变成猪的女巫的妖岛，游历了冥土，经过了先以歌声迷人，再把人杀死的塞壬妖女所在的岛屿。在经过太阳神的岛屿时，水手们不顾奥德赛的警告，宰杀了岛上的神牛。太阳神一怒之下击沉了奥德赛的船只，除奥德赛一人幸免于难之外，其余的水手全部葬身海底。他本人被风浪吹到了神女卡吕浦索所在的奥吉吉亚岛，并被迫困守该岛达七年之久。在宙斯和雅典娜等天神的干预下，卡吕浦索被迫释放奥德赛回家。奥德赛用四天时间造了一只小船上路，但波塞冬掀起风浪再次摧毁了他的小船。这样他最后流落到了斯科里亚岛。阿尔喀诺俄斯王为奥德赛的故事所打动，送了许多礼物，并用船将他送回故乡。与此同时，一群求婚者正赖在奥德赛家里向奥德赛的妻子佩涅洛佩求婚，并大肆挥霍他的家产。奥德赛不露声色，化装为乞丐，在一次比武过程中将求婚者全部杀死，与分离多年的忠贞不贰的妻子幸福团圆。①

骑士文学是中世纪西欧极为盛行的文学现象，它包括骑士抒情诗和骑士传奇。骑士抒情诗的内容多表现骑士与贵妇人的恋情。有名的诗人有德国的瓦尔特·福格威德、西班牙的伊尼科·门多萨等。骑士传奇的内容多为骑士为荣誉、爱情进行冒险的行动以及行侠仗义、主持公道的义举等。英、法、德都有骑士名篇，如克雷蒂安·特鲁瓦的《朗斯洛》、沃尔夫拉姆·埃森巴赫的《帕齐伐尔》、高特夫里特·斯特拉斯堡的《特里斯坦和伊索尔德》等。

在广大中国文学家和翻译家的不懈努力下，大量优秀的外国文学翻译作品公之于世，见诸报端，结集出版。公开出版的外国文学译作难以尽数，数量惊人。据阿英《晚清戏曲小说目》不完全统计，1875—1911 年仅外国小说的翻译就有 600 多种。据《现代中国文学史》统计，1918—1923 年介绍的小说作家有 30 多个国家的 170 余人。②

西方文学翻译作品参与了中国现代文学的建构，已经融入了中国现代文学。连燕堂指出："20 世纪中国翻译文学是 20 世纪中国总体文学的一个独特的组成部分。它是外来文学，但它已获得中国生存的身份，是生存于中国文化土壤上的外来文学，具有混合型或混血型的双重文化基因。"③

综上所述，西方文学作品在中国的译介为中国现代文学的创作提供了可资借鉴的范本，为中国现代文学的推陈出新、升级转型提供了巨大的推动力。

---

① 李赋宁总主编，刘意青、罗经国主编《欧洲文学史：古代至十八世纪欧洲文学》第 1 卷，商务印书馆，1999 年版，第 13 页。

② 周晓明、王又平主编《现代中国文学史》，湖北教育出版社，2004 年版，第 142 页。

③ 连燕堂：《二十世纪中国翻译文学史》（近代卷），百花文艺出版社，2009 年版，第 1 页。

四　西方文学与中国现代文学的丰富

西方文学对中国现代文学产生了积极的思想启蒙效应，对中国现代文学形式的丰富做出了重要贡献，对中国现代文学新思潮、新流派的形成与发展发挥了较大作用。西方文学极大地拓展了中国现代文学的表现形式、表现手段，培育了大量具有西方文化观念和文学观念的新型作家，也哺育了人数众多的、欣赏西方文学作品的读者。西方文学在文学倾向、文学流派、艺术形式、创作手法等诸多层面上参与了中国现代文学的构建。

西方文学对中国现代文学丰富的贡献，首先体现在对中国现代文学体裁日益丰富的贡献上。在中国古代文学史上，文学体裁以诗歌居多。在西方文学的影响下，步入现代的中国文学在文学体裁上一改以诗歌占主导地位的状况，代之以小说、诗歌、散文和戏剧等并进的局面。

在中国现代文学发展史上，小说始终占据着重要的地位。它是在各种西方文学思潮的影响下逐步发展起来的。

20世纪初，中国的侦探小说是随着西方侦探小说在中国的大量翻译、引进而产生的。西方的侦探小说以曲折离奇、惊心动魄的故事和引人入胜、悬念重重的情节征服了中国读者，给中国带来了一种新的小说类型，为国人的视野打开了一扇亮丽的窗户。阿英在《晚清小说史》中指出："当时的译家，与侦探小说不发生关系的，到后来简直可以说是没有。如果说当时翻译小说有千种，翻译侦探小说要占五百部以上。"① 可见当时翻译侦探小说风气之盛。

西方侦探小说的输入与借鉴，也导致了中国式的侦探小说的大量产生。中国的侦探小说家根据中国的社会实际和读者的审美习惯，对西方的侦探小说进行了改造，使小说中的生活内容及书中的角色尽可能做到本土化，使案情的处理中所涉及的道德、情感和法律关系等问题尽可能地符合中国的社会传统和读者的欣赏习惯。在这样的背景下，读者为欣赏故事的趣味横生和离奇曲折以及惊心动魄而争购侦探小说书籍，书商为赚大钱大量出版侦探小说，中国作家也竞相模仿创作侦探小说，因此在中国出现了侦探小说热。

---

① 周晓明、王又平主编《现代中国文学史》，湖北教育出版社，2004年版，第348页。

中国现代散文是在西方文学的影响下诞生、完善的。作为现代散文的开创者之一，周作人（1885—1967）对中国现代散文的理论发展做出了贡献。早在1921年，周作人就发表了《美文》一文，其中说道："外国文学里有一种所谓论文，其中大约可以分作两类。一批评的，是学术性的。二记述的，是艺术性的，又称作美文，这里边又可以分出叙事和抒情，但也很多两者夹杂的。……但在现代的国语文学里，还不曾见有这类文章，治新文学的人为什么不去试试呢？"① 周作人这里所说的"美文"就是英文里的 Essay，在当时还被译成随笔、小品文、絮语散文、家常散文等。在提倡"美文"的基础上，周作人逐渐形成了自己一整套的散文理论，其中心即主张以自我为中心的"言志"散文，认为"它集合叙事说理抒情的分子，都浸在自己的性情里，用了适宜的手法调整起来，所以是近代文学的一个潮头"。② 在谈到散文创作体会时，周作人指出："那种平淡而有情的小品文我是向来仰慕的，至今爱读，也是极想仿做的，可是如上文所述实力不够，一直未能写出一篇满意的东西来。以此与正经文章相比，那些文章也是同样写不好，但是原来不以文章为重，多少总已说得出我的思想来了，在我自己可以聊自满足的了。"③

周作人在学习西方散文模式、进行现代散文理论建设的同时，还积极进行散文创作。1922年9月，他出版了自己的第一部散文集《自己的园地》，此后陆续出版了《雨天的书》、《谈龙集》、《谈虎集》、《夜读抄》、《苦茶随笔》和《苦口甘口》等20余部散文集。

周作人的散文最突出的艺术风格是平淡。无论是心中澎湃的情感，还是对现实强烈的不满，在周作人的笔下都能以自然平淡的口吻表现出来。周作人的散文作品包含了情感与理性的渗透与统一。

朱自清（1898—1948）是中国现代文学史上用白话创作散文的先行者之一，他在散文创作上取得了卓越成就，他的作品堪称现代白话散文的经典作品，在现代散文史上占有重要地位。朱自清出版的散文集有：《踪迹》

① 周作人：《美文》，载氏著《谈虎集》，北新书局，1928年版，第41页。
② 周作人：《〈近代散文抄〉序》，载氏著《苦雨斋序跋文》，十月文艺出版社，2011年版，第139~140页。
③ 周作人：《两个鬼的文章》，载氏著《周作人散文》第二集，中国广播电视出版社，1992年版，第238~239页。

（第二辑）、《背影》、《欧游杂记》、《你我》、《伦敦杂记》和《标准与尺度》。他的散文以抒情见长，文章构思缜密，笔触细腻，明丽典雅，洗练清新，语言优美。早在20世纪20年代，朱自清的散文就被誉为"白话美术文的典范"①，他用自己白话美文的创作实绩，"表示旧文学之自以为特长者，白话文学也并非做不到"。② 1935年，郁达夫在《中国新文学大系·散文二集·导言》中评价朱自清："他的散文，仍能够满贮着那一种诗意，文学研究会的散文作家中，除冰心女士外，文章之美，要算他了。"③ 郁达夫把朱自清的散文艺术归结为"诗意"和"美"，这几乎成了后来评价朱自清散文艺术的定论。直到今天，他的散文仍然是公认的现代散文和现代汉语的楷模。

经过中国文学家的不懈探求，现代散文得到了长足的发展。除了鲁迅、瞿秋白在进行杂文创作，何其芳、李广田、陆蠡、夏丏尊等人也创作了许多各具特色的散文。受英国随笔的影响，出现了深受兰姆影响、具有"中国的爱利亚"之称的梁遇春，还有对幽默进行阐述与倡导的林语堂。他们共同为中外散文的沟通做出了努力，带来了散文园地的繁盛。④

西方戏剧思潮影响了中国20世纪30年代的戏剧发展。西方戏剧在中国的传播为建立中国现代戏剧模式提供了模版。戏剧作家曹禺、田汉、洪深、陈白尘、熊佛西、李健吾、袁牧之等人，不仅积极学习西方的戏剧理论，还在中国上演西方的剧作。在学习、借鉴西方戏剧的基础上，中国话剧开始步入成熟阶段。在当时的中国戏剧家中，首推曹禺艺术成就最高。

西方的戏剧对中国现代戏剧家曹禺（1910—1996）的戏剧创作产生了重要影响。曹禺将希腊悲剧和易卜生、奥尼尔、契诃夫的戏剧理念融入了中国民族戏剧中，创作了许多不朽的剧作。

1928年，曹禺升入南开大学政治系。1929年，他转入清华大学西洋文学系，广泛涉猎莎士比亚、易卜生、奥尼尔等西方戏剧名家之作。他仔细

---

① 浦江清：《朱自清先生传略》，载《国文月刊》，上海书店出版社，2006年版，第37页。
② 鲁迅：《南腔北调集·小品文的危机》，载氏著《鲁迅全集》第4卷，人民文学出版社，1981年版，第576页。
③ 周晓明、王又平主编《现代中国文学史》，湖北教育出版社，2004年版，第329页。
④ 方汉文：《东西方比较文学史》（下），北京大学出版社，2005年版，第720页。

阅读了《易卜生全集》，从易卜生①的现实主义和象征主义剧作中学习戏剧写作的方法，也为莎士比亚戏剧世界中"变异复杂的人性、精妙的结构、绝美的诗情、充沛的人道精神，浩瀚的想象力"②深深吸引，为契诃夫《三姊妹》中秋天的忧郁所感动。曹禺翻译了莎士比亚的《罗密欧与朱丽叶》，根据法国戏剧改编了《正在想》和《镀金》两部独幕喜剧。曹禺善于利用古今中外的一些艺术经验，在创作中留下了外国剧作家们的影响印记：《雷雨》中古希腊悲剧的模式，《北京人》中契诃夫式的寓深邃于平淡的散文式戏剧风格，《原野》中有美国剧作家奥尼尔的《琼斯皇》的象征主义手法和神秘观念的影响。

继承"五四"以来话剧反封建的民主精神，曹禺将反封建和个性解放的主题贯彻在创作的各个阶段。他擅长通过表现家庭矛盾来折射社会现实，除《雷雨》外，《北京人》《家》《原野》等都揭示封建制度的罪恶，展现在大宅中苦闷生存的青年男女。五四运动以来的中国，虽然社会运动此起彼伏，但政治经济领域的某些变动并没有驱散封建思想的幽灵。曹禺从民族心理层面对封建思想、封建礼教进行深刻挖掘和彻底的清算，既延续了五四运动以来的反封建文艺传统，也是对同类题材的深入和突破。

西方文学对中国现代文学丰富的贡献，其次体现在对中国现代文学流派日益丰富的贡献。20世纪20年代，西方文化、文学思潮大量涌入中国。现实主义、自然主义、浪漫主义、唯美主义、象征主义等文学流派均呈现于中国现代文坛。中国现代文学先驱者们立足于本民族文学传统，有选择地加以吸收。"文学研究会"接受了欧洲现实主义的思潮，"语丝社"主要

---

① 亨利克·易卜生（1828—1906）是挪威伟大的戏剧家，是欧洲现代戏剧创始人。1848年，他写了反对专制暴政的戏剧《凯蒂莱恩》。1855年、1863年，他分别写了激发民众爱国情感的《英格夫人》和《觊觎王位的人》。1866年、1867年分别写了哲理剧《布朗德》和《培尔·金特》。之后他陆续写了一些揭露资产阶级道德堕落、思想庸俗狭隘、民主政治虚伪欺骗的剧作：《青年同盟》（1869）、《社会支柱》（1877）、《玩偶之家》（1879）、《群鬼》（1881）、《人民公敌》（1882）等。其中《玩偶之家》是易卜生的代表性剧作，该剧通过对资产阶级家庭一对夫妻关系的描述和剖析，揭露了资产阶级婚姻和家庭生活的虚伪，吹响了妇女解放的号角。易卜生发扬了现实主义的优秀传统，使戏剧直接反映当时的现实生活，提出了生活中许多迫切的问题，并对戏剧艺术进行了大力革新。易卜生的"社会问题剧"，以其高度的艺术技巧和丰富的思想内容，在世界戏剧史上产生了深远的影响。

② 曹禺：《和剧作家们谈读书和写作》，《剧本》1982年第10期。

受英法随笔的影响，"创造社"等其他文学社团吸收了欧美浪漫主义思潮。"创造社"的郭沫若和郁达夫、"新月派"的徐志摩和闻一多、"象征派"的李金发以及"语丝社"的周作人等积极吸取西方文学的精华，消化适合自己发展需要的成分，从而创作出了既具有民族性又具有世界性的优秀文学作品。

在西方现实主义文学思想的影响下，中国以现实社会为指针、以人为中心的现实主义文学在 20 世纪第二个十年蓬勃兴起。

1918 年，鲁迅在《新青年》杂志上发表了小说《狂人日记》，这是中国现代文学史上的第一篇具有现代艺术形式和精神内涵的白话小说，是现代中国小说伟大奠基工程的第一块基石，是一篇彻底反对封建主义的战斗檄文，它彻底揭露了封建主义"吃人"的本质。鲁迅运用现实主义、象征主义、浪漫主义等多种创作方法，以锋利的笔锋，浓墨重彩地描绘了"狂人"这个"既有高度真实性品格又具强烈象征性意义的人物形象"[1]，使其成为中国乃至世界文坛上一个独具特色的文学典型。

鲁迅的《呐喊》《彷徨》是两部采取现实题材创作的小说集。《呐喊》《彷徨》是五四运动之后两部现实主义文学的伟大作品。两部作品以充分的现实主义描写，再现了一幕幕封建主义"吃人"的惨景：革命者夏瑜被清王朝统治者砍头；孔乙己的死是科举制度毒害的结果；进步知识分子吕玮甫和魏连殳，在封建势力逼迫下一个颓唐敷衍，另一个玩世自戕；凭借个性解放获取爱情的子君和涓生，在封建势力打击下不仅爱情毁灭，而且子君死亡；闰土一家在封建社会"兵、匪、官、绅"的压迫下，生活难以为继，正在被"吃"；处于社会最底层的劳动妇女，更是被"吃"的对象，勤劳善良的祥林嫂，是被混合着封建父权、夫权、族权、神权以及理学的"不净观""节烈观"等一系列封建伦理道德"吃"掉的，而颇有反抗精神的爱姑，也被代表着强大封建势力的七大人们所"吃"——被虐待她的夫家以 90 元钱赶出家门。[2]

小说集《呐喊》中的《阿 Q 正传》是鲁迅的一部中篇小说，作品塑造了一个集国民性弱点于一体的阿 Q 典型文学形象。小说全面揭示、描绘

---

① 周晓明、王又平主编《现代中国文学史》，湖北教育出版社，2004 年版，第 168 页。
② 周晓明、王又平主编《现代中国文学史》，湖北教育出版社，2004 年版，第 212 页。

了"沉默的国民的魂灵",真实描写了在封建主义奴役下,没有觉醒更没有反抗、仍然处于愚昧麻木之中的国民的精神状态。鲁迅说:"十二年前,鲁迅作的一篇《阿 Q 正传》,大约是想暴露国民的弱点的。"他又说过,《阿 Q 正传》是想"写出一个现代的我们国人的魂灵来","要画出这样沉默的国民的魂灵来"。①

随着 1921 年"文学研究会"等文学社团纷纷成立,现实主义文学不断得到推进。"文学研究会"提倡文学应该反映现实,表现人生,认为文学应该为人生服务。在创作方法上,"文学研究会"推崇写实主义,强调"新文学的写实主义,于材料上最注重精密严肃,描写一定要忠实"。② 在文学的使命观上,他们从有益于"人生"出发,主张"文学应该反映社会的现象,表现并且讨论一些有关人生的一般问题"③,强调文学是"人生的镜子"和"现实的缩影",反对"艺术为艺术"的观点。④ 沈雁冰(笔名茅盾)指出:"文学的目的是综合地表现人生,不论是写实的方法,是用象征比譬的方法,其目的总是表现人生,扩大人类的喜悦和同情,有时代的特色作为背景。"⑤

在中国 20 世纪 30 年代的现实主义文学浪潮中,出现了茅盾、老舍等一批著名的现实主义作家。茅盾(1896—1981),原名沈德鸿,字雁冰,是一位具有世界眼光的作家,他的现实主义创作风格是在大量翻译、借鉴外国文学作品和理论的基础上形成的。他翻译、借鉴的外国文学作品十分广泛,包括希腊、罗马和文艺复兴时期的各位大师的著作,19 世纪欧洲的长篇小说,特别是巴尔扎克等批判现实主义作家的作品。同时,茅盾十分注重译介西方文艺理论,他撰写了 10 余种介绍、研究西方文学的论文集和专著。

茅盾的现实主义作品《蚀》三部曲,由三个系列中篇《幻灭》《动摇》《追求》组成,作品展现了大革命失败前后激烈斗争的现实,表现"现代青年在革命壮潮中所经过的三个时期:(1)革命前期的亢昂兴奋

---

① 鲁迅:《伪自由书》,《鲁迅全集》第 5 卷,人民文学出版社,1981 年版,第 147 页。
② 沈雁冰:《什么是文学》,《中国新文学大系·文学论争集》,上海良友图书印刷公司,1935 年版,第 156 页。
③ 参见茅盾《中国新文学大系·小说一集·导言》,上海良友图书印刷公司,1935 年版。
④ 郎损:《新文学研究者的责任与努力》,《小说月报》第 12 卷第 2 号,1921 年 2 月。
⑤ 沈雁冰:《文学与人及中国古来对于文学者身份的误认》,《小说月报》第 12 期第 1 号,1921 年 1 月。

和革命既到面前时的幻灭；（2）革命斗争剧烈时的动摇；（3）幻灭动摇后不甘寂寞尚思作最后之追求"①。1932 年前后到 1937 年，是茅盾创作的鼎盛时期。1933 年，茅盾出版了 30 年代现实主义文学的扛鼎之作——长篇小说《子夜》。茅盾以敏锐的眼光、写实的手法，通过民族工业资本家吴荪甫的人生经历，描写了当时的社会现实，深刻地分析了当时中国社会的半殖民地半封建性质。1932—1933 年，茅盾完成的"农村三部曲"——《春蚕》、《秋收》和《残冬》，形象地描绘了 20 世纪 30 年代初期中国半殖民地半封建社会的农村经济的现状。茅盾的长篇小说《腐蚀》通过主人公赵惠明坎坷的人生历程，展现了当时复杂的社会矛盾和激烈的政治斗争形势。

巴金（1904—2005），原名李尧棠，是中国现代著名现实主义小说家。1929 年，巴金在《小说月报》上发表了他的第一部中篇小说《灭亡》。其后陆续发表《死去的太阳》、《新生》、《砂丁》、《萌芽》和著名的"爱情三部曲"——《雾》、《雨》、《电》。1931 年，巴金在《时报》上连载"激流三部曲"之一——《家》。从发表《灭亡》开始到抗日战争爆发，这是巴金文学创作的第一阶段。这一时期，巴金共发表了 12 部中、长篇小说和 60 多部短篇小说。这些作品描写了 20 世纪初期青年革命者的奋斗历程，塑造了一批敢于同黑暗势力斗争的血气方刚的青年形象，无情揭露了封建制度的罪恶。巴金的这些作品具有强烈的革命现实主义和英雄主义色彩。

1938 年，巴金出版了长篇小说《春》，1940 年，出版了长篇小说《秋》，与 1931 年完成的长篇小说《家》，共同组成了他的"激流三部曲"。在"激流三部曲"中，《家》的成就最高，影响最大。《家》叙述了一个封建大家庭走向衰落的历史，描绘了在这个大家庭中梅芬、瑞珏和鸣凤等一群青年人的悲惨命运，强烈控诉了以封建官僚大家庭高家为代表的封建专制制度，揭露了封建礼教的"吃人"本质，严厉抨击了高家这个大家庭的黑暗、腐朽、虚伪和残酷。同时，作者给予了这个家庭中的青年叛逆者极大的同情，热情赞颂了他们勇敢追求理想和幸福的精神。

老舍（1899—1966），原名舒庆春，是中国现代著名现实主义小说家，

① 茅盾：《从牯岭到东京》，《小说月报》第 19 卷 10 号，1928 年 10 月。

创作了《骆驼祥子》《四世同堂》等名作。作为一个博采众长、深受西方文学影响的开放型作家，老舍容摄了英国著名作家威尔斯、狄更斯、康拉德、美瑞地茨以及法国著名作家福禄贝尔、莫泊桑等人的诸多文学元素。老舍指出：“英国的威尔斯，康拉德，美瑞地茨和法国的福禄贝尔与莫泊桑，都拿去了我很多时间。”① 狄更斯的讽刺手法、康拉德的叙事方式以及福楼拜、莫泊桑小说的悲剧元素等无不对老舍的小说创作产生了重要影响。

古斯达夫·福楼拜（1821—1880）是继巴尔扎克之后法国杰出的现实主义小说家。他的代表作长篇小说《包法利夫人》是一部具有世界影响力的现实主义杰作，小说描写了一个天真的小资产阶级女性因幻想过上流社会的高雅生活而被骗堕落自杀的故事。福楼拜通过女主人公的悲剧深刻批判了法国庸俗的社会习俗。小说讲述的是，主人公爱玛是一个富裕农民的独生女，她在鲁昂修道院附近的寄宿学校受过教育，后来嫁给了乡村医生查理·包法利。丈夫的平庸拙钝使她失望，外省庸俗鄙陋的气氛令她窒息。她与赖昂暗生情愫。为了与赖昂幽会，她不顾家庭和孩子，一味靡费，瞒着丈夫到处举债。终于，法庭发下催债的传票，她四下奔走，无人相助，于是吞下砒霜自尽。一年后，查理也在孤独和悲伤中死去。②

居伊·德·莫泊桑（1850—1893）是 19 世纪后半期法国著名的小说家，他创作了 300 多篇中短篇小说，《羊脂球》《我的叔叔于勒》《项链》是脍炙人口的名篇。他的创作题材广泛，内容丰富，真实地反映了 19 世纪后期法国的社会生活。莫泊桑在创作中善于从平淡无奇的日常生活中选取素材，来描写和塑造人物，力求逼真、自然、鲜明生动。他的作品结构多变，形式丰富，既有书信、日记形式，也采用梦幻和对话形式，构思布局巧妙，细节描写传神，语言生动简洁，高度凝练，堪称艺术典范。

老舍的长篇小说《骆驼祥子》描述了主人公祥子这个流入都市的破产农民艰辛、悲戚的人生经历，真实再现了底层市民的悲惨命运，小说具有浓重的悲剧色彩。

---

① 老舍：《写与读》，载氏著《老舍文集》第 15 卷，人民文学出版社，1993 年版，第 545～546 页。

② 李赋宁总主编，彭克巽主编《欧洲文学史》第 2 卷 “十九世纪欧洲文学”，商务印书馆，2004 年版，第 239 页。

西方自然主义文学思潮在中国现代文坛产生了较大影响，助推了中国自然主义文学理论的成熟和创作实践的丰富。

早在 19 世纪 80 年代，中国早期留法学者陈季同（1852—1907）就接触到了左拉等法国自然主义作家的作品。1918 年，著名思想启蒙家、文学家梁启超在《欧游心影录》中介绍了欧洲的"自然派"，分析了它产生的原因、优点和缺陷。到五四运动前后，左拉及其自然主义理论通过西欧和日本这两个途径传播到中国，并产生了很大影响。

陈独秀（1879—1942）创办《新青年》杂志，是新文化运动的倡导者。他早年接受近代西方文艺思想，对左拉及其自然主义理论予以高度评价："自然主义，唱于十九世纪法兰西之文坛，而左喇（Emile Zola，法国巴黎人，生于一八四零年，卒于一九零二年）为之魁。左氏之毕生事业，惟执笔耸立文坛，笃崇所信，以与理想派文学家勇战苦斗，称为自然主义之拿破仑。此派文艺家所信之真理，凡属自然现象，莫不有艺术之价值，梦想理想之人生，不若取夫世事人情，诚实描写之有以发挥真美也。故左氏之所造作，欲发挥宇宙人生之真精神真现象，于世间猥亵之心意，不德之行为，诚实胪列，举凡古来之传说，当世之讥评，一切无所顾忌，诚世界文豪中大胆有为之士也……。现代欧洲文艺，无论何派，悉受自然主义之感化，作者之先后辈出，亦远过前代……。西洋所谓大文豪，所谓代表作家，非独以其文章卓越时流，乃以其思想左右一世也。三大文豪之左喇，自然主义之魁杰也。"[1]

1917 年 2 月 1 日，陈独秀在《文学革命论》（《新青年》第二卷第六号上）一文中，更以充满激情的文笔为雨果、左拉等大唱赞歌："欧洲文化，受赐于政治科学者固多，受赐于文学者亦不少。予爱卢梭、巴士特之法兰西，予尤爱虞哥、左喇之法兰西……有自负为中国之虞哥、左喇……者乎？有不顾迂儒之毁誉，明目张胆以与十八妖魔宣战者乎？予愿拖四十二生的大炮，为之前驱！"[2]

五四运动之后，自然主义成为中国众多文学评论家的一个热门话题。有胡愈之的《近代文学上的写实主义》（《东方杂志》，1920 年 1 月 10

---

[1] 任建树：《陈独秀著作选编》第 1 卷，上海人民出版社，2009 年版，第 182、183 页。

[2] 任建树：《陈独秀著作选编》第 1 卷，上海人民出版社，2009 年版，第 291 页。

日），李劼人的《法兰西自然主义以后的小说及其作家》（《少年中国》第
3 卷第 10 期），留学日本的谢六逸的《自然派的小说》（《小说月报》1920
年 11 月）等。①

　　20 世纪 20 年代，茅盾对自然主义文学进行了系统的评述。茅盾担任
《小说月报》主编后，发表改革宣言，表示要大力翻译西方名家小说，介
绍西方文学流派。他大力倡导关于自然主义文学流派的讨论，积极推介欧
洲自然主义作家、翻译他们的论著和作品。茅盾撰写了《〈文艺上的自然
主义〉附志》一文，对自然主义予以介绍和评述。在为《小说月报》改革
一周年所写的《一年来的感想与明年的计划》中，他明确地分析了自然主
义对于改造中国文学的现实意义："奉什么主义为天经地义，以什么主义
为唯一的'文宗'，这诚然有些无谓；但如果看见了国内文学界一般的缺
点，适可以某种主义来补救校正，而暂时的多用些心力去研究那一种主
义，则亦未可厚非。从来国人对于文学的观念，描写创作的方法，不用讳
言，与现代的世界文学，相差甚远。以文学为游戏为消遣，这是国人历来
相传的描写方法；这两者实是中国文学不能进步的主要原因。而要校正这
两个毛病，自然主义文学的输进似乎是对症药。这不但对于读者方面可以
改变他们的见解、他们的口味，便是作者方面，得了自然主义的洗炼，也
有多少的助益。不论自然主义的文学有多少缺点，单就校正国人的两大病
而言，实是利多害少。再说一句现成话，现代文艺都不免受过自然主义的
洗礼，那么，就文学进化的通则而言，中国新文学的将来亦是免不得要经
过这一步的。所以我觉得现在有注意自然主义文学的必要，现在再不注
意，将来更没有时候！"②

　　关于自然主义对中国现代文学的意义，1922 年 7 月 10 日，茅盾发表
了《自然主义与中国现代小说》一文，文章极力推崇文学上的自然主义：
"我们都知道自然主义者最大的目标是'真'；在他们看来，不真的就不会
美，不算善。他们以为文学的作用，一方要表现全体人生的真的普遍性，一
方也要表现各个人生的真的特殊性，……所以若求严格的'真'，必须事事

①　吴岳添：《左拉学术史研究》，译林出版社，2014 年版，第 142 页。
②　茅盾：《一年来的感想与明年的计划》，《茅盾全集》第 18 卷，人民文学出版社，1989 年
　　版，第 150 页。

实地观察。这事事必先实地观察，便是自然主义者共同信仰的主张。……自然主义者事事必先实地观察的精神，也是我们所当引为'南针'的……。自然主义是经过近代科学的洗礼的；他的描写法，题材，以及思想，都和近代科学有关系。左拉的巨著《卢贡·马卡尔》，就是写卢贡·马卡尔一家的遗传，是以进化论为目的……我们应该学自然派作家，把科学上发现的原理应用到小说里，并研究社会问题，男女问题，进化论种种学说。"[①]

赵少侯在《左拉的自然主义》（《晨报副刊》，1926 年 10 月 4 日）一文中，极力推崇左拉的艺术，认为左拉是像医生一样在医治人们的"道德病"，这是中国学者研究自然主义理论的优秀论文之一。鲁迅对左拉抱有某种程度的好感，他在《又论"第三种人"》中写道："法国的文艺家，这样的仗义执言的举动是常有的；较远，则如左拉为德来孚斯打不平，法郎士当左拉改葬时候的讲演；较近，则有罗曼·罗兰反对战争。"[②]

有关自然主义理论的著述逐渐被中国文人译为中文。1927 年，毕修勺翻译左拉的《实验小说论》（《新文化》第 1 卷 2—4 号连载，1927 年上海美的书店出版）。1929 年，鲁迅翻译了日本片山孤村的《自然主义之理论及技巧》（《壁下译丛》，北新书局，1929 年 4 月）。1930 年，张资平翻译出版了《实验小说论》（上海新文化书局出版，1930）。

茅盾在 20 世纪 30 年代初继续大力宣扬自然主义文学的创作方法。茅盾在《西洋文学通论》（1930）中指出："完全把近代的科学方法应用在文艺上的，是左拉。他是确立了'自然主义'的人。"[③] 茅盾逐一介绍了《罗贡·马惹尔》（《卢贡·马卡尔》）系列小说的每一卷的内容，分析了左拉小说的特点，即根据遗传理论来描写社会问题，并且宣称："在 19 世纪后半的欧洲文坛上，没有第二部书更惹起广大的注意和嘈杂的批评如《罗贡·马惹尔》了。即使是反对自然主义的批评家也不能不承认《罗贡·马惹尔》这二十卷巨著是文学史上空前的'杰作'，直到现在还没有可与并论的作品出世……。每个人物所追求的是物质生活的满足和肉的狂

---

① 茅盾：《自然主义与中国现代小说》，《茅盾全集》第 18 卷，人民文学出版社，1989 年版，第 253、236、238 页。

② 鲁迅：《又论"第三种人"》，《鲁迅全集》第 4 卷，人民文学出版社，2005 年版，第 546 页。

③ 茅盾：《西洋文学通论》，复旦大学出版社，2004 年版，第 112 页。

欢。而且人物的心理生理方面都是病态的。疯狂和色情狂的描写，在自然主义以前的文艺中本来也是有的；但把疯狂等加以科学的即病理的观察，却是左拉开始的。后来这也成为自然主义文学的基本色彩。"①

茅盾先后编译评述了《百货商店》和《娜娜》。"1931 年《中国简报》已将茅盾称为'中国自然主义文学领袖人物'，称他的作品为'写中产阶级的左拉主义者文学'。"②茅盾创作的自然主义倾向在他的长篇小说《子夜》中体现得尤为明显。

在介绍自然主义理论的同时，左拉的文学作品也被译成中文。最早有钟鸣翻译朱那的《吾辈何以常饥耶》（1916）、《小乡村》（1917），刘半农译曹拉的《卖花女侠》（1917）等。据彭建华的《现代中国的法国文学接受——革新的时代、人、期刊、出版社》（中国书籍出版社，2008）提供的资料，在 1919 年之前，左拉作品的同一译本再版已达十七次之多。③

从 20 世纪 20 年代到 40 年代，左拉的文学作品基本被全部翻译成中文出版。1927 年，毕树棠翻译了《一夜之爱》，由上海北新书局出版；1927 年，陈宅桴、毕修勺翻译了《左拉小说集》，由上海江湾出版合作社出版；1928 年，徐霞村翻译了《洗澡》，由上海开明书店出版；1928 年，东亚病夫翻译了《南丹及奈侬夫人》，由上海真美善书店出版；1931 年，茅盾编译了《百货商店》，由上海新生命书局出版；1934 年，王了一翻译了《娜娜》（上、下册），由上海商务印书馆出版；1934 年，王了一翻译了《屠槌》（上、下册），由上海商务印书馆出版；1935 年，瞿秋白翻译了《金钱》；1936 年，沈起予翻译了《酒场》，由上海中华书局出版；1936 年，林如稷翻译了《庐贡家族的家运》（上、下册），由上海商务印书馆出版；1937 年，王了一翻译了《酒窟》（上、下册），由上海商务印书馆出版；1944 年，马宗融、李劼人合作翻译了《梦》，由重庆作家书屋出版；1944 年，倪明翻译了《萌芽》，由桂林新光书店出版。另外，还有毕修勺翻译、上海世界书局出版的《给妮侬的故事》、《给妮侬的新故事》、《蒲尔上尉》、《玛德兰·费拉》、《岱蕾斯·赖根》、《娜薏·米枯伦》和《磨坊之

① 茅盾：《西洋文学通论》，复旦大学出版社，2004 年版，第 121 页。
② 钱林森：《法国作家与中国》，福建教育出版社，1995 年版，第 334 页。
③ 吴岳添：《左拉学术史研究》，译林出版社，2014 年版，第 141～142 页。

役》等。

1940 年 5 月 21 日，郁达夫在《星洲日报·晨星》上发表《左拉诞生百年纪念》，颂扬了左拉为正义而斗争的精神："左拉的大小说，大家都知道，是描写法国第二帝制时代的社会各方面动态的那部罗贡·玛喀尔家的世系叙传小说集，但他在欧洲各国的妇孺口上所传说的，却并不是他的三十余册的著作，而是他为正义而斗争，替一犹太军官德雷非斯辩诬的那一件事情……。左拉是伟大的，但他的伟大和一般文学家的伟大却有点不同。伟大的，是他的思想，是他的理想，是他的一生的毅力。光凭这一种对未来光明的努力追求和正义人道的拼死的主张上看来，我们就可以证实拉丁民族，是决不会灭亡的民族。"①

在法国自然主义的影响下，李劼人（1891—1962）创作了"长篇三部曲"——《死水微澜》《暴风雨前》《大波》。上述三部作品在人物的真实性、叙事的客观性和内容的文献性等方面，显示出作者深得法国自然主义精髓，并且在蔡大嫂身上我们还能看见包法利夫人的影子。1937 年 6 月 7 日，郭沫若在《中国文艺》第一卷第二期上，发表题为《中国左拉之待望》的文章，推介李劼人的这三部小说。在谈到西方文学对他的影响时，李劼人说："我读了林琴南译的《旅行述异》，这部书对我影响很大，我就学习他的写法，把我所见的社会生活，写成一些短篇，总的篇名叫《盗志》。"②

西方浪漫主义文学对中国现代文学产生了不可低估的影响，对中国现代文学浪漫主义思潮的形成贡献了力量。

中国现代的浪漫主义文学，可追溯至 19 世纪末期的"新诗派"的诗歌创作。自黄遵宪大型组诗《日本杂事诗》开始，"新诗派"的诗歌创作进入较为活跃的时期。黄遵宪、康有为、梁启超、丘逢甲、蒋智由等人主张文学变革，反对陈腐文风，追求文学新潮，大力表现西方的新思想、新文化。他们的诗歌自然流畅，生动活泼，想象奇特丰富，精神状态昂扬向上，具有酣畅淋漓、瑰丽多姿、雄奇壮美的积极浪漫主义诗风：

---

① 郁达夫：《郁达夫全集》第 11 卷，浙江大学出版社，2007 年版，第 446～447 页。
② 李劼人：《李劼人谈创作经验》，《草地》1957 年第 4 期。

　　天龙作骑万灵从，独立飞来缥缈峰。

　　怀抱芳馨兰一握，纵横宇合雾千重。

　　眼中战国成争鹿，海内人才孰卧龙？

　　抚剑长号归去也，千山风雨啸青峰。

　　（康有为《出都留别诸公》）

　　康有为的《出都留别诸公》强烈谴责了西方列强瓜分中国的滔天罪行，抒发了自己变法图强的报国情怀，想象奇特，文辞瑰丽，富有激情。下面是梁启超的《爱国歌四章》（选一）：

　　泱泱哉！我中华。最大洲中最大国，廿二行省为一家。物产腴沃甲大地，天府雄国言非夸。君不见，英日区区三岛尚崛起，况乃堂堂我中华！结我团体，振我精神，二十世纪新世界，雄飞宇内畴与伦。可爱哉我国民，可爱哉我国民！

　　梁启超的诗篇激情四射，热情洋溢，昂扬奋进，表现出对崇高理想的不懈追求和热爱祖国的深挚情感。

　　20世纪20年代的新诗充满浪漫主义色彩。新诗流露的情绪、抒发的情感相对来说比较昂扬向上，但不少篇章仍然弥漫着感伤的情调。郭沫若《女神》中的不少篇章就是如此，尤其是《星空》更显现着诗人深沉的苦闷，原来气吞宇宙的"天狗"变成了"受了伤的勇士""带了箭的雁鹅"。哲理小诗、早期象征诗派也都涂上了感伤的色彩，如李金发表现个人心灵的凄风苦雨，咏叹人生命运的悲哀，寒夜、死亡、枯骨、坟墓、落叶、狂风、荒漠、残月、夕阳、污血成为他诗中经常出现的意象和语汇，构成了一种感伤与悲叹交织的诗歌情调。虽然新月派诗人反对"过了头"的"感伤主义"、主张"理性节制感情"，闻一多的《红烛》和《死水》却反复形容自己是"失群的孤客""孤寂的流落者""可怜的孤魂""流落的孤禽"，凄楚压抑之感油然而出；徐志摩的整个诗作，则显示了诗人由"单纯的信仰流入怀疑的颓废"之思想的演变轨迹。[1]《志摩的诗》中已不乏感

---

　　① 徐志摩：《猛虎集·序》，《徐志摩选集》，人民文学出版社，1983年版，第301页。

伤没落情调的诗作,《翡冷翠的一夜》中由于种种失望的情绪,昔日那个"选择了前冲"的"朝山人"更发出了"再休怪我的脸沉"的疲惫长叹,而《猛虎集》就笼罩着更深的迷惘颓唐的情绪、时时哀叹"残破,残破是我的理想"了。[①]

徐志摩(1897—1931)是 20 世纪初期著名的浪漫主义诗人,成就卓著,成果丰硕。1927 年以前的诗作收在《志摩的诗》《翡冷翠的一夜》中,其主调是忧郁和抒情的浪漫主义。1927 年以后的诗作收在《猛虎集》和《云游》诗集中,两部作品具有某种程度的阴郁、绝望和象征主义色彩。

徐志摩重情感、情绪表现的审美倾向,同他所受到的西方尤其是英美人文主义、浪漫主义思潮的影响是密切相关的。徐志摩是沐浴过欧风美雨的"坚强的个人主义者",强烈的个性解放意识和生命自我实现的意识,是他的人生观和生命哲学。加上英美浪漫主义文学思潮的推波助澜,反映在审美和艺术活动中,就体现为他强烈地要求着"实现生命",实现"我之所以为我",并将这种实现和自我表现作为人生和诗艺相统一的真谛。这种强烈的自我意识,自我实现、自我表现的要求,发而为诗,便自然而然地表现为不仅倾尽全力地坦露个人的精神世界,也全力以赴地突现抒情主体——"我"。[②]

徐志摩这种不仅注重表现情绪,而且十分强调突出抒情主体"我"的审美特征,是他个人心理特征的反映,是他强烈的个性、自我意识,特别是自我表现意识的直接表露。正是在以个人为本位、为主体,忠实地、全力地表现个人的性灵情绪这一点上,徐志摩找到了生活与艺术的结合点,找到了个人主义与浪漫主义的契合点。由此,形成了徐志摩以抒情诗为主要艺术体裁,以个人性灵和情感抒发为主要艺术内容,极富个人性和情绪性的浪漫主义创作风貌。[③]

1920 年,胡适的《尝试集》出版。这是"五四"时期最早问世的一部浪漫主义新诗集。《尝试集》第一编创作于十月革命前,主要表现了胡

---

① 周晓明、王又平主编《现代中国文学史》,湖北教育出版社,2004 年版,第 159 页。
② 周晓明、王又平主编《现代中国文学史》,湖北教育出版社,2004 年版,第 313 页。
③ 周晓明、王又平主编《现代中国文学史》,湖北教育出版社,2004 年版,第 313 页。

适反对封建专制、歌颂资产阶级革命的民主倾向。《尝试集》第二编创作于"五四"前后,诗篇除了表达对黑暗社会的不满外,还体现了"五四"时期坚决同旧势力斗争的精神。

郭沫若(1892—1978)是 20 世纪中国著名的浪漫主义文学的代表人物之一,他不仅借鉴了歌德、华兹华斯、柯勒律治、惠特曼、雪莱等西方文学家的浪漫主义和美学观念,还吸纳了佩特、王尔德的唯美主义和克罗齐、柏格森的直觉主义,从而形成了独具个性特色的浪漫主义文学观。郭沫若在谈到西方诗人,尤其是美国 19 世纪民主诗人惠特曼对其影响的时候,指出:"惠特曼的那种把一切旧套摆脱干净了的诗风和'五四'时代的狂飙突进的精神十分合拍,我是彻底地为他那雄浑的豪放的宏朗的调子所动荡了。"[1] 王尔德和惠特曼的作品在五四运动之前就被译介到了中国,流传较广,对郭沫若等中国文学家的文学创作产生了一定影响。王尔德的唯美主义思想对中国现代文学唯美主义的产生和发展发挥了一定的作用。

奥斯卡·王尔德(1854—1900)是 19 世纪英国唯美主义小说家、诗人、戏剧家和理论家。1891 年,他出版了文艺论集《意图》和《社会主义制度下人的灵魂》。王尔德宣扬"艺术至上"的原则,认为艺术不但高于生活,而且具有永恒的价值;形式就是一切,是至高无上的艺术目标。1891 年,体现他唯美主义思想的长篇小说《道林·格雷的画像》出版。小说讲述的是,主人公在享乐主义的引导下纵情声色,最后走向犯罪,而他的画像在他死时却由衰老变得青春。作者以此体现"艺术至上"的观点。1893 年,王尔德用法语创作的诗剧《莎乐美》问世。该剧借用《圣经》的题材,写主人公宁愿牺牲一切,也志在追求瞬间美的享受:叙利亚少年因羡慕莎乐美的美貌,心甘情愿抛弃自己的生命;莎乐美因渴望约翰的魅力,不惜求人将他杀害,只为了捧吻那血淋淋的头颅。这是一种残酷、极端、偏激的对美的追求。

美国浪漫主义文学发展中最著名的诗人是沃尔特·惠特曼(1819—1892),他的《草叶集》是美国浪漫主义文学发展到顶峰时期的作品。《草叶集》呈现了新颖的诗歌形式,创造了"自由诗体",开创了美国一代诗风。

---

[1] 郭沫若:《我的作诗的经过》,《郭沫若论创作》,上海人民出版社,1983 年版,第 204 页。

郭沫若最早的文学创作是诗歌。他于 1919 年下半年至 1920 年上半年在《学灯》杂志上发表了《凤凰涅槃》《天狗》《晨安》《匪徒颂》《地球，我的母亲》等诗篇。1921 年，包括上述诗作在内的《女神》诗集出版。《女神》是郭沫若的第一部诗集，共收 56 首诗作。诗集表现了鲜明的时代精神，体现了浓郁的浪漫主义的艺术特色，从而确立了郭沫若在新文学运动中著名浪漫主义诗人的显赫地位。

在诗学思想上，郭沫若以情感的"自然流露"为诗之上乘，反复申述的是"诗的本质专在抒情，抒情的文字便不采诗形，也不失其为诗"，强调"形式方面我主张绝端的自由、绝端的自主"。[1] 同时又认为"情绪的世界便是一个波动的世界，节奏的世界"，"虽没有一定的外形的韵律，但在自体是有节奏的"。[2]

随着 1921 年"创造社"的成立，浪漫主义文学不断向前推进。英国浪漫主义诗人华兹华斯关于"诗是强烈感情的自然涌现"的诗学主张被"创造社"的成员奉为圭臬，从而助推了中国诗界的一场浪漫主义文学革命。

西方浪漫主义文学思潮是在 18 世纪末到 19 世纪初英国产业革命和法国大革命的影响下兴起的。浪漫主义文学思潮在英国的代表诗人是威廉·华兹华斯（1770—1850）、塞缪尔·泰勒·柯勒律治（1772—1834）和罗伯特·骚塞（1774—1843）。作为"湖畔派"中成就最高的诗人，华兹华斯于 1789 年与柯勒律治合作出版了《抒情歌谣集》。1800 年，《抒情歌谣集》再版，华兹华斯写了一篇序言，阐明了浪漫主义文学的主张，提出"诗是强烈感情的自然涌现"[3] 的观点。《抒情歌谣集·序》是英国浪漫主义的宣言，标志着英国浪漫主义文学的诞生。华兹华斯的理论著作和优美的诗歌，推动了浪漫主义文学运动的发展，开拓了以表现感情为主要特征的浪漫主义诗风。第二代浪漫主义诗人的代表是拜伦和雪莱。他们比"湖畔派"稍晚一些登上英国诗坛。他们的文学创作成就卓越，推动了英国浪漫主义文学的发展。

---

① 郭沫若：《论诗三札》，《郭沫若论创作》，上海文艺出版社，1983 年版，第 244 页。
② 郭沫若：《论节奏》，《郭沫若论创作》，上海文艺出版社，1983 年版，第 247 页。
③ 王守仁、方杰：《英国文学史》，上海外语教育出版社，2006 年版，第 102 页。

　　浪漫主义文学在德国的早期发展以施莱格尔兄弟、诺瓦利兹等人为代表。他们出版杂志《雅典娜神殿》，宣传浪漫主义文学主张。后期以亨利希·海涅（1797—1856）为代表。海涅是德国浪漫主义文学的杰出代表。《歌集》（又译《诗歌集》）（1827）是海涅的早期抒情诗集，包括他早年发表的《青春的苦恼》、《抒情插曲》、《还乡集》、《哈尔茨山游记》（组诗）和《北海集》五个部分。《歌集》主要抒发作者生活在鄙陋现实中的个人感受和为爱情苦恼，感情淳朴真挚，民歌色彩浓郁，其中不少作品被作曲家谱上乐曲，在德国广为流传。海涅的代表作是政治抒情长诗《德国——一个冬天的童话》（1844），长诗共分27章。在诗篇中，冬天象征着死气沉沉的德国现实，童话预示德国封建制度的必然灭亡。诗篇对德国的君主立宪、关税同盟、分裂的城邦、民族主义和自由主义等进行了辛辣的讽刺和严厉的抨击。

　　浪漫主义在法国的早期代表是夏多布里昂和斯塔尔夫人（又译史达尔夫人）。弗朗索瓦·夏多布里昂（1768—1848）的中篇小说《阿达拉》是法国浪漫主义文学的开山之作。小说讲述了一个发生在北美荒蛮地区的故事，印第安青年沙克达斯被世仇部落俘虏，按习俗将被烧死。酋长女儿阿达拉救了他。他们逃进原始森林，彼此一见钟情，但两人宗教信仰不同。阿达拉的生父是西班牙人，母亲是信奉基督教的印第安人。母亲临终时对她有信奉天主和献身天主的嘱托。两人宗教的差异妨碍了他们的结合。阿达拉在极度矛盾中服毒自杀，用生命维护了信仰，完成了对天主的献身。斯塔尔夫人（1766—1817）原名安娜·内克，在其理论著作《论文学》（1800）中表达了对浪漫主义的偏爱。在《德意志》一书中，斯塔尔夫人对英德的浪漫主义文学极为赞赏。她的这部著作具有阐释浪漫主义理论的意义，对法国浪漫主义文学的发展起了很大的促进作用。

　　成立初期，"创造社"成员大量接触西方文学，深受欧洲19世纪浪漫主义的熏染。郁达夫、郭沫若、张资平、陶晶孙和成仿吾等是其中的杰出代表。在哲学上，他们以"人"为中心，重视"人"的价值；在文学表达方式上，他们主张感情的自然流露，反对形式上的矫揉造作；在文学的表现功能上，他们强调表现作家的愿望、梦想等内心渴求。郁达夫指出："五四运动的最大成功，第一要算'个人'的发现。从前的人是为君而存在，为道而存在，为父母而存在的，现在的人才晓得为自我而存在了。"①

"创造社"的作家们追求纯粹的艺术美，抵制功利主义的文学观。他们的小说创作深受唯美主义的影响。成仿吾指出："至少我觉得除去一切功利的打算，专求文章的完美与优美有值得我们终身从事的价值之可能性。而且，一种美的文学，纵或他没有什么可以教我们，而它所给我们的美的快感与慰安，这些美的快感与慰安对于我们日常生活的更新效果，我们是不能不承认的。"② 这种"美"在文学中则表现为真实的情感。郭沫若指出："文学的本质是始于情感终于情感的。"③ 成仿吾指出："文学始终是以情感为生命的，情感便是它的终始。"④

郁达夫（1896—1945）是创造社的发起人和主要成员、现代小说家和散文家。1921 年，郁达夫出版了现代中国文学史上第一部小说集《沉沦》，以其大胆的描写而引起广泛争论。1927 年至 1932 年，《郁达夫全集》出版，共七卷，包括《寒灰集》、《鸡肋集》、《过去集》、《奇零集》、《敝帚集》、《薇蕨集》和《断残集》，其间他又陆续发表《迷羊》《她是一个弱女子》《忏余集》《达夫代表作》《达夫自选集》等。

郁达夫小说最重要的美学特征是感伤情调和病态美，其小说中的病态性欲描写受西方近代人道主义，尤其是卢梭"返回自然"学说的影响。他的作品中的主人公流落在 20 世纪初的上海、杭州、安庆甚至异域他乡的街头，"袋中无钱，心头多恨"，生活的艰辛，精神的苦闷，残酷的现实，极大地压抑了他们的人生欲望，致使他们不断颓废和消沉。

郁达夫受近代欧洲浪漫主义影响的同时，融合了中国古代的"名士精神"。他的小说常常以强烈的情绪感染读者，他的忧郁、激愤、苦闷传达出特定时代的社会情绪，他的感伤的风格曾激起了广大青年的审美和心理共鸣。郁达夫小说的这一特征打破了"情节小说"的常规，不是按生活的内在逻辑来讲述故事，而是以主人公的情绪流动为主线来组织篇章，对现

---

① 郁达夫：《中国新文学大系·散文二集·导言》，《郁达夫文集》第 6 卷，三联书店，1983 年版，第 261 页。

② 成仿吾：《新文学的使命》，《成仿吾文集》，山东大学出版社，1985 年版，第 94 页。

③ 郭沫若：《革命与文学》，《郭沫若文艺论集续集》，人民文学出版社，1979 年版，第 36 页。

④ 成仿吾：《诗之防御战》，《成仿吾文集》，山东大学出版社，1985 年版，第 75 页。

代抒情小说的形成和发展起到了重要作用。①

冯至（1905—1993）是中国现代浪漫主义诗人。1927 年，他出版第一部诗集《昨日之歌》。1929 年，出版第二部诗集《北游及其他》。他的诗歌以感情的丰沛、含蓄深沉，意象的纯洁和格调的幽婉动人，展现出一个年轻而卓异的浪漫主义诗人风采。在这些以倾诉语调为基础的抒情小诗中间，沉潜着一种似乎为浪漫主义艺术所无法涵盖的东西——一种冥想的自我封闭的特征。②

开中国现代象征主义艺术先河的作家是现代文学家李金发（1900—1976），他接受象征主义文学思潮是在法国学习期间开始的。1919 年，李金发到法国勤工俭学，1921 年在第戎美术专门学校和巴黎帝国美术学校学习。在法国象征派诗歌，特别是波德莱尔《恶之花》③ 的影响下，李金发开始创作具有象征主义特色的诗歌。他宣称自己是受波德莱尔和魏尔伦的影响开始作诗的，用象征、暗示、比喻等手法来表现出对生命揶揄的神秘及悲哀的美丽。④ 1926 年，李金发在文学研究会出版诗集《为幸福而歌》。李金发的诗歌在中国新诗坛引发震动，他被称为"诗怪"，成为我国第一个象征主义诗人。李金发的诗歌丰富了中国新诗的表现技巧和诗歌意象，展示了他人无法替代的新的现代性景观，为中国新诗的发展开辟了一条新路。⑤ 关于自己的象征主义诗歌创作理论，李金发认为："艺术是不顾道

① 周晓明、王又平主编《现代中国文学史》，湖北教育出版社，2004 年版，第 304 页。
② 孙玉石：《中国现代诗国里的哲人——论二十年代冯至诗作哲理性的构成》，《北京大学学报》（哲学社会科学版）1994 年第 4 期。
③ 夏尔·皮埃尔·波德莱尔（1821—1867）是 19 世纪法国象征主义诗人和文艺批评家。他最重要的作品是诗集《恶之花》（1857）。诗集第一版收录诗歌 100 首。第二版删除了 6 首，增收 32 首，共收 126 首，分为 6 个部分：《忧郁和理想》、《巴黎风貌》、《酒》、《恶之花》、《反抗》和《死亡》。第三版收诗 151 首。《恶之花》是一个孤独、忧郁、贫困、颓废、病态的诗人追求光明、幸福和理想失败的记录，是诗人对现实的观感和内心的写照，用诗人自己的话说，他"在这残酷的书中"，放进了他"全部的心，全部的温情，全部的信仰"。波德莱尔指出："在每一个人身上，时刻都存在着两种要求，一个向着上帝，一个向着撒旦；祈求上帝或精神是一种向上的意愿，祈求撒旦或兽性是一种堕落的快乐。"上升的意愿和堕落的快乐"选择了人心作为主要的战场"。这种斗争是贯穿《恶之花》的一条主线。沿着这条主线，可以看到诗人在泥潭中挣扎，而终于未能走出，只是留下一个远走高飞、离开这个世界的愿望。李赋宁总主编，彭克巽主编《欧洲文学史》第 2 卷 "十九世纪欧洲文学"，商务印书馆，2004 年版，第 254 页。
④ 方汉文：《东西方比较文学史》（下），北京大学出版社，2005 年版，第 765 页。
⑤ 周晓明、王又平主编《现代中国文学史》，湖北教育出版社，2004 年版，第 323 页。

德，也与社会不是共同的世界。艺术上唯一的目的，就是创造美，艺术家唯一的工作，就是忠实表现自己的世界。"[1]

象征主义艺术大都排斥理性，强调幻想和直觉。象征派诗歌也因此具有一种朦胧含蓄、暧昧晦涩的审美追求。被李金发称作"名誉老师"的魏尔仑说过，选择诗歌词汇时不但不要求准确，相反，需要一点错误，因为再也没有一点东西比诗歌的含糊更宝贵。马拉美甚至宣称："诗永远应当是一个谜。"[2]

对初期白话诗的状况，李金发极为不满。他认为，白话诗"既无章法，又无意境，浅白得像家书"。他因此崇尚象征主义的诗歌艺术，甚至不无偏激地认同象征主义的极端。在他看来，"诗是个人精神与心灵的升华，多少是带着贵族气息的。故一个诗人的诗，不一定人人看了能懂，才是好诗，或者只有一部分人，或有相当训练的人才能领略其好处"[3]；诗是"你向我说一个'你'，我了解只是'我'的意思"，只有朦胧才是诗中的"不尽之美"。[4]

新月派诗人卞之琳，把西方现代主义文学中的法国象征主义以及后期象征主义诗作的创作技巧，融入中国古诗的风韵中，将西方现代的暗示与中国传统的含蓄有机统一，从而使他的诗作兼具感性与知性，充满智慧性，形成了自己的独特诗风。

在西方现代主义文学思潮的影响下，在20世纪30年代的中国诗坛上，出现了一个追求"纯诗"的诗歌流派——现代派。该流派以文艺刊物《现代》为中心，以《星火》《小雅》《诗叶》等刊物为外围阵地，由大致相似的审美趣味、创作风格的众多诗人组成。关于"现代派"诗歌的界定，现代派的代表诗人施蛰存指出："《现代》中的诗是诗。而且是纯然的诗。它们是现代人在现代生活中所感受到的现代情绪，用现代的辞藻排列成的现代的诗形。"[5] 现代派诗人关注自身的内心世界，书写着自己的人生体验

---

[1] 李金发：《烈火》，《美育》创刊号，1928年10月。

[2] 马拉美：《关于文学的发展》，《西方文论选》下卷，上海译文出版社，1979年版，第263页。

[3] 李金发：《卢森著〈疗〉序》，转引自丘立才《李金发生平及其创作》，《新闻学史料》1985年第3期。

[4] 李金发：《艺术之本质与其命运》，《美育》第3期，1929年10月。

[5] 施蛰存：《又关于本刊的诗》，《现代》第4卷第1期，1933年11月1日。

和情感潜流。他们的诗歌有的表现对美好梦想的寻觅追求，如戴望舒的《乐园鸟》《寻梦者》，卞之琳的《白螺壳》《入梦》，何其芳的《失眠夜》等；有的诗歌表现"倦行人的心态"这一母题，如《夜行者》（戴望舒）、《夜行》（林庚）以"夜行者"的形象诉说人生的茫然，金克木、伍禾的同名诗《旅人》则抒写"辛苦的旅人"的漂泊和对人生道路的探索；有的诗歌表现青春的伤感、爱情的苦闷这样一些纤巧琐细的情调，如《倦》（李心若）、《寂寞》（戴望舒、卞之琳写的同名诗）、《烦忧》（戴望舒）、《忧郁》（戴望舒）、《空心的城》（林庚）等。现代派诗人追求一种传达上的隐藏和朦胧，注重诗歌形象的创作、意象的组合，间接的表现，运用暗示和隐喻、象征和通感、奇特的观念联络等手段把自己的情绪心念转化为具体可感的形象，达到含蓄美、朦胧美的效果。现代派诗歌浸透着诗人们对于现代意识的执着探求和现代社会人生的深刻思考，因而具有独特的艺术价值。

20 世纪 20 年代末到 30 年代中期，以刘呐鸥（1900—1939）、穆时英（1912—1940）、施蛰存（1905—2003）等小说家组成的文学"新感觉派"① 的初露端倪，标志着现代主义思潮从诗歌领域开始向小说领域延伸。1928 年 9 月，刘呐鸥等人创办了半月刊《无轨列车》，寓意为办刊宗旨"方向内容没有一定的轨道"。1929 年 9 月，刘呐鸥、施蛰存、戴望舒等创办《新文艺》月刊，大力推介日本新感觉派小说及西方现代派文学。施蛰存就曾回忆说："我们为什么要运用这些新的手法，原因很简单，一是觉得新奇，二是想借此有所创新。"② 新感觉派作家的作品大多从现代都市生活中取材，表现独特的都市景观，着力挖掘人物的深层心理和潜意识，努力刻画人物的双重性格，展现知识分子人生际遇和复杂的内心世界。

综上所述，西方现实主义、自然主义、浪漫主义、象征主义和现代主义等文学思潮对中国现代文学流派的完善和丰富发挥了重要作用，产生了积极的影响，做出了突出的贡献。

---

① "新感觉派"本指 20 世纪第二个十年日本的一个作家群体，后来被中国批评家用来概括从 20 世纪 20 年代末到 30 年代中期以刘呐鸥、穆时英、施蛰存等人为代表的小说创作。

② 施蛰存：《关于"现代派"一席谈》，《文汇报》1983 年 10 月 18 日。

第三章

全球视域下的西方文化与日本现代文学

日本是具有悠久文化、文学历史的国家。在古代，日本深受中国传统文化的影响，是汉文化圈中重要的国家。在近现代，西方文化对日本文化产生了极其重要的影响，对日本传统文化的推陈出新发挥了重要的作用，为日本现代文学的转型升级注入了新鲜血液和生机与活力，对日本现代文学的发展产生了积极的影响，做出了突出的贡献。

第一节　全球视域下西方文化在日本的传播

西方文化在日本传播的主渠道是日本人在富国强兵的过程中主动学习西方文化。通过这个途径，西方文化传播到了日本。下面，我们就日本人主动吸纳西方文化的历程和成就进行较为系统的论述。

面对西方国家的武力威胁，为图强自保，日本人主动学习西方先进文化和科学技术。在这种主动容摄西方文化的动力推动下，西方文化以前所未有的规模和速度在日本广泛传播。

19世纪，日本遭到了西方列强的叩关。1846年，美国东印度舰队司令比得尔率舰队到达日本浦贺，要求建立通商关系，但遭到幕府拒绝。1853年6月，美国东印度舰队司令培里率领四艘黑色的军舰驶入东京湾，逼迫幕府接受美国总统要求日本敞开国门的亲笔信，并约定第二年春天给予回答，史称"黑船来航"。1854年1月，培里率领七艘军舰来到浦贺，并在江户湾进行实地测量。[①] 在美国的武力逼迫下，日本与美国签订了《日美

---

① 　王新生：《日本简史》（增订版），北京大学出版社，2013年版，第120~121页。

亲善条约》①。该条约共 12 条，要点是：（1）日美两国及人民世代友好，互不歧视；（2）日本对美国船只开放下田及函馆两港并提供必需品，美国船只非意外不得驶往其他港口；（3）美国如有船员遇险，日方须予以救助；（4）美方船员可在两港口交易，但须遵守日方规定；（5）日本应无条件给予美国贸易优惠待遇。② 该条约的签订标志日本"锁国"历史的结束、西方列强向日本渗透的开始。

1856 年 8 月，美国总领事哈里斯到日本，在下田设领事馆。1857 年，哈里斯到江户会见幕府将军，要求签订通商条约。1858 年，美国又强迫日本签了《日美友好通商条约》③。该条约由 14 项条款组成，主要内容有：日本开放神奈川（横滨）、长崎、新潟、兵库（神户）、函馆五港，开放江户、大阪为通商口岸；承认美国在开港地的自由居留权；美国具有美国人在开港地犯罪由其领事按照美国法律进行审判的领事裁判权；通商自由；关税由两国协定。1858 年，日本与荷、俄、英、法四国缔结通商条约，1859 年开放神奈川、长崎、箱馆三港。由于这些条约均在安政五年签订，因而被统称为"安政条约"④。上述不平等条约的签订，迫使日本向西方国家开放，并成为西方国家的商品市场。

19 世纪下半叶，面对西方列强对日本的步步紧逼，为了维护国家主权、变法图强，日本发生了历史上著名的"明治维新"变法运动以及由此引发的思想启蒙运动。1868 年，日本实行"明治维新"，提出"富国强兵、殖产兴业、文明开化"的维新国策，积极学习西方文化，学习西方的制度、法律和价值观念，吸收、消化西方的科学技术和实证科学思想。"明治维新"推翻了长达 260 多年的德川幕府封建统治，使日本社会发生了由幕藩体制向现代资本主义的转化。

1868 年 3 月，明治新政府颁布了施政纲领。内容主要有："广兴会议，万机决于公论；上下一心，盛行经纶；公武同心，以至于庶民，须使各遂其志，人心不倦；破旧来之陋习，立基于天地之公道；求知识于世界，大

---

① 又有《日美友好条约》的提法。
② 冯玮：《日本通史》，上海社会科学院出版社，2008 年版，第 359 页。
③ 又称为《日美修好通商条约》。
④ 又称为"安政五国条约"。

振皇基。"① 4 月，明治新政府又颁布《政体书》，仿效奈良时代实行太政官制，最高职位为太政官，下设立法、行政、司法机构，并规定了官员的任命及其职责。其中议会官分管立法，分上、下两局；行政官、神祇官、会计官、军务官、外国官分管行政，刑法官分管司法。②

1872 年 2 月，为适应资本主义生产方式的发展，明治政府允许土地所有者进行土地买卖，同时向土地所有者颁发地券。同年 10 月，允许农民从事其他职业。为统一货币，政府在 1871 年颁布《新货币条例》，并发行不能兑换的新政府纸币。1872 年，政府颁布《国立银行条例》，依靠民间资本创办了四家银行。政府在日本各地大力推进邮政、电信业发展。由政府出资经营的东京至横滨的第一条铁路在 1872 年通车，此后陆续开通了大阪至神户线、大阪至京都线等。政府积极进口西方国家的先进设备，高薪聘请外国技术人员，不断推进军工、造船、机械、纺织等行业的发展，对民间企业给予资金或技术上的扶持，鼓励民间资本投资近代工业。

明治新政府重视发展日本国民教育。1871 年，政府设置了负责教育行政的文部省。在基础教育方面，1872 年，颁布了《学制》。《学制》将全日本分为 8 大学区、256 所中学、53760 所小学，实现"邑无不学之户，家无不学之人"。③ 为培养普及教育所需的师资，从 1872 年到 1874 年，明治政府陆续在各大学区设立师范学校，同时在东京设立女子师范学校。

在高等教育方面，1868 年，明治政府将幕府时期的开成所、昌平坂学问所和医学院校改为开成学校、昌平学校和医学校。1869 年 7 月，将其合并为大学校及其分校。同年底，再次将其改为大学本校、大学南校和大学东校。1877 年，学术研究中心和高等教育管理中心——东京大学成立。为发展高等教育，明治政府向国外派遣大批留学生，邀请西方国家的学者到日本担任外籍教师。④

日本思想启蒙运动的奠基和前奏是 18 世纪在日本兴起的"兰学"⑤ 文

---

① 王新生：《日本简史》（增订版），北京大学出版社，2013 年版，第 125 页。
② 王新生：《日本简史》（增订版），北京大学出版社，2013 年版，第 126 页。
③ 王新生：《日本简史》（增订版），北京大学出版社，2013 年版，第 133 页。
④ 王新生：《日本简史》（增订版），北京大学出版社，2013 年版，第 133、134 页。
⑤ 19 世纪中叶以前，日本的西方文化知识主要来自到长崎贸易的荷兰人和他们带来的荷兰文书籍，因此称为"兰学"。王晓秋：《东亚历史比较研究》，北京大学出版社，2012 年版，第 105 页。

化思潮。兰学家们主张科学实证的精神，对幕府与当时的儒学进行批判，并大量译介了西方政治文化等方面的著作。随着日本内忧外患的加剧，在兰学影响下，社会改革的主张日益高涨，有力地推动了明治维新，从而使日本走上东亚强国之路。①

19 世纪下半叶，在日本兴起的思想文化启蒙运动有"明六社""立志社"成员的活动和自由民权运动。"明六社"（明治 6 年）是 1873 年 8 月成立的学术团体，拥有会员 30 余人，主要代表是西周、森有礼、福泽谕吉、中村正直、津田真道②、加藤弘之等政治家和思想家。他们自称"社中诸公都是天下名士"，从一开始就居高临下，声言结社就是要"以其卓越的高论，唤醒愚氓，树立天下的模范"。他们中的一部分人主张渐进式的改革，提出设立"官选议院"的方案。③ 他们创办机关杂志《明六杂志》，宣扬西方的科学技术、物质文明和精神文明，学习西方的经验哲学、实证哲学和社会进化论，接受西方的"天赋人权"的学说，吸收西方的自由平等的观念，主张弘扬人欲，尊重知识，追求个人快乐和幸福。

"明六社"的各位成员还著有或译有介绍西方文化的大量著作。其中，福泽谕吉撰写了《文明论概略》（又译《文明论之概略》），该著作详细论述了西方文明的缘起、西方文明与东方文明（主要是日本文明）的比较，提出了知识进步是文明发展动力的观点。他认为，"不能不说日本文明落后于西洋"，西洋人"有独立自主精神，在人与人的关系上是平等的"。他批评"日本自有史以来，从未改变过国体"，现今有人还"提倡国体论""伸张国权论"。他认为，明治以后日本是"半开化国家"，"如果想使本国文明进步，必须以欧洲文明为目标"，不仅引进西方文明的外形（物质文明），而且要吸收西方的精神文明。因此，他提倡改革政治，实行国民议会制等，向西方文明进军；他以专章"论我国之独立"来说明"国家的独立就是目的，国民的文明就是达到这个目的的手段"。④福泽谕吉还著有

---

① 杨军、张乃和主编《从史前至 20 世纪末：东亚史》，长春出版社，2006 年版，第 357 页。
② 在"明六社"的主要成员中，如福泽谕吉、森有礼、中村正直、津田真道等人都去过西方，亲身体验过西方的社会，接触过西方的文化思想。他们极力主张日本必须走西方化道路，才能实现近代化。
③ 叶渭渠：《日本文化通史》，北京大学出版社，2009 年版，第 333 页。
④ 福泽谕吉：《文明论概略》（中译本），商务印书馆，1992 年版，第 11、121、168 页。

《劝学篇》、《西洋概况》和《物理图鉴》。加藤弘之撰写了《立宪政体略》《真政大意》《国体新书》等著作，大力宣扬立宪政治及天赋人权；中村正直翻译了《西国立志编》《自由之理》等书，积极传播自由主义、功利主义。

1874年4月，板垣退助和片冈健吉建立了"立志社"，积极主张建立民选议会，极力倡导"人权"和"自由"。1875年2月，以"立志社"为核心组织，各地政治团体的代表40余人在大阪举行集会，并成立"爱国社"。该政治团体积极主张"各伸张其自主之权利，尽人类本分之义务，小则保全一身一家，大则维持天下国家"，以"增进天皇陛下之尊荣福利，使我帝国和欧美各国对峙屹立"。①

自由民权运动起始于1874年的"设立民选议院建议"。自由党左派的代表人物大井宪太郎、中江兆民和植木枝盛是运动的组织者。"他们的思想基础是反抗封建制度的各种反人性的压迫和桎梏，根据先天天赋的'自由'和'参议政治'权利，主张人格和人权彻底解放的民主主义和人道主义"。② 中江兆民翻译了卢梭的《社会契约论》，附以解说，名为《民约译解》。该书宣扬自由、民权，宣传"民之有权"，"无自由权者非人也"。中江兆民还著有《一年有半》等，以及在报刊上发表大量文章。他主张"自由民权"，强调"民权是至理也，自由平等是大义也"，"非欧美之专有也"。他的著名的《三醉人经纶问答》一书，通过三人酒醉后围绕"国权"与"民权"问题就东西方的经验高谈阔论，道出了他反对君主制和君主立宪制，提倡民主制的观点："君主制，愚昧而自身尚不知其过。立宪制虽知其过，但也仅改了一半。民主制光明磊落，胸中没有半点尘污。"同时，书中举出参政权、财产私有权、自由选择职业和工作的权利，以及信仰自由的权利，还有言论权、出版权、结社权，凡此种种权利，都是作为人必须具备的。因此，他强调："具备此种权利之后，才被认为具有人的价值。"而且，"为民者，既有选举议员并监督政务的权利，不用说，还具有其他天赋的各种权利"。③ 1881年，西园寺公望、中江兆民等创办了《东洋自由新闻》，大力宣扬自由和民权等西方思想。

---

① 王新生：《日本简史》（增订版），北京大学出版社，2013年版，第131页。
② 近代日本思想史研究会：《近代日本思想史》第1卷，商务印书馆，1983年版，第73页。
③ 〔日〕中江兆民：《三醉人经纶问答》（中译本），商务印书馆，1992年版，第3、15页。

植木枝盛撰写了《民权自由论》《天赋人权论》等著作，批判了"国权主义"和封建专制制度，阐明"民权"与"国权"的关系，宣扬天赋人权、自由平等，强调"人民是国家的根本"，"不依靠人民的自主、自由和宪法，国家就不得巩固"；"不发扬民权，就不能发扬国权，保持独立"。①

在学习西方先进文化制度和科学技术方面，可以说，日本比亚洲任何一个国家都积极、认真、投入和努力，吸收的西方文化比任何一个亚洲国家都多，学习取得的成就比任何一个亚洲国家都高。《西学家译书目录》统计，当时从事西学的译者有110多人，译著有500多部。②

在医学方面，日本大量引进和翻译西方医学书籍，涵盖内科、外科、眼科以及生理学、病理学、诊断学、卫生学和解剖学等广泛的医学领域。以解剖学为例，日本人一方面翻译和介绍西方解剖学书籍，另一方面通过本国的解剖实践，出版了一些解剖学专著。具体有前野良泽、杉田玄白等人合著的《解体新书》，山胁东洋的《脏志》，河口信任的《解尸编》，大规玄泽的《重订解体新书》等。

在天文学、地理学、测量术、航海术等方面，日本人介绍了哥白尼的"地动说"，撰写了《荷兰地球说》《天地二球用法》。其中，新井白石、司马江汉、志筑忠雄、平贺源内、山片蟠桃等学术成就突出。在学习西方历法的基础上，新井白石编纂了《西洋纪闻》《采览异言》等。司马江汉撰写的《天地理谈》、志筑忠雄撰写的《历象新书》，就西方天文学、地学理的研究，尤其是"地动说""星云说"的研究，提出了自己独特的见解。山片蟠桃在《梦之代》中介绍西方天文学、地理学，并以唯物主义的科学精神，高举"无鬼神论"旗帜。日本地理学界还制作了《日本边界略图》，翻译了《实用机械学基础》《泰西七金译说》《蒸汽船》等西方工业技术书籍。大规玄泽还编著了《兰学阶梯》，论述了西学研究的意义和历史，以及西学的学习方法，对于普及西学具有一定意义。上述日本学者的著作和译作对于确立日本的近代自然观、宇宙观、科技观起到了不可忽视的启蒙作用，对传播西方科技文化发挥了重要作用。

在语言学方面，青木昆阳等编著了《荷兰文字略考》，志筑忠雄编著

---

① 叶渭渠：《日本文化通史》，北京大学出版社，2009年版，第335页。
② 叶渭渠：《日本文化通史》，北京大学出版社，2009年版，第310页。

了《荷兰词品考》，马场佐十郎编著了《订正兰语九品集》。这些语言学研究著作，为日本语言学发展奠定了一定基础。

在学习西方教育制度的基础上，日本系统规划新的教育发展体系，开办新型学校，如医科学校、西学学校、国学学校等专科学校。1786 年，大规玄泽开办洋私塾——芝兰堂，通过教授荷兰语，推动西学的发展。在课程设置、教学内容方面，改变以文字教育和儒学修养为中心的汉学教育模式，增加了和学、算学、医学、西学和天文学等课程的教学。招聘西方学者赴日讲学，推进西方自然科学方面的教育。另外，日本还派学生赴欧洲留学，打开了进一步引进西方文化的一条通路。

日本不遗余力地学习西方实用科学技术，招聘西方技术人才，引进先进工业设备，兴办近代工业。日本从荷兰、英国和法国引进反射炉、高炉等成套机械设备，修建佐贺铸炮厂、长崎钢铁厂、横须贺钢铁厂、江户和鹿儿岛的蒸汽船厂、鹿儿岛机械纺织厂、玻璃器皿厂等，向实用化发展，并在生产的过程中，培养了本国的科学技术人员。日本开始由传统的手工业生产转向机械工业生产，催生近代产业技术。[①]

综上所述，日本人本着自强不息的精神，以前所未有的决心和意志，不断学习、吸收西方文化和西方先进科学知识。通过学习和奋斗，日本成为亚洲科学技术、教育制度等最先进的国家，也成为不少落后亚洲国家学习的榜样。西方文化在日本的传播和浸润，为日本现代文学的产生奠定了坚实基础。

第二节　全球视域下的西方文化与日本现代文学

在日本广泛、深入传播并生根发芽的西方文化，成为日本现代文学发展的先导，成为日本现代文学产生的奠基之石，成为日本现代文学发展的内在动力。西方文化为日本现代文学容摄西方文学营造了良好的社会氛围，奠定了日本现代文学接受西方文学的认知基础、审美心理，为日本现代文学的推陈出新、吐故纳新、革新创造奠定了坚实基础，对日本现代作家群体的成长、现代创作理念的确立发挥了重要作用，对日本现代文学作

---

① 叶渭渠：《日本文化通史》，北京大学出版社，2009 年版，第 310 页。

品的发表、内容的丰富做出了贡献。

一 西方新型媒体报刊与日本现代文学的产生

西方文化对日本现代文学的影响之一，体现在以报刊为主的西方新型媒体为日本现代文学的产生提供的条件和基础上。可以说，以报刊为主的西方新型媒体文化在日本的传播是日本现代文学产生的基础工程。以报刊为主的大众文化传媒为日本现代文学新思想和新内容的结合提供了现成的媒介，为日本译介外国文学作品和文学理论提供了最佳平台，为日本现代文学提供了新的表现方式和新的实践手段，为日本现代文学家发表作品提供了园地。

19 世纪末 20 世纪初，西方新型媒体杂志、报纸等在日本纷纷创办。1891 年，坪内逍遥在早稻田大学创办《早稻田文学》杂志。1893 年，北村透谷、岛崎藤村、户川秋谷等创办《文学界》杂志。1907 年，上田敏等人创办《昴星》杂志。1908 年，永井荷风创办《三田文学》杂志。1910 年，谷崎润一郎创办《新思潮》杂志。同年，《白桦》杂志创刊。所谓"杂志的时代"的大正时期（1912—1926）更是通俗杂志（妇女杂志、儿童杂志、故事杂志）蓬勃发展的时期。

日本现代作家的文学作品是依靠报刊公之于世的。森鸥外的长篇小说《青年》于 1910 年 3 月至 1911 年 8 月连载于《昴星》杂志，他的长篇小说《雁》于 1911 年 9 月至 1913 年 5 月连载于《昴星》杂志，他的短篇小说《阿部家族》于 1913 年 1 月发表于《中央公论》杂志，他的短篇小说《高濑舟》发表于 1916 年 1 月号的《中央公论》杂志。夏目漱石的《我是猫》自 1905 年 1 月起在《杜鹃》杂志上连载，后分上、中、下三册结集出版。他的长篇小说《三四郎》于 1908 年 9 月 1 日至 12 月 29 日连载于《朝日新闻》。他的长篇小说《后来的事》于 1909 年 6 月 27 日至 10 月 4 日连载于《朝日新闻》。他的长篇小说《门》于 1910 年 3 月 1 日至 6 月 12 日连载于《朝日新闻》。他的长篇小说《过了春分时节》于 1912 年 1 月 1 日至 4 月 29 日连载于《朝日新闻》。他的长篇小说《行人》于 1912 年 12 月 6 日至 1913 年 2 月 4 日、1913 年 9 月 18 日至 11 月 15 日连载于《朝日新闻》。他的长篇小说《心》于 1914 年 4 月 20 日至 8 月 11 日连载于《朝日新闻》。

报刊媒体的发达促进了报刊连载小说这种文学形式的产生。1924 年，川端康成和横光利一共同创办了《文艺时代》杂志，该杂志是他们文学创作的出发点，是他们文学事业起家的根据地。高山樗牛从德国留学回国后，担任颇有影响的大型刊物《帝国文学》的编委和《太阳》杂志文学栏目的主笔，他以这两个刊物为阵地，介绍西方最新文化、文学成果，广泛开展文学评论活动。

综上所述，19 世纪末至 20 世纪上半叶，大众媒体报刊的兴盛成为日本现代文学产生的催化剂和助推器，对日本现代文学的奠基发挥了重要的历史作用。

二　西方文学译作与日本现代文学的转型

日本的现代文学是在以西方文化为先导，引进和接受西方文学、美学理论以及西方文学作品的基础上产生并发展起来的，西方文学、美学理论著作以及文学作品在日本的译介，为日本现代文学的转型升级发挥了重要作用。

坪内逍遥（1859—1935）是日本著名文学家和翻译家，他的著作《小说神髓》是日本近代第一部系统论述小说理论和写作技巧的专著。该书吸收了近代西方文论，特别是英国文学理论的精髓。《小说神髓》从艺术本体论入手，用进化论的观点，以小说在近代西方备受推崇的事实，阐述了小说在文学中独特的地位和价值。他在书中指出：小说是艺术的一个门类，并将随着时代的发展而在文学诸门类中占据重要地位。新小说体系的建立，目的在于打破日本社会视小说为消闲文字、笔墨游戏，不登大雅之堂的封建主义偏见。坪内逍遥呼吁：要把小说从封建儒家的"劝善惩恶"的功利主义和"戏作文学"的游戏性中解放出来。①

西周（1829—1897）是系统引进近代西方哲学、美学的第一人，有"日本近代哲学之父"的称誉。他在荷兰留学期间，全面接触和研究了西方文化和学术。西周在研究、介绍实证主义理论以及孔德、密勒的哲学思想和美学思想方面，做出了开拓性的贡献。他著有《百学连环》《百一新论》《美妙学说》等学术著作，翻译了《奚般氏心理学》等西方名著，对日本人文科学的发展具有重要的启蒙意义。

---

① 于荣胜、翁家慧、李强编著《日本文学简史》，北京大学出版社，2011 年版，第 152 页。

中江兆民（1847—1901）是日本明治时期自由民权运动理论家、哲学家，他翻译了维隆的美学理论著作《美学》（又称《维氏美学》），对于推动日本近代美学的发展发挥了较大的作用。《维氏美学》内容不仅限于美术，还包含广义的艺术门类——建筑、雕刻、绘画、舞蹈、音乐、诗学等，且在理论上系统论述了各艺术领域的规律特点和本质特征。《维氏美学》是日本第一部正式的西方美学翻译书。日本美学家山本正男对《维氏美学》的翻译出版给予肯定的评价，认为："这部书，对日本艺术思想产生了重大的影响，除森鸥外一人外，其他诸家，如坪内逍遥的《美术论》等，几乎无不受其影响。因此可以说，此书在明治初期所起的启蒙作用是不能否定的，也是无法否定的。"①

在 19 世纪下半叶，除西周、中江兆民外，在西方美学理论的译介上做出贡献的还有森鸥外。森鸥外译介哈特曼的美学理论，并在文学评论活动中不断吸收哈特曼的美学理论，努力构建自己的文学批评理论和美学理论体系，对于实现日本美学近代化做出了贡献。1892 年至 1893 年，森鸥外翻译了哈特曼的《审美论》。1899 年，根据哈特曼的《美的哲学大纲》，森鸥外和大村西崖编著了《审美纲领》一书。该书批判了朴实的写实论，强调了艺术的感情因素，阐明了艺术与伦理道德的非从属关系。该书认为，自然美是短暂的，艺术美是永恒和持久的。该书主张："人有感受性（缘性，Receptivity）和制作性（业性，Production）。前者享受既有的美，后者创造出未有的美。"② 同时，该书将"无意识"哲学思想延伸至美学："人为官能的感受性可分为'梦寐意识'和'觉醒意识'，前者是完全非有意识的，也非完全无意识的。前者经常为后者所左右，但它又经常侵扰后者。所谓艺术的想象（Imagination），正是人特意把'梦寐意识'招致'觉醒意识'之境。艺术家依靠想象招致梦寐意识，在其浑成中受到效益，……所谓空想就是指觉醒与梦寐两种意识这样地相互作用而言的。觉醒意识是阳，梦寐意识是阴，艺术品的胚胎就是由此交配而成的。"③ 森鸥外和大村

---

① 〔日〕山本正男：《东西方艺术精神的传统与交流》（中译本），中国人民大学出版社，1992 年版，第 29 页。转引自叶渭渠《日本文化通史》，北京大学出版社，2009 年版，第 353 页。
② 叶渭渠：《日本文化通史》，北京大学出版社，2009 年版，第 356 页。
③ 叶渭渠：《日本文化通史》，北京大学出版社，2009 年版，第 357 页。

西崖在《审美纲领》中还根据哈特曼的"无意识"学说，做出自己的解释："天才的制作，往往有物，从无意识之境投到空想之境。这叫做'灵感来'（Inspiration）。'灵感来'可遇而不可求，或是由空想的自觉而诱致。"①

翻译西方小说是日本现代文学启蒙的重要的第一步。西方文学作品在日本的大量译介推动了日本现代文学产生、发展和升级转型。日本翻译文学作品的出现始于19世纪后半叶。1857年，横田由清编译了《鲁滨逊漂流记》。1877年至1886年，日本的西方翻译小说明显增多，喜欢西方小说的读者大量增加。比起戏作文学，西方小说更为引人注目。西方小说的翻译和介绍主要集中在两类题材上，一是空想科学小说（科幻小说），二是当时被称作"西洋人情小说"的恋爱小说。空想科学小说主要有《八十日间世界一周》《海底两万里》《月球世界》，恋爱小说则有《花柳春话》等描写才子佳人的恋爱作品。当时的翻译作品往往是节译，有时也会迎合读者将两部作品编译为一部作品。这种翻译方法反映了译者对西方文化的选择，对于以后近代小说的创作产生了一定的影响。这两类题材集中了能够引起日本读者阅读兴趣的异国文化、人情，满足了当时读者的阅读需要。②

为吸收西方文学的营养成分，以改造日本传统文学，日本文学家们大力翻译西方文学名著。1878年，织田纯一郎翻译了英国作家利顿的《阿内斯特》和《爱丽丝》，译名为《欧洲奇事·花柳春话》。1879年，他翻译了《庞培的末日》，译名为《奇想春史》。1880年，坪内逍遥翻译了司各特的《兰玛穆阿的新娘》，取名《春风情话》。1884年，他翻译了莎士比亚的《裘力斯·凯撒》，译名为《凯撒奇谈·自由大刀余波锐锋》。

在翻译小说盛行期间，政治小说也开始流行。所谓"政治小说"，指的是流行于1883年至1892年，以自由民权运动为背景、以宣传民权思想为目的、由自由民权运动的参与者所撰写的小说。其中的主要代表作品有矢野龙溪的《经国美谈》、东海散士的《佳人之奇遇》、末广铁肠的《雪中梅》等。这类政治小说大都采用"汉文训读体"，这与当时盛行的翻译小说关系密切。也有以戏作小说文体书写的政治小说，《雪中梅》就是其中的代表。政治小说的出现极大地提升了小说在日本文坛上的地位。

---

① 叶渭渠：《日本文化通史》，北京大学出版社，2009年版，第358页。
② 于荣胜、翁家慧、李强编著《日本文学简史》，北京大学出版社，2011年版，第146页。

上述日本学者的西方文学翻译活动，为确立文学以表现人的情感为本，加强文学与人生、现实的联系等做出了贡献。

日本近现代诗歌的发展以翻译西方诗歌为开端。1882 年，外山正一、矢田部良吉和井上哲次郎共同翻译出版了《新体诗抄》。这本诗集"犹如草叶中的流水一般，不知不觉间便普及到山村的小学"，以至于偏远山村的小学生也"立正而高歌了"。① 在它的影响下，自由民权运动家植木枝盛等人创作了大量的口语体教训诗、宣传诗，为启蒙运动和文学运动的发展做出了贡献。

1889 年，森鸥外（1862—1922）与"新声社"同人翻译了西方诗集《于母影》（又译《面影》）。诗集内容包括德国的歌德、霍夫曼和英国的拜伦和莎士比亚等诗人的作品。其中，《迷娘之歌》《笛音》《花玫瑰》《曼弗莱德》等诗歌因为具有抒情性和变化多样的形式，形成了独特的浪漫风格。诗集第一次用日本语表达西欧诗的精神和感情，把西欧的浪漫主义引入了日本，奠定了日本抒情诗的发展方向，给日本近代浪漫主义诗坛带来了新鲜的气息。高田瑞穗指出，这部诗集"在明治 20 年代初期这一很早时期内，传播西欧浪漫诗歌的芳香，给我国诗坛吹进新风，取得了可谓令人吃惊的成果"。② 1892 年，森鸥外翻译出版了安徒生的《即兴诗人》，此外还将其翻译的德、法、俄、美等外国小说、剧本结集为《水沫集》出版。岛崎藤村翻译了约翰·弥尔顿的《失乐园》③，并刊登在《女学杂志》上。

西方的诗歌翻译为日本诗人的创作提供了范本。户川秋骨在《丸善回顾》中说："我们最早购得《华兹华斯诗集》，非常喜欢。其后转向拜伦、雪莱、济慈。与此同时，了解到苏格兰图书馆有拜伦的书信，于是预约

---

① 肖霞：《日本近代浪漫主义文学与基督教》，山东大学出版社，2007 年版，第 67 页。
② 高田瑞穗：《日本近代诗史》，东京：早稻田大学出版社，昭和 55 年 6 月。转引自肖霞《日本近代浪漫主义文学与基督教》，山东大学出版社，2007 年版，第 68 页。
③ 约翰·弥尔顿（1608—1674）是 17 世纪英国最著名的诗人和思想家，他的长篇叙事诗《失乐园》是诗人的清教主义激情与其人文主义美学修养相结合所产生的鸿篇巨制，全诗分为 12 卷，共有 1 万多行。弥尔顿作为一个虔诚的清教徒，当然只能从他的思想和立场出发，来总结革命的失败经验，把道德堕落和骄奢淫逸当作失败的原因。但是《失乐园》中悲愤忧郁的情绪以及对革命再起的祈望，充分表现了复辟时期一个革命者内心的真实情感。全诗那种宏大的气魄和激昂的情绪，也体现了一个革命诗人的高尚情怀。匡兴主编《外国文学史》（西方卷），北京师范大学出版社，2010 年版，第 81 页。

下。当时拜伦、雪莱是我们的'金科玉律'。"①

岛崎藤村的《嫩菜集》(《秋风之歌》) 是在雪莱《西风颂》的影响下创作的,他从雪莱那里吸纳的是《西风颂》中的浪漫主义情感。

雪莱的《西风颂》采用但丁的三行诗与莎士比亚体十四行诗相结合的形式写成,"雪莱的西风是一个精灵,是秋的气息。秋天,它在大地、天空和海洋进行破坏,为的是在春天让万物再生。围绕着这一主要意象,该诗编织出了植物、人、神的各种形式的死亡和再生的轮回"②。

北村透谷的诗剧《蓬莱曲》脱胎于拜伦的诗剧《曼弗莱德》,吸纳有《曼弗莱德》《浮士德》《神曲》等西方作品的诸多元素。

《浮士德》是德国文学史上伟大的诗人歌德用毕生心血完成的一部杰作,是歌德文学创作的代表作,体现了他的文学的最高成就。诗剧《浮士德》分两部,长达 12111 行。它取材于德国 16 世纪关于浮士德的民间传说,描写浮士德博士在与魔鬼靡非斯特的赌赛中努力追求的一生:学者生活、爱情生活、政治生活、追求古典美和改造大自然。第一部里的浮士德为了解宇宙的秘密,在阴暗的书斋里孜孜不倦地博览群书。浮士德走出书斋以后,靡非斯特把他带到德国市民社会。浮士德喝了魔女的药汤返老还童,恢复了对爱情的欲求,与姑娘格蕾辛恋爱,这是一场爱情悲剧。第二部里的浮士德进入人生探索的新阶段,他从德国市民社会的"小世界"进入了广阔的"大世界"。他来到了神圣的罗马帝国,在这个封建朝廷中,想方设法地逗皇帝和王侯们玩乐。浮士德结束对虚幻世界的探索后,又回到现实世界。因帮助皇帝镇压叛乱有功,皇帝赐予浮士德一片土地。在这片土地上,他建立了人间仙境。最后,浮士德倒地死去,但是魔鬼未能拘走他的灵魂。浮士德被天使接到天上,还见到了已成圣女的格蕾辛,见到了象征人类的光明前景的圣母。③《浮士德》将浪漫主义和现实主义结合,将写实与幻想结合,将叙事、抒情、议论融为一体,内容博大精深,形象意义丰富深刻。

但丁的长诗《神曲》是其代表作,有 14233 行,分为地狱篇、炼狱

---

① 肖霞:《日本近代浪漫主义文学与基督教》,山东大学出版社,2007 年版,第 165~166 页。

② M. H. 艾布拉姆斯:《诺顿英国文学选集》,诺顿出版公司,1986 年版,第 696 页。

③ 匡兴主编《外国文学史》(西方卷),北京师范大学出版社,2010 年版,第 117 页。

篇、天堂篇三部分，每一部分有33 "歌"，共99 "歌"，加上序曲，共100 "歌"。诗篇讲述的是，但丁在森林中迷了路，正试图摆脱困境。这时，在他面前出现了三头猛兽——豹、狮和狼（象征淫欲、强暴和贪婪），这时古代罗马大诗人维吉尔出现在他的面前。维吉尔奉圣女贝阿德丽采（又译贝阿特丽丝）的旨意，搭救但丁从迷途中走出绝境。但丁在维吉尔的带领下游历了地狱和炼狱，看到了各种正在忍受酷刑的灵魂。但丁逐级上升，到了地上乐园。圣女贝阿德丽采接替维吉尔，带领但丁游历了天堂，这里住着生前为善的灵魂。最后到了天府，这里是上帝和天使们的居所。在诗篇中，维吉尔象征理性，贝阿德丽采象征信仰。全诗寓意性地表达了希望意大利人及人类在理性的指引下，经过各种灾难的考验、道德的净化，坚定地到达理想境界的主题。《神曲》既有中世纪的宗教观念，又有人文主义的思想萌芽，是欧洲文学史上一部承前启后的巨作。《神曲》的出现无论在思想上还是艺术上都宣告了西欧文学发展旧时代的终结和西欧文学发展新时代的开端。

北村透谷的另一部诗剧《楚囚之诗》，不仅在结构方面，就连词句的运用方面，都能看到拜伦《西庸的囚徒》的影子。《楚囚之诗》表现了作者对精神自由、灵魂净化的憧憬和追求，以及对神意志的坚定信仰：

> 然而，请看，他的臂膀被绑住！
> 他愤怒于色
> 愤怒于色
> 是为何？
> 自由之神并不在世！
> 然而，他的灵魂并没有被束缚
> 光明磊落飘浮于远山近水
> 你的灵魂驻留在富士山顶
> 腾云驾雾尽鹏程
> 呜呼，在这肮脏的牢狱里
> 有你暂住的圣洁之灵魂！[①]

---

① 肖霞：《日本近代浪漫主义文学与基督教》，山东大学出版社，2007 年版，第188 页。

　　乔治·戈登·拜伦（1788—1824）是19世纪英国著名的浪漫主义诗人。他的诗作有长篇叙事诗《少侠哈罗尔德游记》（又译《恰尔德·哈洛尔德游记》）（1812—1818）、《西庸的囚徒》（1816）、《唐璜》（1818—1823），诗剧《曼弗莱德》（1817）、《该隐》（1821），讽刺诗《审判的幻景》（1822），组诗《东方叙事诗》（1813—1816），此外还有大量短小的抒情诗和政治诗。

　　诗剧《曼弗莱德》的主人公曼弗莱德厌倦传统社会，便离开尘世，到阿尔卑斯山一带的自然界，去面对各种精魂与巨力。

　　长篇叙事诗《西庸的囚徒》讲述的是，16世纪瑞士共和主义志士弗朗索瓦·波尼瓦尔为争取瑞士独立，同自己的几个儿子一起被暴君萨伏伊公爵查理三世囚禁在西庸古堡阴暗的地牢里。儿子们相继死去，波尼瓦尔被铁链锁着在牢房里走来走去，使石地上留下了深深的痕迹。

　　西方文学思潮在日本的传播是借助翻译进行的，西方文学作品的翻译开西方文学思潮在日本传播的风气之先。1905年，上田敏翻译了西方诗集《海潮音》。这部诗集译介了法国的象征诗和高踏诗人的作品，将波德莱尔的《恶之花》、魏尔伦的《秋之歌》以及雷尼耶的诗歌介绍到日本。《珊瑚集》是1913年由浪漫主义作家永井荷风翻译的诗文集和评论集，收录了雷尼耶、波德莱尔、魏尔伦和兰波等13位诗人的38首诗，这些诗歌多为1909年至1912年创作的法国近代诗歌，具有浓厚的颓废色彩。当时的日本诗坛已显出颓废倾向，故《珊瑚集》的出版引起了文坛的广泛关注。《珊瑚集》对北原白秋、三木露风等日本诗人产生很大影响。波德莱尔的颓废诗不仅极大地影响了新浪漫诗，也影响了吉井勇、谷崎润一郎等近代作家。

　　魏尔伦忧郁感伤的近代象征诗风在某种程度上影响了日本当时诗歌创作的走向。保罗·魏尔伦（1844—1896）是法国19世纪象征主义诗人。他的第一部诗集《土星人诗集》（1866）中忧郁感伤的基调明显，但表现了非凡的诗歌才能。1874年，他发表的诗集《无题浪漫曲》不但语言流畅，情景交融，节奏感强，而且富于音乐性的美感，因而大受称赞。但他的诗始终离不开忧郁、伤感和惶惶不安的基调。在他的诗中可以听到一个被社会所毁，但仍渴望光明和纯洁的诗人真诚而痛苦的声音。他已被压倒，放浪形骸，于是发出了孤独无力的哀吟。①

西方小说译作为日本现代小说家们模仿、创作提供了可供借鉴的范本。1901 年，小杉天外仿照法国自然主义小说家左拉的《娜娜》，写成了日本自然主义小说《初姿》。《初姿》讲述了一个女艺人迫于生活、抛弃情人嫁给一个老头的故事。小杉天外因为特别推崇《娜娜》，于 1902 年又创作了小说《流行歌》。在小说《流行歌》中，作者依据女主人公的性格特征是由遗传和环境造成的创作思想，描述了女主人公因嫉妒丈夫的婚外情而自己红杏出墙的故事。

综上所述，西方文学理论著作和文学作品在日本的译介，为日本文学家的创作提供了丰富的素材和可供借鉴的范本，推动了西方文学思想和创作观念在日本的流布，推动了日本现代文学的吐故纳新、升级转型。

三 西方文学与日本现代文学的丰富

19 世纪末 20 世纪初期，西方文学思潮、流派不断涌入日本。自然主义、现实主义、浪漫主义、唯美主义、象征主义、现代主义等文学流派纷纷呈现于日本现代文坛。日本文学家们从文学流派理论研究着眼，立足本国文学传统，努力创造性、选择性地吸收，促进了日本各种文学形式、文学流派的不断完善，从而推动了日本现代文学的不断丰富。

在日本现代文学史上，自然主义文学在日本得到了最充分的发展，占有十分重要的地位。自然主义文学思潮曾席卷日本文坛，称雄一时，对日本现代文学的发展产生了深远影响。1890 年前后至 1906 年，可以说是日本自然主义文学的孕育时期，一般被称为"前期自然主义"。在这个时期里，欧洲左拉自然主义得以被广泛介绍，并且出现了一批重要的日本自然主义文学评论文章和模仿左拉自然主义的作品。②

西方的自然主义文学思潮在日本的传播，是借助日本文学界对西方自然主义理论的评述和研究而展开的。1888 年，在《法国的小说》一文中，尾崎奥堂（又译尾崎咢堂）对法国自然主义文学鼻祖左拉进行了简要介绍，成为最早把左拉及其自然主义文学介绍到日本的文学家。小杉天外的

---

① 匡兴主编《外国文学史》（西方卷），北京师范大学出版社，2010 年版，第 233 页。
② 于荣胜、翁家慧、李强编著《日本文学简史》，北京大学出版社，2011 年版，第 150 页。

《流行歌》、永井荷风的《地狱之花》明确阐述了自然主义文学的主张。内田鲁庵等撰写文章赞美左拉，高度评价左拉摒弃道德和宗教的偏见、科学地研究人生的学说。森鸥外撰写了《出自医学学说的小说论》，介绍了左拉将实验医学的观察方法和实验方法运用到文学创作的手法。

日本自然主义文学最重要的理论建构者当推岛村抱月（1871—1918）。他发表了《被囚禁的文艺》（1906）、《文艺上的自然主义》（1907）、《艺术和现实生活之间划一线》（1908）等一系列文论，完整阐述了西方的自然主义文学理论，深刻剖析了自然主义与现实主义之间的关系，同时分析了日本自然主义文学的根本特征，强调日本自然主义者的基本态度和最终目的就是求"真"，以及根据自然科学的实证的认识方法，用心理学、生理学、进化论的观点观察自然和人生，解释社会现象，这构成了日本自然主义理论的核心。岛村抱月在其文论《文艺上的自然主义》中指出："写实主义是以摹写现实为目的的，理想主义是以摹写理想为目的的，而自然主义则是独自摹写'真'的。所谓'真'这个词，是自然主义的生命，是座右铭……站在这个基础上，成为第一目标的就是真，除此以外别无其他。文艺的目的，就在于摹写真。我们以积极的态度憧憬一种东西，这种憧憬的目的就在于真。左拉的《小酒店》的序文中对社会上的攻击进行辩解说：'我的作品应为我辩护。我的书就是真的书。'"①

在岛村抱月的文论之后，一批关于自然主义的论著纷纷面世，其中重要的评论有长谷川天溪的《幻灭时代的艺术》（1906）和《排除逻辑的游戏》（1907），片上天弦的《平凡丑恶事实的价值》（1907）和《无解决的文学》（1907），岩野泡鸣的《神秘的半兽主义》（1906）、《新自然主义》（1908）等，他们的共同观点为：生命的刹那间的满足是人生的第一要义，是灵与肉的一致性的体现。

20 世纪初，高山樗牛在《论美的生活》中，阐明了"本能满足"的观点，把宇宙看作自我欲望的对象。小杉天外、永井荷风和田山花袋等作家大力宣扬自然主义，强调人的生物本能支配其社会行为，他们的文学创

---

① 岛村抱月：《文艺上的自然主义》，唐月梅译，载柳鸣九主编《自然主义》，中国社会科学出版社，1988 年版，第 539～540 页。转引自吴岳添《左拉学术史研究》，译林出版社，2014 年版，第 138 页。

作实践体现了浓重的自然主义色彩。1904 年，田山花袋在《露骨的描写》一文中，提出了文学创作中的"露骨的描写"的观点，宣扬露骨、真实、自然的文学创作手法："一切必须露骨，一切必须真实，一切必须自然。这种思想以疾风扫落叶之势，完全踩躏了盛极一时的浪漫主义，不是吗？不是血就是汗，难道这不就是新革新派的大声疾呼吗？假使不信，请看看易卜生、托尔斯泰，看看左拉、陀思妥耶夫斯基吧，他们的作品充满了多么令人震惊的血和汗啊……。因此，我认为这种露骨的描写、大胆的描写——也就是说在技巧论者看来是拙劣的、支离破碎的东西，反而是我国文坛的进步，也是文坛的生命。所以，我觉得把这看作是坏事的批评家未免太落后于时代了。"① 这篇论文标志着日本自然主义文学的形成。

　　日本自然主义文学理论非常庞杂，观点各有差异，概括起来，大致有如下三点：一是他们主张"无理想、无解决"的"平面描写论"，认为文艺与理想无关，文艺要排除一切目的和理想；二是他们强调"迫近自然"，追求一个"真"字，提倡文学家应像自然科学家一样，完整地重现现实生活的原貌，忠实地描写自然界；三是注重人本性的"自然性"、人的"本能冲动"。②

　　1906 年到 1912 年是日本自然主义文学的成熟时期，其标志是以岛崎藤村、田山花袋为代表的自然主义文学流派的出现。从此，自然主义文学在日本成为一种文学思潮，并形成一场自觉的文学运动。

　　岛崎藤村（1872—1943）早年接触西方的民主主义思想，受左拉等西方作家的影响甚大，是日本自然主义文学的倡导者之一。1906 年 3 月，岛崎藤村发表了长篇小说《破戒》，这是日本第一部自然主义文学的代表作。小说发表后在当时日本文坛引起轰动，受到文坛各派的一致赞誉。《破戒》是岛崎藤村根据自己在小诸任教期间目睹的"部落民"遭迫害的事件，并经过一番调查后创作而成的。《破戒》讲述的是，"部落民"出身的青年教师濑川丑松为了免遭社会歧视，恪守父训，隐瞒了出身。由于不甘忍受社会的偏见和凌辱，在同是"部落民"出身的先辈斗争精神的激励下，终于

① 田山花袋：《露骨的描写》，唐月梅译，载柳鸣九主编《自然主义》，中国社会科学出版社，1988 年版，第 542、544 页。转引自吴岳添《左拉学术史研究》，译林出版社，2014 年版，第 136、137 页。

② 叶渭渠：《日本文学思潮史》，北京大学出版社，2009 年版，第 247 ~ 251 页。

向社会公开了出身。结果，不得不出走北美另谋生路。小说中的"部落民"是封建社会中存在的一种贱民阶层，也被称为"秽多"。明治维新后，政府虽然宣布废除了身份制度，但他们长期受凌辱的社会地位并未得到根本的改变。岛崎藤村正是基于这样一种可悲的现实，通过主人公濑川丑松之口，表达了对"部落民"阶层的同情，并向不平等的社会现实发出了抗彩。①

1918 年，岛崎藤村创作了一部长篇自传体小说《新生》。该小说对作者本人与侄女之间发生的有悖于伦理的丑行，在作品中大胆而露骨地进行了细微的描写，做出了毫无掩饰的告白。作者表示了自己对所犯罪恶的忏悔，真切希望通过"自我忏悔"和宗教的"宿命论"来求得罪孽的解脱，并由此获得"新生"。小说《新生》完全陷入了自然主义"露骨描写"的泥潭，体现了浓厚的自然主义色彩。②

1907 年，田山花袋发表了中篇小说《棉被》，这被认为是日本自然主义文学的奠基之作。小说忠实记录了作家本人实际生活中最丑恶的部分，体现了作者提出的"露骨的描写"的文学创作观点。小说一发表，就立刻博得一些自然主义文学家和作家的高度评价，被视为日本自然主义文学的正宗和鼻祖。③《棉被》讲述的是，小说主人公中年作家竹中时雄在对人生和夫妻生活感到失望和厌倦的孤寂境遇中，偷偷地"爱"上了自己的女弟子芳子。当得知芳子有了恋人时，便在嫉妒心理的驱使下，把芳子送回原籍。重归寂寞的竹中时雄抱出芳子用过的棉被蒙头痛哭了一场。作者以不加掩饰的"露骨描写"，刻画了主人公对女弟子的变态情欲和占有心理。因此，自然主义评论家岛村抱月称其为"一部大胆的、赤裸裸的暴露人的肉欲的忏悔录"。④

小说《棉被》确定了田山花袋自己的文学创作方向，同时在某种程度上引领了日本自然主义文学的发展方向，把日本自然主义文学引入单纯描写个人经历和身边琐事的死胡同，把日本近代文学引上了回避社会重大问题、一味进行自我暴露和自我反省的"告白小说"的道路，为日本"私小说"的发展奠定了基础。

---

① 于荣胜、翁家慧、李强编著《日本文学简史》，北京大学出版社，2011 年版，第 171 页。
② 于荣胜、翁家慧、李强编著《日本文学简史》，北京大学出版社，2011 年版，第 173 页。
③ 于荣胜、翁家慧、李强编著《日本文学简史》，北京大学出版社，2011 年版，第 169 页。
④ 于荣胜、翁家慧、李强编著《日本文学简史》，北京大学出版社，2011 年版，第 174 页。

1908 年至 1910 年，田山花袋发表了三部曲《生》、《妻》和《缘》。作者以田山家族为中心，用客观的"平面描写"暴露了自己的"家丑"，反映了封建家庭内发生的母子、婆媳、姑嫂以及兄弟之间错综复杂的人伦关系，展现了这个封建家庭扭曲、丑恶的生活状态。《生》、《妻》和《缘》三部曲与《乡村教师》（1909）等作品的发表，确立了田山花袋著名自然主义作家的突出地位。

长篇小说《乡村教师》讲述的是，主人公林清三中学毕业后，因家境贫困无法升学，被迫到偏僻的山村小学当了一名代课教师。由于失意和失恋，他郁郁寡欢，最后在贫困潦倒中孤寂地死去。作者以北武藏野地区美丽的自然风光为背景，用纯客观的描写手法，描述了主人公在理想破灭后绝望、悲观和寂寞的生活境遇，刻画了一个年轻人从上进好强到自甘堕落的变化过程，反映了日俄战争期间广大日本青年在黑暗现实压迫下的悲惨命运。

自然主义文学的代表作家还有德田秋声、正宗白鸟、岩野泡鸣等人。德田秋声写有小说《足迹》《霉》《糜烂》等，正宗白鸟写有小说《向何处去》《微光》等，岩野泡鸣写有《耽溺》《放浪》《断桥》《发展》《喝毒药的女人》《迷人的邪魔》等。

田山花袋的《棉被》和岛崎藤村的《新生》一起形成日本独特的、以告白的方式写身边琐事的"私小说"的样式，为以"私小说"为主体的日本纯文学的发展奠定了基础。1920 年前后，日本文坛出现了"私小说"这一文学概念。追根溯源，私小说与自然主义文学作家岩野泡鸣所提倡的强调表现瞬间感觉的"一元描写论"①，以及大正时期的"自我扩充"的理想有着密切的关系。尽管在明治末年自然主义文学与唯美派文学、白桦派文学有着十分对立的文学立场，但是在大正文学时期"私小说"形成的过程中，它们之间似乎又有着不可分割的联系。自然主义文学家宇野浩二（1891—1961）、近松秋江等人所写的情爱小说，自 1921 年被称为"私小说"。

葛西善藏的成名作《拖带孩子》，描写了他作为社会上"多余的人"的生活。这部作品与自然主义文学作家岩野泡鸣、近松秋江的作品有着相同之处，被称为"破灭型私小说"。葛西善藏的文学创作继承了自然主义

---

① 在作品中设定一个承担作者观点的人物，通过这个人物的观察，描写小说中的事件、人物心理的描写方法。

文学的自我告白性、主观性和破灭性，成为"破灭型私小说"的代表作家之一。

"心境小说"属于"调和型私小说"。它的文学特征是，通过文学作品，表现由自我与社会的矛盾造成的烦恼，以求得新的境界升华。这类作品的代表是志贺直哉的随想式小说。"私小说"排斥一定的思想类型，具备日本特有的抒情性，关注个人的内心世界，记录个人的心路历程，展现作者的情感世界，这对当时日本诸多作家产生了强大的吸引力，成为他们文学创作的审美追求。

在西方现实主义文学思潮的影响下，以小说为主的现实主义文学在日本蓬勃兴起，并取得辉煌成就。

1887 年，二叶亭四迷的长篇小说《浮云》被视为日本近代文坛上出现的第一部现实主义文学作品。《浮云》讲述的是，小说主人公内海文三是一个为人正直、颇有才华的青年知识分子。他 14 岁丧父后，便投靠在东京的叔叔。凭借勤奋努力，内海文三当上了某官僚机关的小职员。他工作上克己奉公，勤勤恳恳。人生的最大心愿就是能跟堂妹阿势结婚，组成一个幸福温暖的小家庭，然后再把老母亲从乡下接到东京奉养。由于内海文三在官场中不愿阿谀奉承，拍马溜须，投机钻营，他在机关人员调整中被上司解雇。而为人圆滑、善于奉迎上司的同事本田升却得以晋升，并乘机讨好婶母阿政，取悦堂妹阿势。失业后的内海文三即使为了爱情，也不愿意向上司低头。结果，婶母阿政的辱骂、阿势的变心和情敌本田升的奚落，使得他整日忧心忡忡，痛苦不堪。当得知婶母欲将阿势嫁给本田升时，内海文三怨恨交加，但又不知所措。他犹豫再三后，才下决心去找阿势提出最后的忠告。

小说通过主人公与社会现实、官僚体制之间的矛盾冲突，反映了"自由民权运动"失败后小资产阶级知识分子焦虑、苦闷和彷徨的精神世界，同时暴露了日本社会生活的黑暗面。

在作者的笔下，内海文三尽管刚正不阿，但生性懦弱，遇事优柔寡断，是个思想大于行动的人物；婶母阿政旧思想意识严重，唯利是图，贪财如命；阿势追求虚荣浮华，性格浅薄轻佻，是一个徒有其表的"新女性"典型；本田升则是一个世故圆滑的势利小人。内海文三就是在与这些人物的冲突对立中，被推上孤立无援、一筹莫展的境地，成为一个日本式的"多余人"。小说正是通过这样的描写，对明治官场的腐败、世态的炎凉、人情的淡薄和"文明"的实质进行了无情的抨击。

《浮云》是二叶亭四迷的代表作，也是日本近代文学史上为数不多的杰作之一。无论从作品本身，还是从文学史上的地位来讲，它都具有划时代的意义。它的历史意义就在于：（1）第一次提出了对近代社会进行批判的严肃主题，为日本近代批判现实主义文学开辟了道路；（2）将知识分子作为小说的主人公，并深刻挖掘了他们内心深处的苦闷与烦恼，为以后的文学创作开辟了崭新的描写领域；（3）西方小说写作技巧特别是心理描写的运用，为后人提供了借鉴；（4）率先使用文言一致口语体，为日本近代文学语言的发展打下了基础。《浮云》是日本近代文学中第一部批判现实主义的作品，它的出现标志着日本近代文学的开始，为此，二叶亭四迷也被誉为日本近代文学的第一个奠基人。①

夏目漱石（1867—1916）是日本近代文学著名的批判现实主义作家，他主张批判性地接受西方近代思想、文化。夏目漱石的代表作《我是猫》是日本近代批判现实主义文学的优秀小说，作品描写了知识分子的善良正直和软弱怯懦，揭露了明治时期日本社会现实的黑暗与丑恶。小说的主人公是一只被人抛弃的小猫，自从被中学教员苦沙弥收养之后，便充当了观察、记录和评论其主人日常生活以及出入其书房的一群知识分子的言谈行事的重要角色。这只富有正义感的猫，以敏锐的目光和独特的视野，观察人类社会。它善于思索，有见识，爱议论，好调侃，诙谐幽默地道出了自己的所见所闻。

猫的主人是中学英文教师苦沙弥，他是一个典型的具有双重性格的人物：他生活清贫，体质虚弱；他正直善良，但古板偏执；他疾恶如仇、鄙视世俗，但玩世不恭，怯于行动；他有强烈的自尊心，但又消极遁世，无所作为。他"从当学生起就讨厌资本家"，而且恨到了"咬牙切齿"的地步。为此便引出了小说中唯一能构成矛盾冲突的一段情节，即自甘清贫的苦沙弥在冷落了为择婿而前来打听情况的资本家金田的妻子后所展开的一场冲突。作者通过这场矛盾冲突，揭露和鞭挞了资本家金田夫妇的庸俗、

---

① 于荣胜、翁家慧、李强编著《日本文学简史》，北京大学出版社，2011 年版，第 157 ～ 159 页。

专横、卑鄙和丑恶。作者通过猫，借众人之口，辛辣地嘲弄了资本家和拜金主义。资本家及其走狗是靠高利贷起家的，他们"穷凶极恶，又贪又狠"，发财的"秘诀"是"精通三缺"，即"缺义理、缺人情、缺廉耻"，是"只要能赚钱，什么事也干得出来"的，以此揭示了金钱势力对人性、道德和文明的摧残和蹂躏，进而把批判的矛头指向造成这种罪恶的根源——资本主义制度。①

小说《我是猫》还用较多的篇幅描写了以苦沙弥为首的明治时期的知识分子群像。出入苦沙弥书房的旧日门生寒月、美学家迷亭、诗人东风等是一批时代所造就的"多余人"。他们自恃有知识，是社会的精英，对现实时而冷眼旁观，时而满腹牢骚。他们对追逐金钱、损人利己的社会现状愤懑不平，不愿卑躬屈膝，更不愿同流合污。然而现实又使他们变成了"太平的逸民"。他们常常聚在一起，用玩世不恭和自我解嘲的态度，或谈古论今，或写一些嬉笑怒骂的文字来排遣单调乏味的日子。小说正是通过猫的嘴，用漫画和夸张式的手法，表达了小资产阶级知识分子对金钱势力的轻蔑和憎恶，刻画了他们在黑暗现实压抑下的生活境遇和精神状态，并对他们徒托空言、玩世不恭的种种弱点进行了善意的揶揄和调侃。此外，小说还对明治时代的警察侦探制度、文化教育和伦理道德等方面的丑恶现实进行了无情的批判。小说最后是以猫喝醉了酒，掉进水缸淹死而结束全篇的。②

1906 年，夏目漱石发表了中篇小说《哥儿》。作品以"哥儿"在四国松山的中学任教的经历为线索，无情讽刺了当时日本教育界的腐败堕落，成功塑造了一个具有反抗精神的青年知识分子形象。主人公"哥儿"是一个豪爽耿直并富有正义感的"江户儿"，自幼养成了鲁莽冒失的性格。父母双亡后，他靠哥哥分给他的 600 元钱念完了物理学校，毕业后从东京到四国松山市的某中学任教。上任不久，他就对狭隘、保守的地方风气，特别是学校中的邪恶势力大为不满，并与之坚决斗争。结果却中了奸诈狡猾的校长、教务长及其同伙设下的圈套，被迫辞职。在忍无可忍的情况下，他联合其他教员，抓住可恶的教务长和图画教员嫖妓的机会，狠狠地教训

① 于荣胜、翁家慧、李强编著《日本文学简史》，北京大学出版社，2011 年版，第 178 页。
② 于荣胜、翁家慧、李强编著《日本文学简史》，北京大学出版社，2011 年版，第 179 页。

了他们一顿，发泄了自己的愤恨，然后回到了东京。

小说通过主人公在任教半年中所遇到的种种磨难，反映了资本主义社会中互相倾轧的人际关系，暴露和抨击了天皇专制统治下学校教育的虚伪和腐败，并成功地塑造了一个富有正义感、敢于反抗现实的青年知识分子形象。小说《哥儿》是《我是猫》在批判现实主义上的继续和发展。①

1908 年，夏目漱石发表了长篇小说《三四郎》。1909 年，发表了长篇小说《后来的事》。1910 年，发表了长篇小说《门》。以上三部作品被称为夏目漱石的中期三部曲，它们均以青年男女爱情生活为题材，描写了明治时期知识分子从梦想到追求、从追求到绝望的人生经历，反映了知识分子在追求个性解放和自由过程中与现实世界发生的矛盾和冲突。从 1912 年到 1914 年，夏目漱石发表了后期三部曲——《过了春分时节》、《行人》和《心》。这三部长篇小说主要从伦理和道德的角度出发，无情揭露了现实社会中尔虞我诈的人际关系，深刻剖析了人们自私和道德沦丧的原因。

在创作小说的同时，夏目漱石潜心研究东西方文学理论，先后发表了《文学论》（1907）、《文学评论》（1909）等学术文章，构建了自己较为完整的文学理论体系。

"白桦派"在日本文坛上的出现，显然受西方现实主义的影响。白桦派的代表人物是武者小路实笃、有岛武郎、志贺直哉等。他们强调生命的力量、人的尊严和意志，注重自我追求和自我肯定，主张人的价值是艺术的源泉，提倡人道主义精神；他们肯定人生，以善为本，主张为人生的艺术，把"善"看作其人道主义所追求的最高理想；他们强调"调和"与"和谐"，以无抵抗作为其文学的中心思想。他们的小说多以个人、家庭等为创作题材，或表现执着的自我追求，或展现理想的至高境界，或描写自我追求的波折，或流露个人的平和心境。如果说自然主义文学是灰暗、颓丧、无奈的，那么白桦派的文学则是光明、向上、自信的。②

武者小路实笃（1885—1976）是"白桦派"文学艺术运动的代表人物。1911 年，他发表了短篇小说《天真的人》。作品通过主人公"我"单相思的恋爱事件，表现了自我的强大与纯粹。1912 年，他发表了短篇小说

---

① 于荣胜、翁家慧、李强编著《日本文学简史》，北京大学出版社，2011 年版，第 180 页。
② 于荣胜、翁家慧、李强编著《日本文学简史》，北京大学出版社，2011 年版，第 195 页。

《不谙世事》。作品描写了主人公"我"的婚姻生活,以此表现了作者坚强的内在世界。武者小路实笃的人道主义理想的具体实践,体现在1918年他所建立的"新村"上。在这个乌托邦式的村落里,他和志同道合的伙伴一起耕作,一同进行文学创作。在8年的时间里,他创作了《幸福者》《友情》等一系列作品。

"白桦派"文学艺术运动的另一位重要人物是有岛武郎(1878—1923)。1906年,他发表了成名之作《硬壳虫》。《该隐的后裔》是他的另一代表作,与《硬壳虫》一样,都是关注生活在社会底层的小人物命运的力作。有岛武郎的长篇小说《一个女人》,以一个强烈主张自我的新女性为主人公,描述了主人公争取"自我"过程中的努力、挫折、失败、悲哀与痛苦,寄托着作者对处于弱势地位女性的同情,也在某种程度上折射出作者自我奋斗过程中的内心痛苦。

志贺直哉(1883—1971)是"白桦派"的重要作家,与其他"白桦派"作家比较而言,他在文学创作上所取得的成就最大。他的文学创作注重自我价值,自然真实,简洁明快,毫无矫揉造作之风,赢得了读者和评论家的广泛赞誉。

志贺直哉的文学创作大致可以分为两个时期,早期为1910年至1914年。在这一时期的创作中,志贺直哉注重自我感觉,竭力从个人的角度表现其强烈的自我与他者之间的紧张关系,以及与外部自然、社会、他者所呈现的对立姿态。其早期创作的主题多与他和父亲的矛盾冲突有关。志贺直哉非功利性、坚持自我的生存态度与其父作为实业家的功利性、保守性的生存态度产生了激烈冲突,这种尖锐的矛盾对立成为其早期文学创作的主线。

后期为志贺直哉1917年之后的创作时期。他后期的创作发生了根本性变化,他在作品中试图表现与外部自然、社会、他者的调和姿态,寻求和谐、平和的人生表达。他的这一时期的创作与大正6年与父亲达成的和解有着密切的关系。和解的喜悦以及和解后形成的平和心态促成了中篇小说《和解》的创作。大正2年发生的撞车受伤所引发的对于生与死的思考促成了短篇作品《在城崎》的发表。险些遇难的个人体验使他注意到三个小生命的死。通过对三个小生命的死与个人心境变化的描写,志贺直哉表达了其东方式的生死观。后期的主要代表作品《暗夜行路》是志贺直哉唯一的一部长篇小说。这部写作时间长达16年的作品,描写了主人公时任谦作的种种人生苦恼，以及在解决这些苦恼过程中内心世界的变化。志贺直哉以个人内心世界为题材的小说被认为是"自我调和型"的，这类小说被称为"心境小说"。"心境小说"可以说是由志贺直哉开辟的一块新的天地，它成为"私小说"的一个重要组成部分。①

1916 年左右出现在日本文坛的"新思潮派"，又被称作"新技巧派""新理知派""新现实主义派"。它的出现略晚于唯美派和白桦派，属于第一次世界大战后出现的小资产阶级文学流派。"新思潮派"作家主张在重视内容和表现形式的同时，强调理性的作用；"新思潮派"作家冷静地注视着黑暗的现实和忧郁的人生，并加以理性的解释。他们面对人生、贴近人生，以犀利、冷峻的文笔，锐敏的观察去描写隐藏于善之后的恶，揭露市民阶层的利己自私，否定对现实的逃避。他们以人道主义思想表现现实人生，着意刻画描写市民阶层，无意躲入个人的小天地之中。他们讲究文学技巧、小说结构，追求艺术的完美、真实，否定机械、平板的纯客观描写，将人物和事件巧妙地编织于有限的篇幅中，表现了作家个人主义的理想和愿望。这一新的创作技巧不仅源自夏目漱石和森鸥外的作品，也源自法国的法郎士、英国的萧伯纳等西方富于理性的作家的作品。②

萧伯纳（乔治·伯纳·萧，1856—1950）是 20 世纪初期英国著名的剧作家。1892 年，他的第一部剧作《鳏夫的房产》上演，引起轰动。在 60 多年的创作生涯中，萧伯纳共创作戏剧 51 部，其塑造人物之多、题材范围之广、戏剧样式之多，堪称英国文学之最。萧伯纳在剧中经常用理性的绝对标准对世事做实事求是的评估，展示真实的社会面貌。他因 1923 年创作的《圣女贞德》，荣获 1925 年度的诺贝尔文学奖。

《圣女贞德》取材于法国历史上著名的民族英雄圣女贞德的故事。贞德以非凡的勇气，率领法国军队击退英军，却因此被英、法两国教会势力与封建势力视为异端，处以火刑。萧伯纳通过贞德的形象"说明了两件大事在历史上的意义，即新教主义和民族主义的兴起。这两股力量集中在贞德身上，使她成为进步势力的代表"。③

---

① 于荣胜、翁家慧、李强编著《日本文学简史》，北京大学出版社，2011 年版，第 197、198、199 页。
② 方汉文：《东西方比较文学史》（下），北京大学出版社，2005 年版，第 910 页。
③ 王佐良主编《英国文学论文集》，外国文学出版社，1980 年版，第 316 页。

"新思潮派"代表人物有芥川龙之介和菊池宽等。芥川龙之介（1892—1927）是这一流派的重要代表。他强调，真正意义上的艺术家的人生只存在于艺术的创造之中，他自身的创作生涯都是在实践这一独特的艺术至上主义中度过的。他对"私小说"的告白性持否定态度，坚持虚构的创作方法，在古今东西的典籍之中寻找创作的素材，不断地寻求创作形式与文体的变化，并对小说人物的心理进行全新的解释。他的小说创作从某种角度看，体现了日本近代小说的成熟。芥川龙之介的成名之作《鼻子》发表在第四次《新思潮》的创刊号上，发表后得到了文坛大家夏目漱石的褒奖，为他顺利登上文坛创造了契机。这个短篇小说通过一个老和尚因怪异的长鼻子而内心苦恼，对市民阶层的自私利己给予了揭露和批评，对人的过度自我意识所造成的自我丧失进行了讽刺。小说幽默诙谐的语言、锐敏的观察力、精巧的结构，显示出作者芥川龙之介出色的艺术才能、文学创作才华，为他以后活跃于文坛之上奠定了基础。[①]

芥川龙之介早期的短篇小说多以历史故事、传说等为题材，如《罗生门》《芋粥》等所谓"王朝故事"，《舞会》等所谓"开化期故事"。

《罗生门》讲述的是一位地位低下、走投无路的失业青年，在荒废的罗生门上与为了生计靠拔死人头发制作假发的老太婆交锋，展现了在伦理与生存之间的矛盾冲突，暴露了近代部分日本人的自私自利的心理。

芥川龙之介在历史故事叙事之中，探求艺术创造的价值所在，表现其艺术至上主义的追求。他的小说《戏作三昧》、《地狱图》（又译为《地狱变》）、《蜘蛛丝》、《枯野抄》、《竹林中》等是其历史小说中的优秀代表。小说《地狱图》叙述了侍奉地方诸侯的御用画师良秀为追求艺术至上而烧死自己女儿的故事。小说的高潮在于诸侯设计将良秀的女儿作为展现地狱图景的道具烧死时良秀的复杂表现。作为爱女的父亲，良秀看到被捆绑在牛车里的女儿，便情不自禁地要冲上去解救自己的女儿，但是作为一个执着于绘画艺术的画师，良秀看到自己梦寐以求的地狱般图景，则忘却了解救自己的女儿，完全沉浸在自己的艺术创作之中。女儿的死换来了栩栩如生的艺术珍品地狱图。在道德、情感与艺术的冲突中，良秀选择了艺术，艺术至上的追求显然是芥川龙之介在作品中试图表现的主题。良秀最终自

---

① 于荣胜、翁家慧、李强编著《日本文学简史》，北京大学出版社，2011 年版，第 200 页。

已结束了生命。良秀的死，可以说是芥川龙之介对于艺术至上追求的最终答案。在良秀看来，肉体是为艺术而存在的，既然与女儿共同创造了至高的艺术作品，那么肉体就没有必要存在于俗世之中。《地狱图》与芥川龙之介的其他作品一样，也是在历史故事的讲述中提出了现代的问题，寄托着个人追问。①

芥川龙之介是一个追求艺术创新、艺术理想的艺术至上主义者，同时又是一个生活在现实世界之中、向现实妥协以求安逸生活的人。在艺术上，他不断求新变革，变换小说创作的形式与表现方式，并且通过多样的艺术形式进行艺术创作。他的小说素材来自古今东西，来自日本的神话、王朝故事、江户时期的故事、明治文明开化时期的故事等；他的创作形式多种多样，既有物语、小说，也有随笔、书简、戏剧；他的文学创作注重艺术技巧，显示出他小说创作的艺术才能，被认为是日本少有的优秀短篇小说作家。②

"新思潮派"的菊池宽、山本有三等，大都是从剧本创作转向小说创作的。他们的小说创作受剧本创作的影响较大，主题明确，直面人生，构思精巧，人道主义色彩浓厚。

日本近现代浪漫主义文学思潮起始于19世纪后半叶，是在欧洲浪漫主义影响和刺激下诞生的，因而不可避免地带有欧洲浪漫主义的色彩——自我、憧憬和想象的"三位一体"。

内村鉴三、植村正久等作家崇尚理性主义，积极宣传西方的浪漫主义运动，他们在传教的同时，大力介绍西方的浪漫作家，尤其是雨果、歌德、托尔斯泰、弥尔顿、拜伦、华兹华斯、勃朗宁等西方著名作家。③

日本文学家们在学习西方浪漫主义文学理论的基础上，创立了自己关于浪漫主义的一系列理论。在日本人看来，浪漫主义思想是指追求自我、自由的精神，在社会发展、个性解放的时代要求下，将个人的自我融入艺术表现与观念之中，以求得绝对解放的精神要求。森鸥外强调浪漫主义文学创作中美的绝对性，肯定艺术上的天才意识，肯定"美"的形而上的存

---

① 于荣胜、翁家慧、李强编著《日本文学简史》，北京大学出版社，2011年版，第201～202页。

② 于荣胜、翁家慧、李强编著《日本文学简史》，北京大学出版社，2011年版，第203页。

③ 肖霞：《日本近代浪漫主义文学与基督教》，山东大学出版社，2007年版，第40页。

在，重视灵感的产生。

北村透谷（1868—1894）是日本浪漫主义文学运动的推动者之一，他在《文学界》杂志上发表了关于浪漫主义理论的文章《何谓干预人生》（又译《何谓与人生相涉》）、《明治文学管见》、《内部生命论》和《国民与思想》等。上述学术文章主张尊重人，尊重人的生命，并以探索人的生命为最高目标，强调以内部生命或以灵感作为艺术的本源。北村透谷在文学理论方面的创建，为日本浪漫主义文学的发展做出了贡献。

明治30年代，以《明星》杂志为阵地，岛崎藤村等诗人明确地宣称：诗的本质在于自我的发挥，要求解除束缚个性自由的所有法则和羁绊。1901年（明治34年）1月，高山樗牛发表了《作为文明批评家的文学家》一文，高度赞美尼采，并将尼采作为浪漫诗人介绍给日本的文艺界，极力主张诗歌及诗人的目的在于"人生之批评"。在尼采的影响下，他大力提倡个人主义、主我主义和天才主义，强调回归人性的自然，强调生理上的本能的自然，并将以往崇尚的精神恋爱延伸成肉欲的自然。[1]

综上所述，日本现代文坛上的浪漫主义，在哲学上，主张彻底的自由主义；在精神上，追求个人自我的完全解放；在艺术上，强调人道主义的生命价值。[2]

森鸥外不仅大力引进西方浪漫主义文学理论，进行理论创新，还努力推进浪漫主义小说创作。他的短篇小说《舞姬》《泡沫记》《信使》三部曲，充满了对人身自由的执着追求，呼唤了自我人性的觉醒，孕育了日本浪漫主义文学思潮的萌发，成为日本浪漫主义文学的开山之作。

森鸥外的短篇小说《舞姬》是日本浪漫主义的开先河之作。作品第一次以近代个人自我的觉醒为主题，描述了主人公太田丰太郎从令人窒息的日本来到开放的德国，接触到西方的近代文明，有了近代自我的初步觉醒。作品揭示了日本知识分子在激烈变革时代的复杂心态、软弱性格，以及他们在旧的伦理道德束缚下思想的禁锢和软弱。

岛崎藤村的《嫩菜集》（1896）与谢野晶子的处女诗集《乱发》（1901）等，运用西方浪漫主义文学的创作方法，讴歌了个性解放和对美好生活的

---

① 肖霞：《日本近代浪漫主义文学与基督教》，山东大学出版社，2007年版，第256页。

② 叶渭渠：《日本文学思潮史》，北京大学出版社，2009年版，第238页。

向往，具有浓郁的青春气息和奔放的浪漫色彩，成为初期日本浪漫主义文学发展的佳作。土井晚翠、与谢野铁干、薄田泣堇、蒲原有明、伊良子清白等人的诗和国木田独步初期的小说都具有浓郁的浪漫主义文学特色。

在西方唯美主义文学思潮的影响下，日本文坛出现了新浪漫主义文学流派。1907 年，上田敏等人创办《昴星》杂志，这标志着新浪漫派文学的诞生。1910 年，永井荷风创办《三田文学》杂志。1910 年，谷崎润一郎创办《新思潮》杂志。上述三本杂志成为宣传新浪漫主义的主阵地，它们赞美西方文化，崇拜西方的唯美主义、象征主义文学思想，崇尚西方的异国情调，宣扬 19 世纪末期西方的颓废主义文学，主张必须接触西方或依靠同化来开拓日本的艺术天地；主张艺术至上，为艺术而艺术，艺术第一，生活第二，否定文学艺术的功利性；强调文学应该以享乐为目的，并从这种美的享乐中寻找生活的意义；主张在颓废中肆无忌惮地享受人生，在虚构的世界中追求妖艳怪异的非现实的"美"；强调以所谓的官能的解放作为小说创作的一个重要主题，追求官能、感觉的刺激，憧憬自我虐待的变态快感、病态官能的神秘快感。

新浪漫主义文学又被称为"唯美派"或"耽美派"，该文学流派的形成主要有如下原因：一是森鸥外、上田敏等人对波德莱尔、王尔德等欧洲唯美主义文学作家的介绍，这为日本新浪漫主义文学的形成奠定了理论基础和发展方向；二是杂志《昴星》、《三田文学》和《新思潮》的创刊为刊载新浪漫主义文学作品提供了园地，为推动日本新浪漫主义文学的起步、发展做出了贡献；三是以永井荷风、谷崎润一郎等为核心的作家创作群体的努力推动。新浪漫主义文学派别的代表作家主要有永井荷风、谷崎润一郎、上田敏、佐藤春夫、北原白秋、木下奎太郎和吉井勇等。

永井荷风（1879—1959）是日本唯美派文学的代表人物。他在 24 岁到 29 岁曾游学美国与法国。1908 年 7 月回国后，他根据自己的留学经历写了《美利坚物语》（又译为《美国故事》）、《法兰西物语》（又译为《法国故事》）等作品。后来，他担任了庆应义塾大学文学部的教授，并且创办了《三田文学》杂志。永井荷风在长期与西方文化、文学接触的过程中，形成了对西方文学的独特见解。他的文学创作活动贯穿明治、大正、昭和三个历史时期，长达 50 余年之久。在剧烈变化的历史发展过程之中，他坚持自己的创作本色，努力保持自己的创作个性，在小说、随笔等方面的创作中，显示出卓越的艺术才能。他的文学作品有小说《隅田川》《新归国者日记》《冷笑》《较量》《梅雨前后》《墨东奇谭》等。永井荷风的文学风格是在"西方与日本""文明与传统""近代与反近代"的碰撞融合中形成的。

谷崎润一郎（1886—1965）的文学创作在日本文学史上留下了重要的一页。他的文学创作大致可以分为四个时期。第一个时期是所谓"唯美主义时期"，这段时期指他登上文坛后最初的三年。第二个时期是所谓"摩登主义时期"，也就是大正时期的十年时间。在这段时间里，他发表了代表作《痴人之爱》，并且写了《异端者的悲哀》等自传体作品。第三个时期是所谓"古典回归"的时期，这段时期为 1926 年至 1935 年。这十年的时间可以说是谷崎润一郎的创作盛期。他的代表作《各有所好》《盲人物语》《春琴抄》等都创作于这一时期。谷崎创作的第四个时期指其在第二次世界大战期间的创作，在这段时期，他主要进行了两项工作，一是将日本古典名著《源氏物语》翻译为现代日语，二是写作长篇小说《细雪》。[1]

《春琴抄》是谷崎润一郎移居关西后发表的重要作品。小说塑造了一个叫春琴的古筝师傅，以她与她的徒弟佐助之间发生的种种事件为主线，描写了貌美、技高、聪慧的女性春琴性格的乖戾，以及对艺术的专注与执着，同时塑造了出于对春琴的崇拜而甘受折磨、最终以刺瞎自己的双眼而表达对春琴真心爱慕的佐助这一人物形象。小说以关西地区的风情、传统的艺术为背景，营造了一个唯美的世界，描写了倒错的爱恋和扭曲的心理。在这部作品里，谷崎润一郎文学创作初期的女性崇拜、男性受虐的主题仍然被延续，只不过被掩藏在传统的艺术氛围和关西地区的风情之中。[2]

佐藤春夫（1892—1964）是日本现代著名诗人和小说家。他步入文坛时因写作具有古典格调的抒情诗而闻名，后在庆应大学学习期间，开始了唯美抒情小说的创作。小说《田园的忧郁》是佐藤春夫的成名作，同时是唯美派文学创作的重要代表作。《田园的忧郁》讲述的是，主人公是一位厌倦了生活的年轻诗人，他由地方来到东京，试图隐居于武藏野的田园之中。神经衰弱性的不安所造成的幻想与外部大自然的美景交织在一起，造成了世纪末的颓废情感，以此传达出主人公的倦怠忧郁的情绪。

---

① 于荣胜、翁家慧、李强编著《日本文学简史》，北京大学出版社，2011 年版，第 193 页。
② 于荣胜、翁家慧、李强编著《日本文学简史》，北京大学出版社，2011 年版，第 194 页。

20世纪第二个十年，日本文学史上出现了现代主义文学，它包括新感觉派文学、新兴艺术派文学、新心理主义文学等，这些文学思潮不同程度地受到第一次世界大战前后欧洲兴起的现代主义文学思潮的影响。

"新感觉派"是在西方象征主义、未来主义、表现主义、达达主义、超现实主义、意识流等各种现代主义文学思潮的全方位影响下产生的，是日本第一个现代主义文学流派。"新感觉派"评论家发表了一系列理论文章，具体有川端康成的《新进作家的新倾向解说》、片冈铁兵的《新感觉派如是主张》、横光利一的《感觉主义》（后改题为《新感觉活动》）等，上述文章为建立新感觉主义文学奠定了理论基础。他们倡导全方位接受西方现代主义文学，追求文学创作的新感觉，运用文学创作的新方法；主张形式决定论，认为形式即内容，内容即形式，形式决定内容；主张主观是唯一的真实，否定现实世界的客观性；主张文学创作应把感性、知性放在理性之上，表现自我感受和主观感情。"新感觉派"的理论丰富了日本文学的创作形式，拓宽了日本文学的表现视野。

川端康成（1899—1972）的《新进作家的新倾向解说》一文，系统地论述了新感觉派的思想内涵和艺术形式以及艺术特色。文章的主要论点是：第一，新人作家必须意识到新文艺时代的到来；第二，强调文艺必须要有新表现和新感觉，在此基础上才会有新内容、新思想；第三，主张借鉴德国的表现主义，文艺要表现自我，而这种自我表现，大都在于新的感觉；第四，强调达达主义的思想表达方法。第四点的着眼点是：新感觉主义的工作在于革新文艺，过去时代的文艺已经无力传播现代精神，而达达主义是最好的表达方法，抛弃其晦涩难懂的部分，导出主观的直观的感觉的新表现，从而可以从旧的表达方法中解放出来。川端康成的这篇文章，是支撑新感觉派文学的重要理论文章。一些批评家认为这篇论文"在一定程度上规定了新感觉派作家的创作方法和运动方向"。① 川端康成在《答诸家的诡辩》一文中还说："可以把表现主义称作我们之父，把达达主义称作我们之母，也可以把俄国文艺的新倾向称作我们之兄，把莫郎称作我们

---

① 福田清人编《川端康成——人和作品》，清水书院，1978年版，第67页。转引自叶渭渠《日本文化通史》，北京大学出版社，2009年版，第393页。

之姐。"[1] 上述作家关于新感觉派文学的重要理论文章，为 20 世纪 20 年代日本新感觉派文学的形成奠定了理论基础。

横光利一（1898—1947）在新感觉派文学的形成和发展过程中发挥了核心作用。他积极吸收西方未来派、表现主义等新文学流派的创作手法，发表了与日本当时的写实主义小说、心境小说截然不同的小说《太阳》、《苍蝇》、《春天乘着马车来》、《拿破仑和顽癣》和《上海》[2] 等。横光利一的这些作品具有如下特点：新颖的语言表现、电影式的描写方法、以隐喻为主的比喻、对物质力量作用的强调、对偶然事物的决定性作用的认识。横光利一的文学创作对新感觉派的形成和发展做出了突出的贡献。

川端康成创作思想博大精深，创作实践成果丰硕。他不仅是新感觉派文学理论的引领者，也是日本各种现代文学形式的探索者和成功的实践者。在小说创作中，他将西方的心理描写与日本文学的抒情传统有机结合，形成了自己独特的艺术审美特色。小说《伊豆的舞女》的创作就是川端康成独特艺术审美的一次完美体现。《伊豆的舞女》以川端康成高中时期赴伊豆的一次旅行为素材，以日本伊豆半岛的美丽风光为背景，描写了一个第一高中的学生孤独的旅行以及与情窦初开的"舞女"的交往，描写了年轻男女朦胧的恋情和真挚的情感纠葛，表现了"一高"学生在旅途中通过与自然、舞女等的接触和交流逐渐平复的孤独情怀。

川端康成以东京浅草地区的风俗人情为题材，发表了一系列作品，如《浅草红团》《花的圆舞曲》等。1931 年发表的新心理主义小说《水晶幻想》是川端康成在文学创作探索上的重要尝试。1933 年，《禽兽》发表之后，川端康成的文学创作发生了明显的变化。传统美学元素与现代文学表现手法的有机结合成为他文学创作所追求的主要目标。他的代表作《雪国》的问世，标志着他的这种美学追求达到了新的境界。他的文学创作达到了顶峰。

小说《雪国》描写了西方舞蹈评论家岛村与上越温泉的艺妓驹子之间的情感故事。小说讲述的是，对都市生活感到疲倦的岛村来到了远离都市

---

[1]　叶渭渠：《日本文化通史》，北京大学出版社，2009 年版，第 393 页。
[2]　1931 年，横光利一发表了被称为"新感觉派文学手法集大成"的长篇小说《上海》，该小说是横光利一最后一部新感觉派文学的小说。之后，他转向新心理主义文学的写作。

的雪乡，试图获得心理的平静与安宁。女主人公驹子竭尽全力地满足岛村所提出的一切要求，尽管她知道自己所做的一切都是"徒劳"无功的。在驹子的身上，岛村看到了非功利等日本传统美德。在《雪国》中，为挖掘人物的心灵世界，川端康成采用西方现代文学的"意识流"手法，并将之与日本文学的传统审美技巧有机融合，可谓水乳交融，珠联璧合，完美展现了日本文学的"余情"之美。

第二次世界大战结束之后，川端康成明确表示，"败战之后的我将不踌躇地归返于日本古代的悲哀之中。我不相信战后的世相风俗，也不相信面前的现实"，"我今后唯一要赞美的就是日本式的悲哀、日本式的美"。[1]从此，他发表了一系列代表作品，如《千纸鹤》《山之音》《古都》等。川端康成在日本现代文学史上取得了举世瞩目的显赫成就，得到了日本以及世界文学界的高度评价。1968 年，他获得了诺贝尔文学奖，成为日本获得此奖项的第一人。

在日本 20 世纪 30 年代文坛上，出现了"新兴艺术派"。该派又被称为"现代派艺术运动"。1930 年，"新兴艺术派俱乐部"以"十三人俱乐部"为班底宣告成立，这是继新感觉派文学之后，日本资产阶级现代主义文学的大组合。

在新感觉派之后，日本一些文学家继续坚持新的文学理论的探讨，主要有中河与一等人的形式主义文学、伊藤整等人的新心理主义文学、舟桥圣一等人的行动主义文学等。伊藤整将乔伊斯[2]、普鲁斯特的"内心独白""意识流"等新文学方法较为全面地介绍到了日本，促进了新心理主义文

---

[1] 于荣胜、翁家慧、李强编著《日本文学简史》，北京大学出版社，2011 年版，第 218 页。

[2] 詹姆斯·乔伊斯（1882—1941）是 20 世纪上半叶的现代文学大师、意识流小说的主要代表，在 20 世纪欧美文学中占有重要地位。他的代表作《尤利西斯》是意识流小说的典范。意识流最常见的方法是内心独白、自由联想、对过去的回忆，有时是幻觉或梦境。在意识流动的过程中，实际上外部世界和内在世界、过去与现实是统一的。外在世界的某个事件给人物留下印象或给予刺激，使人物产生内心反应、联想、回忆和思考，于是便产生了意识活动。不过，意识流有缺乏条理和飘忽不定等特点，但也并不是杂乱的一团，如果进行细致的梳理，还是可以分辨出哪些是萦绕在主人公头脑中永远不能忘怀的重要牵挂。对于小说中的主人公布卢姆来说，这些最基本的牵挂便是对早夭的儿子和自杀去世的父亲的思念、妻子有外遇带来的羞辱以及自己因犹太出身受到的歧视和各种麻烦等。由于这几件事对布卢姆生活有极大的影响，在他一天的漫游中，某个事件和这些事稍有关联便能勾起他的痛苦回忆，引出他大量的意识活动。匡兴主编《外国文学史》（西方卷），北京师范大学出版社，2010 年版，第 362 页。

学创作流派的推广。这种新心理主义文学对横光利一、川端康成、堀辰雄等许多作家的创作产生了很大的影响。横光利一的《机械》（1930）、川端康成的《水晶幻想》（1931）可以说是这种影响的具体体现。在20世纪30年代，日本新心理主义文学在介绍学习西方现代派文学中发挥了积极的作用。其中主要的代表作家有堀辰雄、阿部知二、伊藤整等。他们或学习普鲁斯特等法国作家心理小说的手法，或从弗洛伊德、乔伊斯那里吸收文学养分，或容摄欧洲古典主义文学的元素。

堀辰雄（1904—1953）为普鲁斯特、拉迪盖等作家的文学创作所吸引，坚持走"艺术至上"的文学创作之路。1930年，堀辰雄发表了小说《圣家族》。1933年，发表了小说《美丽的村庄》。1938年，发表了小说《风起了》。1941年，发表了小说《菜穗子》。在普鲁斯特的影响下，堀辰雄的文学创作发生了巨大变化，形成了知性的抒情、细致的心理分析的艺术风格。在高原上的别墅、疗养院的作品背景下，堀辰雄在现实世界与非现实世界的巧妙结合中，以细腻的艺术感觉、抒情的描写笔法，惟妙惟肖地刻画出远离时代、社会的小说主人公的内心世界。

20世纪30年代，日本文坛出现了以中村武罗夫为核心的"新心理主义文学"流派。该流派认为，文学作品表现的人物心理、意识等都是现实生活在人物内心的反映和折射；该流派大力倡导将西方现代主义的象征、隐喻、内心独白、意识流等艺术手法广泛运用到日本的文学创作中；该流派极力主张，作品要从探索人生意义出发，以现实社会为基础，表现人物内心的孤独、心理的变态、感情的痛苦，以挖掘人物更为隐秘的深层内心世界。

"总的来说，从明治维新开始，日本文学在传统的社会文化框架内，对西方文学思潮的涌入做出一个又一个面向近现代的抉择，兼容并蓄东西方的文学思潮和文学要素，广泛地汲取、融会西方各种文学思潮，推动了日本文学走向近现代的进程。"[①]

综上所述，西方文化在日本的广泛传播，推动了日本现代文化的发展，培育了大量具有西方文化观念和文学观念的新型作家，也哺育了人数众多的、欣赏西方文学作品的读者，对日本现代文学形式的丰富做出了重要贡献，对日本现代文学新思潮、新流派的形成与发展发挥了重要作用。

---

① 方汉文：《东西方比较文学史》（下），北京大学出版社，2005年版，第889页。

| 第四章 |

全球视域下的西方文化与韩国现代文学

西方文化在韩国的传播，成为韩国现代文学产生的奠基之石，成为韩国现代文学发展的先导，成为韩国现代文学发展的内在动力。西方文化奠定了韩国现代文学接受西方文学的认知基础、审美心理，对韩国现代作家群体的成长、现代创作理念的确立发挥了重要作用，对韩国现代文学作品的发表、内容的丰富做出了贡献。

下面我们从西方文化在韩国的传播、西方文化与韩国现代文学之关系两个大的方面进行论述和分析。

第一节　全球视域下西方文化在韩国的传播

西方文化在韩国传播的主渠道是韩国人在争取民族独立和国家富强的过程中主动学习西方文化，通过这个途径西方文化传播到了韩国。下面，我们就韩国人主动吸纳西方文化的历程和成就进行较为系统的论述。

韩国人主动学习西方先进文化思想，目的在于发奋图强，挽救国家危亡，这种外求外来文化的内在动力，极大地推动了西方文化在韩国的传播。

韩国主动吸收西方文化最早可追溯到 17 世纪。1653 年（孝宗四年）开始采用西洋新历法——时宪历，这可以视为韩国吸纳西方先进科技的开先河之举。韩国的历法受中国影响很大，唐朝的宣明历、元朝的授时历和明朝的大统历，均为韩国各朝沿用，但诸历之间差异较大，随着时代的变迁，不准确之处日趋明显。西洋时宪历传入中国被采纳后，逐渐引起韩国历算学者的关注。观象监金堉奉使前往北京，学习新法，并购买多种有关书籍带回国内，加以研究，经过十余年，终于掌握西式历法的用法。史料记载："孝宗四年，始行时宪历法。初，东方循用中韩所颁历，而未尝自国中推测，及世宗朝，始立推测之法。然其数术亦不出于大统历法，气朔交食，往往不合。及仁祖二十二年甲申，观象监提调金堉奉使入燕，闻西洋人汤若望立时宪历法，购得其数术诸书而归，疏请令观象监官金尚范等，极力讲究，至是十年，始得其门路，金堉领监事，乃奏请行之。"①

在 16 世纪、17 世纪，利用出使中国的机会，朝鲜使臣把一些西方科技书籍带回了朝鲜。1610 年，朝鲜儒臣许筠跟随朝鲜出使中国明朝的使团来到北京，参观了新建的北京天主堂。他回国时将《世界地理图》等一并带回，并加以研究。其后，赴明使节每至北京，必争相求得有关天文、地理、历算、物理等汉文科学书籍。1631 年②，陈奏使郑斗源从中国带回大量书籍、地图和西方工艺品，其中包括《坤舆万国全图》《天主实义》《职方外纪》《西洋国风俗图》等书籍和望远镜、自鸣钟等。其后，"丙子胡乱"失败，作为人质去清朝的昭显世子同居留当地的西方人汤若望会晤，对西方文化有了相当了解之后将天球仪和天文书等各种书籍携带回国。③

朝鲜文人对学习西方科学技术表现出浓厚的兴趣。李荣俊作为陈奏使郑斗源的译官随使来到北京，结识了意大利籍耶稣会士陆若汉，并与之进行了面对面的交流。李颐命是肃宗朝（1674—1720）"老论"四大臣之一，奉使入京，结交了德国籍耶稣会士戴进贤和苏霖，并向他们学习关于天体构造、天体运行、西历的推算方法等科学知识。

李瀷（1681—1763）是朝鲜英宗时期著名的思想家，他读过很多译成中文的西洋科技书籍，包括《乾坤体义》、《万国舆图》、《坤舆图说》、《坤舆全图》和《赤道南北星图》等。他积极学习西方科学知识，并且将这些知识系统介绍到朝鲜。李瀷在他的文集《星湖僿说》中论及西方科学诸多领域，其中包括天文学、气象学、地理、算术、医药等。他批判亚洲传统的九重天理论，将西方的十二重天理论引入朝鲜社会。在李瀷之前，朝鲜学者已开始对西方科学进行研究，但多局限于介绍性研究，且限于某一方面。从李瀷开始，天文、地理、气象等西方科学领域真正成为朝鲜学

---

① 《文献备考》第 1 卷，第 5 页。转引自蔡茂松《韩国近世思想文化史》，第 54 页。

② 姜万吉认为是 1630 年。〔韩〕姜万吉：《韩国近代史》，贺剑城等译，东方出版社，1993 年版，第 63 页。

③ 〔韩〕姜万吉：《韩国近代史》，贺剑城等译，东方出版社，1993 年版，第 64 页。

者进行学术研究的对象。

李朝后期，以洪大容为代表的"北学学派"学者们坚持不懈地学习和吸收西方科学技术。洪大容（1731—1783）是当时朝鲜杰出的科学家，他曾三次参观北京，与时任钦天监监正的奥地利耶稣会士刘松龄和监副鲍友管等西方人交往甚密。在参观北京的时候，他对所见到的浑天仪、自鸣钟、望远镜和指南针等科学仪器非常感兴趣。在与刘松龄和鲍友管谈论西学时，洪大容还提及西方音乐、宗教和文学等领域。在北京期间，洪大容加深了对西学的了解和掌握，回国后创立了"北学学派"。

洪大容对西学的掌握，可见诸他与刘松龄和鲍友管之间关于西学的问答之中，这些内容辑录于其著述的《燕记》中。他说："西人有渊博的数理知识，他们的测算方法如此精确，以至于其历书和气候预报几乎一点不差。"① 洪大容在吸收西方数学知识的基础上，撰写了一本关于西方数学的著作，其中论及算术、代数、几何和三角学等数学知识。

"北学学派"学者朴齐家（1750—1805）主张清算锁国主义，准许民间商人进行对外贸易；主张在天文、力学方面，以及医学、建筑、造船、农业、武器制造等各领域，引进清朝和西方的技术。朴齐家曾向当时朝鲜皇帝进谏，聘请在中国钦天监工作的西洋人，向他们学习西方近代技术。②

丁若镛（1762—1836）被视为西学的集大成者。他读过很多汉文西学书籍，具有丰富的西方科学和技术知识。他主张引进西方航海、造车、铸铁、制瓷等领域的先进技术，输入农业、编织、风车等领域的先进器械。

西方哲学在朝鲜的传播是在 18 世纪前后开始的。这时，朝鲜流传的西学书籍中包括西方中世纪经院哲学和希腊式思维方式等方面的内容。慎后聃（1702—1761）的《西学辨》对这方面有所记述。19 世纪 90 年代以后，朝鲜国内出版的各种报刊经常刊载有介绍康德、黑格尔等西方近代哲学家以及他们的哲学思想的文章。在介绍西方哲学和思想方面起过重要作用的是爱国启蒙运动时期的各种杂志。各个学会在主办的杂志中收录、整理了关于西方政治学、经济学、社会学等社会科学方面的各种理论。19 世纪 80

---

① 洪大容：《燕记》第一篇《刘鲍问答》，转引自王春来《基督教在近代韩国》，中国社会科学出版社，2000 年版，第 139 页。
② 〔韩〕姜万吉：《韩国近代史》，贺剑城等译，东方出版社，1993 年版，第 65 页。

年代，俞吉浚首先从日本引进、介绍了达尔文的进化论。19 世纪 90 年代到
20 世纪初，进化论思想又通过中国的梁启超的文章被引进朝鲜。①

以朴圭寿（朴珪寿）（1807—1877）为代表提出的"脱华开国"思
想，在 19 世纪上半叶正式形成并得到部分实施。朴圭寿曾经任大院君政权
的平安监司。他极力主张摆脱中国中心主义，独立自主地开展外交活动，
与列强结盟以免遭攻击，从而保证朝鲜的独立。以他为中心，聚集了金玉
均、洪英植、徐光范、金弘集、俞吉浚、金允植等一批年轻的两班阶级的
知识分子，形成了主张门户开放和建立近代国家体制的政治势力——开化
派。他们阅读中国出版的《海国图志》等有关西方世界的书籍，积累了许
多有关近代文明国家的知识。他们主张学习西方，图治改革，创办学校，
发行报刊，设立邮局，选派青年留学日本。其中，开化派中的俞吉浚
（1856—1914）的经济开化思想则更进一步。在他的著作《西游见闻》中，
他提出了系统的开化思想和开化主张，包括实行君主立宪制，把朝鲜确定
为中立国；以政府为中心，兼顾自由，大力推进各项改革；扶植经济开化
的民间力量，培育商人阶层；积极参与国际交往，通商富国。②

19 世纪 70 年代的"开化派"运动是一场思想、文化启蒙运动，它对
朝鲜的图强改革起到了积极的推动作用。

1866 年，法国以朝鲜屠杀教徒为由，派舰队闯入朝鲜江华城烧杀抢
掠，被朝鲜军民击退。同年，美国的海盗商船"舍门号"武装航行大同
江，被朝鲜人民焚毁，船员全部毙命。1871 年，美国以"舍门号"事件为
借口，组成强大舰队侵入朝鲜，企图迫使朝鲜开放通商，同样遭到了朝鲜
军民的重创。③ 后来的历史表明，西方国家这些零星的侵犯，只是朝鲜面
临险境的一个信号，而真正的侵略者是邻国日本。1876 年，日本强迫朝鲜
签订了《江华条约》（又称为《江华岛条约》）。根据条约的规定：朝鲜向
日本开放釜山、仁川、元山三个港口，并对日本实行"治外法权"和无关
税贸易。

朝鲜面临日本及西方列强的侵略，不得不推行以"开化路线"为主旨

---

① 〔韩〕姜万吉：《韩国近代史》，贺剑城等译，东方出版社，1993 年版，第 289 页。
② 刘群艺：《俞吉浚的〈西游见闻〉与韩国开化期的经济思想》，《史学集刊》2004 年第
  1 期。
③ 陈伟芳：《朝鲜问题与甲午战争》，三联书社，1959 年版，第 15 页。

的维新改革。但是，维新改革遭到守旧势力的反对。1882 年，守旧势力发动政变，卷土重来，大院君复辟。中国鉴于日本的威胁以及朝鲜国内政治局势的动荡，1882 年与朝鲜签订《中朝商民水陆贸易章程》，重申对朝鲜的宗主权。此后，朝鲜与西方列强签订了一系列条约。

1884 年，朝鲜的开化党发动的"甲申政变"被镇压，朝鲜的应变图强改革再次受挫。1885 年至 1894 年，清朝政府对朝鲜实行"监国"政策。[①]日本待机图谋吞并朝鲜。1894 年亲日派得势，朝鲜效仿日本再次进行改革。首先抛弃清朝历法，采用开国纪元的历法，这标志着朝鲜最终断绝了与中国的封贡关系。在政治上，把宫内府与议政府分离，改革中央和地方官制。在司法上，把司法权与行政权分离，设立从中央到地方的裁判所系统。在财政上，设立度支部，管理各项税收，同时确立银本位制，改革货币制度，统一度量衡。在社会改革上，废除身份制，革除各种社会陋习。[②]但是，由于日本试图通过朝鲜的改革独占朝鲜，这次全面改革也没有能够使朝鲜免于危亡。

19 世纪末，清政府在甲午战争中的失利，使朝鲜人清醒地意识到，要想避免因落后挨打，唯一的办法就是改革传统的教育体制，学习西方的先进知识，实现开化与自强。于是，一场全国范围内的近代教育运动兴起。甲午改革时，朝鲜政府设立了学部衙门，负责近代教育机构的设立和管理。1895 年，开办了"汉城示范学校"。1895 年，政府颁布了"小学校令"，开始建立国立和公立的 6 年制小学。随后，一批国立小学在汉城和其他地方建立。1900 年，属于中等教育机构的"汉城中学校"成立。

1895 年，高宗颁布"教育立国诏书"，明确表示要通过教育改革实现国家的振兴。在朝鲜政府确立教育立国方针的推动下，官办和民间兴学蔚然成风。挽救民族危亡的责任感，促使朝鲜大批爱国人士投身于兴学的行列。许多过去活跃于政坛的爱国志士，怀着为朝鲜独立奠基铺路的愿望，踊跃投身于教育事业，其中包括闵泳焕、安昌浩、李成夏、南宫檍、李风来、闵泳徽、李容翊和李升薰等。当时，整个朝鲜知识界普遍存在的信念是"知识就是力量，学习才能生存"。在这种信念的鼓舞下，在众多仁人

① 刘培华：《近代中外关系史》（上册），北京大学出版社，1986 年版，第 366 页。
② 〔韩〕李基白：《韩国史新论》，厉帆译，国际文化出版公司，1994 年版，第 302～304 页。

志士的努力下，朝鲜大量私立学校涌现。与政府采取的措施相并行，民间的教育运动也蓬勃开展，并压倒了国立和公立的教育机构。以开化和自强为目的而成立的最早的新式私立教育机构是 1883 年由德源府民众出资的"元山学校"。后来，闵泳焕又成立了"兴化学校"（1895），从而使私立学校急剧增加。1909 年，私立学校的总数为 2250 所。其中，1402 所是民族系统教育运动家创办的。

教育家们并不只限于创办初等教育机构，他们还创办了中等教育机构和高等教育机构。创办的中等教育机构有养正义塾、徽文义塾、淑明学校、进明女学校（1906）等。到 1909 年止，他们创办的中等教育机构共有 17 所。在专门教育和高等教育机构方面，他们创办了普成专门学校和汉城法学校（1905）。[①]

1896 年，以徐载弼为中心，由改革派政府官僚和一些先进知识分子组成的团体创办了《独立新闻》，成立了"独立协会"，开展了轰轰烈烈的开化自强运动。"独立协会运动"由"保卫主权运动"和"民权伸张运动"组成。保卫主权运动大力宣传国家主权独立的意义和必要性，号召国民捐款，建造独立门、独立会馆和独立公园，提高国民的独立意识，并向政府提出了"称帝建元"的要求。政府接受了这个要求，成立了"大韩帝国"。民权伸张运动主张，反对封建的专制势力，开展民权斗争，要求政府保护国民的生命和财产权，向政府提出"议会设立案"等。

19 世纪 90 年代，韩国成立了一些讲授新学问、新知识的教育机构。在引进西式教育制度方面，韩国政府迈出了重要的一步。1883 年，成立旨在培养英语翻译人员的名为"同文学"的教育机构。1886 年，又创办了一所外语学校，名为"育英公院"。1906 年秋，"韩英书院"在开城正式开办，首批学生 23 人，尹致昊出任校长。尹致昊是著名的开化派社会活动家，他提出的实业教育方针体现了时代的要求。"韩英书院"成长迅速，1908 年在册学生 225 人。学校分为 3 个等级课程：四年制的中等教育、初等教育以及预备课。1908 年，学校开办实业工厂，提供木工和机械工作的培训。学校还开办师范部和夜校。

20 世纪初期的韩国启蒙运动是从 1904 年成立的保安会的运动开始的。

---

① 〔韩〕姜万吉：《韩国近代史》，贺剑城等译，东方出版社，1993 年版，第 294 页。

与"独立协会"运动相比，保安会运动的范围更广，参加人数更多。他们通过开办学校、发行会报、举办讲演会和讨论会等形式，对国民进行启蒙教育。他们主张用国文写小说、出版国文报纸，促进了国文的使用。①

20世纪初期，韩国学者通过翻译西方国家的伟人传记，学习西方国家的政治制度、治国理念，吸收西方世界的政治文化。1906年，申采浩翻译了《意大利建国三杰传》。1907年，朴殷植翻译了《瑞士建国志》。1907年，黄润德翻译了《俾斯麦传》。1908年，玄公廉翻译了《美国总统加菲尔德传》。1911年，李时厚翻译了《富兰克林传》。

为救亡图存，韩国人主动张开双臂拥抱世界，积极、主动地学习西方的哲学、人文思想和先进的科学知识，引进先进的实用技术，使得西方文化在韩国得到较为广泛的传播。西方文化在韩国广泛传播和渗透，为韩国现代文学的产生和发展奠定了基础。

第二节　全球视域下的西方文化与韩国现代文学

韩国现代文学的产生、发展是本国文学自身演变的结果，也是西方文化在韩国传播、推动的结果，还是西方文学思潮影响的结果。西方文化在韩国的传播，营造了韩国现代文学发展的社会氛围，改变了韩国人的文学审美趣味，推动了韩国现代文化、文学观念的确立。西方文化在韩国的传播催生了西方新型媒体报刊的诞生，从而为韩国现代文学升级发展提供了园地。西方文化在韩国的传播推动了西方文学的引进，促进了西方文学作品在韩国的翻译。西方文学译本为韩国现代文学的升级发展提供了可供借鉴的范本，推动了西方文学思潮、流派在韩国文坛的流布，影响了韩国现代文学思潮的形成。

一　西方新型媒体报刊与韩国现代文学的产生

西方文化在韩国的传播催生了西方新型媒体报刊在韩国的诞生。西方文化对韩国现代文学的影响，首先体现在以报刊为主的西方新型媒体为韩

---

① 黎跃进等：《东方现代民族主义文学思潮研究》（上卷），昆仑出版社，2014年版，第131页。

国现代文学的产生提供的条件和奠定的基础上。可以说，以报刊为主的西方新型媒体文化在韩国的传播是韩国现代文学产生的基础。以报刊为主的大众文化传媒为韩国现代文学新思想和新内容的结合提供了现成的媒介，为韩国现代文学家提供了开展文学运动和论争的阵地，为译介西方文学作品和文学理论提供了最佳平台，为韩国现代文学提供了新的表现方式和新的实践手段，为韩国现代文学蓬勃发展提供了动力。

1906 年，《太极学报》创办。1906 年，《大韩自强会月报》创办。1907 年，《大韩留学生会报》创办。1919 年，金东仁、朱耀翰和田荣泽等人创办《创造》杂志。1920 年，金亿、南宫璧、黄锡禹、廉想涉和吴相淳等人创办《废墟》杂志。1920 年，《朝鲜日报》《东亚日报》创刊。1921 年，黄锡禹、卞荣鲁、卢子泳和朴英熙等人创办《蔷薇村》杂志。1922 年，洪思容、卢子泳、李相和、朴英熙和朴钟和等人创办《白潮》杂志。1924 年，金素月、朱耀翰、金东仁、金亿和李光洙等人创办《灵台》杂志。1924 年，《朝鲜文坛》创刊。1930 年，金永郎、郑芝溶、朴龙哲等人创办《诗文学》。1931 年，朴龙哲创办《文艺月刊》。

上述报纸、杂志大量刊登韩国现代文学家的小说、诗歌等文学作品以及文学理论文章。可以说，报刊是 20 世纪韩国现代文学家们登上文坛的第一个阶梯，他们的处女作都是发表在报刊上。金东焕在《金星》杂志上发表《手指红星》等作品后开始登上文坛。1906 年 7 月 22 日至 10 月 10 日，李人植的短篇小说集《血之泪》在《万岁报》上连载。20 世纪第二个十年中期，《学之光》和《泰西文艺思潮报》等报刊开始刊登现代自由诗。1919 年，朱耀翰在《创造》发刊号上发表了诗作《观火游》。李章熙于 1925 年在文艺同人杂志《金星》3 号上发表《舞台》和《春是故乡》等诗篇后登上文坛。朴龙喆、金永郎、异河润、金尚镕等诗人在《诗文学》、《文艺月刊》、《文学》和《诗苑》等文艺刊物上发表大量作品，其中有朴龙喆的《离去的船》和《下雨的天》，金永郎的《冬柏叶上闪光的心》、《仰卧在山坡上》、《待到牡丹花开时》、《石墙上散射的阳光》、《除夕》和《不尽江水滚滚流》等诗篇。1931 年，柳致环在《文艺月刊》上发表《静寂》后，开始了自己的诗歌创作生涯。1932 年，卢天命在《新东亚》上发表《夜晚的赞美》后登上诗坛。同年，张万荣在《东光》杂志上发表《春之歌》后，开启了自己的诗歌创作生涯。1935 年，李庸岳在《新人文学》上发表《失败者的心愿》后，在诗坛上崭露头角。1935 年，白石以在《朝鲜日报》上发表的《定州城》为标志，开启了自己的文学创作生涯。

综上所述，报刊为现代韩国文学家走上文坛做好了铺垫、提供了阶梯和平台，为他们发表作品提供了便利条件，为他们成为职业作家、为文学大众化做出了不可磨灭的历史性贡献。

二 西方文学与韩国现代文学的丰富

西方文学形式、流派对 20 世纪初期韩国现代文学形式、流派产生了较大的影响，推动了韩国现代文学内容、形式、创作方法等方面的完备和丰富。

20 世纪第二个十年，韩国诗人在吸收西方诗歌形式和诗论的基础上，通过自己的创新，逐渐发展、完善了韩国的自由诗体裁，并取得了较高的文学成就。自 1918 年开始，著名诗人金亿就在《泰西文艺新报》上译介了法国象征主义诗人波德莱尔、瓦莱里等人的诗作和诗论。

20 世纪 20 年代，韩国文坛出现了"创造派""白潮派""废墟派"等文学流派，上述流派深受西方的唯美主义、颓废主义和自然主义等文学流派的影响。这些流派主张"纯文学"，反对文学与政治发生任何联系，甚至反对文学表现民族独立斗争的内容。其特征为：在美学上倾向于唯美主义，在情绪上倾向于颓废主义，在理念上倾向于虚无主义。这种文学思潮的抬头首先与当时金亿和黄锡禹等人介绍的法国颓废文学的影响有关。同时，这股文学思潮也是日本殖民统治时期知识分子那种没有理想和价值追求的虚无思想的反映，其直接原因则是全民族掀起的"三一"运动失败所造成的民族挫折感。这时期的韩国诗人试图逃避这种悲惨、绝望的现实生活，他们在梦境中漫游，在虚无中沉默，在感官世界中耽溺，密室、梦幻、病房、死亡、爱情、痛苦、眼泪、黑洞等成为他们文学创作中津津乐道的对象。[①] 上述文学流派的代表诗人有李尚火、朴钟和、朴英熙、洪思容、卢子泳、吴相淳、金东鸣、廉相涉、黄锡禹、玄镇健、朱耀翰、金东

---

① 〔韩〕赵东一等：《韩国文学论纲》，周彪、刘钻扩译，北京大学出版社，2003 年版，第 238 页。

仁、金亿和李光洙。

李尚火的《到我的寝室去》[1] 是上述流派的典型作品之一。《到我的寝室去》形象地表现了作者企图到美学空间逃避殖民地生活的凄凉呻吟——作者打算携挚爱的恋人脱离现实走向"复活之洞",去享受永远的安息。他之所以想超越现实进入空幻世界,是因为当时的历史状况不允许他在人间创造有价值的生活。[2]

"麦当娜",来吧!

你那些家传的泪水珍珠,全部都留下,只身过来吧!

你尽快来吧,

我们是天明就消失的无影无踪的两颗星星。

"麦当娜",我的心徘徊在僻静而阴暗的街头,

我在恐惧中等待你的到来。

啊,不知不觉间已传来第一声鸡叫,

群狗也吠叫起来了,

我的小姐呀,你也在听着呢吗?[3]

朴钟和(1901—1981)的《黑房秘曲》是这一时期的又一典型作品,诗作表现了没落小资产阶级的绝望心理:

传来了,传来了晚钟声,

从不知名的地方传了过来。

勾起路人的忧愁,

晚钟响了起来。

夜幕降临,薄雾弥漫,

---

① 又译《奔向我的卧室》。

② 〔韩〕赵东一等:《韩国文学论纲》,周彪、刘钻扩译,北京大学出版社,2003年版,第239页。

③ 金英今:《精编韩国文学史》(中文版),南开大学出版社,2016年版,第105页。

弥漫在大街和小巷，

而这是什么人群呢？

人流接连不断，

临晨的月夜，也还会这样吗？

啊——所有的人啊，

你们带来了什么，

来找寻什么？

带着什么，为了什么，

你们要去往哪里？

去那星星静默的"寂静"之国吗？

去那忧愁湍急的"叹息"之国吗？

日已落，风亦起，

啊——，你们要去往哪里？①

　　吴相淳在《废墟》创刊号上发表了《力量的崇拜》和《花之精》等作品后登上诗坛，他初期的诗歌与《废墟》上发表的其他作品一样，呈现颓废主义倾向。后来，他又以冥想和虚无的手法为理想世界大唱赞歌，《漂泊的心》是其代表作。

　　20 世纪 20 年代初，金东鸣在《开辟》等刊物上发表了《若是你给开门》等作品，从而在韩国文坛崭露头角。虽然他初期有追求唯美主义的倾向，但后来多以抒情的手法歌唱人生或吟诵民族的悲哀。30 年代创作的《芭蕉》和《我的心情》等是他的代表作。

　　在惠特曼的影响下，金石松于 20 世纪 20 年代初发表了《看不到阳光的人们》和《无产者的呐喊》等作品。另外，金石松还撰写了《民主文艺小论》等文章，宣扬惠特曼"面向民众或民主主义"的诗歌理论。

　　金起林于 1931 年在《新东亚》上发表了《苦待》和《只要展开翅膀》等作品后，开启了自己的创作生涯。他的诗集有《气象图》（1936）、《太阳的风俗》（1939）、《海与蝴蝶》（1946）和《鸟鸣》（1948）等。他的代表

---

　　①　金英今：《精编韩国文学史》（中文版），南开大学出版社，2016 年版，第 104 页。

作《气象图》是受英国 T. S. 艾略特的《荒原》影响而创作的。金起林认为现代文明处于危机状态,他将 20 世纪 30 年代的世界政治和社会现象隐喻为席卷而来的台风,即台风肆虐的天气就是危机四伏的现代文明自身。金起林对在被狂风席卷的 20 世纪的废墟上重新孕育新的文明充满信心。

T. S. 艾略特(1888—1965)是 20 世纪上半叶英国诗坛最重要的诗人,其主要作品有:长诗《荒原》(1922)、《圣灰星期三》(1930)和《四首四重奏》(1943),诗剧《大教堂凶杀案》(1935)和《鸡尾酒会》(1949)等。此外,他在文学理论研究方面颇有建树,其文论主要有《圣林》(1920)、《诗歌的作用与评论的作用》(1933)和《论诗与诗人》(1943)等。

长诗《荒原》共 433 行,由"死者葬仪"(又译为"死者的葬礼")、"对弈"、"火戒"、"水里的死亡"和"雷霆的话"等五个部分组成,其中包含多种外国文字和大量的经典片段,可以说是囊括整个西方诗歌传统的杰作。《荒原》是一部现代主义的诗作,它充分地运用仿自然主义的再现手法、象征主义和神秘主义,形象地描绘出出现信仰危机、道德崩坏的现代社会。整首诗犹如一部现代主义风格的纪录片,选取种种都市景象、人们谈话的片段、生活场景的细节,拼凑成一幅表现毫无生机的现代都市生活的历史画卷,诗中的意象富有内在的张力,既表现现代人的生活困境,又探讨整个人类的命运,因此具有普遍意义。①

20 世纪 30 年代,韩国新潮诗人的代表人物郑芝溶、金起林和崔载瑞等对传播西方文学思潮发挥了重要作用。

金尚镕(1902—1951)于 1930 年在《东亚日报》上发表了时调《春怨》,1932 年在《梨花》杂志上发表了民谣诗《失题》,之后开始了自己的文学创作生涯。在文学创作初期,他追求人生的直觉和由此产生的虚无意识;文学创作后期,他侧重描述田园生活和望乡意识,代表作有《向南留窗》、《悲伤的梦》和《孤寂》等。

1927 年,金尼考尔拉伊在《东亚日报》上发表了《轮转机和四层楼》。同年,林和在《东亚日报》上发表了《地球与细菌》等,上述作品颇有达达派的审美趣味。此后,韩国进入了现代主义诗歌时代。始于 20 世

① 王守仁、方杰:《英国文学史》,上海外语教育出版社,2006 年版,第 198 页。

纪 20 年代后期的现代主义思潮，随着 30 年代中期李箱（1910—1937）的登场而达到高潮。现代主义又分为四个流派。第一是达达派。上文列举的金尼考尔拉伊、林和属于这一流派，郑芝溶和李箱的部分诗也包括在内。这些诗人进行了这方面的尝试后，有的放弃创作，有的转向其他流派。第二是超现实主义流派。李箱和 1934 年创刊的《三四文学》的同人李时雨、申百秀和郑玄雄等属于这一流派。他们的作品致力于将人的潜意识中出现的心理活动借"自动记述"或"绝缘"的技法表现在诗中。第三是意象派。郑芝溶、金光均和张万荣等属于这一流派。他们试图根据意象的雕琢来表现诗，并尽力将所有意义性要素感觉化，郑芝溶和金光均的会话诗就是典型的例子。第四是新古典主义（主知主义）流派。代表人物有金起林和吴章焕等。他们试图依靠理性感觉，通过诗歌使文明意识形象化。

韩国现代主义诗歌创作的两个代表人物是郑芝溶和李箱。郑芝溶于 1926 年在《学潮》1 号上发表《法兰西酒吧》、《爬虫类动物》和《悲哀的印象画》等诗篇后，开启了自己的诗歌创作生涯。其中，《爬虫类动物》和《悲哀的印象画》等属于达达派系列的作品。这些诗歌从文明史的角度描写被冷落的都市生活，引用对话、使用符号、增大字体、将诗歌排列成会话体以及制造相互矛盾的印象等都体现了达达派的特征。[①] 作为现代主义诗人，郑芝溶在韩国文学史上具有突出的地位。他是将崭新的感觉意象与理性语言成功地结合在一起的少数韩国现代主义诗人之一。在他的推动下，韩国现代诗歌成功地将韩国本土素材和西欧式的感觉意向有机结合，形成了韩国独特的审美意象，《大海 2》就是典型的例子，这是一首十四行诗：

> 大海的波涛似乎要一哄而散
> 好像一群不安的蓝色蜥蜴
> 尾巴无法一一抓住

---

① 〔韩〕赵东一等：《韩国文学论纲》，周彪、刘钻扩译，北京大学出版社，2003 年版，第 250～252 页。

被白色利爪撕碎的

比珊瑚还红

还要悲伤的故事

海浪憋足了力气涌了上来

把周围冲刷的一干二净

悄然离去

潮水满满地漾了出来

又咕噜噜地滚了下去

大海像一片莲叶

干净利索地合起、展开

这首诗发表在 1935 年《诗苑》第 12 号上，它以有节制的语言、对事物的理性认识和感觉意象以及客观的态度等充分体现出意象主义的倾向。

现代主义诗人金光均在同人杂志《子午线》上发表诗歌后开始了创作生涯，诗集有《瓦斯灯》（1939）和《寄港地》（1947）等，代表作有《雪夜》、《外人村》、《午后的构图》和《行道树》等。金光均善于用绘画方式来描写自然风景：

在白茫茫的雾色中展开的

山峡村落孤独的画面里

挂着绿灯的一辆马车渐渐消失在

面朝大海的山脊小路上

呆立的电线杆上

轻飘过的一抹云彩映在红色的晚霞之中

（《外人村》）

在韩国现代诗歌史上，金光均的诗歌语言生动、富有形象性、画面感强，同时，他善于运用绘画手法将都市情绪形象化，因此他的诗被称为"绘画诗"。

1931 年，李箱在《朝鲜与建筑》上发表《奇怪的可逆反映》和《弹片的景致》后开始了自己的诗歌创作生涯。1934 年 7 月 24 日至 8 月 8 日，他在《中央日报》上连载了其代表作《鸟瞰图》后受到诗坛一片赞誉。李箱的诗是超现实主义流派与达达派的结合。其中《鸟瞰图 4》、《鸟瞰图 5》、《关于善的照会》、《出版法》和《诊断》等属于达达派系列，《鸟瞰图 10》、《鸟瞰图 11》、《神经质般肥满的三角形》、《行星天使》和《无题的骨片》等近似超现实主义流派的作品。他的诗篇将现代人分裂性的自我，时而以潜在意识表露，时而以自由联想的方法描写。李箱无视一般逻辑，以跳跃、切断和并置的方法创作诗歌。引用数字、符号和图案，借用公共文书和科学法则等非诗歌文体构成了李箱诗歌的又一特征。简言之，李箱的诗是透视、洞察现代产业社会中日益物化的人类精神世界的诗。①

20 世纪 30 年代，"生命派"诗人发起了所谓"探索生命终极本质"的运动。1936 年，生命派诗人以同人杂志《诗人的部落》为中心聚集在一起，主要有徐廷柱、金东里、柳致环、申石草、金达镇和咸亨洙等。他们抵制纯粹诗和主知主义诗歌，主张以不加修饰的、直抒胸臆的语言作诗，诗歌要表现未被文明污染过的生命的原始冲动。② 他们的世界观中含有尼采或叔本华的人生哲学观点。徐廷柱于 1936 年发表的诗歌《花蛇》表现的是人类最原始的本能欲望：

> 在麝香和薄荷的幽径上，
> 美丽的花蛇……
> 你究竟有多少与生俱来的悲哀，
> 披着如此肉麻的身躯啊！
>
> 恰似花带儿，
> 你爷爷曾经用来诱惑夏娃的如簧巧舌，
> 你那已经默不作声只顾吐丝的血盆大口，

---

① 〔韩〕赵东一等：《韩国文学论纲》，周彪、刘钻扩译，北京大学出版社，2003 年版，第 254 页。

② 金英今：《精编韩国文学史》（中文版），南开大学出版社，2016 年版，第 121 页。

把碧蓝的天空……撕咬、尽情地撕咬。

闪开，可恶的脑袋瓜！

扔着，扔着石子儿，在麝香的芳草路上，
尾随那可恶的踪影，
并不是因为我爷爷的女人是夏娃，
像是喝了口石油似的……
喝了口石油似的……
我这个气喘啊！

不如让我穿起针线披在身上吧，
比花带儿还耀眼的紫光……

仿佛埃及艳后燃烧又如吸过血的，
小红嘴唇……渗入吧，花蛇！

我的顺伊她是 20 岁的新媳妇，
如猫一样柔美的，
嘴唇……渗入吧，我的花蛇！①

　　20 世纪 30 年代，浪漫主义诗人有辛夕汀等。1924 年，辛夕汀在《朝鲜时报》上发表了《倾斜的太阳》，以此为标志，开启了自己的创作生涯。辛夕汀虽属于纯粹诗派，但与同派诗人金永郎相比，他的诗浪漫主义色彩强烈，语言流畅，前后呼应，这是其诗歌独到之处。他的诗集有《独灯》(1939) 和《悲伤的牧歌》(1947) 等，代表作有《您知道那遥远的国度吗?》、《君若叫我》、《青色的寝室》、《悲伤的构图》和《小动物》等。辛夕汀向往大自然的生活，梦想着有朝一日能逃离黑暗、令人窒息的现实，到飘荡着牧歌的田园世界去生活。他的诗歌充满了大自然的静谧、淡远、

———————

① 金英今：《精编韩国文学史》（中文版），南开大学出版社，2016 年版，第 122 页。

清幽和美好。

20 世纪二三十年代，韩国现实主义小说创作较为兴盛，内容大多反映知识分子、乡村农民、城市工人和小手工业者以及社会流浪者等人群的痛苦生活和悲惨命运，揭露殖民地时代韩国社会的黑暗现实和错综复杂的民族矛盾。

20 世纪 20 年代以文人为主人公、重点描写知识分子贫困生活的小说有：崔曙海的《八个月》《饯娥辞》《白金》，朴英熙的《彻夜》，李箕永的《贫穷的人们》《五个儿女的父亲》，赵明熙的《到地下去》，金永八的《不能写的小说》等。其中，崔曙海的《饯娥辞》是这一类小说的佳作之一。小说叙述了主人公为生活所迫不得不擦鞋谋生的故事，反映了职业文人备受生活贫困、理想破灭折磨的非人生活。赵明熙的《到地下去》讲述了主人公诗人池望在东京完成学业后走上社会所遇到的生活无着、穷困潦倒、痛苦的人生经历。在这部小说里，作者把 20 年代的韩国社会浓缩成"巨大的丐帮"、"濒临死境的饥饿群体"和"死人与乞丐充斥的社会"。[①] 30 年代关于知识分子题材的现实主义小说有：蔡万植的《既成人生》、《苍白的面孔》（1932）、《失败者的坟墓》（1939），李箱的《翅膀》（1936）等。

描写 20 年代韩国农民悲惨生活的小说有：李箕永的《故乡》、《农夫郑道龙》、《饿死》、《元甫》和《农民之家》，赵明熙的《农村人》和《春善》，崔曙海的《红焰》，李益相的《威胁的鞭子》和《被驱逐的人们》等。这些作品集中描写了当时在日本帝国主义的掠夺和地主的横征暴敛下农民的痛苦生活。其中，李箕永（1895—1984）的《故乡》是这一时期优秀的现实主义长篇小说。小说描绘了 20 年代中期忠清道元村在日本殖民者的统治下农民的贫苦生活和农村凋敝、荒芜的景象。

描写城市工人、小手工业者和社会流浪者的小说有：崔曙海的《故国》、《异域冤魂》、《可怕的印象》、《朴石之死》、《月末之夜》、《人情》和《饥饿与杀戮》，赵明熙的《盛夏之夜》和《儿子的心》，宋影的《熔矿炉》、《石工组合代表》和《煤矿里的夫妇们》，李孝石的《都市与幽灵》，韩雪野的《过渡期》和《摔跤》，朱耀燮的《人力车夫》，朴英熙的

---

① 〔韩〕赵东一等：《韩国文学论纲》，周彪、刘钻扩译，北京大学出版社，2003 年版，第 291 页。

《地狱巡礼》，李箕永的《儿媳》和《鼠火》等。

在韩国20世纪初期现实主义作家中，崔曙海（1901—1932）是其中的佼佼者，取得了卓越的文学成就。崔曙海生于咸镜北道城津郡一个贫穷的家庭。1917年，他为生活所迫，流落到中国东北，从事苦力、小贩等行当。1923年，他返回韩国，开始文学创作。1924年，崔曙海在《朝鲜文坛》上发表了自传体短篇小说《故国》。1925年，他发表了短篇小说《出走记》《饥饿与杀戮》等。

《出走记》是崔曙海的代表作之一，也是韩国20世纪初"新倾向派"的重要作品之一。小说采用来往书信的形式，通过主人公朴君给金君的回信，详细描述了主人公朴君出走前后的经过及波折。小说通过朴君的形象，反映了劳动人民阶级意识的逐步提高。同时，通过他一家的遭遇，真实地反映了当时韩国人民水深火热的生活。故事讲述的是，五年前，主人公朴君满怀"开辟新生活"的雄心壮志，踌躇满志、扶老携幼来到了间岛。未曾想，一切事与愿违，他并没有找到理想的工作。最后，朴君只好走门串户，干一些诸如为别人垒炕砌灶的零活。残酷的现实教育了他，朴君再也不相信"勤勉招福"一类的鬼话了。"而另一种思想却'像春草萌芽一样'在他脑海滋长，他开始意识到社会'辜负'了自己，他成了'这险恶的社会的牺牲品'。对这样的社会制度，他再也不能'置之不理'了。他毅然参加了'独立团'，去履行'这个时代人民所应担负的义务'。"①

现代主义小说是20世纪30年代韩国文学的有机组成部分。20世纪30年代，随着西方文学思潮的影响与殖民地资本主义的发展，韩国知识分子的绝望和虚无意识进一步加深，现代主义小说就是在这种背景下产生的。作为"九人会"的一员，李箱创作了一些水平较高的现代主义小说，主要有《翅膀》、《逢别记》、《蜘蛛会豕》和《终生记》。这些小说都是赤裸裸的自我分析报告，表现了殖民地知识分子极度敏感和疲惫的自我意识世界。②

由此观之，韩国的现代主义、浪漫主义和现实主义等流派的形成和发展，是受西方各种文学流派影响的结果，也是韩国文学家在吸收西方文学

---

① 郁龙余、孟昭毅主编《东方文学史》，北京大学出版社，2001年版，第490页。
② 金英今：《精编韩国文学史》（中文版），南开大学出版社，2016年版，第152页。

流派各种元素的基础上不断创新的结果。

综上所述，西方文化在韩国的传播和渗透影响了韩国现代文化和现代文学的发展。西方文学极大地拓展了韩国现代文学的表现形式、表现空间和艺术天地，在文学观念、文学流派、艺术形式、创作手法等诸多层面上参与了韩国现代文学的建构乃至历史进程。

第五章

全球视域下的西方文化与缅甸现代文学

缅甸现代文学是缅甸传统文学演变、更新的结果，是缅甸现代民族觉醒和民族运动助推的结果，也是西方文化奠基、推动的结果。可以说，西方文化是缅甸现代文学发展的先导，是缅甸现代文学产生的奠基之石，是缅甸现代文学发展的内在动力。西方文化奠定了缅甸现代文学接受西方文学的认知基础、审美心理，对缅甸现代作家群体的成长、现代创作理念的确立发挥了重要作用，对缅甸现代文学作品的发表、内容的丰富做出了贡献。

下面我们从西方文化在缅甸的传播、西方文化与缅甸现代文学之关系两个方面进行论述。

第一节　全球视域下西方文化在缅甸的传播

关于全球视域下西方文化在缅甸的传播路径问题，我们从缅甸仁人志士为挽救民族危亡、争取国家独立主动学习、吸收西方文化，西方国家与缅甸贸易活动对西方文化在缅甸传播的推动作用，英国殖民者在缅甸的殖民统治对西方文化客观、不自觉的传播的作用等三个方面进行论述。

一　缅甸人对西方文化的主动吸纳

缅甸人自我觉醒，主动学习、吸收西方先进文化为我所用，为挽救民族危亡服务、为争取民族独立服务，这成为西方文化在缅甸传播的重要渠道。

面对西方殖民者的坚船利炮和武力侵略，缅甸的一些开明帝王和觉醒的仁人志士苦苦思索本国的救亡之路。反观本国的落后和西方的先进之后，他们从西方文化的新思想和新理论中看到了希望，开始用新的观念和思维方式思考救国图强之策。因此，缅甸的仁人志士为了挽救民族危亡、争取民族独立，主动学习吸收西方的哲学思想、人文思想以及政治制度和教育体制等。

19 世纪下半叶，在西方文化浪潮的冲击下，缅甸出现了一些以自强自救为目的、以学习西方文化为目标的维新启蒙运动。

缅甸的敏同王①（1853—1878 年在位）于 1853 年 2 月登上王位之时，正是缅甸面临英国殖民侵略、民族生存危亡的多灾多难的时期。敏同王开始正视国家危亡的现实，承认英国的强盛和缅甸的落后，并认真吸取两次对英战争中失败、割地赔款的惨痛教训，决心图志改革、改变现状。在他弟弟加囊亲王的协助下，敏同王在国内实行了多方面的改革。

在政治上，敏同王大力改革政府机构，统一行政管理制度，划定行政区域，限制地方官吏的权力，加强中央集权；在财政上，统一税收标准，实行按户征税制，并统一上缴国库；在经济上，统一币制，大力发展工商业，兴办实业。1872 年，敏同王从国外购买 7 艘轮船，经营伊洛瓦底江的航运；在文化教育上，敏同王鼓励开设西式学校，组织人员翻译西方科技文献和文学经典，开办民族语言报刊，派遣人员前往英、法、意等国考察，学习西方的科学技术；在军事上，面对英国殖民势力的步步紧逼，敏同王积极谋划建立现代常备军。

在对外关系方面，敏同王力图打破缅甸的封闭状态，建立与西方国家的外交来往。1871 年，敏同王任命大臣金蕴敏纪为缅甸国王外交全权大臣，率领使团赴欧，以便直接与英国取得密切联系，并和欧洲其他国家取得联系。② 金蕴敏纪的使团虽未在与英国等欧洲国家外交关系上取得进展，但是他们考察了英国、法国和意大利的行政、司法、军队、财政、教育、

---

① "敏同王"，贺圣达：《缅甸史》，云南人民出版社、云南大学出版社，2015 年版，第 232 页。又译"曼同王"，杨军、张乃和主编《东亚史》（从史前至 20 世纪末），长春出版社，2006 年版，361 页。又译"敏东王"，尹湘玲主编《东南亚文学史概论》，世界图书出版公司，2011 年版，第 186 页。

② 〔英〕道勒斯·伍德曼：《缅甸的形成》，克雷瑟特出版社，1962 年版，第 191～194 页。转引自贺圣达著《缅甸史》，第 233 页。

邮电等各个方面的情况，成为第一批亲眼观察世界的缅甸官员。

1873 年，敏同王派遣金蕴敏纪再次出使英、法、意三国，主要目的是取得三国政府特别是英国政府对缅甸的承认，并试图获取西方的武器。此行政治外交上仍未取得进展，但他们加深了对西方国家的了解和认识。金蕴敏纪在出使英、法等国时，写了《赴伦敦日记》和《赴法日记》。这两本日记记录了雍籍牙王朝的一位高级官员对西方世界的观察和认识，记叙了缅甸人过去所不了解的英、法等西方资本主义国家的新鲜事物。

1859 年至 1875 年间，敏同王派出 70 多名贵族子弟，去英国、法国、意大利和印度学习。1859 年访问曼德勒的法国使团回国时，加囊亲王家有三人随同去法国求学。

1865 年，为了发展缅甸的邮电事业，敏同王派遣一批青年学生到仰光和加尔各答学习电报架设和收发技术，这是引进西方科学技术的重要步伐。上缅甸以曼德勒为中心建立了电报网，北通八莫，南到第悦茂，缅文莫尔斯电报业务得以开展。1870 年，曼德勒与仰光建立了电报通信联系。敏同王积极选派人员出国学习，以培养各种新兴领域的急需人才。1885 年，在从欧洲和印度回国的留学生中，有一些成为政府部门的负责人和各兵种的军官，如铸铜大臣吴瑞顶、玻璃大臣吴潘、冶铸助理大臣貌谬、马军统领吴昂等。敏同王还聘用了一些法国人和意大利人，作为缅甸军队中的顾问。

20 世纪初期，缅甸民族启蒙运动不断开展。出身于地主、资本家和下层官员的一些缅甸知识分子，吸收了西方的民主、平等、人权等思想，初步表达了他们要求缅甸人在社会、教育方面与英国人享有平等权利的愿望。1897 年 7 月，世俗知识分子成立了"曼德勒佛教复兴会"。1899 年和 1902 年，毛淡棉和阿拉干相继出现了类似的组织。1904 年，从英国留学回国的青年律师吴梅翁、登貌和貌布组织成立了"仰光学院佛学会"。1906 年，仰光成立了缅甸全国性的知识分子组织"佛教青年会"。它的宗旨是"促进民族语言、佛教精神和教育。"① "佛教青年会"的核心成员是受过近代西方式教育的青年知识分子，其会员中有青年教师、学生、殖民地行

---

① 〔缅〕貌貌：《从僧伽到俗人》，澳大利亚国立大学，1980 年版，第 3 页。转引自贺圣达著《缅甸史》，云南人民出版社、云南大学出版社，2015 年版，第 284 页。

政机构中的缅甸籍职员、退休官员、商人、经纪人等。1910 年 4 月 20 日，仰光举行佛教青年会首届全缅会议时，协会成员已达346 人，且有 22 个分会，遍布缅甸各主要城市。这次会议决定成立"佛教青年会总会"，以领导各地的运动。与传统的爱国组织不同，"佛教青年会"本质上是缅甸现代社会和西方资本主义影响下的产物。它的一些成员已经认识到：缅甸人只有吸收、改造西方文化，才能应对西方的挑战。它首次表明了要把西方文明与缅甸文化结合起来以解决缅甸面临的问题的意向，尽管这种意向还没有表现为明确的具体的主张。[1] "佛教青年会"致力于维护缅甸人在宗教、教育、经济和社会方面应有的权利，力图唤醒缅甸人民的民族自觉。在组织上和思想上，"佛教青年会"为 20 世纪 20 年代缅甸民族主义运动的发展奠定了基础。

1919 年 8 月，"佛教青年会"和新成立的"争取缅甸改革同盟"在仰光召开大会，讨论缅甸的改革。这标志着缅甸民族解放运动进入了一个崭新的时期。1920 年 12 月，仰光大学学生发起了抵制英殖民当局制定的带有种族歧视条款的《仰光大学条例》的斗争，这是缅甸大学生反对帝国主义压迫和殖民主义教育制度、争取缅甸民族解放的一场爱国主义运动，在全国产生了广泛的影响。

全国范围内的民族主义运动，推动了缅甸民族的觉醒和教育事业的发展。1920 年 12 月，仰光建立了第一所"国民学校"。此后，国民学校在曼德勒、勃固、仁安羌等地如雨后春笋般出现。与此同时，缅甸的中等教育、高等教育也取得了一定的发展。

1930 年，"我缅人协会"成立，其核心成员为缅甸爱国知识分子和革命知识分子。1935 年 3 月，"缅甸青年联盟"与"我缅人协会"一起召开会议，决定将"缅甸青年联盟"并入"我缅人协会"。协会"号召抵制英货，使国家缅甸化，用缅语进行义务教育，建立一支国民军"[2]。与此前成立的一些协会组织相比，新成立的"我缅人协会"的性质发生了一定变化。其一，在领导成分方面，具有社会主义倾向的德钦礼貌当选为协会主席；其二，在政治思想方面，马克思列宁主义的思想和著作在协会成员中

---

① 贺圣达：《缅甸史》，云南人民出版社、云南大学出版社，2015 年版，第 284 页。

② 贺圣达：《东南亚文化发展史》，云南人民出版社，1996 年版，第 415 页。

得到更为广泛的传播。总的来看，协会成员的思想是复杂的，有资产阶级民族主义思想、民主主义思想和不成熟的马克思主义思想。1939 年，协会第四次会议的宣言声称，协会不是一个共产主义组织，"它是一个反帝、争取自由的组织。当然，共产主义者、社会主义者和民族主义者都可以存在，只要他们真诚地为争取自由而战斗、生存、牺牲"①。

综上所述，面对英国殖民统治，面对国家的危亡，缅甸有识之士开始思考缅甸的命运和前途，以及寻找挽救民族危亡的路径。他们认识到，墨守成规就要遭受殖民侵略和压迫，只有学习外来先进的文化思想，才能找到民族独立的出路。因此，缅甸人主动学习、吸纳西方的人文思想和先进的科学技术，为民族解放和独立服务。因此，一言以蔽之，缅甸人对西方文化的主动吸纳，对促进西方文化在缅甸的传播，有着不可忽视的重要作用。

二 西方国家和缅甸的贸易与西方文化在缅甸的传播

西方国家与缅甸的贸易活动不仅促进了西方商品在缅甸的流通，还在某种程度、某些方面展现了西方的物质文明和生活方式，促进了西方近代科学技术、文化思想在缅甸的传播。

缅甸与西方的贸易活动起始于 16 世纪初。1519 年，葡萄牙人在缅甸的毛淡棉和勃固相继开设商馆。② 1519 年以后，葡萄牙人先后在马都八和沙帘建立商馆。1587 年，英国人拉尔夫·费奇到达缅甸南部。他惊叹勃固比伦敦还要宏伟。此人回国后，担任过英国东印度公司的顾问。③ 17 世纪初，荷兰人主要活动于印度尼西亚群岛，但对缅甸和泰国也很感兴趣，当时在巴达维亚（今雅加达）的荷兰人特别需要大米和制造火药的硝石，而缅甸正是这两种产品的输出国。1627 年，荷兰人在缅甸南部建立商站；1634 年起，在勃固和沙帘进行贸易。1639 年，缅荷贸易额已达 8 万弗罗林（荷币），但到 1642 年又降至 2.5 万弗罗林。④ 荷兰人在阿拉干也很活跃。阿拉干国王在荷兰人帮助下打败葡萄牙海盗铁波后，允许荷兰商人在阿拉

---

① 贺圣达：《东南亚文化发展史》，云南人民出版社，1996 年版，第 418 页。
② 梁志明主编《殖民主义史》（东南亚卷），北京大学出版社，1999 年版，第 63 页。
③ 贺圣达：《缅甸史》，云南人民出版社、云南大学出版社，2015 年版，第 136 页。
④ 贺圣达：《缅甸史》，云南人民出版社、云南大学出版社，2015 年版，第 135 页。

干境内自由贸易。①

1611 年，英国派出"环球号"到孟加拉湾和暹罗湾从事贸易，与暹罗和缅甸建立商业联系。② 1647 年，英国东印度公司在沙帘（又译沙廉）建立商站，此后又在阿瓦设立货栈。1650 年，英国东印度公司购置了一艘 200 吨的船，专门从事对缅甸贸易。英国东印度公司在缅甸的贸易活动才有了一些进展，就遇到 1652 年爆发的第一次英荷战争。当时荷兰人在东方的势力较强大，英国人在缅甸处于不利地位。到 1656 年，在沙帘的英国商馆的贸易业务陷入停顿。17 世纪 70 年代，英国东印度公司在查理二世的支持下，重整旗鼓。1679 年，荷兰势力撤出缅甸，为英国公司卷土重来客观上创造了有利条件。1680 年 2 月，英国东印度公司委托葡萄牙人乔·帕雷拉代表公司到阿瓦同缅甸政府谈判，要求与缅甸通商。由于公司委托帕雷拉带去的商约草案是一个地道的不平等条约的蓝本，提出的贸易条件对缅甸经济造成损害，缅甸东吁政府予以拒绝。③

1688 年，法国在沙帘建立商站，取得了在缅甸的第一个商业立足点。随着英、法两国在中南半岛殖民争夺的加剧，英国东印度公司迫切希望得到缅甸的硝石和柚木以制造火药和船只。但是东吁王朝对西方人的图谋怀有戒心，采取了禁止硝石出口的政策，对大米、柚木的出口也进行限制。1695 年，英国东印度公司派遣爱德华特·弗利伍特和詹姆斯·莱斯利带着大批礼品（红天鹅绒、中国丝绸和枪支等）前往缅甸，游说东吁国王，要求允许英国商人在缅甸自由贸易，要求缅甸向外输出硝石和柚木，降低进出口商品的关税，批准英国公司在沙帘建立船坞。通过英方的努力，缅甸东吁王朝同意降低关税，在沙帘为英国商人提供贸易便利。但是，缅方仍然禁止硝石出口。东印度公司由于对最后一点不满，没有同缅甸建立正式的贸易关系，但让英国商人以私人的身份到缅甸从事贸易活动。1708 年，东印度公司又派斯托克去沙帘，维护在缅甸的英国商人的利益。1729 年，法国东印度公司得到东吁王朝的准许，在沙帘建立了船坞。1739 年，英国的 19 艘商船来往于沙帘和马德拉斯之间。④

---

① 贺圣达：《缅甸史》，云南人民出版社、云南大学出版社，2015 年版，第 136 页。
② 梁志明主编《殖民主义史》（东南亚卷），北京大学出版社，1999 年版，第 105 页。
③ 贺圣达：《缅甸史》，云南人民出版社、云南大学出版社，2015 年版，第 137 页。
④ 贺圣达：《缅甸史》，云南人民出版社、云南大学出版社，2015 年版，第 137、138 页。

1740 年以后，下缅甸陷入战争混乱中，英国商馆卷入了孟人与缅人的战事。1741 年，缅人军队攻占沙帘，洗劫欧洲人的教堂和商馆，只有英国商馆受到特殊照顾。不久，孟人军队夺回沙帘，在劫掠一番后，把英国商馆付之一炬，结束了东吁时期英国东印度公司在缅甸活动的历史。①

1740 年，在孟人与缅人的冲突中，法国人站在孟人一边，妄图利用缅甸民族冲突渔利。但是，1741 年，缅人军队攻占沙帘后就焚烧了法国商馆。1743 年，孟人军队重新占领沙帘，逐走英国人。法国驻印度本地治里的总督杜布雷决心在缅孟冲突中继续站在孟人一边，利用向孟人提供枪炮建立在缅甸的政治优势，增强与英国抗衡的力量。1750 年，杜布雷派布鲁诺前往勃固，与孟人首领进行接触。1752 年，孟族军队攻占阿瓦。法国人在与英国人的争夺中似乎占了上风。但不久雍籍牙建立新王朝，平定南方，法国在缅甸南方的势力受到致命打击。②

1755 年，雍籍牙的军队在缅甸南部不断取得胜利，攻占了勃生和仰光。英国东印度公司采取支持雍籍牙政权的政策，于 1755 年 9 月派遣贝克作为公司的代表，前往瑞冒与雍籍牙谈判。当时雍籍牙急于获取枪炮。双方谈判的结果是，贝克同意由英国东印度公司向雍籍牙提供枪炮，雍籍牙则在口头上许诺给予英国在勃固和尼格莱斯岛的贸易特权。③ 1757 年 9 月，缅王雍籍牙会见了英国东印度公司的代表莱斯特，双方签订了《英缅条约》。条约规定，准许英国人在勃生河口的恒枝岛（即尼格莱斯岛）居留，并在勃生划定专门地区建英国商站，允许英国在缅甸经商免缴关税。英国则保证每年向缅甸赠送武器弹药，并在缅甸与外国发生战争时给予援助。④ 1766 年，本地治里的法国人派海军军官到缅甸，受到缅王孟驳的接见。孟驳为了取得法国军火，同意法国人在仰光重建船坞。在此后的几年中，法国人在商业及其他方面均取得一些进展，战船建造方面成就最大。1784 年，法国海军将领苏弗伦甚至提出把本地治里的总督迁到缅甸沿海，以有效抗击在印度的英国人。⑤

----

① 贺圣达：《缅甸史》，云南人民出版社、云南大学出版社，2015 年版，第 137 页。
② 贺圣达：《缅甸史》，云南人民出版社、云南大学出版社，2015 年版，第 138 页。
③ 贺圣达：《缅甸史》，云南人民出版社、云南大学出版社，2015 年版，第 196 页。
④ 梁志明主编《殖民主义史》（东南亚卷），北京大学出版社，1999 年版，第 143 页。
⑤ 钟一钧：《17—18 世纪英国对缅甸的侵略与英法争夺》，《中山大学学报》1962 年第 4 期。

　　受"尼格莱斯岛事件"的影响，英国与缅甸的双边正式关系虽告中断，但仍有不少英国商人到缅甸沿海从事贸易活动。英印当局也一直在寻机打开缅甸的大门。1792 年，英印总督康沃尔斯派斯莱尔上校送去一封半官方的信件，要求缅甸保护英国商人的利益。1795 年，新总督约翰·肖尔派迈克尔·西姆施正式出使缅甸。但可能是由于在阿瓦的法国人对缅甸宫廷的影响，西姆施在缅甸受到冷遇。1796 年，海拉姆·科克斯被派往缅甸，也一无所获。①

　　在缅王孟云征服阿拉干后，有一些阿拉干人逃入英属印度。缅军有时追击，深入英属印度境内，因此，不时有小规模的冲突。英印总督肖尔以解决边境问题为借口，于 1802 年派遣西姆施再次出使缅甸。总督给西姆施的训令，将英印方面的意图和盘托出。训令说，"总督认为把法国人排除出阿瓦王国，消除他们对阿瓦事物的影响，具有极大的重要性"。总督要求西姆施此行"建立英国的影响，促进英国在缅甸的利益"②。

　　1807 年，明托任英印总督，继续为打开英缅关系的大门而不断努力。1809 年，明托派坎宁第二次出使缅甸。坎宁受到孟云的接见，并了解到缅甸的许多情况。

　　《杨达波条约》签订后，英国于 1826 年 9 月派遣克劳福特率领一个 20多人的使团，赴阿瓦商谈双方的贸易事项。经过多次艰难的会谈，双方终于达成协议。该协议的主要内容为：允许双方公民自由通商，保护英国商人的人身和财产安全。1829 年 12 月，英印总督任命亨利·伯尼为驻缅甸首都的使节。伯尼在缅甸的重要使命之一，是向英印政府"报告扩展英国的商业和英国制造品销售的实际可能性"。伯尼为此在缅甸宫廷积极活动，说服缅甸政府设立邮站，开辟阿拉干与缅甸之间的商路，增加英国商品的输入。③

　　1826 年至 1852 年，英国殖民者统治阿拉干和丹那沙林期间，取消了对大米出口的禁令，实行贸易自由。实兑、毛淡棉等沿海城市都成为自由港，主要输出大米和柚木。实兑一地在 1840 年到岸和离岸的船只就达 709

① 贺圣达：《缅甸史》，云南人民出版社、云南大学出版社，2015 年版，第 197 页。
② 贺圣达：《缅甸史》，云南人民出版社、云南大学出版社，2015 年版，第 197 页。
③ 贺圣达：《缅甸史》，云南人民出版社、云南大学出版社，2015 年版，第 210～211 页。

艘，1845 年以后，每年输出大米 7 万吨以上，成为当时世界上最大的输出大米的港口之一。阿拉干的皎漂则以柚木贸易为主，每年输出柚木在 10000 吨以上。丹那沙林的毛淡棉也是输出柚木的大港。英国商人在大肆掠夺缅甸的柚木资源的同时，还利用廉价的劳动力和优质柚木发展造船业。毛淡棉成为重要的造船中心。从 1834 年到 1852 年，毛淡棉共造船达 107 艘，总吨位在 30000 吨以上。1841 年造的"丹那沙林号"，排水量达到 756 吨。19 世纪 50 年代初造的一些大木船，排水量超过 1000 吨。① 由此，英国的造船技术传播到了缅甸，推动了缅甸传统造船业的发展，促进了缅甸造船技术的进步。

随着大米、柚木贸易和造船业的发展，阿拉干和丹那沙林两地都出现了一些资本主义性质的碾米、锯木工场和造船工厂，同时，商业和手工业也有所发展。为了适应商品经济的发展，殖民政府以当时英属印度的卢比作为当地的通行货币。1834 年，英国殖民当局又下令禁止贩卖奴隶。这些政策在客观上促进了当地商品经济的发展。②

1862 年，英国殖民当局把勃固、丹那沙林和阿拉干三地合并，成立"英属印度缅甸省"（以下简称"缅甸省"）。为了掠夺缅甸省丰富的自然资源，同时把缅甸省变为英国商品的倾销市场，英国取消了缅甸封建王朝统治时期实行的一切贸易禁令，这极大地便利了缅甸大米向英国的出口和英国廉价工业品向缅甸的倾销。

随着下缅甸水稻种植和柚木业的快速发展以及交通运输条件的改善，对外贸易迅速发展起来。下缅甸的对外贸易具有明显的殖民地贸易特征，输出品以大米和木材为主，而输入品则以消费品为主，贸易对象主要是英国及其在东方的殖民地。由于英国商品的大量输入和下缅甸的大米、柚木被源源不断地运往欧洲和英国在东方的殖民地，下缅甸的海运贸易量急速上升。1855—1856 年，下缅甸的海路贸易进口额为 10690024 卢比，出口额为 3704487 卢比。1878—1879 年，进口额为 49064398 卢比，出口额为 70838625 卢比。在短短的二十三四年间，进口额增长了近 4 倍，出口额增

① 贺圣达：《缅甸史》，云南人民出版社、云南大学出版社，2015 年版，第 208 页。
② 贺圣达：《缅甸史》，云南人民出版社、云南大学出版社，2015 年版，第 208 页。

长了约 18 倍。① 日益扩大的贸易活动，彻底瓦解了自给自足的缅甸自然经济，使下缅甸融入了世界贸易体系和世界市场之中。

1855 年，勃固省专员亚瑟·潘尔率领一个使团出使上缅甸。该使团虽没有同缅甸方面达成任何贸易协议，却借此机会搜集了大量关于上缅甸政治、军事、经济、交通、气候、物产等方面的情报，为后来的侵略活动做好了准备。1862 年，潘尔第二次出使上缅甸，双方成功签订了一项贸易协定，即《英缅贸易协定》。该协定规定："双方降低过境货物的关税；允许两国商人不受任何限制地在彼此的领土范围内活动；缅甸国王同意英印政府派使者驻缅甸首都曼德勒，并同意英印政府派出一个考察团，探测从缅甸八莫到中国云南边境的商路。"② 这样，《英缅贸易协定》就为英国进入上缅甸铺平了道路。1867 年，英殖民当局以同意缅甸国王在英国领地或通过英国领地取得武器为诱饵，诱使敏同王签订了一项新的贸易协定。该协定主要内容为："再次降低双方的过境货物的关税，缅甸国王接受英国代表驻八莫，帮助英国打开通过缅甸边境同中国云南的贸易关系，废除王室对柚木、石油和红宝石之外的一切输出品的垄断。"③ 贸易协定的签订为英国商品进入上缅甸打开了方便之门。

为了大量输入英国商品，英国殖民当局在缅甸实行进口商品低税或免税政策。在 1882 年以后，除酒、盐和军火之外，几乎所有的商品都可以免税输入。1894 年 3 月，缅甸规定了对进口商品征收 5% 的关税，但两年后又取消了主要进口商品之一的棉纱的关税，并把棉织品的关税降低到 3%。巨量的英国商品如火柴、纸烟、肥皂、煤油、罐头食品、啤酒、食盐、钟表、镜子、家具、纺织品等被源源不断地输入缅甸，其中以纺织品的数量最多。年平均输入的棉纱，1890—1895 年为 1060 万磅，1896—1910 年就迅速上升到 1570 万磅。年平均进口的纺织品，1890—1900 年为 7923 万米，1911—1915 年已达 14081 万米，在 10 余年间竟增加了将近 1 倍。④

缅甸与海外频繁的贸易活动促进了缅甸与海外的海上运输的发展。总部设在加尔各答的英属印度轮船公司开辟有从加尔各答到仰光、毛淡棉和

① 贺圣达：《缅甸史》，云南人民出版社、云南大学出版社，2015 年版，第 226 页。
② 贺圣达：《缅甸史》，云南人民出版社、云南大学出版社，2015 年版，第 240 页。
③ 贺圣达：《缅甸史》，云南人民出版社、云南大学出版社，2015 年版，第 240 ~ 241 页。
④ 贺圣达：《缅甸史》，云南人民出版社、云南大学出版社，2015 年版，第 267 ~ 268 页。

实兑的航线，并且开辟有加尔各答—仰光—日本的航线。英属印度轮船公司承担的印缅之间的海运量，19 世纪 80 年代为平均每年 177 万吨，到 20世纪的最初十年，年平均量增加到 523 万吨。其他外国船只的海运量，1886—1890 年，平均每年为 121 万吨，到 1910—1915 年，每年平均运输量增加到 249 万吨。[①]

以英国为代表的西方国家在缅甸投资最多的是石油业，总投资量约1600 万英镑。第二是矿业和宝石业，约 1500 万英镑。第三为交通运输业，约 600 万英镑。第四为银行、贸易和制造业，共 550 万英镑。第五为柚木采伐和锯木业，不低于 350 万英镑。第六为种植业，大约为 120 万英镑，主要投资于橡胶园和茶园。外国资本合计约为 4720 万英镑（相当于 2.25亿美元）。在上述外国投资中，英国投资占 90%。缅甸的工矿业、交通运输业和金融、贸易业，基本上由英国独占。[②]

综上所述，缅甸对外贸易主要被外国人特别是英国人所掌控，输入的主要是廉价的纺织品和日用品等，输出的主要是石油、矿产以及以大米为主的农产品。对外贸易在缅甸殖民地经济形成过程中发挥了突出的作用。

西方与缅甸的贸易更多是西方有意强加于缅甸的，双方的贸易地位是不平等、不对等的，这属于当时殖民地特定历史环境下的贸易关系。但客观来看，在某种意义上，缅甸与英国等西方国家的贸易活动，展现了西方的物质文明和近代科技，或多或少地促进了西方文化在缅甸的传播。

三 英国殖民统治与西方文化在缅甸的传播

英国在缅甸的殖民统治给缅甸人民带来了无穷的苦难和深重的灾难，对缅甸文化造成了极大破坏。可以说，英国在缅甸的殖民统治史就是缅甸人民的血泪史，英国殖民者在缅甸犯下的罪行罄竹难书。但是，从辩证唯物主义和历史唯物主义的角度看，英国在缅甸的殖民统治，在客观上、无意间，以及某种程度上，给缅甸带来了西方资本主义国家的物质文明、生产方式、科学技术以及西式教育制度等。

1511 年，葡萄牙攻占马六甲，同年，葡萄牙殖民主义者就来到了缅

① 贺圣达：《缅甸史》，云南人民出版社、云南大学出版社，2015 年版，第 264 页。
② 贺圣达：《缅甸史》，云南人民出版社、云南大学出版社，2015 年版，第 287 页。

甸。一些葡萄牙冒险家在缅甸充当雇佣兵。莽瑞体、莽应龙在统一缅甸的过程中就利用了葡萄牙雇佣兵。阿拉干也有葡萄牙人充当国王的雇佣兵。但是，当时东吁王朝正处于兴盛时期，阿拉干也是一个强大的王国，区区数百的葡萄牙雇佣兵只能听命于当地统治者，无从兴风作浪。①

1599年，东吁侯联合阿拉干国王进攻东吁的勃固城。在阿拉干王派出的军队中，有一支以葡萄牙冒险家勃利多为首的雇佣军。1600年，阿拉干大军回国，阿拉干国王仍然委派勃利多驻守沙帘。勃利多认为时机已到，立即暴露出殖民主义冒险家的真实意图。他驱逐阿拉干国王派来的官员，在沙帘建立起独立王国。勃利多后来被葡萄牙驻果阿的总督正式任命为沙帘总督，图谋在下缅甸建立葡萄牙人的殖民王国。他先与马都八侯结为亲家，后来又与马都八侯组织联军进军东吁，招降了东吁侯那信囊，进一步扩大了势力范围。勃利多在他统治的地区捣毁佛塔，洗劫寺院，剥下佛像、佛塔上的金箔，融化寺庙的铜钟铸造大炮。他控制缅甸海域，胁迫外国船只停泊沙帘，缴纳重税。② 阿那毕隆继承王位后，就挥戈南下，于1613年包围沙帘。经过3个多月的激战，最后挖通地道，攻入城内，活捉了勃利多。③

1587年，英国人拉尔夫·费奇到达下缅甸。1678年6月，英国东印度公司的军队侵占尼格莱斯岛，在那里立主权碑后离去。这是英国武力侵占缅甸领土的开始。1751年，法国向缅甸南方的孟人政权提供武器援助。1753年4月，英国东印度公司趁孟族和缅族在上缅甸发生战争之机，派军占领了缅甸的尼格莱斯岛。1754年4月，在与雍籍牙的战争中已处于劣势的南方孟人政权派出代表前往马德拉斯，要求东印度公司提供援助。英国方面抓住这一机会，正式要求孟人政权割让尼格莱斯岛，并提出给予英国东印度公司在缅甸享有贸易特权等要求。孟人政权没有同意要求，东印度公司实际上也没有提供援助。④

1759年10月6日，缅甸雍籍牙政权派兵杀死了尼格莱斯岛上的全部英国人。1820年前后，英缅关系严重恶化。1823年2月，一支英军占领刷

---

① 贺圣达：《缅甸史》，云南人民出版社、云南大学出版社，2015年版，第134页。
② 贺圣达：《缅甸史》，云南人民出版社、云南大学出版社，2015年版，第134页。
③ 贺圣达：《缅甸史》，云南人民出版社、云南大学出版社，2015年版，第135页。
④ 贺圣达：《缅甸史》，云南人民出版社、云南大学出版社，2015年版，第195页。

浦黎岛。"刷浦黎岛事件"导致了第一次英缅战争的爆发,英国殖民者以"缅甸方面进攻和杀害英国在刷浦黎岛的守军"为借口发动了对缅甸的侵略战争。1824 年 3 月到 5 月,英军分三路,大举入侵缅甸。第一路侵略军沿布拉马普得拉河入侵阿萨姆,第二路进攻阿拉干,第三路从海上逼近下缅甸。双方的主战场在伊洛瓦底江流域。双方经过激战,最后以缅甸被打败而告终。随后,双方签订了《杨达波条约》。该条约的签订,标志着长达两年之久的第一次英缅战争结束。

第一次英缅战争结束后,英国在丹那沙林和阿拉干建立起殖民统治。丹那沙林直属英印政府,行政官员来自槟榔屿。1834 年以后,丹那沙林转由英属印度孟加拉地方政府管辖。阿拉干则一直属英属孟加拉的吉大港专员管辖。①

1852 年 4 月 1 日,英国殖民军发动了第二次英缅战争。侵略军总人数 10000 多人,其中英印陆军 8000 多人,由总司令高德温率领;海军军舰 19 艘,兵员 2500 人,由兰伯特率领。1852 年 10 月,英军占领第悦茂以南的整个下缅甸。

1862 年,英印殖民当局把勃固、丹那沙林和阿拉干三地合并为"缅甸省",建立起直属英印政府的殖民统治机构。英属缅甸首府设在仰光,首席专员为最高官员,一开始具有行政、警察、司法等多方面的大权,立法权属于英印政府。1864 年设警察监督,1871 年设司法专员,分别负责警察和司法方面的事务。此后,首席专员权力逐步被限制在行政范围内。首席专员之下,设三个专员,分驻勃固、丹那沙林和阿拉干这三个地区。每个地区有若干个县,共有 20 个县。每个县设一副专员,兼有行政和司法权。②

在缅甸省,电报、金融、航运、铁路等不断得到发展。1861 年,仰光与加尔各答之间建立了电报业务。1871 年,仰光与曼德勒之间也开始互通电报。到 1879 年,缅甸境内的电报线路总长达 1600 公里。③ 英国殖民当局在印度的银行纷纷到缅甸开设支行。孟加拉银行于 1861 年在仰光开设支行,1865 年和 1866 年又先后在毛淡棉和实兑开设支行;1863 年,英资伊

---

① 贺圣达:《缅甸史》,云南人民出版社、云南大学出版社,2015 年版,第 206 页。
② 贺圣达:《缅甸史》,云南人民出版社、云南大学出版社,2015 年版,第 219 页。
③ 英国殖民当局早在 19 世纪 50 年代起就在下缅甸架设电报线路。仰光到卑谬、兴实达、第悦茂之间的电报线路,在 1860 年之前就已经通用。

洛瓦底江轮船公司成立，1868 年该公司由私人经营，并于 1868 年和 1869 年相继开设了由仰光到曼德勒和八莫的航班。1874—1877 年，英国人开辟了经仰光到加尔各答—槟榔屿—新加坡的定期汽船航运和邮政业务。1877 年，建成从仰光到卑谬的铁路，1884 年，仰光到东吁的铁路也得以建成通车。这两条铁路长约 500 公里。当时缅甸是中南半岛地区唯一有铁路的国家。① 先进的电信技术、铁路修造技术等由此传到了缅甸，从而推动了以英国为代表的西方近代科学技术在缅甸的推广、运用，推动了缅甸对西方科技的学习、吸纳。

从 1852 年到 1885 年，在英国殖民地政府的扶持下，一些英国人创办的交通、贸易和商业等行业的公司逐步成长为具有垄断性质的大公司，这些公司中最具代表性的是伊洛瓦底江轮船公司、斯蒂尔兄弟公司和缅甸孟买贸易公司。伊洛瓦底江轮船公司拥有 11 艘轮船、32 艘驳船、65 艘平底船，垄断了伊洛瓦底江上的航运业务。② 斯蒂尔兄弟公司主要经营大米贸易和柚木出口，垄断了大米收购、销售、对外贸易和碾米业，后又投资石油、矿产、造船、水泥和橡胶业。缅甸孟买贸易公司主要经营柚木采伐、加工和销售。到 1885 年前，该公司的资产已经达到 420 万卢比，每年的利润高达 45 万卢比。③ 1886 成立的英缅石油公司是缅甸最大的英国公司。1902 年建立的远东矿业有限公司，在 1914 年改名为缅甸公司，当时拥有资本已达 100 万英镑，成为缅甸最大的矿业公司。1907 年建立的印缅石油公司占有缅甸石油资本总额的 1/8。1910 年成立的兴得昌采锡公司，拥有资本 15 万英镑。另外还有主要经营造船业和金融业的司各脱公司，主要从事大米贸易、造船和保险业的阿拉干大米贸易公司以及丹麦人开设的经营进出口、碾米、造船等业务的东亚公司等。

1885 年 11 月 13 日，英国殖民者发动了第三次对缅侵略战争。这次英缅战争只进行了半个多月，就以缅甸失败告终。自 1886 年 1 月 1 日起，缅甸成为英属印度的一个省。

缅甸被并入印度后，英国在缅甸建立起一套完整的殖民地行政制度。

---

① 贺圣达：《缅甸史》，云南人民出版社、云南大学出版社，2015 年版，第 220 页。
② 贺圣达：《缅甸史》，云南人民出版社、云南大学出版社，2015 年版，第 229 页。
③ 贺圣达：《缅甸史》，云南人民出版社、云南大学出版社，2015 年版，第 229 页。

殖民地的一切法令、法律均由英印政府决定；殖民地权力高度集中于以首席专员（1897 年以后为省督）为首的殖民政府手中。首席专员在行政上服从于英印总督，在当地拥有最高的权力。省以下各县设专员，城镇（区）设副专员。各级官员都对其顶头上司负责。县长以上的官员，几乎全由英国人担任。直到 1908 年，才出现第一个担任县长职务的缅甸籍官员。但在城镇一级官员中，缅甸人较多。这一级的官员都须经过英语、税收业务等方面的考试。殖民地政府设有警察、司法、土地、公共工程、农业、公共卫生和一般事物（包括税收）等部门。另设秘书处，统一协调各部门的事务。秘书处直接服从于省督，有重要的地位和作用。①

英国在缅甸全境实施"分而治之"的殖民政策。这一政策的基本内容是，在缅族居住地区实行直接统治，而在各少数民族地区实行间接统治。各少数民族上层必须承认英国的统治权，按缅甸国王时期定下的数额或殖民主义者征服各民族时规定的数额交纳贡赋，为殖民当局维护当地的统治秩序，保证贸易道路的畅通。在掸邦，殖民当局承认土司的传统地位，保留其司法、税收权。在行政上，殖民政府仅派出直接向首席专员负责的驻扎官。对钦人和克钦人，殖民当局采取了大致相同的政策，允许民族上层保留原来的权力，按照传统的法律和习惯进行统治。②

英国的殖民主义经济政策的实施，使缅甸经济在 1886—1917 年的这 32 年间获得了前所未有的发展。包括铁路、公路、内河航运在内的交通运输业发展迅速；缅甸的铁路总里程从 500 公里修建到 2500 公里；全缅甸公路里程，1891 年约 4000 公里，1915 年达 8000 公里；以缅甸水上大动脉伊洛瓦底江为主的内河航运能力不断得到提升。仰光港成为仅次于英属印度加尔各答和孟买的第三大港。据贺圣达教授统计："1903 年，伊洛瓦底江轮船公司已有大小船只 120 艘，雇员 7000 人，每年运送旅客 225 万人，收入达 810 万卢比。到 1916 年，公司有大小船只 500 多艘，雇员超过 11000人。公司在仰光、达拉、曼德勒等地建造了码头，在仰光还有轮船修配厂。20 世纪初，伊洛瓦底江轮船公司已是世界上最大的内河航运公司之

① 贺圣达：《缅甸史》，云南人民出版社、云南大学出版社，2015 年版，第 257 页。
② 贺圣达：《缅甸史》，云南人民出版社、云南大学出版社，2015 年版，第 260 页。

一。"① 交通运输业的快速发展对缅甸社会经济发展发挥了重要作用。

石油业、矿业、农业和林业等迅猛发展："石油产量从 1888 年前不到 200 万加仑，增加到 1917 年的 2.09 亿加仑，增长了 100 余倍。锡、锌、铅、银等矿的大规模开采也发展极快。以水稻为主的农业快速发展，水稻种植面积从 400 万英亩增加到 800 万英亩，水稻产量从不到 200 万吨提高到 400 万吨。英属印度石油产量的三分之二、大米产量的 15%、林木开采量的 25%，都依靠这个人口占 4%、面积占 13% 的缅甸省。"② 因此，缅甸被一些英国人称为"大英帝国的印度王冠上的最光辉夺目的珍珠"。

英国人掌控的缅甸对外贸易形式主要是输入廉价的纺织品，输出农、林、石油和矿产品。1886 年到 1917 年，大米出口一直居世界首位，输出量从约 90 万吨增加到 200 万吨。在 1914—1918 年，缅甸的金属矿业生产在亚洲也占重要地位。缅甸的钨产量仅次于中国，在世界上居第二位；铅产量为亚洲第一，世界第五；铜产量居亚洲第四；其他如锡、锌、镍，也是亚洲重要产区；缅甸的红宝石，驰名世界。③ 进出口总值在 1886 年约 1.5 亿卢比，到 1915 年已达 5.6 亿卢比。

从 19 世纪末到 20 世纪初，以英国为代表的西方工商业的发展，在某种程度上促进了缅甸民族工业的发展。国内外市场对缅甸大米的需求推动了缅甸碾米业的发展。越来越多的缅甸人投资、开设小型米厂。从 1913 年至 1919 年这六七年间，缅甸人开设的工厂从 424 家增加到 549 家，其中碾米厂从 240 家增加到 332 家。缅甸民族盐业也发展较快，1917—1919 年平均每年产量达 5.41 万吨。缅甸人开设的锯木厂，已从 1911 年的 20 家增加到 1921 年的 49 家。石油、采矿业也逐渐成为缅甸人投资的热点。1911 年在缅甸 19 个油井中，仅有 1 个属于缅甸人，而在 1921 年的 22 个油井中，属于缅甸人的已有 12 个。缅甸的钨、锡厂厂主在 1911 年共 17 个，只有 1 个是缅甸人，但在 1921 年的 41 个钨、锡厂的厂主中，已有 8 个缅甸人。④ 缅甸民族工业的逐步兴起推动了缅甸民族资产阶级和新的阶级关系的逐步形成，使缅甸工人阶级的队伍更加壮大，从而也在某种程度上推动了缅甸

---

① 贺圣达：《缅甸史》，云南人民出版社、云南大学出版社，2015 年版，第 264 页。
② 贺圣达：《缅甸史》，云南人民出版社、云南大学出版社，2015 年版，第 255 页。
③ 贺圣达：《缅甸史》，云南人民出版社、云南大学出版社，2015 年版，第 270 页。
④ 贺圣达：《缅甸史》，云南人民出版社、云南大学出版社，2015 年版，第 278 页。

人思想的变化，如对新型社会关系的认识、对西方国家文化的认知等都发生了或多或少的变化。

在英国殖民统治期间，缅甸的新兴科技事业不断拓展。英殖民政府在缅甸各地设立电讯机构，电报传入缅甸。1854 年，英国人在仰光开设第一家西式医院。到 1878 年，下缅甸共有 21 家西式医院。仰光、勃生、丹老、第悦茂、东吁和实兑等地设立了气象站，在一些地方设立了水文站。上述这些都不同程度地推动了电讯、医疗、水文等领域的西方科学技术在缅甸的传播。

在英国殖民统治期间，缅甸的教育发生了某些变化。缅甸传统的教育制度，客观讲，已经落后于时代发展的潮流。在英殖民当局看来，这种教育方式完全不能满足英殖民地社会发展的需要。英国殖民者为了培育为其殖民服务的人才，实行殖民教育文化政策，不断开设各类西式学校。在英国统治的阿拉干和丹那沙林地区，1834 年，仅有 3 个由政府开办的城镇学校，1852 年前，全部学生有 316 人。1862 年，包括教会办的西式学校在内，全部学生有 5000 人。1860 年英殖民政府在仰光和卑谬开办中学，1871 年在丹老和马都八开办中学，1875 年在东吁和土瓦开办中学。这些中学的主要课程是英语、初等数学和历史等。1875 年，英殖民政府又在仰光和毛淡棉等地开设高级中学。1878 年，仰光市高中开设了附属于印度加尔各答大学的预科班，1884—1885 年扩大为加尔各答大学的预科学院部。1905 年，仰光的加尔各答大学的预科学院部改名为"仰光市国立学院"，附属于加尔各答大学。

综上所述，英国在缅甸的殖民统治，掠夺了缅甸的自然资源，破坏了缅甸的传统文化，给缅甸人民带来了巨大的民族灾难。同时，为了殖民统治的需要，英国殖民者修建铁路和港口，开办工厂，发展缅甸的电报通信业，开办银行和西式学校。上述行为虽然并非出自服务于殖民地人民的意愿，但客观上、在某种程度上改变了缅甸原有的社会面貌，促进了缅甸生产力的发展，给缅甸带来了西方的生活方式、物质文明、文化思想和先进的科学技术。因此，我们可以说，英国的殖民统治不自觉地、客观上传播了包括英国文化在内的西方文化。

第二节 全球视域下的西方文化与缅甸现代文学

通过缅甸人的主动吸纳、缅甸与西方的贸易活动、英国殖民统治等各种途径，西方文化似洪水般涌入缅甸，成为缅甸现代文学发展的先导，成为缅甸现代文学产生的奠基之石，成为缅甸现代文学发展的内在动力。西方文化奠定缅甸现代文学接受西方文学的认知基础、审美心理，对缅甸现代作家群体的成长、现代创作理念的确立发挥了重要作用，对缅甸现代文学作品的发表、内容的丰富做出了贡献。

下面，我们从西方新型媒体报刊对缅甸现代文学产生的推动、西方文学译作对缅甸现代文学转型的助力以及西方文学对缅甸现代文学丰富的贡献等三个方面进行论述。

一 西方新型媒体报刊与缅甸现代文学的产生

西方文化对缅甸现代文学产生的推动，首先可以从西方新型媒体报刊的推动作用进行研究分析。西方新型媒体报刊为缅甸现代文学的萌发提供了土壤和园地，为缅甸现代文学作品的发表提供了便捷、高效的载体和工具，为西方文化、文学在缅甸的传播提供了有利的媒体条件，为缅甸现代文学的大众化、作家的职业化提供了重要条件。

1874 年，敏同王根据多次出访西方的大臣金蕴敏纪的建议，在曼德勒创办了第一份缅文报纸《耶达纳崩》，又译为《聚宝盆报》①。该报倡导自由写作的原则："君若不好，可以写君；臣若不好，可以写臣；吏若不好，可以写吏。"② 从 19 世纪末开始，西方大众传媒报刊在缅甸各地如雨后春笋般纷纷涌现。1874 年，上缅甸创办了《瓦城报》。1909 年，"佛教青年会"编辑出版了英文周刊《缅甸人》和缅文、英文、巴利文月刊《巴利人》。1910 年，一些知识青年创办了《太阳报》，同年创办了《缅甸杂志》，1918 年又出版了期刊《缅甸战略期刊》。1912 年，《缅甸之光》杂志创刊。

---

① 该报又译为《雅德那崩京都报》（1875）。见尹湘玲《东南亚文学史概论》，世界图书出版公司，2011 年版，第 160 页。

② 梁志明主编《殖民主义史》（东南亚卷），北京大学出版社，1999 年版，第 275 页。

1916 年,《教育之光》杂志创刊。1917 年,《太阳》杂志创刊。1920 年,《达贡》杂志创刊。1928 年,《文苑》杂志创刊。1937 年,缅甸一批具有进步思想的青年作家,创办了《红龙杂志》和《红龙新闻》。

上述报刊为缅甸文学新体裁和新样式的出现提供了园地,为大批缅甸作家和诗人的成长提供了平台。缅甸作家詹姆斯拉觉(1866—1919/1920?)在创作初期在《缅甸评论报》上发表了一些小说。20 世纪 20 年代,仰光大学的一些青年教师和高年级学生,在《文学界》《大学》《孔雀之声》等杂志上,陆续发表了大量形式新颖、文字朴实、充满生活气息的诗歌、散文和小说。20 世纪 30 年代,吴波稼在《进步》杂志上陆续发表了《义务当挑夫的裨益》《没娘男孩的剃度礼》等小说。瑞林勇(原名吴漆貌,笔名加尼觉吴漆貌)曾任《缅甸新光报》的编辑,1939 年,他创办了《加尼觉》杂志,在该杂志上,他发表了大量文学作品和宣传独立解放运动的文章。瑞林勇去世后,他的夫人加尼觉玛玛礼揽下了主办《加尼觉》杂志的重担,继续以该杂志为阵地发表文学作品和宣传文章。

报刊为西方文学翻译作品、改编作品的发表提供了良好的平台。著名翻译家瑞乌当根据柯南·道尔的侦探小说改编的《侦探吴山夏》就发表在《太阳》杂志上,成为轰动当时缅甸文坛的佳作。

综上所述,西方新型媒体报刊为缅甸现代文学家发表作品提供了有力的手段,为缅甸现代文学家文学创作生涯的起步、成长提供了最便捷的阶梯,为缅甸现代文学的诞生提供了肥沃的园地。

二 西方文学译作与缅甸现代文学的转型

缅甸现代文学的升级转型是从翻译西方文学作品开始的。作为现代文学的新元素,西方文学译作参与了缅甸现代文学升级转型的构建;作为现代文学的新动力,西方文学译作助推了缅甸现代文学升级转型的提升。

从 19 世纪末到 20 世纪初期,缅甸出现了翻译西方文学作品的热潮。希腊的《伊索寓言》,英国小说家约翰·班扬(1628—1688)的小说《天路历程》、笛福的《鲁滨逊漂流记》等西方文学名著不断被翻译成缅语,成为缅甸人喜爱的畅销书,有的还成为学校教科书的内容。1902 年,吴波佐用缅语翻译的《鲁滨逊漂流记》出版后,部分章节被编入了中学教科书。

《伊索寓言》相传由公元前 6 世纪上半叶古希腊的伊索所作。《伊索寓

言》主要通过动物的一些言行来寄寓道德训诫。其中最有名的寓言故事有
《狮子和老鼠》、《狐狸和仙鹤》、《兔子和乌龟》、《披着羊皮的狼》、《狐狸
和葡萄》以及《牧羊人和狼》等。《伊索寓言》思想性强，形式短小精
悍、语言形象生动、内容寓意深刻，常被后人模仿和引用，对后来欧洲以
及亚洲许多国家文人的文学创作影响较大。

1912年，瑞佳用缅文翻译了莎士比亚的《罗密欧与朱丽叶》《奥赛
罗》等作品。

《奥赛罗》（又译《奥瑟罗》）是莎士比亚于1604年创作的一部悲剧
戏剧。题材来源于意大利作家钦齐奥所写的《百篇故事》中的短篇小说
《威尼斯的摩尔人》。该剧讲述的是，男主人公奥赛罗是一位在战场上屡建
战功的摩尔人将军。女主人公苔丝狄蒙娜出身权贵之家，她仰慕战场英雄
奥赛罗，不顾种族隔阂和门第偏见，与奥赛罗相爱。但奥赛罗是一个黑
人，与苔丝狄蒙娜异族通婚，自然会遭到勃拉班修的反对。奥赛罗手下的
旗官伊阿古因没有得到提升而对其心怀妒恨。为了报复奥赛罗，伊阿古设
计诱骗奥赛罗，让他怀疑自己的妻子与其副将凯西奥有不正当关系，并利
用苔丝狄蒙娜丢失的手帕嫁祸凯西奥，使奥赛罗信以为真。奥赛罗派伊阿
古刺杀凯西奥，同时，自己掐死了妻子苔丝狄蒙娜。奥赛罗在弄清事实真
相后，后悔不已，拔剑自杀。最后，伊阿古罪有应得，受到严厉惩罚。

在西方侦探小说的影响下，缅甸作家、翻译家瑞乌当（1889—1973）
在侦探、惊险小说方面取得了令人瞩目的成就。他推出的《神探貌山夏》
系列深受缅甸广大青年读者欢迎。该系列作品是根据英国作家柯南·道尔
的侦探小说改编的，貌山夏的原型即柯南·道尔笔下的夏洛克·福尔摩
斯。瑞乌当的《仰基昂》（1915）是受英国小说家雷诺兹的《伦敦宫廷秘
闻》的启发而创作的惊险传奇小说。精通英文的缅甸作家比莫宁根据英国
小说改写的作品，数量很大，质量很高。德钦巴当（1901—1981）在英国
小说家哈代小说《德伯家的苔丝》翻译改编的基础上，根据自己的解读演
绎出缅甸本土化的小说《班达玛沙乌》。

托马斯·哈代（1840—1928）是19世纪末英国著名小说家，他共创作
近20部长篇小说，重要的作品有《绿林荫下》（《绿茵下》）（1872）、《一双
湛蓝的眼睛》（1872—1873）、《远离尘嚣》（1874）、《还乡》（1878）、《卡斯
特桥市长》（1886）、《德伯家的苔丝》（1891）和《无名的裘德》（1895）

等。他的创作坚持批判现实主义传统，描写了资本主义侵入农村后，农村自然经济的瓦解和农民的悲惨命运。《德伯家的苔丝》是哈代最具代表性的长篇小说。作品讲述了一个纯洁、美丽的农村姑娘苔丝的悲剧故事。为了贴补家用，苔丝来到德伯维尔家帮工，遭到这家少爷阿列克的奸污，并且怀了孕。苔丝离开阿列克，回到家中，生下了孩子，不幸孩子夭折。苔丝来到一家牛奶厂做工，与安吉尔·克莱尔相遇相爱。新婚之夜，苔丝把自己过去不幸的遭遇告诉了安吉尔。安吉尔不能接受这个残酷的事实，他便决定远走巴西。在父亲死后，为了不让家人流落街头，苔丝回到了阿列克的身边。安吉尔后悔离开苔丝，便回来找她。为了与安吉尔在一起，苔丝杀死了阿列克。故事的结局是苔丝因杀害阿列克而被处以绞刑。

德钦巴当的翻译推动了缅甸现代文学对西方文学的借鉴和吸收。德钦巴当翻译改写17世纪法国戏剧家莫里哀的《屈打成医》。在翻译改写过程中，他只取原作基本构思，而将背景、情节、人物加以改造，使之彻底缅甸化。佐基在1934年翻译改写了莫里哀的《贵人迷》（又译《贵族迷》）。他学习了德钦巴当的翻译处理方法，在民族化方面更加成功。佐基通过改写这部喜剧，助推了缅甸戏剧文学的发展。

莫里哀（1622—1673）是17世纪法国著名作家，也是当时欧洲最重要的戏剧家。莫里哀继承文艺复兴时期人文主义者反封建、反教会的传统，遵循古典主义法则，同时从民间文学创作中汲取营养，从现实生活中取材，用有力的笔锋无情讽刺了贵族、教会、资产阶级的丑恶面貌，作品具有浓厚的时代气息和鲜明的民族特色。莫里哀一生写了近30个剧本，其中著名的作品有揭露宗教骗子的《伪君子》（又译《达尔杜弗》《达尔杜夫》）（1664），讽刺贵族虚伪做作的《唐璜》（1665）、《愤世嫉俗》（又译《恨世者》）（1666）和嘲笑资产阶级贪婪、吝啬的《悭吝人》（1668），讽刺资产阶级虚荣心的《乔治·唐丹》（1668）等。

《屈打成医》讲述的是，乡间樵夫斯卡纳赖尔经常殴打妻子。乡绅富商瑞隆特派遣仆人遍寻城中名医，欲为其突然失声的女儿吕珊德治病。决意报复的妻子马蒂娜谎称其夫是有怪癖的神医：非棍棒相加不愿承认自己的医术。斯卡纳赖尔被迫前去诊病，途中巧遇吕珊德的意中人莱昂德尔。在年轻人的请求和金钱诱惑下，斯卡纳赖尔假戏真做，帮助情侣重逢并离家出走。被识破身份的樵夫锒铛入狱。此时，继承丰厚遗产的莱昂德尔携吕珊德归来，真挚的爱情得到了父亲的谅解和祝福。被宽恕的樵夫出狱，与妻子和好如初。

《贵人迷》讲述的是，主人公汝尔丹醉心贵族，痴迷贵族，梦想有朝一日成为一名贵族。因此，在日常生活中，他以贵族为其一切行为的标准。作品对主人公汝尔丹醉心贵族的资产阶级庸俗心理的讽刺可谓入木三分，鞭辟入里。

1941 年，达贡达亚以英国小说 *Self* 为蓝本，创作了缅文小说《梅》。1947 年成立的"缅甸翻译协会"，翻译、出版了大批西方文学作品和西方文化著作，对推动缅甸现代文学的发展发挥了重要的作用。

综上所述，缅甸对西方文学作品的译介和借鉴，为本国现代文学的升级转型增加了新的元素，为寻求本国现代文学的更新、发展找到了方向和出路，为本国现代文学的丰富和完善找到了实现的方式和手段。

三　西方文学与缅甸现代文学的丰富

在西方文化的推动下，在西方文学的浸染下，在西方文学思潮、流派的影响下，缅甸现代文学发生了从体裁到文学流派以及创作手法等方面的显著变化。缅甸现代文学的体裁发生了从单一诗歌到以小说为主、多元并举的可喜变化；缅甸现代文学形成了浪漫主义、现实主义等多种流派并存的繁荣局面；缅甸现代文学的创作手法呈现了形式多样、丰富多彩的景象。可以说，缅甸现代文学的不断完善和丰富，与西方文学深刻的影响是密不可分的。

在介绍、翻译西方文学作品的基础上，缅甸作家开始模仿和借鉴。缅甸第一部现代小说就是在模仿、借鉴西方小说的过程中产生的。1904 年，缅甸作家詹姆斯拉觉[①]以法国作家大仲马的小说《基督山伯爵》为蓝本，根据《基督山伯爵》中的某些情节，用缅语再创造，最后写成小说《貌迎貌玛梅玛》，由缅甸之友出版社出版，这成为缅甸第一部现代小说。这部作品保留了原作最吸引人的部分情节，特别是小说前半部分主人公极具传

---

① 詹姆斯拉觉（1866—1920）原名貌拉觉，早年父母双亡，由信奉基督教的姨父母抚养成人，他随姨父母信奉基督教，易名詹姆斯拉觉。1886 年，他毕业于仰光公立英缅双语学校，属于受西式教育的新一代知识分子，曾任英殖民政府翻译、官员、律师等。尹湘玲主编《东南亚文学史概论》，世界图书出版公司，2011 年版，第 161 页。

奇色彩的曲折经历，如被诬陷入狱、调包越狱、挖掘宝藏等，而在小说的故事背景、社会风貌、人物性格气质上则完全进行了改写，同时借鉴了西方近代小说的表现形式。[①] 在形式和内容上，这部作品完全不同于过去那些以宫廷生活为内容的作品，使缅甸读者耳目一新，许多作家竞相模仿。

小说《貌迎貌玛梅玛》讲述的是，在达亚瓦底王时代，貌迎貌一出生母亲就去世了，父亲吴波拉因悲痛而离家出走。貌迎貌被阿瓦商人吴波欧收养，成人后成为养父船上的舵手。后来貌迎貌爱上了富商的女儿玛梅玛，此时另一位船员貌妙达也在追求玛梅玛。在貌迎貌与玛梅玛的新婚之夜，貌迎貌被貌妙达告发而被捕，原因是貌迎貌为吴波欧转交过一封反叛亲王的信。在监狱中，貌迎貌意外遇到了自己的父亲吴波拉。父亲嘱咐他两件事：一是自己埋藏巨额财宝的地点，二是逃离监狱的办法和一种包治百病的神药。父亲嘱托貌迎貌后，就因病离开人间。父亲在监狱去世后，貌迎貌把自己藏在装殓父亲尸体的口袋里。运送尸体的狱卒把装有貌迎貌和他父亲尸体的袋子抛入河中。貌迎貌在水中将口袋割开，得以逃脱。从监狱逃离后，貌迎貌隐姓埋名，利用父亲在狱中传授的占卜、治病本领维持生计。貌迎貌医治好了瑞波镇守的女儿玛苏丁。玛苏丁深深爱上了貌迎貌，镇守对貌迎貌也十分满意。貌迎貌一直思念着玛梅玛，同时害怕自己的身世遭到泄露，他便借故离去。貌迎貌回到了阿瓦，但他看到的却是玛梅玛被迫与貌妙达结婚的场景。貌迎貌失望地离开，独自前往父亲的宝藏地，挖出宝藏，安排好养母，便到下缅甸经商去了。玛苏丁在家中苦苦思念着貌迎貌，终日寝食不安，最后，她下决心女扮男装去寻找貌迎貌。她租用的恰恰是貌妙达的船。玛苏丁四处奔波终于找到了貌迎貌，无比高兴。当时缅甸正流行瘟疫，貌妙达染病临终之际，在貌迎貌面前承认了自己的错误，请求谅解。后来玛苏丁也染上瘟疫，不治身亡。貌迎貌只好只身南下。随后，缅甸发生宫廷政变，新国王宣布大赦天下。貌迎貌听到这个消息，便返回了阿瓦，与养母团聚，并与玛梅玛喜结良缘。

亚历山大·仲马（1802—1870）（人称"大仲马"）是法国 19 世纪上半叶著名的浪漫主义作家。大仲马是一位多产的作家，作品数量巨大，仅小说就有 80 多部，文学成就显赫。1829 年，大仲马的历史剧《亨利三世

---

① 尹湘玲主编《东南亚文学史概论》，世界图书出版公司，2011 年版，第 161 页。

和他的宫廷》上演，引起文坛轰动，从此声名鹊起，成为耀眼的文学明星。1844年，他发表了长篇小说《三个火枪手》。小说描写主人公达塔尼昂和好友三个火枪手效忠王后，经历千难万险去伦敦取回王后送给白金汉公爵的爱情信物，以击败黎世留诡计的故事。作品情节跌宕起伏，引人入胜。1845年，大仲马发表的长篇小说《基督山伯爵》更以曲折离奇的情节以及传奇色彩而被人们广为传颂。

关于小说《貌迎貌玛梅玛》在缅甸文学史上的意义，尹湘玲分析指出："它突破了韵文及韵散杂揉等的束缚，开始使用通俗易懂、人人皆知的白话散文进行创作；它冲破了神话传说和宗教故事的藩篱，摈弃一味歌功颂德、训诫教海的价值趋向，将目光转向了广阔的社会人生，描写现实社会中普通人的精神风貌和文化心态；改革宗教文学及寓言故事旧的叙事方式，广泛借鉴西方的艺术观念和创作技巧，使得缅甸文学获得了现代的形式与内容，呈现出新的活力和新的面貌。它既突破了传统文学的俗套，体现时代的追求，又在文学的内在品格、审美特征及形式技巧等方面具有缅甸本民族特点和创造性，符合缅甸读者的审美标准和欣赏趣味。使小说形式与时代变迁、现实生活相适应，拉近了小说与人民大众的距离。这对于长期禁锢在宗教文学和宫廷文学藩篱中的缅甸作家来说是一次思想解放。"①

缅甸现代历史小说是在模仿、借鉴西方历史小说的过程中发展起来的。自20世纪20年代，历史小说②开始在缅甸长篇小说的发展中占有显著地位。缅甸历史小说主要有：赞颂缅甸历史人物的《那信囊》、《妙雷瑞达波》、《丹玛悉提》和《德彬瑞体》等，反映17世纪初葡萄牙殖民者侵占沙廉和阿那毕隆王反侵略战争的《承旨官》和《叛逆者》，反映阿瓦与贡榜过渡时期缅孟两族矛盾和战争的《勇敢的缅甸人》，反映三次英缅战争和封建王朝末期缅甸宫廷及社会剧烈动荡历史的《瑞宋纽》等。

在创作思想、写作范式等方面，上述缅甸历史小说在不同程度上受到西方历史小说的影响。20世纪缅甸第一部历史小说《那信囊》问世时，作

---

① 尹湘玲主编《东南亚文学史概论》，世界图书出版公司，2011年版，第162～163页。
② 这里的历史小说特指反映缅甸古代及近代（1900年前）历史生活的作品。尹湘玲主编《东南亚文学史概论》，世界图书出版公司，2011年版，第220页。

者列蒂班蒂达吴貌基在小说前言中写道:"欧洲作家在史书的基础上进行扩展和创作小说,以引起人们对历史的兴趣。同样,《那信囊》的创作也是为了引起缅甸人对自己民族历史的兴趣。"① 《妙雷瑞达波》的作者泽亚在小说前言中写道:"1920 年,我文学创作起步时,正值缅甸民族意识觉醒之时,男男女女的缅甸人从软弱恭顺中振奋起来,在各地举起了民族主义旗帜,他们已不再喜欢沉浸于缠绵温婉的爱情小说了。恰在此时,我读到一本反映法国大革命的英文小说,主人公的男子汉英雄气概感染了我,给了我启示,使我产生了创作同类小说的强烈冲动。"② 吴登貌的《勇敢的缅甸人》则是受了司各特小说的影响:"19 世纪历史小说家中,英国作家司各特是一位在世界各国有广泛影响的人,欧洲和北美的一些著名小说家都以司各特为榜样。因此,20 世纪初司各特的历史小说成为缅甸小说家的范本并不奇怪。"③

19 世纪初期的沃尔特·司各特(1771—1832)是英国文学史上享有国际声誉的历史小说家。从 1814 年到 1832 年的十八九年间,司各特共创作了 32 部中长篇小说、4 部戏剧和 8 卷本的《拿破仑传》等。其中的重要作品有:以苏格兰为背景的《威弗利》(1815)、《盖伊·曼纳林》(1815)、《修墓老人》(1816)和以英格兰历史为题材的《艾凡赫》(1819)、《肯尼尔沃思堡》(《肯纳尔沃斯堡》)(1821),以及关于欧洲历史的《昆丁·达威特》(《昆汀·杜沃德》)(1823)等。司各特的历史小说展现了中世纪到 18 世纪的苏格兰、英格兰和欧洲历史的宏大画卷。司各特的历史小说属于一种将"中世纪浪漫传奇、民谣和哥特式恐怖小说因素"与历史传奇融为一体的"亚文类"。④

综上所述,西方文学对缅甸现代小说的发展产生了深刻的影响,对丰富缅甸现代文学体裁以及创作手法等方面做出了贡献。

缅甸现代文学中的浪漫主义、现实主义等流派的产生、完善和不断发

---

① 尹湘玲主编《东南亚文学史概论》,世界图书出版公司,2011 年版,第 221 页。
② 尹湘玲主编《东南亚文学史概论》,世界图书出版公司,2011 年版,第 221 页。
③ 〔缅〕巴古:《缅甸长篇历史小说》,载《长篇小说论文集》第 1 卷,仰光文学宫出版社,1981 年版,第 80 页。转引自尹湘玲主编《东南亚文学史概论》,世界图书出版公司,2011 年版,第 221 页。
④ 李赋宁总主编,彭克巽主编《欧洲文学史》第 2 卷"十九世纪欧洲文学",商务印书馆,2001 年版,第 81 ~ 83 页。

展，都与西方文化的推动、西方文学的影响有密切的关系。

20 世纪 30 年代，缅甸现代文学中的浪漫主义流派开始兴起。这一时期，仰光大学的青年教师和学生大量阅读英国文学作品，不断从英国文学中汲取营养，致力于缅甸文学的推陈出新，力图进行新的文学创作实验，发起了"实验文学运动"。"实验文学运动"的诗歌追求个性解放，赞美大自然，赞颂生命之美，抒情色彩浓厚，浪漫主义色彩浓郁，这显然是吸收英国浪漫主义诗人华兹华斯、雪莱、济慈养分的结果。

华兹华斯把人类的天性和自然美看作"普遍的和有力量的真理"，诗就是要抒发情感、歌颂自然和人的本性。诗人所表现的情感必须是真挚的，应该使自己的情感尽可能地"接近他所描写的人们的情感"，绝不应该有虚假的描写。[①]《抒情歌谣集·序》是英国浪漫主义的宣言，标志着英国浪漫主义文学的诞生。华兹华斯的理论著作和优美的诗歌推动了欧洲浪漫主义文学运动的发展，开拓了以表现感情为主要特征的浪漫主义诗风。

波西·比希·雪莱（1792—1822）是 19 世纪初期英国著名的浪漫主义诗人，他的作品主要有：长诗《麦布女王》（1813）、《阿拉斯特》（1816）、《伊斯兰的起义》（1818）、《阿多尼斯》（1821），诗剧《解放了的普罗米修斯》（1820）等。雪莱的第一篇长诗《麦布女王》运用浪漫幻想的形式，写麦布女王带着少女伊昂珊的灵魂飞行到太空，俯瞰大地，向其讲述凡界的过去、现在和未来的情况。诗人借女王之口，阐述自己对哲学、宗教、道德和社会问题的认识，谴责封建暴政和宗教迷信等。雪莱吟咏大自然美景的诗作有《西风颂》《致云雀》《云》等，带有强烈的政治抒情色彩。

约翰·济慈（1795—1821）是英国 19 世纪初期的浪漫主义诗人，他虽英年早逝，却以非凡的艺术成就蜚声诗坛。他的诗作有叙事诗《恩底弥翁》（1818）、《伊莎贝拉》（1818）和《拉米亚》（1819）等以及一系列颂诗《赛吉颂》（1819）、《夜莺颂》（1819）和《希腊古瓮颂》（1819）等。作为一位追求真、美合一的诗人，济慈认为，丰富的想象力在诗歌创作中发挥决定性作用。他还认为，他在美的梦中所见到的是真实，可这真实又只存在于他的美的梦中。那么，如若美梦消失，真实又何以为存呢？这是济慈在几首颂诗中反复提出并试图解答的问题。《赛吉颂》一诗带有强烈

---

① 马新国主编《西方文论史》第 3 版，高等教育出版社，2008 年版，第 220 页。

的虚幻色彩：诗人将自己对美的憧憬寄予神话传说，把赛吉作为人类至爱的化身，要在自己心中最圣洁的地方为她建造一座圣殿。《夜莺颂》一诗发出这样的探问：夜莺的歌喉喻示的美虽然更加直接、真实，有一种更为激动人心的力量，却会随夜莺的飞去而消失，那么永恒的美究竟在哪里呢？这正是《希腊古翁颂》要回答的问题。在这件镂刻着人神共存的田园风情画的古翁上，诗人发现了他在变化万千的世界上苦苦寻求的永恒美的"客观对应物"——艺术。古翁"竟能铺叙"一个"如花的故事"，它比"诗歌还要美丽"，更重要的是这美丽能够与古翁共存。①

1934 年，经仰光大学东方学教授吴佩貌丁（1888—1973）的努力，"缅甸教育普及协会"将青年作家们在杂志上发表的新诗歌、散文和小说汇编成册，分别以《实验诗歌选》《实验小说选》的名字出版发行。吴佩貌丁在《实验小说选》（第一册）序言中指出："'实验'，即对时代的尝试，对时代的探索。冠以"实验"，旨在让大家知道这些小说有别于以佛本生故事为题材、素材的小说，是顺应时代变化发展、取材于生活的文学创作。"② 吴佩貌丁在《实验诗歌选》序言中指出："现在出版的是青年们创作的新诗歌。所谓'新'，不是强调艺术形式新，而是特指思维新，想象新。青年们写的是古代文人们鲜为落笔的细小事物，如黄毛石豆兰、红点颏、绊根草等。比起那些重大事件和深奥题材，他们更多地把目光投向日常生活中的所见所闻，在那些为人忽略的细小事物上展开他们丰富奇妙的想象，独辟蹊径地创作出崭新的'实验'诗歌。在这些实验诗歌中，能感受到时代的精神，时代在作者思想上的反映。"③ 吴佩貌丁的上述关于"实验小说"和"实验诗歌"的界定和评价，对缅甸新小说和新诗歌的概念内涵进行了明确的界定，为新小说和新诗歌的创作实践奠定了理论基础，并指明了前进的方向。

"实验文学"的代表诗人有佐基、敏杜温等。佐基（1907—1990）是缅甸 20 世纪 30 年代"实验文学"诗歌创作的引领者和开拓者。他于 1925

---

① 王守仁、方杰：《英国文学简史》，上海外语教育出版社，2006 年版，第 118～119 页。
② 〔缅〕拉吞：《德班貌瓦与缅甸文学》，仰光北极星出版社，2004 年版，第 15 页。转引自尹湘玲主编《东南亚文学史概论》，世界图书出版公司，2011 年版，第 186 页。
③ 〔缅〕拉吞：《德班貌瓦与缅甸文学》，仰光北极星出版社，2004 年版，第 15 页。转引自尹湘玲主编《东南亚文学史概论》，世界图书出版公司，2011 年版，第 186～187 页。

年进入仰光大学学习，1938—1940 年赴英国伦敦大学攻读图书馆学，深受西方文化的影响。佐基的第一首诗歌是《紫檀花》，诗人围绕着紫檀花，以拟人的手法描写了紫檀花像人一样也有自尊心，人们应当像对待人一样对紫檀花予以理解和呵护。以《紫檀花》为创作起点，佐基充分将外国诗艺与缅甸诗艺密切结合，将社会生活与人的真情实感结合，将理性约束与丰富想象结合，不断开辟新的诗歌创作之路。佐基还在《云雀》《云》《歌者》《浪花》《海螺声》《锄草人》等诗歌中以浪漫主义的笔锋讴歌美丽多姿的大自然，张扬生命价值和人生意义。

敏杜温（1909—2004）是缅甸 20 世纪 30 年代"实验文学"最具代表性的诗人之一。敏杜温留学英国 3 年，对英国文化和文学了解颇深，并深受其影响。他的代表性诗作有《亲爱的姑娘》、《他的喜悦》、《新年的水》、《长鼓声》和《胜利花》等。他的诗歌赞美了人与自然的和谐与美好，歌颂了人世间存在的真、善、美。诗歌风格婉约优美，清新自然，淡远悠长，真挚感人。

西方现实主义文学流派在缅甸文坛上的影响程度显然超过浪漫主义文学流派，这与缅甸所处的历史、社会环境有密切关系，也与缅甸现代文学家们的关注领域以及文学担负的历史使命相关联。20 世纪初期，缅甸已经沦为英国的殖民地。处在殖民地环境中的缅甸文学家们关注更多的是以文学作品为武器，揭露殖民统治的罪行和殖民地的黑暗现实，表达对处在水深火热中的民众的同情，号召民众为拯救国家危亡、国家独立而奋起斗争。

20 世纪 20 年代的"实验文学运动"的小说揭露了殖民者的罪行，真实反映了当时缅甸的社会现实。德班貌瓦、佐基和敏杜温三位文学家不仅是"实验文学"的诗人，也是"实验文学"的著名小说家。他们不断吸收西方文化、文学之精华，以大胆革新、勇于创作的精神，以满腔的爱国热情，以清新自然的写作风格，打破了缅甸传统小说形式的羁绊，写出了大量具有强烈的时代感和浓郁的生活气息的文学作品，推动了缅甸现实主义文学的发展。

德班貌瓦（1899—1942）是缅甸 20 世纪初期著名的小说家和文学理论家。他曾留学英国，深受西方文化和文学的影响。他的小说创作成果丰硕，艺术成就突出。他以"貌鲁埃"为主人公创作了一系列反映社会现实的"小说文章"①。《水浮莲》叙述了自由快乐又不屈不挠的水浮莲触发貌鲁埃对自身命运思考的故事；《投票之前》揭露英国殖民者实行愚民政策、玩弄"印缅分治"的骗局；《失业者》揭露殖民教育的实质和失业严重的社会问题；《穷乡僻壤》《乡村的骄傲》揭露殖民统治下缅甸农村贫穷、愚昧、落后的现实；《敏腊》让读者乘"敏腊号"游轮观览伊江两岸的青山白塔，感受社会变迁、世事沧桑，用一次航程隐喻人生的一个轮回，意味深长。德班貌瓦的小说，故事情节简单，具有浓厚的铺陈、抒情色彩。小说往往以小视角切入，关注社会的视角通常是逆向性的，探讨社会人生大问题颇具深度。小说语言具有明显的幽默色彩和戏谑性，在嬉笑怒骂中，又能感受到作者深切的社会洞察力和深邃的社会思辨能力。②

佐基在 1933 年至 1937 年间创作了 10 篇短篇小说，其中 5 篇属于讽刺小说。《蒲甘集市》讽刺了离开经典就不会思考和说话的"书本学者"，《他的妻》讽刺了一个并无皈依之心而以穿袈裟为幌子、过寄生虫式生活的懒汉。佐基的小说生动幽默、寓意深刻，具有极强的讽刺性，颇见作者深厚的文学功底。

敏杜温的小说在揭露残酷无情的黑暗社会方面做出了不懈的努力。他的《昂大伯骗人》以一个稚嫩的孩童的生命代价，催人泪下地控诉了吃人的黑暗社会，鞭挞了残忍的社会黑恶势力；《蓑衣》以悲戚的语调叙述了一个孟族插秧女还未从失去丈夫的悲痛中解脱出来，就又陷入幼子被大雨冲走的痛苦之中的故事。敏杜温的小说可谓句句哭，声声泪，令人肝肠寸断，激发了读者对社会下层民众深切的同情之心和怜悯之意。

德钦哥都迈（1875—1964）是缅甸 20 世纪初期著名的现实主义诗人，他的代表诗作是《洋大人注》、《孔雀注》、《狗注》和《德钦注》等。发表于 1914 年的《洋大人注》一诗，是从缅甸悠久的历史文化与殖民统治现实境况的对比中展开的，一方面颂扬缅甸辉煌的历史，另一方面揭露英国殖民者的掠夺对缅甸人民造成的巨大灾难，讽刺了缅甸假洋鬼子的狡诈与虚伪。诗人通过弘扬缅甸灿烂辉煌的历史文化，唤醒缅甸人民的自尊心和自豪感，坚定民族独立和民族自强的决心，锤炼缅甸人民坚决反抗殖民

---

① "小说文章"是指文体似小说又似新闻报道的作品。
② 姚秉彦、李谋、蔡祝生：《缅甸文学史》，北京大学出版社，1993 年版，第 189 页。

者侵略的毅力和勇气。发表于 1919 年的《孔雀注》，回顾缅甸历史、颂扬缅甸人民的爱国传统，同时对这一历史阶段缅甸人民的斗争和思想感情做了真实的描绘。发表于 1924 年的《狗注》一诗，讽刺了缅甸接受双头政治的二十一人。这些人原是缅甸民族运动的领导，后来屈膝投降，做了英国殖民当局的走狗。对此，诗人义愤填膺，挥毫成诗，对他们的丑恶嘴脸进行了无情的鞭挞和辛辣的讽刺。

德钦哥都迈所取得的卓越文学成就，使他成为缅甸享誉世界的一代文学巨擘。尹湘玲对此给予高度评价："德钦哥都迈的创作置身于民族文化的氛围，积淀着民族的审美意识，他的诗句中重叠押韵法已达到炉火纯青、游刃有余的程度，无人可以超越。他的语言风格无人能够模仿。他用词尖锐，话锋有力，真实自然而又深刻辛辣，悲喜处荡气回肠，爱恨时激情宣泄、痛快淋漓。他的诗旁征博引，巴利文典故、谚语、成语、快板诗、方言俚语俯拾皆是，人名、地名、外来词、时兴物品名、流行期刊名等等，让人随时能触摸到那个时代的脉搏，感受到时代的气息。他的语言浑然天成，通俗流畅，毫无矫揉造作斧凿之痕。民族主义、爱国主义精神作为诗歌的灵魂主宰着其艺术取向，使他的诗歌达到一种思想性与艺术性完美结合的崇高境界，树立了缅甸民族主义诗歌的光辉典范。"[①] 上述评价是相当可观、真实和贴切的。

1937 年，缅甸一批具有进步思想的青年作家效仿英国的"左派读书俱乐部"成立"红龙书社"，创办了《红龙杂志》和《红龙新闻》。他们以文学为武器，宣传革命进步思想，进行反帝爱国运动。在"红龙书社"的影响下，大批进步作家努力创作，不断登上缅甸现代文坛。代表性的作家有摩诃瑞、吴登佩敏、貌廷和德钦巴当等。

摩诃瑞（1900—1953）是一位具有敏锐的政治眼光、站在时代前沿的现实主义作家。他创作了《咱们的母亲》、《叛逆者》、《出征人》、《叛逆者之家》、《比釉当冰》、《泽秋人》和《土星》等小说。小说《咱们的母亲》表面上看是写家族遗产继承和爱情纠葛的小说，实际上是一部政治隐喻小说。小说中的各种人物名字的谐音分别是英国、法国、缅甸、锡袍王和缅甸民族各派力量。通过他们之间错综复杂关系的描写，作者揭露了英

① 尹湘玲主编《东南亚文学史概论》，世界图书出版公司，2011 年版，第 186 页。

国殖民政府企图分裂缅甸民族的险恶用心，呼吁缅甸民族团结起来，奋起反抗；《比釉当冰》是一部反对封建迷信的小说；《土星》揭露了社会上的赛马赌博恶习。总之，摩诃瑞的小说现实指向性强，剖析现实力度深，针砭社会弊端猛烈，批判社会现实深刻有力。

吴登佩敏（1914—1978）是一位高举反对殖民主义、反对封建主义旗帜的现实主义作家。小说《罢课学生》真实记录了 1936 年第二次学生大罢课过程，赞颂了投身民族解放运动的大学生们不畏强暴、敢于斗争的大无畏精神，旗帜鲜明地高擎反对殖民主义奴化教育、争取民族独立的大旗；《摩登和尚》以辛辣的笔锋，讽刺了亵渎戒规戒律的布道讲经师，嘲弄了狂热轻信的善男信女们；《新时代的恶魔》用活生生的事例，尖锐地提出了危及青年人健康的性病问题，猛烈抨击了英殖民统治下日益败坏的社会风气。

貌廷（1909—2006）是一位出色的现实主义作家，他的短篇小说运用讽刺的手法，揭露和讽刺了殖民主义、封建主义双重压迫下缅甸农村的封建痼疾和种种荒诞怪异现象。《姻缘》抨击封建家长粗暴干涉男女青年婚姻自由的行为，《结婚礼物》抨击封建买卖婚姻制度，《哥当的战争》讽刺了丈夫殴打妻子、妻子心甘情愿承受的怪诞的"恩爱方式"。

综上所述，缅甸现代小说体裁和浪漫主义、现实主义等文学流派都是在西方文化的奠基下、西方文学的影响下，从无到有，从弱到强，一步步不断发展起来的。缅甸现代作家们努力将西方的现代文学元素融入缅甸传统文学中，融合改造，推陈出新，不断将缅甸现代文学推向新高度。

第六章

全球视域下的西方文化与泰国现代文学

泰国现代文学是现代民族觉醒和民族运动的产物，是泰国传统文学演变、更新的结果，也是西方文化奠基、推动的结果，是西方文学影响、参与构建的结果。

19 世纪末至 20 世纪初期是泰国文学从传统走向现代的时期。在这一时期，西方文化、文学对泰国现代文学具有支配性影响，不论文学观念的变化、创作方法的借鉴，还是文学形式的更新等，西方文化、文学都照耀着泰国现代文学的革新之路，引领着泰国现代文学的发展方向。

下面我们从西方文化在泰国的传播、西方文化与泰国现代文学之关系两个大的方面进行论述。

第一节　全球视域下西方文化在泰国的传播

关于西方文化在泰国的传播，我们从泰国仁人志士为应对外来威胁、图强自保，主动学习、吸收西方文化和西方国家与泰国的贸易活动对西方文化在泰国传播的某种客观推动作用等两个方面进行论述。

一　泰国人对西方文化的主动吸纳

西方文化在泰国传播的主渠道是泰国人对西方文化的主动吸纳。泰国人面对西方列强的威胁，自我觉醒，主动学习西方先进文化，学习西方的哲学思想、人文思想以及政治制度和教育体制等，为我所用，为国家强盛服务。

19 世纪下半叶，西方列强加紧对东南亚的侵略，一些国家相继沦为英、法、荷、西等国的殖民地。因为英、法都需要一个各自势力范围的缓冲地带，泰国才在形式上保持了独立。实际上，西方列强一刻也没有停止对泰国的渗透。1855 年，《鲍林条约》签订后，泰国被迫纳入世界资本主义体系，其既有的封建生产关系开始解体。面对西方列强不断争夺的局面，面对亡国灭种的严峻形势，泰国自上而下深刻感受到了空前的民族危机。为了维护国家的主权独立，为了改变落后局面、抵御列强的侵略，泰国统治者开始认识到维新变革的必要性。

拉玛四世蒙固王（1851—1868 年在位）是暹罗历史上一位开明的君主，他开启了暹罗改革图强的序幕。蒙固王通晓英语，了解西方国情，深受西方文化的影响，具有某些民主思想的因素。他主张贵族犯法与民同罪，他允许百姓向国王直接上诉。他废除了国王出巡时百姓须回避的制度，废除了臣民在国王面前须匍匐爬行等旧习俗与礼仪。他主张宗教信仰自由，允许各种宗教在暹罗传播。他实施了发展教育、促进交通、创建近代军队、缩减平民服徭役的期限、限制奴隶制等改革措施。他的这些改革虽是初步的，但顺应历史潮流，为拉玛五世的改革奠定了基础。

拉玛五世朱拉隆功（帕尊拉宗告）（1868—1910 年在位）亲政后，继承父亲的改革事业，拉开了全方位、大刀阔斧改革的序幕，并不断将各项改革事业推进到了一个新阶段。他学习西方的文化和政治制度，在泰国推行以西方先进思想观念为指导、自上而下的一系列改革。

朱拉隆功从小接受西方教育，较早受到了西方文化的影响。朱拉隆功少年时代在系统地接受传统宫廷教育的同时，跟随外国教师学习英语。1862 年，蒙固王请英国女教师安娜·利奥诺文丝入宫，朱拉隆功从其学英语。1863 年，朱拉隆功入王室寺院学习。1866 年出寺后，又先后随利奥诺文丝和美国人钱德勒学英语。1868 年，朱拉隆功继任王位，那年他 15 岁。1873 年，他正式登基。在举行加冕典礼时，朱拉隆功免去臣民的跪拜之礼，邀请外国使节上前厅叙谈，不理会贵族们的非议。他继承父王的亲民作风，经常在公众场合接触民众，询问他们的生活和想法。民众的意愿坚定了他改革的决心。他还曾周游爪哇、印度、缅甸这些西方的殖民地，从中探求可供泰国吸取的教训。1871 年，他在王宫中开设学校，请英国教师给贵族子弟上课，其中有些贵族青年成为他日后变革的骨干。1872 年，他建立了泰国第一所世俗学校。1881 年，他为王宫中的服务人员开设英文班，该英文班后来发展为国民服务学校。① 1897 年，朱拉隆功出访欧洲考察学习，为期半年，他访问了意大利、奥地利、俄国、瑞典、丹麦、德国、荷兰、英国和法国等国，考察了欧洲各国的政治、教育制度，学习了欧洲的先进科技，历览了欧洲的风土人情。朱拉隆功回国后，"强烈地认识到，要维护他的国家的独立，就必须按照流行的欧洲的观念把本国治理好，至少也应装出要这样治理的样子"②。

在当时，还没有一位东方君主像朱拉隆功那样，到过那么多欧洲国家，那么见多识广。1906 年，朱拉隆功第二次游历欧洲，在欧洲，他给当时担任宫廷文牍总管的尼帕纳帕顿王子写了 43 封信。这些信件详细记叙了他在欧洲的所见所闻和自己的感受。归国后，朱拉隆功将这些信件加以汇总成册，书名确定为《远离家门》。这成为泰国较早记叙欧洲各国情况的一本重要的书籍，对促进西方文化在泰国的传播发挥了有益的作用。

对欧洲的考察、访问，无疑对朱拉隆功深入推进改革大有裨益。朱拉隆功改革的第一项内容就是逐步废除奴隶制和各种各样的封建依附关系。1908 年的暹罗法典明确规定，对强行拐卖、贩卖奴隶的人，判处 1—7 年的监禁或 100—1000 铢罚款。③ 奴隶制和封建人身依附关系的废除，极大地解放了当时泰国的生产力，促进了泰国社会的发展。

朱拉隆功按照西方的政治体制，建立了内阁制度，取代了原来的枢密院；改革立法和司法制度，1892 年设立司法部，制定了民法、刑法、银行法等各种法律；改革中央和地方的行政管理制度，如在中央设部，在地方派专员。把全国划分为 18 个行政区，在行政区下设县、区、村三级；废除封爵授田的萨卡迪纳制度，改为官员薪俸制；在财政、税收方面进行了重大改革，建立了财政部，以人头税代替徭役，取消包税制，建立中央金库统一税收制度，大力整顿币制。

朱拉隆功大力进行泰国军事制度改革。1887 年，他下令设立陆军部，加强对军队的统一指挥，并聘请外国顾问帮助训练军队。1904 年，他又创

① 〔苏〕尼·瓦·烈勃里科娃：《泰国近代史纲（1768—1917）》，王易今等译，商务印书馆，1974 年版，第 289 页。
② 〔英〕D. G. E. 霍尔：《东南亚史》，中山大学东南亚历史研究所译，商务印书馆，1982 年版，第 766 页。
③ 梁志明主编《殖民主义史》（东南亚卷），北京大学出版社，1999 年版，第 424 页。

办海军学校，还派遣王室子弟到国外学习军事。1905 年，他建立了暹罗现代义务兵役制。通过一系列改革，泰国军队员额迅速增加，装备日益现代化，一支初具规模的近代化常备军建立起来。

朱拉隆功改革教育制度，改变过去传统的寺院教育方式，推行西式现代教育，派遣包括大批贵族子弟在内的留学生到欧洲学习，吸收西方现代科学文化知识。1892 年，他设立宗教事务和国民教育部，陆续开办各种专门学校和平民学校。1913 年，教育部管辖的学校已达 247 所。

朱拉隆功大力发展现代交通，积极修建铁路和公路。在他执政期间，泰国第一条铁路得以建成。他倾力推进邮政事业发展，努力开办邮电通信等公共设施。他还下令出版泰文和外文报刊，不断推动泰国印刷和新闻出版业的发展。

在整个改革中，朱拉隆功在教育领域的改革成就最为突出、最令人称道。可以说，朱拉隆功在泰国教育、文化历史上立下了不可磨灭的功勋。

泰国历史上并非没有教育，却没有专门的学校。寺院就是学校，有学问的和尚就是教师。孩子想学一点读写知识，就要去当庙童。可以说，朱拉隆功创办新式学校是开创性的。朱拉隆功所建立的学校是以西方为样板的新式学校。由于泰国的新式教育是取法西方的，也就不能不大量引进西方近代科学、文化。西方资产阶级的政治思想、道德观念和价值观念的传播也不会仅仅局限在课堂之中。而英语教育的出现和发展以及留学生的派遣，更使泰国在思想、文化的变革中加快了进程。[1]

拉玛五世朱拉隆功所进行的全方位的改革取得了巨大的成效，推动了泰国的现代化进程，对维护泰国的独立起到了重要的作用。因此，朱拉隆功执政时期被称为"维新时代"。[2]

作为朱拉隆功的王位继承人，拉玛六世王瓦栖拉兀重视泰国教育，继续推进朱拉隆功时开启的教育改革。瓦栖拉兀十分赞同英国人的说法：不热爱他的学校的人，就不会爱他的国家。他认为"国家的进步有赖于教育"。[3]瓦栖拉兀在位期间，1917 年，朱拉隆功大学正式成立。1921 年，

---

① 栾文华：《泰国现代文学史》，社会科学文献出版社，2014 年版，第 8~9 页。
② 蔡向阳：《缅甸曼同改革与泰国朱拉隆功改革之对比》，《东南亚纵横》1994 年第 4 期。
③ 贺圣达：《东南亚文化发展史》，云南人民出版社、云南大学出版社，2015 年版，第 394 页。

《初等教育法》颁布，规定对 7 岁至 14 岁男童实施义务教育。

1932 年 6 月，泰国爆发了由曾经留学法国和德国的一些军官和文官策动的一场革命，推翻了君主专制，建立了君主立宪制。此时，"泰国虽然在形式上实现了立法、行政、司法三权分立，但在文化思想上，主要是沿着民族主义和现代主义而不是民主主义的方向发展。这场革命实现了把现代国家观念与传统的崇敬君主和佛教文化三者合为一体的目的。从根本上讲，这种国家体制的变化仍然是继承了朱拉隆功改革以来的'泰体西用'的思想，但以更明确的方式，确立了'现代泰国——佛教——君主'三位一体的国家意识形态。"①

综上所述，在 19 世纪末 20 世纪初期西学东渐的世界性潮流中，泰国顺应历史潮流的发展，抓住历史机遇，根据泰国的社会现实状况，进行了自上而下的全方位改革，引进西式教育制度，学习西方的先进技术，吸收西方的人文思想，促进了西方文化在泰国的深入传播。

二　西方国家和泰国的贸易与西方文化在泰国的传播

西方国家与泰国的贸易活动对西方文化在泰国的传播发挥了一定的推动作用。它不仅促进了西方商品在泰国的流通，同时在某种程度、某些方面展现了西方的物质文明和生活方式，促进了西方近代科学技术、文化思想在泰国的传播。

泰国位于太平洋和印度洋之间，以其优越的地理位置和独特的贸易地位吸引了荷兰、英国和法国等西方各国前来进行贸易活动。自 17 世纪开始，各国商船经常往来于泰国与印度、日本、中国、柬埔寨、越南、印尼、菲律宾等亚洲国家的港口以及西方国家的一些港口。

1511 年葡萄牙人占领马六甲后的当年，就派弗那德兹出使暹罗，两国签订了通商条约。1516 年葡萄牙人独尔特·科埃略前往暹罗首都阿瑜陀耶，与暹罗国王续订了条约。条约规定，暹罗为葡萄牙的商业活动提供便利，允许葡萄牙人在暹罗居住，并享有信仰和传教的自由；葡萄牙则答应向暹罗提供武器弹药。随后，葡萄牙人在丹那沙林、墨吉、北大年开设商馆。阿瑜陀耶城郊甚至有一个葡萄牙人的居住区。1601 年，荷兰贸易商在

① 贺圣达：《东南亚文化发展史》，云南人民出版社、云南大学出版社，2015 年版，第388 页。

马来亚半岛东部的北大年获得了一个落脚点，迅速地从这里深入暹罗腹地。北大年和暹罗这两个地方都是日本和中国货物的贸易基地：北大年是暹罗的一个附庸国，而暹罗又是中国的封国。暹罗的首府大城派出两位使者前往欧洲。他们历经波折终于在 1608 年 9 月到达荷兰。这些暹罗使者虽然在当地受到了很好的礼遇，并且在荷兰逗留到 1610 年 1 月 30 日，但是显然没有取得多大成就。无论如何，荷兰都没有实现通过暹罗与中国进行直接贸易的意愿，与暹罗的双边贸易涉及欧洲的土特产与暹罗的兽皮和胡椒之间的交换，对于荷兰联合东印度公司来说，这显然没有与中国进行贸易那么有吸引力。[1]

1612 年，英国东印度公司"环球号"轮船勘察了暹罗湾。该船的商人在北大年创办了一间商馆。之后，继续前往大城，将国王詹姆斯一世的书信禀呈暹罗统治者。颂昙王热情接待了英国商人，并俞允他们设馆。[2] 在 1611—1615 年，英国东印度公司在马苏里帕塔姆、阿瑜陀耶和北大年等地建立了贸易商站。泰国国王之所以同意英国人在他的王国里经商，是因为要以此抗衡荷兰联合东印度公司。1613 年，英国东印度公司在印度多地设立商馆以后，继续向东推进，在暹罗的大城设立了商馆。1615 年，英国东印度公司在科罗曼德尔海岸和暹罗成功地与当地人进行了贸易活动。

1644 年，暹罗与荷兰的东印度公司签订了一个新的贸易条约，重新确认并调整了荷兰公司的商业权利与义务，准许它拥有出口兽皮的实际垄断权，为它向当地商人收取债务提供适当的保证，承认它对欧洲雇员有治外法权。17 世纪 80 年代初，根据该条约的条款，暹罗与荷兰的良好贸易关系得以确立，荷兰人于 1671 年设法获得了从这个半岛上的洛坤出口锡的专

---

[1] 〔美〕唐纳德·F. 拉赫、埃德温·J. 范·克雷：《欧洲形成中的亚洲》第 3 卷，周宁总校译，载《发展的世纪》第 1 册（上）《贸易 传教 文献》，许玉军译，人民出版社，2012 年版，第 49 页。

[2] 〔美〕唐纳德·F. 拉赫、埃德温·J. 范·克雷：《欧洲形成中的亚洲》第 3 卷，周宁总校译，载《发展的世纪》第 1 册（下）《贸易 传教 文献》，张长虹译，人民出版社，2012 年版，第 69 页。梁志明主编的《殖民地主义史》（东南亚卷）中有类似的记载，但略有不同："1611 年，英国派出'环球号'到孟加拉湾和暹罗湾从事贸易，与暹罗和缅甸建立商业联系。在北大年和阿瑜陀耶设置了两处商馆。"梁志明主编《殖民主义史》（东南亚卷），北京大学出版社，1999 年版，第 105 页。

营权。暹罗国王纳莱本人则由荷兰人为其供应来自欧洲的奢侈品、军用品，输送欧洲工匠。①

17 世纪下半叶，法国开始重视与泰国的贸易活动，重视泰国在东方贸易网络中的地位。在巴黎，科尔贝把泰国的大城看作法国东印度公司的一个贸易中心，这个中心和本地治里及孟加拉国的一个港口一道，为法国垄断孟加拉湾的商贸活动提供了可能。1680 年，法国东印度公司在大城设置商馆。1684 年，暹罗使节访问法国，受到法方的热烈欢迎。同年 12 月，法国东印度公司与暹罗政府签订条约，规定暹罗给予法国公司以固定价格在暹自由从事皮革、胡椒及其他商品贸易活动的专利权，并为法国商人收购、储存商品提供便利。② 为加强与泰国的贸易、宗教以及军事的关系，1687 年 9 月，法国国王派出了一个特别使团前往泰国。该使团由法国东印度公司经理克劳德·希波利特·杜布雷以及一位学者和经验丰富的外交官西蒙·德·拉·卢贝尔率领，由 6 艘军舰、军事小分队和 15 名耶稣会士组成。到达泰国后，同年 12 月 11 日，法国人与泰国国王签订了一项商业协议。该协议规定，暹罗向法国东印度公司提供建立商行所需土地，给予法国公司在暹罗自由贸易的特权，法国雇员享有部分法外治权，法国可在沿海指定岛屿上修筑堡垒等设施。③ 1688 年初，法国外交官辞别大城返回法国，留下了军队、商人和除塔夏德神父外的所有耶稣会士。据说，塔夏德作为暹罗代表被派往法国，负责与法国结成政治联盟。④

泰国十分注重与法国发展经贸、外交关系。暹罗的国王纳莱长久以来十分看重与法国的关系，把法国视为对抗荷兰的潜在盟友。为了实现他的战略计划，1680 年，纳莱派遣使团前往法国。这个使团所乘坐的"东方太阳号"于 1681 年在海上失踪了，所以直到几年后才有一个暹罗使团真正

① 〔美〕唐纳德·F. 拉赫、埃德温·J. 范·克雷：《欧洲形成中的亚洲》第 3 卷，周宁总校译，载《发展的世纪》第 1 册（下）《贸易 传教 文献》，张长虹译，人民出版社，2012 年版，第 79 页。
② 梁志明主编《殖民主义史》（东南亚卷），北京大学出版社，1999 年版，第 141 页。
③ 〔英〕D. G. E. 霍尔：《东南亚史》，中山大学东南亚历史研究所译，商务印书馆，1982 年版，第 446 页。
④ 〔美〕唐纳德·F. 拉赫、埃德温·J. 范·克雷：《欧洲形成中的亚洲》第 3 卷，周宁总校译，载《发展的世纪》第 1 册（下）《贸易 传教 文献》，张长虹译，人民出版社，2012 年版，第 87 页。

到达法国。①

作为国际贸易的一个中心，阿瑜陀耶帝国（泰国）在受中国控制的亚洲国家体系和国际帆船贸易中发挥着重要作用。它吸引了来自日本与欧洲的商人，尤其是那些渴望在大城商业中心购买中国商品的商人。就阿瑜陀耶王朝本身来说，它已向葡萄牙购买火器，并从日本进口了其他武器。它的贸易船只来源地在印度到菲律宾之间，范围相当广泛。②

1821年，英国摩尔根·亨利公司的摩尔根到曼谷了解恢复两国贸易的可能性。1822年，英国驻印度总督派遣官员约翰·克劳福特率领一个使团到达暹罗，此行的目的是与暹罗缔结商约。在与暹罗财政大臣的谈判中，英国要求降低关税和取消商品收购的垄断权。1825年，英国使者亨利·伯尼到达暹罗。1826年，亨利·伯尼代表东印度公司到泰国进行游说时，拉玛三世同意实行泰英两国有限度的贸易自由化。双方最后签订了贸易条约。暹罗承诺给英国商人多项自由贸易的权利以及贸易税收优惠。1933年，美国与暹罗签订了类似的条约。

1855年4月18日，英国驻香港总督鲍林率领使团驶抵暹罗，使团与国王拉玛四世签订了第一个不平等条约——《鲍林条约》。根据条约，英国在泰国建立领事馆，引入法外治权，英国商人有权入境贸易。泰国国王被迫接受了英国提出的自由贸易要求，将进出口税固定在一个很低的水平上，并废除了大部分的贸易垄断权及货物和贸易的国内税项。此后，泰国又与美国（1856）、法国（1856）、丹麦（1858）等15个国家签订各种不平等条约。上述不平等条约彻底打开了泰国闭关锁国的大门，西欧各国商人蜂拥而至，原本泰国本国贵族垄断的对外贸易全变为外商控制。1883年，英国在暹罗的清迈设立了领事馆。英国凭借其商品的竞争优势，使其在与泰国的贸易活动中份额很高。

在泰国与英国等西方国家的贸易活动中，泰国的矿产、贵重木材以及

---

① 〔美〕唐纳德·F. 拉赫、埃德温·J. 范·克雷：《欧洲形成中的亚洲》，第3卷，周宁总校译，载《发展的世纪》第1册（下）《贸易 传教 文献》，张长虹译，人民出版社，2012年版，第49页。

② 〔美〕唐纳德·F. 拉赫、埃德温·J. 范·克雷：《欧洲形成中的亚洲》第3卷，周宁总校译，载《发展的世纪》第1册（下）《贸易 传教 文献》，张长虹译，人民出版社，2012年版，第65页。

大米被大量收购外运。从此，泰国成为英国等西方列强的原料产地，泰国被迫参与到世界经济贸易体系中。受世界贸易体系变化的影响，泰国中部平原新开垦出大片的土地用于稻米种植。1860 年至 1930 年间，泰国的稻米种植面积扩大了 3 倍，出口量增长了 25 倍以上。

综上所述，泰国与西方国家的贸易活动具有不平等、非等价交换的特性，有时还带有某种强迫的意味。但是，双方的贸易活动在某种程度上推动了西方物质文明、人文思想和科学技术在泰国的传播。

第二节　全球视域下的西方文化与泰国现代文学

通过泰国人的主动吸纳、泰国与西方的贸易活动等传播渠道，西方文化不断传播到泰国，冲击着泰国原有的政治体制、社会制度、文化形态和文学形态，改变着泰国人对西方文化的认知观念，改变着泰国现代文学家的文学观念，为泰国现代文学的建立奠定了文化基础。西方文化奠定泰国现代文学接受西方文学的认知基础、审美心理，对泰国现代作家群体的成长、现代创作理念的确立发挥了较大作用，对泰国现代文学作品的发表、内容的丰富做出了贡献。可以说，西方文化的传入对构建泰国现代文化、现代文学发挥了一定的历史作用。

下面，我们从西方新型媒体报刊对泰国现代文学产生的推动、西方文学译作对泰国现代文学转型的助力以及西方文学对泰国现代文学丰富的贡献等三个方面进行论述。

一　西方新型媒体报刊与泰国现代文学的产生

西方文化对泰国现代文学产生的推动，首先可以从西方新型媒体报刊的推动作用进行研究分析。西方新型媒体报刊为泰国现代文学的萌发提供了土壤和园地，为泰国现代文学作品的发表提供了便捷、高效的载体和工具，为西方文化、文学在泰国的传播提供了有利的媒体条件，为泰国现代文学的大众化、作家的职业化提供了重要条件。

19 世纪末至 20 世纪初期，以报刊为主的西方大众传媒在泰国发展迅猛，各种报纸杂志在泰国竞相出版发行。泰国的报纸杂志最先是由西方人创办的，后来泰国人学习其办报方法，开始自己办报。1874 年 7 月 7 日，卡塞善索帕王子创办了《都诺瓦》周报，他集所有者、主编、发行人于一身。《都诺瓦》周报是第一份泰国人自己办的报纸。这份周报除了刊登一些新闻、记事、文章之外，还刊登一些用非韵文写的娱乐性作品，比如故事和传奇等。高绍劳古腊（1834—1913）创办了《暹罗美言》杂志，这是一本月刊，发行后深受读者欢迎，出版 7 年后停刊。四世王时期创办了 8 种刊物，其中英文刊物占有 6 种，泰文刊物 2 种。泰文刊物中，有一种是皇家办的《政府公报》。1884 年，皇家图书馆创办了《瓦奇拉奄维塞周刊》（又译《瓦奇拉炎维塞周刊》）。1900 年，昭披耶塔玛沙门德里（沙南·贴哈沙丁纳阿育他亚）创办了《腊维特亚》。同年，銮威腊巴里瓦（连·云突帕拉洪纳困）创办了《特洛维特亚》。1900 年，刀沃绍宛纳普（乃天·布罗天，笔名天宛）创办半月刊《文字天秤》杂志。1904 年，当时还是太子的帕蒙固告创办了《特威班亚》。1908 年，刀沃绍宛纳普创办《吉里帕加纳帕》杂志。据统计："从 1868 年到 1910 年五世王在位期间出版的泰文报刊就达 54 种之多，其中报纸 14 种，周刊杂志 14 种，英文杂志 6 种，半月刊杂志 19 种。六世王时期报刊又增加到 149 种，其中杂志 127 种，报纸 22 种，还首次出现中文刊物。"[1]

上述不少报刊大量刊登西方翻译小说，成为西方小说的传播媒体。[2] 刊登在《腊维特亚》上的第一部西方小说是英国女作家玛丽·考勒莉（又译玛丽·科里利）的长篇小说《宛德达》，是由披耶素林特拉察以"迈宛"的笔名用泰文翻译的，译名为《仇敌》。在五世王奖励翻译政策的激励下，大量西方小说被翻译出来，并在《瓦奇拉奄维塞周刊》和《瓦奇拉奄报》（又译《瓦奇拉炎报》）上发表。《瓦奇拉奄维塞周刊》和《瓦奇拉奄报》是泰国最早刊登西方文学译作的报刊。《瓦奇拉奄维塞周刊》刊登的多为篇幅较短、情节简单的故事，如《伊索寓言》等。同时，该刊还刊登皇家图书馆委员创作的作品。《瓦奇拉奄报》辟有《欣赏》栏目，主要刊登散文类文艺作品，有的是原创，有的是翻译的英文和法文作品，如《法学家的故事》《复仇结婚》等。丘比特翻译的《傻瓜鲍里斯》，刊登在

---

[1] 栾文华：《泰国文学史》，社会科学文献出版社，1998 年版，第 15、137、144 页。

[2] 20 世纪初期，西方翻译小说通常先在杂志和报纸上连载，然后结集出版，今天的泰国文学家仍然保持着这个模式。

1912 年的《帕冬维特亚》杂志上。昆冬翻译的《侦破三个贼窝》刊登在《喜格隆》杂志上。培·蓬巴里查翻译的《坏心的女人》和《神秘人》刊登在《快乐的泰国》杂志上。銮本雅玛诺帕尼用"讪通"笔名翻译的《玛莲娜》，刊登在《喜格隆》杂志上；用"讪通"笔名翻译的《女侦探家》，登载在《暹罗拳》杂志上。銮拉查甘古旬用笔名"邦昆蓬宏"翻译的莫里斯·里伯兰克的侦探小说《阿赛路邦》，登载在《喜格隆》杂志上。西伊沙拉翻译的《弗拉维娅公主》和《大地的女儿》，分别在 1915 年和 1916 年刊登在《百汇》杂志上。

泰国不少作家的创作生涯是从创办报刊，并在报刊上发表文章起步的。泰国现代文学的奠基人西巫拉帕（1905—1974）就是其中的典型代表。他大学毕业后担任过多家报刊的主笔和总编辑，1929 年创办了《君子》杂志，并曾任泰国报业协会主席。西巫拉帕以报刊、新闻工作为主业，通过报刊这个当时最佳的传播工具，刊登自己的文学作品，开拓自己的文学事业，最后成为泰国赫赫有名的文学家。泰国现代著名政治家、文学家克立·巴莫（1911—1955）创办了《沙炎呐日报》、《沙炎呐周刊》和《超公月刊》等，他的大量小说是在报刊上发表的。他的长篇小说《四朝代》先在《沙炎呐日报》上连载，后成册出版。1924 年，昆吞吉维占用笔名"阿延寇"创作了泰国第一部历史小说《魔剑》，发表在了《快乐的泰国》上。

综上所述，西方新型媒体报刊为泰国现代文学家发表作品提供了有力的手段，为泰国现代文学家文学创作生涯的起步、成长提供了最便捷的阶梯，为泰国现代文学的诞生提供了肥沃的园地。

二 西方文学译作与泰国现代文学的转型

泰国现代文学的升级转型是从翻译西方文学作品开始的。作为现代文学的新元素，西方文学译作参与了泰国现代文学的构建；作为现代文学的新动力，西方文学译作助推了泰国现代文学的升级转型。

19 世纪末至 20 世纪初，西方文学在泰国的影响不断扩大，欧美小说被大量翻译、介绍到泰国。西方小说成为泰国翻译家的新宠，为泰国现代小说的发展提供了可资借鉴的范本。

拉玛五世朱拉隆功大力提倡和鼓励文学创作与翻译，他指出："在所有的泰文书籍中，称得上是学术知识的书籍为数甚少，因为识字的和写书的人很少，而且不熟悉别的国家，不能把外国的经典与学问变为自己的东西。因此，作为学习工具的书籍对于只懂我国语言的学习者说来可以说没有。但我们坚信，当我们的学生学问多起来，恐怕会有足够的知识和能力写出比过去更为有用的书来。而且，从国外学习回来的人也会努力把国外的学问、著作翻译成泰文，以利于学习和传播。"① 拉玛五世朱拉隆功设立了文学艺术荣誉标志，颁发给文学俱乐部。他创立了泰国历史上第一个奖励文学和翻译的奖章——"金刚奖章"，旨在鼓励外国文学翻译和本国文学创作的发展。

拉玛六世时期（1910—1925），泰国留学欧洲的大批学生学成归国，他们带回了西方的新科技、新文化和新思想。这一时期，泰国翻译出版了大量英国和法国的文学作品。留学英国的拉玛六世瓦栖拉兀②积极从事翻译工作，他翻译了莎士比亚的《威尼斯商人》③《罗密欧与朱丽叶》。他在即位前和执政时期，先后发表了散文、诗歌、戏剧等一千多篇（部）作品，其中大部分是译作。这个时期以翻译和改写外国文学作品而闻名的，还有披耶阿努曼叻差吞（又译披邪安奴曼拉查吞）和帕沙拉巴色（又译帕沙拉巴硕）。作为一名戏剧家，朱拉隆功的异母弟巴攀亲王改编了由意大利作曲家普契尼创作的著名歌剧《蝴蝶夫人》。

在泰国现代文学史上，泰国人翻译的第一部西方长篇小说是英国女作家玛丽·考勒莉（又译玛丽·科里利）的《宛德达》。《宛德达》是由素林特拉察侯爵（又译披耶素林特拉察）以"迈宛"的笔名用泰文翻译的，

---

① 帕尊拉宗告：《一八八六年六月三日在皇家玫瑰园学校学生领受御奖时的御旨》，《帕尊拉宗告圣御（1874—1910）》，第55页。转引自栾文华著《泰国文学史》，社会科学文献出版社，1998年版，第16页。

② 拉玛六世瓦栖拉兀在国外留学12年，完成了从初中到大学的学习课程，可以说深受西方文化的濡染和影响，对西方文化和西方文学有深刻的理解和了解，具有强烈的喜爱之感。

③ 《威尼斯商人》是莎士比亚于1596年创作的一出喜剧作品，该剧讲述的是，在著名的水城威尼斯，巴萨尼奥准备前往贝尔蒙特向富有而美丽的鲍西亚求婚，因愁礼金微薄而向朋友安东尼奥借钱。安东尼奥手头没有现钱，便向犹太富商夏洛克借高利贷，以自己身上的一磅肉作为如期还钱的担保。巴萨尼奥战胜其他追求者，赢得了鲍西亚的芳心。可是安东尼奥却因投资的商船失事不能如期还钱，面临被割去一磅肉的危险。鲍西亚女扮男装出现在法庭上，巧妙的辩护使安东尼奥勉受割肉之痛，而夏洛克却因有图谋害命之嫌而受到惩罚。安东尼奥的商船平安归来，巴萨尼奥和鲍西亚以及其他两对恋人也都结局圆满。

译名为《仇敌》。虽然作者玛丽·考勒莉及其作品在英国并非一流，但在泰国起到了样板作用。这部译作的出版在泰国开了翻译外国小说的先河，发挥了积极的引导作用。① 此后，西方有关爱情、侦探、幽默、惊险等题材的小说，不断被泰国文人用泰文翻译出版。其中，具有代表性的作品有大仲马的《玛莲娜》和《三剑客》、狄更斯的《匹克威克外传》以及柯南·道尔的福尔摩斯系列等。

查尔斯·约翰·赫芬姆·狄更斯（1812—1870）是19世纪英国杰出的批判现实主义作家，他一生共创作有14部长篇小说，重要作品有《匹克威克外传》、《大卫·科波菲尔》、《奥立佛·屈斯特》（又译《奥列佛·推斯特》《雾都孤儿》）、《艰难时世》、《远大前程》和《双城记》等。狄更斯的小说从人道主义思想出发，揭露社会种种丑恶现象，谴责为富不仁的资产者，同情贫苦劳动人民，展现了复杂多样的社会生活画卷，塑造了大量形象鲜明的典型人物形象。

狄更斯的小说《匹克威克外传》是一部纯幽默性的作品，现实世界的丑陋与笑声交织在一起。小说的主人公匹克威克天真率直、诚实可欺，具有18世纪小说中的一些文学典型人物形象的影子，如菲尔丁的亚当斯牧师和斯特恩的托比叔叔等。匹克威克的仆人萨姆·威勒则是城里的油子，两人的关系有点像堂吉诃德和桑丘。

蒙昭赢·素卡西沙莫·格森西和蒙昭·盘西格森·格森西以"绍劳"的笔名合译了小说《典尔玛》（*Thelma*）。蒙昭赢·素卡西沙莫·格森西翻译了小说《艾伯盛斯》（*Absinth*）。銮乃维占以"西素旺"的笔名将小说*Treasure of Heavens*译为泰语的《天国宝物》。1911年，中暹文字印刷厂出版了未注明出处和译者的《爱情的能力》。占姆朱莉（讪塔娜·探沙南）将*Love the Tyrant*翻译为泰语的《叶高顿》。陶道骚将*Beauty the Season*翻译为泰语的《战果》。玛杜里翻译了《李奥阿丹》②。銮威腊沙巴里瓦用"诺奴里"的笔名将*She*翻译为泰语的《两千岁少女》，他还将*King Solomon's Mines*翻译为泰语的《所罗门国王的宝藏》。披耶安奴曼拉查吞（又译为披耶阿努曼叻差吞）用"沙田哥塞"的笔名，将*The Virgin of the*

① 栾文华：《泰国文学史》，社会科学文献出版社，1998年版，第16页。
② 泰国当时有的翻译小说没有注明原书名和原作者。

Sun 译为泰语的《索莱达》。炮洛黑将 *Allan Quarterman* 译为泰语的《阿沙塔梯威》。銮奇将 *The Czar's Spy* 翻译为泰语的《沙皇间谍》。銮拉查甘古旬用笔名"邦昆蓬宏"翻译了莫里斯·里伯兰克的侦探小说《阿赛路邦》。封·乍朗威将詹姆斯·白璧的小说 *Peeps at the heavens* 译为泰语的《游天堂》。

其他较为重要的译作还有诺·巴金帕雅翻译的《谁是这个女人的赐予者》，卡君翻译的《女人是祸水》，顺岸翻译的《奇怪的女子》，保·加加巴（北·本亚拉达潘）翻译的《勇敢的威力》，銮本雅玛诺帕尼用"讪通"笔名翻译的《古老的财产》和《女侦探家》，西甘加纳根据威廉·彭斯的小说翻译的《动物戏剧的主人》，丘比特（拉默·希本良）根据盖·布斯比原作翻译的《皇帝的挚友》，六世王帕蒙固告用"潘连"的笔名翻译的劳伦斯·克拉克的小说《条约之光》，用"兰吉滴"的笔名将 *Mystery of the Great Cities* 翻译为泰语的《大城市的神秘事件》，瑙冒绍翻译的《承继王位》、《玛丽·安东尼公主》和《亚历山大王的末日》，潘安翻译的《仇恨的灰烬》等。

20 世纪初期，在泰国，西方翻译小说按照受欢迎的程度从高到低分别是英国、法国和美国小说。泰国翻译家们对英国文学作品更感兴趣、更喜欢翻译，这是因为大多数泰国翻译家接受的是英国教育。比起其他国家来，他们更熟悉英国的文学作品。20 世纪初至 20 世纪 20 年代，作品已翻译成泰文的、最受欢迎的西方作家，按其姓氏字母顺序排列如下：

弗朗西斯·威廉·本（Francis William Bain）

詹姆斯·巴里（James Barie）

阿诺德·本内特（Arnold Bennet）

埃德沃德·弗雷德利克·本森（Edward Frederic Benson）

盖·布斯比（Guy Boothby）

玛丽·考勒莉（Marie Corelli）

阿瑟·柯南·道尔（Arthur Conan Doyle）

亚历山大·杜玛斯（Alexandre Dumas）

伊迈尔·加布鲁（Emile Gaboriau）

查尔斯·加维斯（Charles Garvice）

埃里诺·格林（Elinor Glyn）

阿奇保德·凯沃林·甘特（Archibald Clavering Gunter）

安东尼·豪伯·霍金斯（Anthony Hope Hawkins）

海顿·赫尔（Hedon Hill）

D. 哈姆富雷斯（D. Humphres）

威廉·魏玛克·雅克（William Wymary Jacob）

豪尔·科恩（Hall Kane）

莫里斯·里伯兰克（Maurice Leblanc）

赖斯顿·洛陆（Gaston Leroux）

A. W. 玛琪孟特（A. W. Marchmout）

理查德·玛斯（Richard Marz）

塞格斯·罗莫（Sax Rhomer）

图米尔·史密斯（Thoumill Smith）

特姆伯尔·托斯顿（Temple Therston）

路易斯·特来西（Louis Tracy）

赫尔伯特·乔治·威尔斯（Herbert George Wells）①

在泰国现代文学史上，西方文学译作数量巨大，内容丰富，形式多样，令人赞叹。西方文学译作对传播西方文学发挥了重要作用，对泰国文学家现代文学观念的建立发挥了一定作用，对读者欣赏心理的改变产生了某些作用。栾文华指出："阅读翻译的西方作品，对读者说来是开阔眼界，熟悉异域，扩大知识，也是培养新的鉴赏口味和能力。对译者和作者来说，则是借鉴、实习，是创作上的一个准备。研究透了这些翻译作品，也就了解了泰国近代文学的早期创作，因为从这些创作中都能找到外国文学作品的影子。"②

西方文学作品的译介使泰国读者的审美趣味发生了某种变化：从欣赏本国传统文学作品转向喜爱阅读西方文学作品或者带有西方国家背景的作品。泰国读者文学欣赏心理的变化，促使在泰国以西方国家为背景的小说创作之风随之兴起。蒙昭·阿卡丹庚·拉披帕（1905—1932）是第一个以西方国家为叙事背景进行创作的小说家，他的成名作《人生戏剧》（又译为《生活的戏剧》）（1929）就是以英国为场景而展开故事叙述的一部自传体长篇小说。小说以作者"我"——一个泰国人在西方的学习、生活为主线，以一

---

① 栾文华：《泰国现代文学史》，社会科学文献出版社，2014 年版，第 19 页。
② 栾文华：《泰国现代文学史》，社会科学文献出版社，2014 年版，第 25 页。

个泰国人的眼光对英国进行了细微的观察、描写，描述了英国的风土人情，讲述了作者与英国各种人物的交往经历，如英国安德鲁上尉夫妇给予他的热情款待、《泰晤士报》记者玛丽·格雷小姐对他真挚的爱等。小说揭开了对于泰国大多数人来说十分神秘的英国社会朦胧的面纱，展现了英国社会的真实面貌。

综上所述，西方文学作品在泰国的译介数量大、成就高，为泰国文学家的创作提供了可资借鉴的范本，为泰国寻求本国现代文学的更新、发展找到了方向和出路，为泰国文学的转型升级找到了实现的方式和手段，为泰国现代文学的重塑注入了新元素。

三 西方文学与泰国现代文学的丰富

在西方文化的推动下、在西方文学的浸染下，泰国现代文学发生了从体裁到创作手法等方面的显著变化。西方的小说体裁移植到泰国，催生了泰国现代小说的产生。西方小说的创作范式和手法为泰国现代小说的发展提供了现成的模板。在西方文学思潮、流派的影响下，泰国现代文学兴起了浪漫主义、现实主义等流派。可以说，泰国现代文学的不断完善和丰富，与西方文学的深刻影响是密不可分的。

20 世纪初期，泰国文学家逐渐接受了西方的小说体裁，并开始模仿和改写西方的小说。《沙奴的回忆》是功姆銮皮期巴里察贯（又译帕昭銮皮期巴里察贯）（原名卡朗尤顿王子）模仿英国短篇小说写成的。小说《沙奴的回忆》的立意构思、情节编排、人物塑造和写作手法等，无不模仿西方小说的写作范式。

小说《沙奴的回忆》讲述的是，在宝文尼维寺，四个年轻和尚凯姆、沙普、陵、松汶，在僧舍前谈论还俗之后各人的未来规划。凯姆、沙普、陵等三人工作都早已有了着落，生活相对稳定：凯姆当文书，沙普到警察厅工作，陵是中国人的弟子，吃穿不愁。但松汶没有工作，也没有亲戚帮助，只有一个富婆寡妇媚茵接济他。媚茵接济松汶的目的是希望他跟自己的女儿结婚，做她的养老女婿。对此，松汶犹豫不决，心中没谱，对未来一片迷茫。凯姆建议松汶认真学点本事，为将来考虑。小说到此收尾，似有未完待续之感。由此观之，小说《沙奴的回忆》故事情节简单，叙事线索单一，体现了泰国小说初创时期拙朴的特点。

銮维腊沙巴里瓦（克鲁连）创作了长篇小说《并非仇敌》，这是泰国现代文学史上的第一部长篇小说。这部小说是对英国女作家玛丽·考勒莉《仇敌》的反其意的戏作。《并非仇敌》讲述的是，男主人公的妻子红杏出墙，男主人公为报复自己的妻子，又娶了一个小妾。结局是与别人有染的妻子回心转意，与新婚的小妾和睦地生活在一起。作品的内容显然未脱传统一夫多妻、大团圆的窠臼，但作品的形式是西式的。作品显然是在泰国传统文学基础上引进西方文学并努力融合的结果。

六世王帕蒙固告的《通因的故事》是脱胎于柯南·道尔《福尔摩斯探案全集》的长篇小说。

阿瑟·柯南·道尔（1859—1930）是享誉世界的英国著名侦探小说作家，是当之无愧的侦探悬疑小说的鼻祖和大师。他的侦探小说《福尔摩斯探案全集》是世界侦探小说的不朽经典，是历史上最受读者推崇的侦探小说。他的侦探小说对世界侦探小说的发展做出了突出的贡献，在泰国等东南亚国家具有广泛影响。在《福尔摩斯探案全集》中，柯南·道尔成功塑造了侦探人物——夏洛克·福尔摩斯的典型艺术形象，他将侦探小说推向了一个无与伦比的艺术高度。他的侦探小说的故事结构、推理手法和奇巧的构思都给泰国侦探题材小说树立了可资借鉴、模仿的范本。

小说《通因的故事》从结构、情节到叙述方式等都模仿了柯南·道尔的侦探小说，不同的是叙事地点设在了泰国，小说中的人物均为泰国人。《通因的故事》分上、下两集，上集由11篇短篇小说组成，下集由4篇短篇小说组成。

銮沙拉奴巴潘的小说《黑绸蒙面人》是模仿西方惊险影片①《家庭劫难》而创作的，于《家庭劫难》放映后的第五年出版发行。在电影《家庭劫难》的影响和启发下，銮沙拉奴巴潘模仿、借鉴其中的故事情节、人物等进行了再创作，最后写出了《黑绸蒙面人》。下面将二者的情节和人物进行比较。

侦探小说《黑绸蒙面人》讲述的是，一位退休高官有一个儿子，同时抚养已过世朋友的女儿。朋友的女儿就是小说的女主人公。退休高官有意

---

① 泰国的电影出现在1904年，是日本人将电影带到泰国的。后来泰国首都出现多家电影院，订购西方影片放映。其中法国的百代公司和美国的环球制片公司的影片最多。

让他的儿子和他朋友的女儿结为夫妻。一天，一个蒙面人闯进了退休高官的家里，图谋加害女主人公。此时，令人意想不到的一幕发生了：在退休高官儿子的帮助下，蒙面人把女主人公劫走了。作为一名警察的男主人公经过跟蒙面人的生死较量，取得了最后胜利。最后查明，这名蒙面人长期与女主人公的家庭和高官都暗中有所勾搭，但后来他们成了冤家。此次，蒙面人是来报仇的。在临死之前，蒙面人把一直帮助他的高官的儿子杀了。因为，蒙面人以为他是叛徒。当诸事圆满解决以后，男主人公与女主人公喜结连理。

影片《家庭劫难》讲述的是，在一个富翁的家里，富翁正与亲友们聚会，并借此宣布自己的女儿（女主人公）将成为他遗产的继承人，而大家推测她将和她的一个表亲结婚。有天夜里，蒙面人进入房间，图谋加害于她，并杀死了她的父亲。警官（男主人公）审理案件，追查蒙面凶手。最后，警官将蒙面凶手逮捕归案。经调查，原来这个蒙面凶手与女主人公的家庭关系密切。凶手在临死之前坦白了所有事情。结局是男女主人公结为夫妻。

通过比较，我们发现，两部作品都是侦察破案故事，都是坏人蒙面作案。蒙面人作案的手法、男主人公与蒙面人博斗所用的武器、故事的结局都是相同的。两部作品的人物数量相近，人物的关系也大致相同，主要人物的性格特征也相似。为使这种相似看得更清楚，我们把小说和电影的人物名单列出：

侦探小说《黑绸蒙面人》有 7 个人物：

披耶康奴吞沙：富有的高官；

巴云·占芬小姐：高官亲密朋友的女儿（女主人公）；

巴永·占芬：女主人公的姐姐；

乃巴顿·塞特翁：高官的儿子（坏人的合作者、女主人公的未婚夫）；

占农·维拉朋中尉：警官（男主人公）；

乍仑·巴柏中尉：警官（男主人公的朋友）；

黑绸蒙面人：坏人。

电影《家庭劫难》有 8 个人物：

温特罗伯·瓦尔顿：百万富翁；

芬·瓦尔顿：富翁的女儿（女主人公）；

埃斯特拉·瓦尔顿：富翁的弟弟；

海内司·瓦尔顿：富翁的侄子（坏人的合作者、女主人公的未婚夫）；

诺密·瓦尔顿：富翁的侄女；

哈尔维·格雷海姆：警察（男主人公）；

达沃德·赫利克：警察（男主人公的朋友）；

蒙面人：坏人。①

潘安的《加姬岛》是在模仿海卡德的《两千岁少女》和《抑差女皇》的基础上创作的。《加姬岛》讲述的是，在大城王朝的都城第二次沦陷的时候，作为一名军官的男主人公乘船逃出敌人重围，在航行中他的船被狂风摧毁，他奋力游到了一个岛上。这个岛的首领是一位叫作娘加姬的女强人，她因为洗过圣水而拥有魔法，并且长生不老。娘加姬见到男主人公，知道他是昆坦转世，用尽了礼遇和计谋，图谋把男主人公占为己有。男主人公被迫长久滞留在岛上。后来由于娘加姬的控制放松，男主人公才寻机从那个岛上逃了出来。

六世王把莎士比亚的《奥赛罗》改写为《叻差汪讪侯爵》，把果戈理的《钦差大臣》改编为《詹年子爵旅行记》。

探马皮门子爵（又译銮探马皮门）（1858—1928）的小说《禅体威尼斯商人》是对莎士比亚《威尼斯商人》的改写。

《禅体威尼斯商人》讲述的是，威尼斯商人安东尼奥慷慨大方，贷款与人从不收取利息。他的好友巴萨尼奥成婚，急需3000块钱。但安东尼奥手头一时缺乏现金，只得向犹太高利贷者夏洛克转借现金。夏洛克早与安东尼奥有隙，却愿意借钱给他，并且不要一点利息，唯一的条件是到公证人那儿签一借约，上面写明，如安东尼奥不能到期归还，夏洛克可以从他身上割下一磅肉。巴萨尼奥感到夏洛克不怀好意，安东尼奥却觉得条件不过是句戏言，于是签了借约。但是后来安东尼奥破产，不能按期归还借款，夏洛克将其告上法庭，真的欲取安东尼奥身上的肉以报私仇。巴萨尼奥的未婚妻假扮律师出现在法庭上，"他"允许夏洛克从安东尼奥身上割下一磅肉，但不可出一滴血，因为契约上没有关于血的条款，夏洛克终于败诉。②

探马皮门子爵的《禅体威尼斯商人》与莎士比亚的《威尼斯商人》在

---

① 栾文华：《泰国现代文学史》，社会科学文献出版社，2014年版，第40~41页。

② 栾文华：《泰国现代文学史》，社会科学文献出版社，2014年版，第57页。

人物、事件、情节上多有类似，不同的是前者为小说，而后者为戏剧。

泰国的历史小说是在西方历史小说的影响下逐步发展起来的。1924年，昆吞吉维占用笔名"阿延寇"创作的《魔剑》是泰国文学历史上的第一部历史小说。小说讲述的是，男主人公是大成王朝的名将乃姆宽，他在到塔怀城上任的路上，遇到正在遭遇劫难的女主人公府伊的女儿，他路见不平，拔刀相助。后来，乃姆宽带兵奔赴战场。在战场上，他英勇作战，战功卓著，凯旋，荣升高官，最后跟女主人公喜结良缘。栾文华认为："泰国这类充满了惊险事件和搏杀的历史长篇小说是受了同类西方翻译作品的影响，特别是受了銮乃维占翻译成泰语的阿瑟·柯南·道尔的小说《拿破仑皇军》的影响。"①

综上所述，西方文学对泰国现代文学的小说体裁产生了较大的影响，对丰富泰国现代文学体裁以及创作手法做出了积极的贡献。

泰国现代文学中的现实主义等流派的产生、完善和不断发展，都与西方文化的推动、西方文学的影响不无关系。

1932年，泰国资产阶级维新政变爆发，废除了君主专制制度，建立了君主立宪政体。泰国成为君主立宪制的国家之后，旧有的社会矛盾并没有解决，新权贵代替了老贵族，金钱成为社会地位的标志。贫富悬殊、阶级压迫和剥削问题变得更加突出，具有民主思想的知识分子对这次革命感到失望，这成为泰国现实主义文学萌生的社会思想基础。②

20世纪二三十年代，泰国现代文坛上出现了一批具有现实主义倾向的青年作家。他们崇尚欧洲文化，受西方莎士比亚、巴尔扎克③、莫泊桑、

---

① 栾文华：《泰国文学史》，社会科学文献出版社，1998年版，第42页。
② 栾文华：《泰国文学史》，社会科学文献出版社，1998年版，第106页。
③ 奥诺雷·德·巴尔扎克（1799—1850）是19世纪法国伟大的批判现实主义作家，是一位具有划时代意义的文学巨匠。他是小说艺术的革新者，他将戏剧、绘画、史诗、造型等多种艺术的表现手法融为一体，把叙事、描写、抒情、对话密切结合，极大地丰富和完善了小说的艺术技巧，使之成为一种表现力极强的综合性的艺术形式。巴尔扎克的作品规模宏伟，内容丰富，数量巨大，长、中、短篇小说有90余部。其代表性的作品有长篇历史小说《舒昂党人》（1829）、短篇小说《高利贷者》（1830）、长篇小说《驴皮记》（1831）、《夏培上校》（1832）、《欧也妮·葛朗台》（1833）、《高老头》（1834）、《幻灭》（1837—1843）等。上述作品构筑成了一座气势恢宏的文学大厦——《人间喜剧》。《人间喜剧》描绘出了封建贵族的没落和资产阶级的罪恶发迹过程，揭露和批判了金钱社会的罪恶。作家成功塑造了一系列资产阶级的典型形象：银行家、金融投机家、高利贷者等。

果戈理等西方作家的影响，摒弃过去以王公贵族生活为题材的传统，直接取材于泰国的现实生活，揭露社会黑暗，反映社会矛盾，反对封建专制制度，要求民主政治，宣传资产阶级人道主义思想，同时表达作家们自己的政治理想和思想感情，创作了大量的现实主义优秀作品。

西巫拉帕（1905—1974）是泰国现代著名小说家，为泰国现代文学的奠基做出了突出的贡献。西巫拉帕的小说主要有《情刃戮心》、《降服》、《女友》、《人魔》、《男子汉》、《共存的世界》、《结婚》、《爱与恨》、《生活的战争》、《画中情思》、《后会有期》和《向前看》等。

西巫拉帕的长篇小说《男子汉》通过玛诺的奋斗故事，阐述了"人人平等"这样一条真理：平民并不低能，贵族能做到的事，平民也能做到，以前被贵族垄断的社会高位，平民通过自身的努力和奋斗也可以达到。小说《男子汉》讲述的是，玛诺出身低微，通过自己的不懈努力和艰苦奋斗，经历种种坎坷和磨难，终于在英国获得了博士学位，回国当了法官，获得了爵位。在《男子汉》中，作者借玛诺之口大胆宣称："我们不是宗教的神仙，而是世界的神仙，我们是世界最美的情操的寻求者。"[1]

西巫拉帕的《女友》《结婚》等小说表现了作者追求个性解放，主张婚姻、恋爱自由，反对强迫和包办婚姻的先进思想。西巫拉帕早期的作品都是爱情小说，这也是那个时代泰国文学作品的热门题材。西巫拉帕的作品通过爱情故事反映了泰国当时的政治、经济、文化、道德等方面的现实状况，表达了当时青年阶层的愿望和追求，显示了对封建观念的反叛精神。

西巫拉帕的《共存的世界》《男子汉》等小说表达了作者对资产阶级的自由、民主的向往以及对泰国社会不平等的抗议。资产阶级的自由、民主思想是西巫拉帕早期作品的思想核心。在泰国人的心目中，国王、宗教、国家是高于一切的，但作者笔下的新人形象几乎找不到这种影响的影子。相反，他们把西方社会作为自己的理想的社会。玛诺在国外留学，作者对此有这样一段议论："再有三四个月，他就要动身去英国——一个具有高度艺术、科学、文明的国家——一个会给他以荣誉和地位的国度！"玛诺回国时，作者又写道："英国把潇洒作为礼物赠给了他。"（《男子

---

[1] 栾文华：《泰国文学史》，社会科学文献出版社，1998年版，第73页。

汉》）作者在这里所写的英国是作为封建社会的泰国的对立物而出现的，作者笔下的人物向往的是西方社会光明的一面，而不是它的压迫和剥削的另一面。对英国的颂扬自然意味着对泰国落后方面的否定，这在当时是有进步意义的。[1]

1932 年西巫拉帕出版的《生活的战争》是泰国现实主义文学的奠基之作。《生活的战争》是权势、金钱与感情、道德的战争，小说揭露了社会的黑暗和人们的伪善，抨击了当时泰国社会的世态炎凉。《生活的战争》以陀思妥耶夫斯基于 1845 年创作的《穷人》为蓝本，故事情节基本保持原貌，人物有所改动，社会背景是泰国的，语言风格则是西巫拉帕自己的。《生活的战争》和《穷人》一样，采用的是书信题材。它以一对青年男女的爱情为主线贯串全书。主人公拉宾是泰国社会的小人物，他出身低微，自小贫穷，生活中最大的安慰和幸福是一位美丽的少女波芬在爱着他。波芬原是高官的女儿，生活阔绰，养尊处优。后来由于发生变故，父亲出逃，母亲亡故，家道中落，变成穷人。拉宾和波芬在贫苦中相爱，但波芬最终受不了贫困的煎熬，应聘当了电影明星，获得了一大笔钱。地位发生变化后，她抛弃了拉宾，转而决定和年轻富有的电影导演结婚。[2]

《画中情思》是西巫拉帕的另一部现实主义小说。小说以吉拉娣和诺朋的爱情为主线，叙述了两人的爱情纠葛，同时描绘了泰国社会的种种丑恶现象。小说抨击了长期禁锢着人们头脑、束缚着人们手脚的封建宗法思想和封建婚姻制度，控诉了封建礼教对青年的摧残，揭露了封建阶级代表人物的伪善面目。小说《画中情思》讲述的是，出身贵族家庭的女主人公吉拉娣在 35 岁时遵从父命嫁给了老年丧偶的侯爵，并随侯爵一起去日本度蜜月。负责侯爵夫妇的旅日生活安排的留日学生诺朋对吉拉娣一见倾心，狂热地追求她。两人利用侯爵忙于应酬、无暇他顾的良机，郊外散步，海滨畅谈，湖上泛舟，陶醉在浪漫的爱情中。回到泰国后，吉拉娣一直念念不忘诺朋。侯爵病逝后，吉拉娣更盼望能早点见到自己的心上人。然而，诺朋在日本时对吉拉娣产生的爱慕之情，后来发生了巨大变化。因为诺朋想找一个富豪之女，以她的家产作为自己事业的靠山。在这种思想驱使

---

① 栾文华：《泰国文学史》，社会科学文献出版社，1998 年版，第 73～74 页。

② 栾文华：《泰国文学史》，社会科学文献出版社，1998 年版，第 107 页。

下，原来追求的爱情已经烟消云散，吉拉娣在他心中早已无影无踪。吉拉娣对自己的未来幸福陷入了绝望，再加之疾病的折磨，最后忧郁地告别人世。

高·素朗卡娘（1911—1995）是20世纪泰国现实主义作家的杰出代表，她先后发表了《风尘少女》（又译《妓女》）、《金沙屋》、《僻静的路》、《豪华世家的虚荣心》等长篇小说以及《玛丽妮》、《绅士》等大量短篇小说。其中长篇小说《风尘少女》是高·素朗卡娘现实主义的代表作。

《风尘少女》讲述的是，乡村少女甜美丽天真、淳朴善良、富于幻想，向往大城市的生活。在宋干节聚会上，她遇见了来自曼谷的风流倜傥的青年卫差。甜在卫差的挑逗和花言巧语的蒙骗下，轻率地以身相许，并随他离开家乡来到曼谷。甜被卫差无情地卖到了曼谷的烟花巷。甜万般无奈，只好卖身求生，含泪卖笑，改名为"乐"。在一次接客中，她认识了侯爵家的公子威，两情相悦。然而不久，威不辞而别，一去不复返。乐虽然身陷污泥，心灵却保持着纯洁和善良。她想跳出火坑，再也不干那种屈辱的行当。可是在那黑暗的社会里，这一切只能是幻想。后来，在女友沙茫的帮助下，她逃离了烟花巷。可是不久，贫困的生活逼得她走投无路，只得重操旧业，直到生命的最后一刻，也没有摆脱那种屈辱的生活。小说通过对甜悲惨命运的叙述，有力地控诉了残酷无情的黑暗社会，抨击了残害妇女的封建制度，鞭挞了道貌岸然的伪君子。同时，表达了作者对生活在社会最底层劳动人民的深切同情。

多迈索（1905—1963）是泰国现代文学史上著名的女作家，她的文学创作对后来的泰国现代女性文学的发展产生了较大影响。多迈索共创作了《贵族》《她的敌人》《第一个错误》《妮》等12部长篇小说和20篇短篇小说。其中不少小说所描写的题材内容为泰国上层家庭生活，从而反映了泰国社会特别是上层社会的现实状况。她的写作手法细腻自然，真实可信，生动深刻。

长篇小说《贵族》讲述的是一个妻妾成群、骄奢淫逸、生活糜烂的封建大家庭的故事。男主人昭坤欧姆拉腊22岁时同时娶了两个妻子：端庄美丽的旧式妇女坤汶、受过教育的新式妇女媚赛。按说坤汶应该是正室，但是媚赛却坚持在昭坤欧姆拉腊与坤汶结婚之前的两天结了婚，媚赛因此成了正室。三年后，媚赛生了一个女儿，家庭地位大大提高。不料女儿两岁便夭折，坤赛从此便不再生育。后来坤汶生了一对双胞胎，大的是女孩，名叫威莫；小的是男孩，名叫威帕。昭坤欧姆拉腊又接连娶了两个妾。在这个大家庭里，妻妾争斗不断。媚赛失宠最早，离开了这个家庭。坤汶为博得丈夫的欢心，为丈夫物色小妾，这也未能挽救她在这个大家庭中的地位。最后她在小妾的排挤下失宠，也离开了这个家庭。昭坤欧姆拉腊死后，大家庭树倒猢狲散。

一夫多妻制是封建统治阶级的特权之一，它侵犯人权，残害妇女。小说《贵族》有力抨击了一夫多妻制，无情揭露了生活在封建制度下泰国妇女的凄惨命运。

蒙拉查翁·克立·巴莫（1911—1995）是 20 世纪 40 年代蜚声泰国文坛的现实主义小说家。他创作的小说有《独臂村》、《饮食谋杀术》和《乡巴佬进城》等。其中《独臂村》是一部惊世骇俗、振聋发聩的小说，读后令人扼腕叹息，心潮难平，痛入心扉。小说把民众对资产阶级议会选举的厌恶、痛恨写得入木三分，鞭辟入里。

《独臂村》讲述的是，一位医生假日外出狩猎，不巧在森林里迷了路。经过一夜的艰难跋涉，天亮时发现附近有一个山村。他欣喜若狂，径直奔去，却突然被一个村民挡住去路。一向以质朴好客著称的村民持枪对准医生，没头没脑地质问他是否来拉选票。医生对村民如何知道"拉选票"这样的政治术语以及为何对拉选票者这样痛恨而困惑不解。

医生被村民带入山村，惊讶地发现一个令人毛骨悚然的怪异现象：这个山村里的孩子都没有右臂。如果是近亲通婚造成的生理畸形，为什么这样巧合地都出现在手臂上呢？医生又陷入新的疑惑之中。恰在这时，有一个村妇临盆难产，医生被请去接生。他发现生下来的孩子四肢健全，并无失右臂现象。那么，其他孩子的右臂是怎么失去的呢？正当医生困惑不解的时候，新生婴儿的父亲拿来一把快刀，一刀砍下了婴儿的右臂。

医生认定这是山村残忍的陈规陋习，气愤地去质问村长，然而村长的一番话却道出了意想不到的原因："残忍的事情往往有它残忍的原因。我们已经选过好几届议员了。每次他们来拉选票的时候，都是好话说尽，许愿承诺，保证要让大家同享美好生活。可是，他们一旦当上了议员，就忘却了竞选诺言，开始出卖灵魂。他们为了中饱私囊，发财致富，变成一个表决机器。至于选民的饥寒、死活，他们根本就不闻不问。他们这样对待我们，你说残忍不残忍？受一次骗还可以忍忍，但我们是次次受骗的啊！不管是谁，一旦当选就出卖我们，我们怎么能不痛心？我们怎么能不愤恨？于是，我们开会做出了一条规定：在这个村子里，不管是谁家生孩子，一出娘胎就得砍掉右臂，只留下左臂干活谋生，免得他们长大成人后去举手投票，出卖灵魂，使父母伤心……"①

《独臂村》运用夸张的表现手法，通过上述催人泪下、血淋淋的故事的细节描写，强烈表达了村民用鲜血进行的无言的抗争，无情揭露了议员们的虚伪狡诈和背信弃义，愤怒地控诉了资产阶级民主的虚伪性和欺骗性。

蒙拉查翁·克立·巴莫后期创作了《四朝代》、《殊途同归》、《芸芸众生》和《封建洋人》等长篇小说，其中，《四朝代》是最具代表性的现实主义鸿篇巨制。该小说以拉玛王朝五世中期到八世末期（1882—1946）泰国上层贵族社会为背景展开叙事，通过一个封建贵族家族盛衰的故事，展现了泰国封建制度的衰败、资本主义初兴的历史轨迹。

综上所述，在西方文学的影响下，泰国的现实主义等文学流派从无到有，从涓涓细流到大江大河，汹涌澎湃、奔流不息、蓬勃发展，取得了前所未有的成就。

---

① 李健：《泰国文学沉思录》，世界图书出版公司，2007 年版，第 18 页。

第七章

全球视域下的西方文化与印尼现代文学

19 世纪末至 20 世纪初期是印尼文学从传统走向现代的时期。在这一时期，印尼受西方教育的新一代作家和诗人参照西方的文化理念、文学观念，反思本国的民族文学。印尼现代文学与民族救亡运动紧密结合，学习借鉴西方文学思潮、创作方法以及文学形式，在与西方文化、文学的交流、碰撞与融合中，最终完成了从古典传统文学到现代文学的转变。

下面我们从西方文化在印尼的传播、西方文化与印尼现代文学之关系两个大的方面进行论述。

第一节　全球视域下西方文化在印尼的传播

关于西方文化在印尼的传播，我们从印尼仁人志士为挽救民族危亡、争取国家独立而主动学习、吸收西方文化，西方国家与印尼的贸易活动对西方文化在印尼传播的某种推动作用，荷兰殖民者在印尼的殖民统治客观上传播了西方文化等三个方面进行论述。

一　印尼人对西方文化的主动吸纳

印尼人民面对西方列强的侵略，自我觉醒，主动学习、吸收西方先进文化为我所用，为挽救民族危亡服务、为争取民族独立服务，这极大地推动了西方文化在印尼的传播。

20 世纪初，印度尼西亚的民族资产阶级启蒙运动轰轰烈烈展开。启蒙运动最初是由接受西方教育的上层人士发起的。拉登·阿澄·卡尔蒂妮（1879—1904）是印度尼西亚最著名的妇女解放运动的先驱者，也是印度尼西亚最早具有民族觉醒意识的新一代知识分子的代表，她对印尼民族启蒙运动的兴起发挥了重要作用。1879 年，卡尔蒂妮生于封建官僚家庭。她在荷兰学校接受过教育，阅读了大量荷兰文的人文科学著作，与不少荷兰朋友交往甚密，经常与荷兰友人有书信来往。她的进步思想言论主要通过与荷兰友人的书信来往表达出来，后来编成一部书札集，取名为《黑暗过去光明到来》（又译《从黑暗到光明》）。从荷兰学校和荷兰朋友那里，卡尔蒂妮接受了欧洲资产阶级思想。西方的人文主义思想激发了她反帝反封建的意识。她提倡男女平等和妇女解放，主张用西方先进思想文化促进印尼进步，提高印尼民族的独立性和地位。为促使印尼妇女觉醒和推动印尼妇女接受教育，卡尔蒂妮创办了印尼第一所女子学校。

迪尔托·阿迪·苏里约（1880—1918）是印尼现代民族运动的开路先锋、是民族新闻事业的开拓者，他用报刊等舆论工具宣传进步思想，唤醒民众，同殖民者进行斗争。基·哈查尔·德万托罗是一位勇敢和坚定的反对荷兰殖民者的斗士，他在民族解放运动中为印尼民族教育事业的发展做出了贡献。1921 年，他创办了印尼第一所民族学校——学生园地。他被誉为"印度尼西亚民族教育之父"。

1908 年 5 月 20 日，印尼的精英代表瓦西丁博士在雅加达成立了第一个民族文化团体——至善社。该组织的行动纲领是：一、大力兴办教育事业，促进爪哇传统文化和西方式教育的发展，提高民众受教育水平，设立奖学金，资助贫困学生到欧洲留学；二、发展农牧业和工商业，繁荣经济；三、发展工业，促进技术进步；四、发扬民族文化，重视民族艺术；五、宣传民族优良品德；六、促进民族和谐统一，提高印度尼西亚民族在世界上的地位。"至善社"成立的第二年，就建立分社 40 多个，成员 1 万余人。随着该社组织规模的扩大，其社会影响也不断扩大，极大地促进了印尼人民的觉醒。

1908 年，在荷兰留学的印度尼西亚学生成立了"东印度协会"，后改名为"印度尼西亚协会"，其机关刊物《东印度之子》改名为《独立的印度尼西亚》。该会把争取印度尼西亚民族独立作为奋斗的目标。另外，从事工商业的民族资产阶级企图借助伊斯兰教来聚集自己的民族力量，以应对与外来资本和外商的激烈竞争。他们以日惹、梭罗的花裙业主为首，于 1911 年成立"伊斯兰商业联盟"，1912 年改名为"伊斯兰教联盟"。该联盟提出"穆斯林团结起来实行互助合作"的口号，以维护他们的商业利益。印度尼西亚人民有近 90% 信奉伊斯兰教，所以这个联盟很快就成为具有广泛群众基础的宗教政治组织，许多工人和农民也参加进去。到 1916年，伊斯兰教联盟各地分支的成员人数共达 80 万人，形成了一股强大的群众力量。① 20 世纪 20 年代，印尼民族运动不断高涨，受荷兰学校教育的青年学生纷纷建立地区性的青年组织，如爪哇青年联盟、苏门答腊青年联盟等。其成员中的先进分子积极主张发扬民族文化，使用民族语言进行文学创作以激发民族意识，弘扬爱国主义精神。

20 世纪前两个十年，随着印尼近代经济的发展和工人阶级的出现以及社会主义思想的传播，马克思主义的社会主义思想在印尼的影响逐步扩大。1914 年 5 月 9 日，泗水成立了"东印度社会民主联盟"。该联盟在纲领中明确提出"争取印度尼西亚独立"的口号，提出"以社会主义知识教育人民"的主张。该联盟在 1920 年 5 月举行的第七次代表大会上改名为印度尼西亚共产党（以下简称"印尼共产党"）。印尼共产党的成立，使印尼无产阶级成为早期民族运动中最有组织性和战斗性的革命队伍，从而全面加强了对革命运动的领导，把以工农为基础的民族运动迅速地推向高潮。

1926 年至 1927 年，印尼共产党发动的反对荷兰殖民主义者的起义失败后，印尼共产党被宣布为非法党派。在这种背景下，一种新的民族主义思潮逐步形成，其代表人物是苏加诺（1901—1970）。1926 年，苏加诺在《青年印度尼西亚》杂志上发表了他的《民族主义、伊斯兰教和马克思主义》一文，提出了他的民族主义的基本思想。其核心内容为：在殖民统治的情况下，把推动印尼各种不同力量的三个主要思想——民族主义、伊斯兰教和马克思主义，结合起来成为一个伟大的精神，那种能给人们带来伟大成就的团结精神。② 1927 年，苏加诺倡导成立了印度尼西亚民族党，继续高举反殖民主义的旗帜。1933 年，苏加诺发表了《争取印度尼西亚独立》一文，提出民族主义的最终目标不仅在于政治独立，还要实现社会公正。苏加诺的民族主义思想对印尼民族解放运动产生了重要影响。

穆哈马特·哈达（1902—1980）和阿里·沙斯特里阿米佐约（1903—

---

① 梁立基：《印度尼西亚文学史》（下册），昆仑出版社，2003 年版，第 391 ~ 392 页。

② 〔澳〕J. D. 莱格：《苏加诺政治传记》，上海人民出版社，1977 年版，第 70 页。

1975）是近代印尼有影响力的思想家，是印尼民族主义运动的领导人。哈达的《印尼及其独立问题》在鼓舞印尼知识分子争取独立的斗争中产生过广泛的影响。

在印度尼西亚民族主义思潮的推动下，一个统一的印度尼西亚的观念日益发展。1928 年 10 月 28 日，来自印尼群岛各地的青年在雅加达召开了第二届全国青年代表大会，大会通过的《青年誓言》宣称："我们，印度尼西亚的儿女，承认我们是属于一个民族，即印度尼西亚民族。我们，印度尼西亚的儿女，承认我们只有一个祖国，即印度尼西亚。我们，印度尼西亚的儿女，承认我们只有一种共同语言，即印度尼西亚语。"[1]《青年誓言》中关于印度尼西亚统一的民族和文化的思想，对于印度尼西亚人民争取民族独立和发展民族文化，发挥了有力的推动作用。

综上所述，印尼的仁人志士在反对荷兰殖民统治的斗争中清醒地认识到，要取得民族独立和民族解放，必须立足本民族的传统文化，不断吸收西方先进的政治制度、教育制度和文化思想，才能建设自己的现代文化，不断将民族解放斗争推向高潮。印尼的仁人志士对西方文化的主动吸纳无疑促进了西方文化在印尼的传播。

二 西方国家和印尼的贸易与西方文化在印尼的传播

西方国家与印尼的贸易活动对西方文化在印尼传播发挥了一定的推动作用。它不仅促进了西方商品在印尼的流通，还在某种程度、某些方面展现了西方的物质文明和生活方式，促进了西方近代科学技术、文化思想在印尼的传播。

1511 年，葡萄牙殖民者占领马六甲后，就开始探寻有"香料群岛"之称的马鲁古群岛。1511 年 12 月，安东尼奥·德·阿布鲁带领三艘船去寻找"香料群岛"。这次航行虽未到达马鲁古群岛，但他们带回了不少豆蔻，绘制了松巴哇、帝汶、塞兰等岛的地图，为日后的航行打下了基础。1513 年，葡萄牙人第二次远征"香料群岛"。这次，他们到达了"香料群岛"的两大岛——德那第岛和蒂多雷岛，在那里购得大量丁香，还在岛上建立了商站。1521 年，葡萄牙人在德那第岛设置堡垒，从此垄断了马鲁古群岛

---

[1] 梁立基：《印度尼西亚文学史》（下册），昆仑出版社，2003 年版，第 392 页。

的香料贸易。1522年，一艘葡萄牙舰船来到巽他卡拉巴（即后来的雅加达），该地的统治者准许他们建立一个堡垒。[①]

葡萄牙人独占"香料群岛"为时不长。1521年，麦哲伦率领的船队到达菲律宾，他本人在与当地人的冲突中丧生，船队其他成员于11月8日到达"香料群岛"的蒂多雷岛。蒂多雷岛的素丹给予西班牙人大量香料。西班牙知道"香料群岛"后，立即派出两支船队前往，并宣布对马鲁古群岛拥有主权。从此，为掌握"香料群岛"的控制权，以葡萄牙人和德那第为一方，以西班牙人和蒂多雷为另一方，双方展开了长期的明争暗斗。葡萄牙抗议西班牙介入"香料群岛"，违背了1494年两国根据《托德西拉斯条约》规定的教皇子午线。两国多次谈判未果，于是诉诸战争。1529年，西班牙和蒂多雷联盟被葡萄牙击败，被迫与葡萄牙签订了《塞拉戈萨条约》，重新在马鲁古群岛东经17度处画一条线瓜分势力范围，马鲁古群岛由葡萄牙控制，西班牙暂时退出。1530年，蒂多雷岛素丹被迫每年向葡萄牙进贡丁香。1542年，西班牙又派出5艘舰船前来挑战，战败而归。[②] 此后，西班牙放弃马鲁古群岛，转而图谋菲律宾。

1545年，葡萄牙人设法参与了万丹的贸易。万丹这时已是为中国和印度供应胡椒的主要港口。葡萄牙人还与文莱素丹结下缔约，获许合作利用经苏禄群岛和苏拉威西海的北部航线，从而避开了由亚齐等控制的经东爪哇到达马鲁古的南部航线。1595年，第一支荷兰远征船队从鹿特丹港启航，经由好望角前往东印度。这只船队由科尔尼斯·德·惠特曼率领，由4艘船舶、249名水手和64门火炮组成。1596年6月，惠特曼率领的荷兰船队抵达印度尼西亚万丹港，受到热情而礼貌的接待，但由于他的蛮横无理，他和他的一些船员被投入监狱。一个月后，惠特曼被赎救出来。船队继续向东航行到查雅卡尔塔（即雅加达）和爪哇北部的其他港口，最远到达巴厘岛。其间荷兰人和葡萄牙人发生冲突，又遭到爪哇人的袭击，以致惠特曼的船队返回荷兰特塞尔岛时损失了一条船和100多名船员。尽管如此，船队带回的香料仍然使那些生还的冒险家发了大财。[③] 此后，荷兰的

---

① 梁志明主编《殖民主义史》（东南亚卷），北京大学出版社，1999年版，第63页。
② 梁志明主编《殖民主义史》（东南亚卷），北京大学出版社，1999年版，第62页。
③ 梁志明主编《殖民主义史》（东南亚卷），北京大学出版社，1999年版，第100页。

许多港口城市组织了类似的航行。由于香料贸易巨额利润的诱惑，多家贸易公司展开贸易活动。1598 年，荷兰各公司至少有 5 支船队共 22 艘船只开往东印度，其中 13 艘经好望角，9 艘经麦哲伦海峡。荷兰"远方公司"船队由指挥雅各布·范·内克率领的其中 4 艘船满载胡椒从万丹港返回荷兰。另外 4 艘船继续沿着爪哇北岸航行，在雅加达、图班和锦石停靠。副指挥范·布姆斯克尔克率领的船只到了安汶岛和班达群岛，在隆塔尔建立了商馆。副指挥范·瓦维伊克率领的船只继续前往德那第，最后于 1600 年底回到荷兰。

1600 年，荷兰人因帮助马鲁古群岛上的班达人反对葡萄牙人而获得收购该岛香料的特许权。[①] 1601 年，有 14 支荷兰贸易船队开往爪哇等地。大批荷兰商人涌入印尼群岛，不同公司的商人为获取货物而进行激烈竞争。为了避免内部竞争，共同对付葡萄牙和西班牙，1602 年 3 月 20 日，由 6 个区的商会组成的"荷兰联合东印度公司"（亦称"荷兰特许东印度公司"，又称"荷兰东印度公司"）获得荷兰国会颁发的特许令。该公司被授予好望角和麦哲伦海峡之间海域为期 21 年的贸易垄断权。公司总部设在阿姆斯特丹。合并前，各公司在马鲁古群岛的德那第、班达群岛、爪哇北岸的万丹和锦石、马来半岛的北大年和柔佛，以及苏门答腊西北顶端的亚齐等地的商馆均由"荷兰联合东印度公司"掌管，由此最大限度地聚集了荷兰全国的东方贸易力量。

1609 年，荷兰联合东印度公司在望加锡设立了贸易站。1610 年 12 月，荷兰联合东印度公司总督彼得·博特（Pieter Both）到达万丹，他希望找一块比万丹更安全、气候更好的新殖民地作为荷兰的殖民总部。1611 年，他和雅加达的统治者达成协议，对方允许荷兰人在当地建立不设防的商馆。雅加达，荷兰人称之为"巴达维亚城"，该城位于芝里翁河河口，四周被多个岛屿环绕包围。随后，彼得·博特全力巩固荷兰在印度尼西亚的这个根据地。1611 年，荷兰在查雅卡尔塔（即雅加达）设立商站。1619 年，在总督约翰·彼得松·考恩（Jan Pietersz Coen）的领导下，巴达维亚城日益繁华，成为荷兰联合东印度公司驻亚洲的总部，它从此成为荷兰人在亚洲发展贸易、建立领地的前哨站。到安东尼·范·迪门任期结束的

---

① 梁志明主编《殖民主义史》（东南亚卷），北京大学出版社，1999 年版，第 102 页。

1646 年，巴达维亚已经牢牢地确立了其在荷兰从波斯湾到日本的海上帝国的指挥中心地位。所有荷兰帝国的商馆必须向巴达维亚汇报其生产情况，所有通往欧洲的贸易以及亚洲地区之间的商业都得经由巴达维亚。巴达维亚取代了马六甲，成为通往西方贸易的纽带。对于荷兰人来说，地域广阔的马来西亚和印度尼西亚地区是一个以巴达维亚为中心的复杂的贸易网络。荷兰到巴达维亚之间的航程一般持续 9 个月，每年 11 月或 12 月从欧洲出发的航船，一般在次年的 8 月或 9 月到达巴达维亚，航程大约为 3400 英里。从巴达维亚返回欧洲的船只一般在 10 月或 11 月出发，次年夏季停泊在须得海入海口的一个小岛——特塞尔港口卸货。[①] 到 1700 年，荷兰已经控制了除澳门、马尼拉和苏门答腊的明古连之外的所有贸易中心。荷兰以巴达维亚为中心操控着马来西亚和印度尼西亚群岛的国际贸易，并且从中征税，他们支配着各条航线和该地区的主要市场。荷兰仰仗其强大的军事力量，较少受到竞争对手走私贸易的干扰。荷兰通过派出的代理商和殖民者在班达群岛、安汶岛和马鲁古群岛积极管理和调控着香精香料的生产。在这个垄断体系里，当地居民被牢牢地控制着，香料的生产根据公司的销售情况决定，价格也由公司把控。[②]

英国涉足印度尼西亚可追溯到 16 世纪末。当时，在女王伊丽莎白的支持下，英国的探险家弗兰西斯·德雷克（F. Drake）于 1577 年横渡大西洋，进入太平洋，1579 年 11 月到达马鲁古群岛，而后向西航行，绕过好望角，于 1580 年 9 月回到英国。德雷克继麦哲伦之后，完成第二次环球航行，成为最早来到东南亚的英国人。1587 年，英国人卡文迪什横跨大西洋，穿越麦哲伦海峡，横渡太平洋，到达爪哇。他在爪哇修理好船只后返回英国。卡文迪什还报告说，在马鲁古群岛可自由贸易。[③]

① 〔美〕唐纳德·F. 拉赫、埃德温·J. 范·克雷：《欧洲形成中的亚洲》第 3 卷，周宁总校译，载《发展的世纪》第 1 册（上）《贸易 传教 文献》，许玉军译，人民出版社，2012 年版，第 51~59 页。

② 〔美〕唐纳德·F. 拉赫、埃德温·J. 范·克雷：《欧洲形成中的亚洲》第 3 卷，周宁总校译，载《发展的世纪》第 1 册（上）《贸易 传教 文献》，许玉军译，人民出版社，2012 年版，第 107 页。

③ 梁志明主编《殖民主义史》（东南亚卷），北京大学出版社，1999 年版，第 132~133 页。

1600 年 12 月 31 日，英国东印度公司①成立。1602 年，詹姆斯·兰开斯特率领的公司船队从英国出发，到达苏门答腊的亚齐，而后驶抵爪哇的万丹，并在万丹设立商馆。这是英国东印度公司在东南亚设立的第一个商业殖民据点，也是殖民活动初期英国在东南亚海岛地区最早的贸易总部。当时兰开斯特的船队满载胡椒等各种香料由爪哇回国。② 1604 年，英国第二支船队驶往"香料群岛"，企图在安汶岛和班达群岛建立商站，遭到荷兰阻挠，仅获得一些香料后返回万丹。同年，英国与葡、西签订合约，葡萄牙允许英国在安汶进行香料贸易。17 世纪初期，英国东印度公司在印度尼西亚东部的望加锡王国开辟了一个商站，并控制了班达群岛中的兰岛和奈拉卡等岛屿，得到了它所期望的丁香、豆蔻和豆蔻皮等。1611 年，英国派出"环球号"到孟加拉湾和暹罗湾从事贸易活动，与暹罗和缅甸建立商业联系，在北大年和阿瑜陀耶设置了两处商馆。其后，英国人通过各种方式在加里曼丹南部的苏卡塔纳、望加锡、贾亚克尔塔、爪哇的哲帕拉、雅加达，以及苏门答腊的亚齐、帕里亚曼和占碑建立商站。③ 1613 年，英国东印度公司与亚齐素丹签约，获得在亚齐诸港口贸易的权利。1613 年，英国东印度公司在苏拉特建立了贸易站，公司在亚洲的贸易模式就此形成并且一直持续到最后：用欧洲的白银购买印度的纺织品，用纺织品交换印度尼西亚的胡椒和香料，再将胡椒和香料出口到英格兰。1613 年，英国在望加锡和加里曼丹岛西部设立商馆，采购当地的香料。1613 年，英国在印度多地设立商馆以后，继续向东推进，在马来西亚半岛沿海的北大年等地设立了商馆。④

英国在"香料群岛"的贸易开拓中遇到了强劲对手荷兰的阻挠。为了

① 英国东印度公司由一些伦敦的富商投资组建，又称"伦敦督办及商人东印度公司"。公司得到英国女王伊丽莎白颁发的特许权，被授予 15 年在东方贸易的专许权。英国东印度公司成立时，由一名总裁和 24 名委员组成，它拥有自己的武装和舰队，获得从麦哲伦海峡到好望角之间地区贸易的垄断权，它可以对外宣战或媾和，并有权缔结条约。虽名为商业贸易公司，实际具有政权职能。梁志明主编《殖民主义史》（东南亚卷），北京大学出版社，1999 年版，第 134 页。
② 梁志明主编《殖民主义史》（东南亚卷），北京大学出版社，1999 年版，第 134 页。
③ 梁志明主编《殖民主义史》（东南亚卷），北京大学出版社，1999 年版，第 105 页。
④ 〔美〕唐纳德·F. 拉赫、埃德温·J. 范·克雷：《欧洲形成中的亚洲》第 3 卷，周宁总校译，载《发展的世纪》第 1 册（上）《贸易 传教 文献》，许玉军译，人民出版社，2012 年版，第 77 页。

贸易的顺利展开，英国与荷兰举行谈判，希望达成协议。1619 年 9 月，英荷双方签订了一项条约。该条约规定，两国在马鲁古群岛和安汶、班达的香料贸易中，荷兰人占 2/3，英国人占 1/3；在爪哇各港口的香料贸易中享有同等的份额。为了共同对抗葡萄牙人和西班牙人，两国的东印度公司各自提供 10 艘战舰，同时两国皆可保留在各地的要塞和据点。① 但两国在该地区的利益冲突导致条约签订仅几个月后就成了一张废纸。1623 年，荷兰最终把英国人赶出了班达群岛。荷兰多管齐下，把葡萄牙人于 1605 年从马鲁古赶走，1640 年从斯里兰卡的尼甘布和加勒赶走，1614 年从马六甲赶走，并于 1643 年和 1663 年把西班牙人分别从中国台湾北部和马六甲赶走。到 1640 年，在亚洲流通的荷兰联合东印度公司总资金多达 800 万—1000 万荷兰盾，相当于或超过葡萄牙在胡椒贸易方面的全部投资额。从 1660 年开始，西班牙为开辟新的贸易渠道，派出大帆船前往印尼的巴达维亚进行贸易。

荷兰与印尼之间的贸易往来极为频繁，贸易量不断增长。史料统计："荷兰与印尼之间的贸易船只，1602—1625 年间平均每年 10 艘，1626—1670 年间平均每年 22 艘，1671—1750 年间平均每年 29 艘，1751—1780 年间平均每年 26 艘。船只最大承载量从最初的 800 吨发展到后来的 1000—1200 吨。"②

综上所述，西方与印尼的贸易活动具有不平等、非等价交换的特点。在殖民地时期，西方与印尼的贸易活动还带有强迫、掠夺的性质。但在某种程度上，西方与印尼的贸易活动促进了印尼与西方的物质交流和文化交流，促进了西方文化在印尼的传播。

三　荷兰殖民统治与西方文化在印尼的传播

荷兰殖民者在印尼的殖民统治，对印尼的自然资源进行疯狂的掠夺，对印尼的传统文化造成了极大破坏，给印尼人民带来了巨大的民族灾难，遭到了印尼人民的强烈反抗。但从辩证唯物主义和历史唯物主义角度看，

---

① 〔英〕D. G. E. 霍尔：《东南亚史》，中山大学东南亚历史研究所译，商务印书馆，1982 年版，第 378 页。

② 梁志明主编《殖民主义史》（东南亚卷），北京大学出版社，1999 年版，第 124 页。

我们不得不承认，荷兰的殖民统治，在某种程度上、客观上给印尼带来了一些以前从未接触过的西方先进科技、人文知识，在某种意义上传播了西方文化。

荷兰将葡萄牙人从马鲁古群岛驱赶出去后，于 1602 年建立了统一的东印度公司。1618 年 12 月至 1619 年 1 月，英国人和威查雅克拉玛的军队围攻荷兰联合东印度公司的要塞。荷兰联合东印度公司于 1619 年 1 月底准备投降时，万丹突然出兵帮助荷兰人解了围。但是，荷兰人并不满足保住公司的利益，决定夺取查雅卡尔塔。1619 年 3 月 12 日，荷兰联合东印度公司将查雅卡尔塔改名为"巴达维亚"，以此作为荷兰联合东印度公司的统治中心，5 月，荷兰联合东印度公司总督燕·彼德尔斯逊·昆率领的荷兰舰队将万丹军队赶出了这座城市。1636 年，荷兰舰队先后在马六甲附近和天定河河口的海战中击败葡萄牙舰队，控制了马六甲海峡。1637 年，荷兰与柔佛再次合作，共同对付马六甲。1640 年 6 月，荷兰舰队炮轰马六甲。荷兰围困马六甲城后期，城内疫病流行，幸存者不过 3000 人。1641 年 1 月 14 日，葡萄牙驻马六甲总督向荷兰投降。[1]

1680 年，万丹素丹阿更向荷兰联合东印度公司宣战，王储在荷兰人的指使下，将素丹阿更监禁，并同意将荷兰联合东印度公司以外的商人赶出万丹。王储屈从于荷兰人的做法遭到苏丹阿更的拥护者和宗教领袖们的反对。1682 年，荷兰联合东印度公司镇压了苏丹阿更的拥护者，立王储为素丹哈吉。之后，井里汶也接受荷兰联合东印度公司的"保护"。[2]

在征服马打兰和万丹的同时，荷兰联合东印度公司对印尼群岛的其他王国发动了一系列殖民侵略战争。在马鲁古群岛，1663 年，荷兰人迫使西班牙人放弃在德那第和蒂多雷的贸易站。1667 年，蒂多雷承认荷兰联合东印度公司的统治权。1666 年，荷兰联合东印度公司以欧洲人、安汶人和武吉斯人组成的联军向戈阿发动进攻。经过一年的战斗，戈阿国王哈萨努丁于 1667 年 11 月被迫签订《朋加雅条约》，但戈阿国王并未履行。1668 年至 1669 年又发动了第二次战争，终于使戈阿国王屈服，从此荷兰占领戈阿。

---

① 梁志明主编《殖民主义史》（东南亚卷），北京大学出版社，1999 年版，第 110 页。
② 梁志明主编《殖民主义史》（东南亚卷），北京大学出版社，1999 年版，第 112 页。

1811 年 8 月 4 日，一支由 60 余艘船组成的英国舰队，载着大约 12000 人的远征军，出现在巴达维亚城。9 月 17 日，英军与荷兰在三宝垄签订条约。根据条约，荷兰将爪哇和它所属的一切要塞，包括巨港、西帝汶、望加锡全部交给英国。1824 年，英荷签订了《英荷伦敦条约》，荷兰将马六甲转让给英国，并保证不在马来半岛谋取利益。英国则把印尼的爪哇等地归还荷兰，承认印尼为荷兰的势力范围。

控制印尼群岛后，荷兰殖民统治者采取"强迫供应制""强征税供""强征劳役"等方式进行统治。"强迫供应制"要求马打兰每年必须以最低价格供应足够的大米，要求万丹以最低价格供应胡椒，要求勃良安以最低价格供应木材、大米、胡椒、牲畜、棉花，要求井里汶以最低价格供应蔗糖、大米等。"强迫供应制"规定的价格都非常低。除了强迫供应、种植外，荷兰殖民当局还强征税供、强征劳役、兴建城堡、修筑公路、开发矿产等。

19 世纪 50 年代起，荷兰在印尼实行的"强迫供应制"走向衰落。1854 年 5 月 1 日，荷兰国王颁布《荷属东印度统治法》。该法规定，在印尼"逐渐地由自由劳动代替赋税劳动，自由种植制度代替强迫种植制度"[①]。1870 年，荷兰殖民者颁布了《德·瓦尔糖业法》和《土地法》。《德·瓦尔糖业法》规定，自 1878 年起 12 年内，逐年收缩甘蔗的种植面积，并允许在爪哇自由销售蔗糖。《土地法》宣布凡是不能证明土地所有权的土地均归国家所有，政府可以把土地租赁给任何私人资本，期限为 75 年。土地私有者也可以把土地租给外侨，期限为 25 年。荷兰实行的上述"自由主义"新殖民政策为荷兰和欧洲私人资本进入印尼打开了方便之门。

1873 年，荷兰入侵亚齐，要求苏丹承认荷兰的殖民统治。1873 年至 1913 年，荷兰殖民者进行了近 40 年的战争，最终征服了亚齐。从 1846 年起，荷兰人不断征讨巴厘岛，1906 年，在巴厘岛南部建立了行政区。1852 年至 1905 年，荷兰殖民者完成了加里曼丹岛马辰地区的征讨。1913 年，荷兰殖民者废黜了最后一位苏丹，最终实现了对群岛大部分地区的控制。[②] 20 世纪初，印度尼西亚群岛完全沦为荷兰殖民地。

---

① 梁志明主编《殖民主义史》（东南亚卷），北京大学出版社，1999 年版，第 188 页。
② 北加里曼丹岛属于英国，伊里安岛的北部和东部由英、德两国瓜分，帝汶岛被葡萄牙占领。

在荷兰殖民征服和统治过程中，荷兰和西方资本大量进入印尼。荷兰的爪哇银行、荷兰商业银行、涵塘银行、殖民银行以及各大公司如雨后春笋般出现在印尼国土上，逐步控制了印尼的经济命脉。为获取更大的殖民地利益，荷兰殖民者在印尼不断进行基础设施建设。1873年，印尼建成两条铁路线——三宝垄至梭罗线、巴达维亚至茂物线。20世纪初，印尼铁路总长度已经达到3500公里。1873年，第一个近代化港口雅加达丹戎不碌港建成。随后几年，泗水、望加锡、勿拉湾等地也相继建成近代化港口。1882年，印尼出现第一家电话公司，几年后建立的电话公司多达34家。近代化的资本主义企业和种植园逐步发展起来，垄断了印尼石油、矿产、橡胶、椰油和蔗糖等重要经济行业。

为了更好地进行殖民统治，荷兰殖民者在印尼不断推进近现代教育。19世纪50年代，荷兰统治者在印尼最先设立了地方师范学校。1863年，欧洲人在印尼开设的小学向当地人开放，但学费高昂，只有印尼上层阶级的子女才上得起。1867年，荷兰殖民统治者在政府机构中设立了"教育部"。此后，专科学校开始设立，其中一所是爪哇医士学校，另一所是培训地方首领儿子的"酋长学校"。19世纪70年代初，殖民者设立了大量3年制的地方小学。据统计，1871年有263所地方小学，男、女生分别为12186人和4420人。1898年分别增加到48156人和8238人。1873年至1899年，师范学校的学生共有2356人，其中有907人毕业。爪哇医士学校从1875年至1904年共有学生729人，其中有152人毕业。①

从19世纪末开始，印尼实行印尼语学校制和荷兰语学校制并行的双轨教育制度。印尼语学校只有3年制小学，大多设在农村，主要目的是扫盲以及培养政府和企业所需的低级雇员，只教学生读写印尼语和简单的算术。荷兰语学校由殖民政府资助办学，分为小学、中学和大学三级，各级学校的教学程度和课程是按照荷兰国内学校体制设置的。中学分为3年制初中（毕业后，可以进入专科学校，学习农、工、法医、教育、牙科、兽医等科目）和6年制高中（毕业后，则可升入大学）。

随着印尼近代工商业经济的发展和荷兰殖民地行政机构的扩大，社会

① 俞亚克：《印度尼西亚现代教育的兴起》，载《南洋问珠录》，云南人民出版社，1986年版，第240~254页。

日益需要接受过近代教育的人才。同时，荷兰殖民当局希望在印尼扩大教育规模的过程中传播西方文化，用西方文化影响印尼人，削弱日益增强的伊斯兰教文化的影响。

20世纪初，荷兰殖民者提出所谓"道义政策"①。"道义政策"的核心内容是，荷兰政府为了国家的"荣誉"，必须拨出一定的款项为殖民地人民"谋幸福、办好事"。其中的一项重要内容就是兴办教育。荷兰实行的"道义政策"在某种程度上对殖民地的教育、文化等方面的发展发挥了一定作用，从某种意义上推动了西方文化在印尼的传播。

1902年，艾登伯格（A. W. F. Idenburg）出任殖民大臣，推崇"道义政策"，提出了教育、灌输和移民三项原则，被认为是这一政策的典型代表。②

为培养为他们效力的知识分子，荷兰殖民当局采取了一系列教育改革措施。1900年，万隆、玛琅和庞越的三家旧式仕官学校被改组成为造就文官而设计的专门学校，名为"本地官员培训学校"（OSVIA），学制5年，用荷兰语教学。该校对毕业于欧式小学的印尼人开放，出身于非贵族阶层的印尼人子弟也可以入学。1902年，又将原来的韦尔特弗雷顿爪哇医士学校改为"本地医生培训学校"（STOVIA）（又译"土著医生培训学校"），用荷兰语教学。为提高土著平民子弟上升为社会精英的可能性，作为进入"本地官员培训学校"和"本地医生培训学校"跳板的欧式小学也对印尼人开放。为了消除因高昂学费对平民子弟中杰出者入学所构成的障碍，阿本达伦特别规定，家长收入低于50荷兰盾者，其子弟可免缴学费。③ 这无疑为非贵族出身的印尼人增加了受教育的机会以及人生发展的机会。

为改变印尼农业生产方式的落后状况，殖民当局开展农业教育，传播农业实用技术。1903年茂物设立高等农校，为农业咨询局、林务局及欧洲人的大农场培训农技人员。苏甲巫眉及玛琅的种植学校培训低级的农技员。为促进工业技术的发展、服务当地经济，1909年，泗水、三宝垄、巴达维亚创立了第一批职业学校，教授金属冶炼、器具制造、机械维修等技

---

① "道义政策"又译"伦理政策"。

② M. C. Ricklefs, *A History of Modern Indonesia*, London, the Macmillan Press Ltd. 1981, pp. 143 – 144.

③ M. C. Ricklefs, *A History of Modern Indonesia*, London, the Macmillan Press Ltd. 1981, pp. 148 – 149.

术。1915 年，殖民当局又在乡村开办两年制的职业培训学校，传授木工活、熔铁、农具物什制作等实用技术。

在范·赫兹（Van Heutz）担任总督期间（1904—1909）和迪尔克·福克（Dirk Fock）任殖民大臣（1905—1908）的大部分时间内，大众教育得到扶持。在开办新型乡村小学方面，殖民当局提供教师和教材，并给予一定补贴。开办地的乡村承担大部分费用，包括兴建、维护校舍及支付教师工资的费用等。这些小学学制 3 年，用当地语言教授基本读写、算术和实用知识。通过荷兰人自上而下下达"委婉命令"的方式，乡村小学普遍被建立起来，1912 年荷属东印度村小学共 2400 多所。[①]

为加强对印尼人的荷语教育，殖民当局开始改革旧式两级制小学。改革后的一级学校加强了荷兰语教育，但体制上仍属于民族学校系统。在荷属东印度二元体制中，只有欧式教育系统才能通向中等教育。为了提高印尼人接受较高教育的可能性，1914 年本地一级小学改为荷巫学校（Dutch-IndonesiaSchool），虽然仍是印尼人上层子弟的学校，但从此正式成为荷属东印度欧式学校系统的组成部分。[②] 荷巫学校与 1908 年成立的荷华学校及欧式低年级学校都可以通向欧式中等教育。旧式二级学校从 1908 年起变成了"标准小学"，居于低级乡村小学和为印尼社会上层子弟兴办的一级学校之间。为了使乡村小学的毕业生有机会接受只有欧式系统中才有的中等教育，1912 年，殖民政府又开办了衔接学校。这种学校学制 5 年，加上乡村小学 3 年，基本达到荷巫学校毕业生水平，可以升入初级中学。[③] 这样为本地学生，尤其是乡村小学的学生拓宽了接受欧式教育的渠道。

为进一步满足发展殖民教育的要求，殖民当局不断推进中、高等教育事业，开办中、高等学校。1914 年，开办了初级中学（MULO）。1919 年，开办了高级中学，以培养学生，使他们进入高等学校。1920 年，印尼的第一所大学万隆技术高等学校（技术学院、工学院）成立，宣告东印度高等教育的诞生。1924 年，巴达维亚开设了法律高等学校（法学院）。1927 年，"本地医生培训学校"改为"高等医科学校"。

---

① M. C. Ricklefs, *A History of Modern Indonesia*, London, the Macmillan Press Ltd. 1981, p. 151.

② 梁志明主编《殖民主义史》（东南亚卷），北京大学出版社，1999 年版，第 390 页。

③ 梁志明主编《殖民主义史》（东南亚卷），北京大学出版社，1999 年版，第 391 页。

在实行"道义政策"后，印尼的现代教育取得较为显著的发展。从投资教育的增长幅度和金额看，1911—1929 年，当局年均开支增长 3 倍多，而同期教育的开支增长幅度则超过了 5 倍。从 1911 年的 880 万盾增加到 1929 年的 4600 万盾。教育经费在年度预算中所占比例从 1911 年的 5.9%增加到 1929 年的 9.2%。① 从学校的开设和学生人数增长的幅度看，乡村小学从 1908 年的 400 所增加到 1918 年的 6000 所，1828 年又增加到 15000 所，使受教育的人数猛增。民族学校系统的学生人数从 1900 年的 12.5 万人增加到 1928 年的 151.3 万人，到 1938 年有将近 200 万人。欧式教育系统的学生人数从 1900 年的 21280 人增加到 1928 年的 134725 人，1938 年增加到 142726 人。东印度人口的识字率也从 1920 年的 3.9%上升到 1930 年的 6.4%。② 澳大利亚学者梅·加·李克莱弗斯著的《印度尼西亚历史》中也列出一组当时印尼教育的数字："有 166 万印尼人就读于为他们筹办的方言小学中：占总人口 2.8%"，"在大学水平以下的欧洲体系中（包括荷兰土著学校、初级中学、普通中学、职业学校，但不包括幼儿园）有 84609 名印尼人，占总人口的 0.14%"；"在大学水平学校，有 178 名印尼人。"③

近代教育的发展使一部分印尼人接触到西方文化，促进了西方文化在印尼的传播，影响了印尼知识分子的思想意识和文化观念，为西方文学在印尼的传播奠定了基础。

综上所述，荷兰在印尼的殖民统治给印尼人民造成了深重的民族灾难，犯下了滔天的罪行，我们坚决予以谴责。同时，我们看到，荷兰殖民者为更多地掠夺印尼的资源，开办电报公司，修建铁路和港口，无形中促进了当地经济的发展，促进了西方先进技术在印尼的应用。荷兰殖民者为巩固自己的殖民统治、为培养为其殖民统治服务的人才，开办各级学校，客观上带动了当地的教育发展，促进了当地人文化水平的提高，也在某种程度上促进了西方文化在印尼的传播。

---

① 梁志明主编《殖民主义史》（东南亚卷），北京大学出版社，1999 年版，第 402 页。
② Gavin G. Jones, *Religion and Education in Indonesia*, ISEAS, 1976, Vol. 22 p. 41.
③ 〔澳〕梅·加·李克莱弗斯：《印度尼西亚历史》，周南京译，商务印书馆，1993 年版，第 216 页。

第二节　全球视域下的西方文化与印尼现代文学

通过印尼人的主动吸纳、西方与印尼的贸易活动、荷兰殖民统治等途径，西方文化不断传播到印尼，成为印尼现代文学发展的先导，成为印尼现代文学产生的历史底蕴、奠基之石，成为印尼现代文学发展的内在动力。西方文化奠定印尼现代文学接受西方文学的认知基础、审美心理，对印尼现代作家群体的成长、现代创作理念的确立发挥了重要作用，对印尼现代文学作品的发表、内容的丰富做出了贡献。

下面，我们从西方新型媒体报刊对印尼现代文学产生的推动、西方文学译作对印尼现代文学转型的助力以及西方文学对印尼现代文学丰富性的贡献等三个方面进行论述。

一　西方新型媒体报刊与印尼现代文学的产生

西方文化对印尼现代文学产生的推动，首先可以从西方新型媒体报刊的推动作用方面进行研究和分析。西方新型媒体报刊为印尼现代文学的萌发提供了土壤和园地，为印尼现代文学作品的发表提供了便捷、高效的载体和工具，为西方文化、文学在印尼的传播提供了有利的媒体条件，为印尼现代文学的大众化、作家的职业化提供了重要条件。

20 世纪初期，西方新型媒体报刊的大量出现，推动了印尼现代文学的产生和发展。为满足资本主义性质的工商业发展和城市生活的需要，在进入 20 世纪后，印尼现代报刊业发展迅速。1918 年约有 40 种报刊，1928 年已发展到 200 种，而到 1938 年已有 400 多种日报、周刊和月刊。上述报刊为印尼现代文学作品的发表提供了广阔的空间和园地。

迪尔托·阿迪·苏里约（1880—?）以印尼民族报刊为阵地从事文学创作，发表了大量反映殖民地社会现实和印度尼西亚民族苦难的小说，成为印度尼西亚现代小说的开拓者。1901 年，迪尔托·阿迪·苏里约任《巴打威新闻》主笔，后来担任过《绅士论坛》《东印度妇女》《正义之光》等报的主编。他的第一部小说《争夺一位姑娘》于 1902 年开始在《巴打威新闻》上连载，共 32 期。1904 年，《巽达新闻》连载了他的另一部小说《列车情缘》。1909 年，小说《拉特纳姨娘的故事》在《绅士论坛》上连载。1909 年，他在《绅士论坛》上发表了小说《金钱夺妻》。以上迪尔托·阿迪·苏里约的几部小说着重于揭露殖民地社会的丑恶现象，通过典型人物"姨娘"的遭遇，揭露印尼民族的悲惨命运，以启发人们对民族命运的关注。1912 年，迪尔托·阿迪·苏里约的最后一部小说《布梭诺》在《绅士论坛》上连载。1910 年，哈吉·慕克迪的《希蒂·马丽娅传》在《绅士论坛》上连载。耶明在 1921 年至 1922 年于《苏门答腊青年》杂志上发表了大量用"高级马来语"写的新诗。沙努西·巴奈从 16 岁开始写诗，处女作《我的祖国》发表在《苏门答腊青年》杂志上。20 年代初，沙努西·巴奈在雅加达和巴东的一些杂志上陆续发表自己的诗作。1933 年，达迪尔·阿里夏巴纳、尔敏·巴奈、阿米尔·哈姆扎创办《新作家》杂志。这是由印尼作家自己创办的全国性的文艺月刊，它为印尼各地的文学家们提供了一个发表作品的园地。

综上所述，西方新型媒体报刊为印尼现代文学家发表作品提供了有力的手段，为印尼现代文学家创作生涯的起步、成长提供了最便捷的阶梯，为印尼现代文学的诞生提供了肥沃的园地。

二 西方文学译作与印尼现代文学的转型

印尼现代文学的升级转型是从翻译西方文学作品开始的。作为现代文学的新元素，西方文学译作参与了印尼现代文学的构建；作为现代文学的新动力，西方文学译作助推了印尼现代文学的升级转型。

印尼现代文学深受西方文化、文学的影响。可以说印尼现代文学的产生和发展与大量翻译西方文学作品密不可分，包括翻译莎士比亚、兰姆、狄更斯、柯南·道尔等英国作家的作品，以及大仲马、莫泊桑、雨果等法国作家的作品。

阿卜杜尔·穆伊斯（1890—1959）在翻译西方文学作品方面做出了突出的贡献，是当时鼎鼎大名的翻译家。他早年接受西方教育，毕生从事反对荷兰殖民主义者的斗争。他翻译了不少西方文学名著，如塞万提斯的《堂吉诃德》和马克·吐温的《汤姆·索亚历险记》等。

马克·吐温（1835—1910）是美国 19 世纪末到 20 世纪初具有重要地位的批判现实主义作家。1865 年，马克·吐温发表了成名作《加利维拉县有名的跳蛙》。1870 年，发表了短篇小说《竞选州长》和《哥尔斯密斯的朋友再度出洋》。1873 年，他和查尔斯·华纳共同出版了长篇小说《镀金时代》。1876 年，发表了《汤姆·索亚历险记》。1881 年，发表了《王子与贫儿》。1884 年，发表了《哈克贝利·费恩历险记》。1889 年，发表了《在亚瑟王朝廷里的康涅狄克州美国人》。1893 年，发表了《百万英镑》。1894 年，发表了《傻瓜威尔逊》。1900 年，发表了《败坏了哈德莱堡的人》。马克·吐温的上述作品，以特有的幽默和讽刺手法，描写了 19 世纪末到 20 世纪初美国的社会生活，无情地揭露了资本主义社会的种种弊端。

《汤姆·索亚历险记》是马克·吐温的重要作品之一。这部作品描写了少年儿童汤姆·索亚和他的好友哈贝利·费恩因厌恶枯燥刻板的生活而追求冒险的经历。作者抨击了美国宗教的伪善、教育制度的陈腐以及市民阶层的庸俗，表达了天真活泼的儿童对自由生活的向往。

马克·吐温的代表作《哈克贝利·费恩历险记》是《汤姆·索亚历险记》的姐妹篇。这部作品的主人公是圣彼得堡穷少年哈克，他被道格拉斯寡妇收养。但哈克忍受不了资产阶级"体面""规矩"的生活，他讨厌学校的刻板教育，更怕酒鬼父亲发酒疯时的毒打。于是哈克设计逃走了。他驾着一只小筏子逃到密西西比河的荒岛上躲起来。一天夜里，他遇见从华森小姐家逃出来的黑奴吉姆，于是两人结伴而行。他们乘木筏顺密西西比河而下，去寻找不买卖黑奴的自由州——卡罗镇。在千辛万苦的漂泊生活中，两人结下了深厚的友谊。后来吉姆被"国王"卖掉，哈克在汤姆的帮助下，救出了吉姆。汤姆也带来了华森小姐临终留下的遗嘱，恢复了吉姆的人身自由。[①]

1908 年，印尼成立了"土族学校和民间读物管理委员会"，作为官方图书出版的管理机构，以便控制土族民的读物。该委员会的三大任务之一就是翻译或改写欧洲文学作品予以出版。西方文学作品的大量翻译，使印尼现代文学的发展从一开始就有了可以汲取的丰富营养，可以从多方面获得借鉴的范本。

综上所述，印度尼西亚对西方文学作品的译介，为印尼现代文学的更新、发展找到了方向和出路，同时找到了印尼现代文学升级转型的方式和手段。

---

① 王飞鸿、崔晟主编《西方文学简史》，吉林大学出版社，2013 年版，第 442～443 页。

三 西方文学与印尼现代文学的丰富

在西方文化的推动下，在西方文学的浸染下，印尼现代文学发生了从体裁到创作手法等方面的显著变化。在西方文学思潮、流派的影响下，印尼现代文学兴起了浪漫主义、现实主义等流派。可以说，印尼现代文学的不断完善和丰富，与西方文学的深刻影响是密不可分的。

西方诗歌创作常用的商籁体，也就是十四行诗体，对印尼的现代诗歌创作产生了较大的影响。在印尼的现代诗歌创作中，就出现一些诗人模仿西方商籁体，用自己的民族语言创作十四行诗。

源于意大利的商籁体诗在 19 世纪 80 年代风靡荷兰诗坛，再由荷兰传入印度尼西亚。商籁体诗是一种十四行诗，采用四四三三的句式，前两节的四四好比板顿诗的兴句，后两节的三三是意之所在，同时还保留着板顿诗和沙依尔诗的传统格律与韵律，所以很容易被人们接受。商籁体诗可以给世人提供比板顿诗更大的空间来抒发胸臆，因此深受青年诗人的欢迎和喜爱。印度尼西亚现代诗人耶明在 1922 年出的诗集《祖国》，除第一首外其余都是商籁体诗，后来的诗人也纷纷仿效，使商籁体诗在 20 年代的印度尼西亚诗坛上风靡一时。①

在印度尼西亚 20 世纪初的现代诗歌创作中，多位诗人用商籁体创作诗歌。其中，沙努西·巴奈是 20 世纪初期借鉴西方商籁体创作诗歌最多的印尼诗人之一。沙努西·巴奈献给基·哈查尔·德万托罗的商籁体诗《荷花》，深切地表达了他对基·哈查尔·德万托罗这位民族运动的先锋、民族教育家的崇高敬意，也表明了他对民族运动的积极支持和拥护：

> 在我祖国的花苑里
> 一枝荷花亭亭玉立
> 把秀丽的脸庞遮住
> 过往行人全未在意
>
> 她把根深扎大地的心底

---

① 梁立基：《印度尼西亚文学史》（下册），昆仑出版社，2003 年版，第 443 页。

吉祥仙女让她枝繁叶绿

被人忽视何足挂齿

荷花依然端庄秀丽

盛开吧！啊，幸福的荷花

在印度尼西亚的花苑里大放光彩

哪怕没有几个园丁看家

无需在意无人将你观赏

更不管他人不把你放在心上

你同样是时代的卫士和栋梁①

沙努西·巴奈的商籁体诗《门杜特陵庙》体现了诗人沉湎于虚无幻境、陶醉于和谐平静的无我境界，以寻求心灵解脱的思想情感：

在若暗若明的大殿堂

佛陀坐在莲花座上

面容安详，沉思冥想

菩萨站立于左右两旁

时光在此停住不移

纹丝不动，万籁俱寂

矛盾和对立同归一如

天地宁静，生活平淡无奇

静下来吧，我的心，不要有理想

不要再有情感的波浪

盼着虚幻世界的幸福吉祥

① 梁立基：《印度尼西亚文学史》（下册），昆仑出版社，2003年版，第460页。

去吧灵魂，默默地飞翔

奔向碧蓝的天方

跨入太平的涅槃之乡①

20 世纪 20 年代，民族主义诗人鲁斯丹·埃芬迪喜欢创作商籁体诗，以此表现对祖国命运的深切担忧和对自由独立的执着追求：

我不是踩着簇簇鲜花

从生活中走向坟场

我无时不在受难中

深仇大恨填满我胸膛

看人间血雨腥风，我暗自悲泣

无权无告，人人一贫如洗

这就是祖国的命运呀

被人榨干而枯瘦无比

是啊，我怎能开怀欢乐

人民在受苦，哀鸿遍野

我的心阵阵作痛如刀割

是啊，我怎能倾听衷肠

声音哽咽，欲说无言

我的诗被重重挤压在心房

[《悲叹》(Ⅰ)]②

受鲁斯丹·埃芬迪和沙努西·巴奈的影响③，阿斯玛拉·哈迪喜欢采

---

① 梁立基：《印度尼西亚文学史》（下册），昆仑出版社，2003 年版，第 462～463 页。
② 梁立基：《印度尼西亚文学史》（下册），昆仑出版社，2003 年版，第 445～446 页。
③ 沙努西·巴奈曾当过阿斯玛拉·哈迪的老师，在思想上和诗歌创作上均对他有一定的影响。

用商籁体诗来抒发自己的民族感情。1932 年，他发表了商籁体诗《什么时候》。诗篇抒发了诗人渴望祖国独立的民族情怀：

> 什么时候独立的阳光
> 能普照整个大地？
> 什么时候人民能自由自在
> 呼吸清新的独立空气？
>
> 什么时候"独立"之星复出
> 照耀印度尼西亚的土地？
> 什么时候人间苦难消失
> 人人欢乐，享受幸福？
>
> 到那时，我才心花怒放
> 印度尼西亚已经独立了
> 红白旗到处迎风飘扬
>
> 到那时，我才停止悲哀
> 不再沉思和忧伤
> 热血在沸腾，不能再等待①

阿斯哈尔的商籁体诗《变色龙》，把在殖民统治者面前的屈膝投降分子比作善于变换身上颜色的变色龙，辛辣讽刺了他们投机变节的丑恶嘴脸：

> 展翅高翔，俯首低飞
> 沉着观望，茫茫大地
> 无需忧虑，四伏危机
> 周围环境，给我武器

---

① 梁立基：《印度尼西亚文学史》（下册），昆仑出版社，2003 年版，第 549～550 页。

刚刚飞过，片片竹丛

如今又到，金色稻田

树间来回，心旷神怡

谁能阻挡，我的心愿

啊，身上多彩，真叫开心

千变万化，多么方便

只要做到，随机应变

啊，真主呀，我却宁可，生活艰难

让我身体，遭受火炼

万万不愿，学他嘴脸①

  西方文学的创作方法深刻影响了印尼的现代作家和诗人。他们积极模仿和吸收西方文学创作方法和创作技巧。印度尼西亚20世纪30年代的优秀作家尔敏·巴奈在吸收西方文学的创作方法和写作技巧方面，做出了积极的探索和付出了不懈的努力。在印度尼西亚现代小说创作中，尔敏·巴奈是最早运用弗洛伊德的精神分析法和现代意识流写作技巧的作家。尔敏·巴奈注重刻画人物内心世界、揭示人物的心理变化和精神状态，塑造的人物形象有血有肉，鲜活生动，栩栩如生。他采用意识流写法，打破了时空的限制，使场景的变换像电影里换场景一样快速，人物的思想活动也瞬息多变，故事情节的发展呈跳跃式，一反传统的平铺直叙的方式。难怪当时有些人说看不懂尔敏·巴奈的小说，认为过于离经叛道。②

  20世纪初期印尼著名诗人凯里尔·安瓦尔深受荷兰现代诗人马尔斯曼、斯劳厄霍夫（又译斯劳沃霍夫）的影响，第一次将表现主义的手法运用到自己的诗歌创作中：

毒素已含在咽入的第一口

---

① 梁立基：《印度尼西亚文学史》（下册），昆仑出版社，2003年版，第578页。
② 梁立基：《印度尼西亚文学史》（下册），昆仑出版社，2003年版，第529页。

渗入肺腑刺痛了胸头

血沉积在脓液之中

黑暗越来越深沉

道路僵直。断了

鸦片

坍塌

我托着的手断裂

崩溃

沉沦

消失

瘫痪

重生

站立

跨步

倒下

倒下

怒吼。咆哮

反抗。搏击

黄色

红色

黑色

凋谢

光秃

夷平

夷平

夷平

世界

你

我

全僵着。

（《1943》）①

这是印度尼西亚诗坛上出现的第一首用表现主义手法创作的诗歌，完全不同于印尼传统诗歌板顿诗和沙伊尔诗的韵律和艺术风格，具有浓郁的象征意义色彩。

在分析印尼现代文学家借鉴西方文学体裁的原因时，梁立基指出："印尼现代文学家大都受过西方教育，文化素质较高，能直接吸收西方人文主义的自由、平等、博爱思想，借鉴西方文学的创作方法和文学式样。因此，他们能弃旧文学之传统而开现代文学之新风，如在诗歌创作上，他们引进了西方的商籁体诗。"②

综上所述，西方文学对印尼现代文学体裁和创作手法等产生了较大的影响，对丰富印尼现代文学体裁和创作手法做出了贡献。

印尼现代文学中的浪漫主义、现实主义等流派的产生、完善和不断发展，都与西方文化的推动、西方文学的影响不无关系。

在文学创作中，印尼现代作家深受西方浪漫主义文学思潮的影响。20世纪20年代，印尼现代文坛出现浪漫主义文学思潮。

耶明在1921年至1922年于《苏门答腊青年》杂志上发表的大量用"高级马来语"写的新诗，开印度尼西亚现代新诗之先河。耶明的诗绘景抒情，婉约优美，歌颂了祖国的大好河山，抒发了个人的爱国情怀，富有浓郁的浪漫主义色彩。他于1920年发表的第一首诗《祖国》、1928年发表的《印度尼西亚，我的祖国》，均是抒发爱国情怀的佳作。诗人倾注全部的激情，歌颂祖国美丽的江山，弘扬民族辉煌的历史，抒发他的炽热的民族情怀，倾诉他对祖国未来的美好期望。在诗歌创作形式上，耶明做了大胆的突破和有益的创新，就是把西方商籁体诗引入他的诗歌创作实践中。

沙努西·巴奈是印尼20世纪20年代著名的浪漫主义诗人。他于1927年出版的诗集《彩云》体现了他的早期诗歌创作特色。诗集《彩云》共收34首诗，除一首外，其余全部采用商籁体，以歌颂大自然美景为主题，表达诗人内心的感触，富有浪漫主义情怀。下面是一首商籁体诗《晚霞》：

---

① 梁立基：《印度尼西亚文学史》（下册），昆仑出版社，2003年版，第605页。
② 梁立基：《印度尼西亚文学史》（下册），昆仑出版社，2003年版，第396页。

遥望西边苍穹

彩霞染尽天空

飞云光耀夺目

掠过凡尘仙宫

光彩渐渐失去明亮

灰云徐徐向前飞翔

飞翔，飞翔，知向何方

浮梦一般不知去向

望彩云不禁兴叹

放光芒何其短暂

渐离去容颜凄惨

我的心阵阵悲泣

忆荣华一瞬即逝

那幸福永远离去①

商籁体诗《晚霞》从描写光彩耀眼的彩云美景开始，以抒发人生苦短、荣华浮云的情怀结束，诗篇情景交融，意境浑成。下面这首商籁体诗《月神》充分体现了诗人这个时期的诗歌艺术特色：

身上闪亮着万道金光

伫立在光耀夺目的彩车上

月神走出了广寒宫

含情脉脉地奔向遥远的西方

左右两排彩旗迎风招展

---

① 梁立基：《印度尼西亚文学史》（下册），昆仑出版社，2003 年版，第 456 ~ 457 页。

驾驭着喷火吐焰的神驹

月神遨游茫茫太空

将银花频频撒向人寰

晚风轻轻吹拂大地

犹如竹箫吹奏相思曲

凄凉委婉备感孤寂

大地早入梦乡梦中不停叹息

只因心中又多一层思绪

但愿黑夜女王将他拥抱永不分离①

《月神》前两段描绘月神的"光耀夺目""含情脉脉""遨游茫茫太空"。诗人把广阔的太空涂上了浓郁的神话色彩,极具浪漫情调。后两段抒发诗人凄凉、孤寂、惆怅的情感。全诗结构严谨,层次分明,意境淡远深邃。

凯里尔·安瓦尔(1922—1949)是20世纪初期印尼著名诗人,他大力宣扬"活力论":"活力是实现美不可或缺的因素","我们再也不能成为生活的乐器。我们要成为生活乐章的演奏者,因此我们永远必须坦诚率直"②。他认为诗歌要表现遗世独立的自我意识和主观意识,摆脱一切有形和无形的束缚,与旧传统和旧意识彻底决裂。1943年,他发表了著名诗作《蒂博尼哥罗》和《我》。诗篇《我》就是他的宣言诗:

倘若死期已到

我不愿有任何人为我哀悼

即便是你

也无须悲痛号啕

---

① 梁立基:《印度尼西亚文学史》(下册),昆仑出版社,2003年版,第457~458页。
② 梁立基:《印度尼西亚文学史》(下册),昆仑出版社,2003年版,第604页。

> 我是桀骜不驯的猛兽
>
> 为其族群所遗弃而远走
>
> 哪怕子弹将我的皮肉穿透
>
> 我仍要狂奔怒吼
>
> 我将带着溃烂的枪伤奋力奔跑
>
> 奋力奔跑
>
> 直至疼痛全部消失掉
>
> 我将更加无所顾忌
>
> 我要再活一千个春秋①

　　在诗篇《我》中，诗人将自己比作"桀骜不驯的猛兽"。这充分表现了诗人的叛逆决心：只要一息尚存，他就要坚持不懈地同一切束缚个人自由的传统和势力拼搏到底。"要再活一千个春秋"：诗人相信存在于个人的"活力"将万古长存。

　　印尼"新作家派"的部分诗人具有强烈的浪漫主义色彩。阿米尔·哈姆扎（1911—1946）是《新作家》创办人之一，被人誉为"新作家诗歌之王"。阿米尔·哈姆扎的诗歌创作可分为两个阶段。第一阶段的诗歌是他离开朗卡特素丹宫廷到爪哇学习期间写的。这个阶段的作品大多已收进他的诗集《相思果》。诗集中的大部分诗歌抒发诗人的幽怀愁思和思念故乡的情怀，感情自然质朴、率真热情，充满青春气息和浪漫情调。第二阶段的诗歌是在他被召回朗卡特素丹宫廷之后写的，这个阶段的作品大多已收进另一部诗集《寂寞之歌》，在这一阶段，他的诗歌音律优美、清丽多彩，诗歌艺术日臻完美。

　　阿斯玛拉·哈迪（1914—?），又译阿斯马拉·哈迪，是印尼 20 世纪 30 年代具有强烈民族主义思想的诗人，他被誉为"高举民族主义火炬的诗人"，他的诗歌具有革命的浪漫主义色彩。阿斯玛拉·哈迪在印尼多家民族报刊社担任编辑和主编，为民族独立呐喊。在进行民族解放运动的过程

---

① 梁立基：《印度尼西亚文学史》（下册），昆仑出版社，2003 年版，第 604 页。

中，他坚定而勇敢地高举民族主义的旗帜，写了大量服务于民族独立运动、歌颂民族主义精神的诗歌。1932 年，他发表了《我的民族，团结起来吧》，这是一首他发出战斗号令的诗篇：

倘若我细想，我思索
我的心呀，难言苦衷
我好比在茫茫大海中泅泳
工作艰巨，道远任重

印度尼西亚独立是我的理想
时刻都在我心中回响
然而我无言以对
我的民族尚未团结如钢

他们表示想要独立
队伍涣散缺乏纪律
如何能够奔赴前线
倘若我们力量不继

我全国的同胞兄弟
请听我的恳切呼吁
为了实现印度尼西亚独立
扔掉一切争吵和猜疑

啊，我苦难的同胞兄弟
为了达到我们的目的
快把队伍整顿，使之坚强无比
我们团结一致，大家齐心协力①

---

① 梁立基：《印度尼西亚文学史》（下册），昆仑出版社，2003 年版，第 548～549 页。

达迪尔·阿里夏巴纳于 1936 年发表的长篇小说《扬帆》① 是一部宣扬爱情理想主义的浪漫主义小说，它的出版奠定了达迪尔·阿里夏巴纳在印尼现代文学史上的重要地位。小说讲述的是，女主人公杜蒂深受西方文化影响，思想活跃，积极投身于妇女解放运动，是一位"西化"女性的典型代表。她的妹妹叫玛丽娅，温柔善良，是一位典型的传统女性。有一天，姐妹俩在水族馆与大学生尤素福相遇相识，彼此都很有好感。在交往中，尤素福对杜蒂更多的是敬重和欣赏，而对玛利亚的天真烂漫和热情率直则更是喜爱有加。最后，尤素福和玛丽亚结为连理。杜蒂在婚姻问题上非常看重独立的人格和个人理想。为此，她拒绝了不少人的求婚。玛丽亚身染重病，临终时留下遗嘱，希望姐姐和尤素福结为夫妻。玛利亚去世后，杜蒂和尤素福一起到玛丽亚墓前凭吊，他们俩出于对玛丽亚的爱和"内心互相了解和尊重"终于结合在一起。

西方现实主义文学流派在印度尼西亚现代文坛上的影响程度显然超过浪漫主义文学流派，这与印度尼西亚所处的历史、社会环境有密切关系，同时与印度尼西亚现代文学家们的关注领域以及文学肩负的历史使命相关联。处于荷兰殖民地环境中的印度尼西亚现代文学家们，关注更多的是以文学作品为武器，揭露殖民统治的罪行和殖民地的黑暗现实，表达对处在水深火热中的民众的同情，号召民众为拯救国家危亡、国家独立而奋起斗争。

印尼现代作家采用西方现实主义小说的创作形式，以反对旧习俗和封建包办婚姻为基本主题，走上了印尼现实主义的创作之路。20 世纪 20 年代的印尼文学家们大多是受西方教育的新一代知识分子。他们大多出身于封建贵族和地主家庭，接受西方教育之后，思想意识发生了深刻的变化。西方的人文主义思想给他们以启迪，使他们萌发反封建的意识，要求个性解放。他们力求摆脱的首先是本民族的封建礼教和旧习俗，特别是爱情和婚姻问题对他们个人的束缚。20 年代初，他们开始发表现代小说，这些小说都着重于描写封建家庭中受西方教育和资产阶级自由主义思想影响的年

---

① 长篇小说《扬帆》是达迪尔·阿里夏巴纳贯彻他的西方化观点和有文艺倾向性的代表作。梁立基：《印度尼西亚文学史》（下册），昆仑出版社，2003 年版，第 523 页。

轻一代知识分子与代表封建保守势力的老一代人之间的矛盾和冲突。①

麦拉里·希里格尔（又译麦拉里·西雷格尔）创作的《多灾多难》是印尼现代第一部反对封建婚姻制度的小说。通过一对青年男女的爱情和婚姻悲剧，小说猛烈抨击了扼杀人性的封建包办婚姻制度。小说《多灾多难》发表之后，内容同为反对封建包办婚姻制度的小说陆续问世，有柴努丁的小说《亚齐茉莉花》，马拉·鲁斯里的小说《西蒂·努尔巴雅》，巴门扎克的小说《相逢》，阿迪尼哥罗的小说《血气方刚》《伟大的爱情》，恩利的小说《为了亲生子》，达迪尔·阿里夏巴纳的小说《长明灯》，努尔·苏丹·伊斯坎达的《错误地选择》（又译《错误的选择》《错误选择》）等。

马拉·鲁斯里（1889—1968）是印尼 20 世纪 20 年代兴起的个人反封建小说的奠基者，他的长篇小说《西蒂·努尔巴雅》是这一时期现实主义文学的扛鼎之作，它描写了一个殖民地时代的男女爱情悲剧故事。小说具体讲述的是，男主人公萨姆素和女主人公努尔巴雅从小在巴东一起成长、青梅竹马，后来两人成为情人。努尔巴雅为了使父亲免遭牢狱之灾，决定牺牲自己的幸福，接受拿督·默灵吉的条件嫁给他。萨姆素听到这个消息后无比忧伤。努尔巴雅的父亲病危，萨姆素前往探望，努尔巴雅的父亲恳求萨姆素在他死后照顾好努尔巴雅。萨姆素和努尔巴雅在私奔的路上被拿督·默灵吉发现，拿督·默灵吉诬告努尔巴雅携财潜逃，让警察把她押送回来，最后将她毒死。萨姆素听到她的死讯后痛不欲生，几次自杀未遂。萨姆素后来加入荷兰雇佣军，在镇压暴乱中负伤，经救治无效死亡。

《西蒂·努尔巴雅》在印度尼西亚现代文学史上第一次比较全面地反映了 20 世纪初期印度尼西亚殖民地、封建社会所面临的现代思潮的挑战。代表新兴阶级的现代知识分子向束缚他们婚姻自由和个性解放的封建旧传统习俗宣战，发起了第一道攻势。②

阿布杜尔·慕伊斯（1886—1959），又译阿卜杜尔·慕依斯、阿卜杜尔·穆伊斯，是 20 世纪初期印尼现实主义作家，他的代表作《错误的教育》是一部批判社会现实的小说。小说成功地塑造了汉纳非这一个"洋

① 梁立基：《印度尼西亚文学史》（下册），昆仑出版社，2003 年版，第 396 页。
② 梁立基：《印度尼西亚文学史》（下册），昆仑出版社，2003 年版，第 485 页。

奴”的典型形象。小说主人公汉纳非生于苏门答腊索罗一贵族地主家庭，自幼上荷兰小学。在荷兰教育的浸染下，汉纳非彻底“洋化”。毕业后，他当上了索罗副州长的书记官。春风得意的汉纳非爱上了从小一起长大的土生白人姑娘柯丽。在家庭的反对下，柯丽拒绝了汉纳非。汉纳非遭此打击后，生了一场大病。他痊愈后，其母亲根据传统习俗，逼迫他娶他的表妹拉比娅为妻。婚后两人过得并不幸福，因为汉纳非已经彻底“洋化”，根本瞧不起本族人拉比娅，经常虐待她。汉纳非为了实现当洋人的梦想，抛弃自己的母亲和妻儿，千方百计地调动工作，离开了家乡，并加入了荷兰籍，断绝了与本族人的一切关系。后来汉纳非与柯丽组建了家庭，但他们婚后的生活遇到诸多非议，白人社会并不容纳他们，土著人社会也嫌弃他们。后来柯丽染上霍乱离世。汉纳非回到家乡，但被本族人拒之门外。汉纳非彻底绝望，服毒自杀。

《错误的教育》猛烈抨击了 20 世纪初期荷兰殖民当局的愚民教育和奴化教育，有力鞭挞了丧失民族意识、鄙视本族人的汉纳非之流，深刻揭示了印尼人民与荷兰殖民者尖锐的民族矛盾，反映了荷兰殖民统治下印尼黑暗的社会现实。

尔敏·巴奈（1908—1970）是《新作家》的创始人之一，是印尼 20 世纪 30 年代成就卓著的现实主义作家，他的代表作是长篇小说《枷锁》。《枷锁》讲述了一个印尼知识分子家庭婚姻破裂的故事。小说的男主人公托诺和女主人公蒂妮在众人看来是一对完美的夫妻。实际上，他们的婚姻并不幸福，两人过着同床异梦的生活。托诺是位有名的医生，虽然生活已经西化，但骨子里存在严重的封建婚姻观念。他要求妻子是把自己伺候得服服帖帖的传统女性，而蒂妮却是西式学校培养出来的“新女性”，她思想独立自由，注重人格尊严，热衷于社交活动，喜欢在社会上抛头露面。两人的观念存在天壤之别。因此，两人的感情也越来越淡漠，最后出现感情危机，导致婚姻破裂。

尔敏·巴奈的小说《枷锁》向人们展示了 20 世纪 30 年代印尼上流社会的真实面貌，让人们认识到了虚伪面纱下的上流人士的丑恶面目。《枷锁》是 30 年代“新作家”时期最有创新意义的小说。尔敏·巴奈在反映社会现实的深度上远远超过了同期的其他作家，在创作方法和写作技巧上也大大超前于他们。

印度尼西亚20世纪30年代的一些诗人深受西方"为艺术而艺术"流派的影响,达登庚(1907—1968)是其中的典型代表,他的诗篇《诗人的心灵》在某种程度上体现了他当时的创作思想:

> 啊,把我从牢笼里解脱出来吧,
> 让我自由自在地飞翔,
> 飞过高山,越过大海,
> 寻求爱情、爱心和慈善心肠。
>
> 我不愿为形式所遮拦!
> 我喜欢展翅高高飞翔,
> 俯视生活之五彩斑斓,
> 在广袤无垠的大地上。
>
> 我不愿意被紧紧地捆绑,
> 我喜欢自由献身艺术,
> 而我只遵循一个规矩,
> 艺术心灵活动的规律。
>
> 我热爱生活!心灵的激动,
> 闪耀在双眸之中,
> 直接化为
> 言词的美妙无穷。[①]

综上所述,在西方文学的深刻影响下,印尼的浪漫主义、现实主义等文学流派从弱到强、不断发展兴盛,取得了前所未有的成就。

---

① 梁立基:《印度尼西亚文学史》(下册),昆仑出版社,2003年版,第552~553页。

| 第八章 |

全球视域下的西方文化与菲律宾等国现代文学

菲律宾、马来西亚、柬埔寨和老挝等国的现代文学是这些国家传统文学演变、更新的结果，是这些国家现代民族觉醒和民族运动助推的结果，是西方文化引导、推动的结果，是西方文学影响、参与构建的结果。西方文化在菲律宾等国的传播，对这些国家现代文学的形成具有开拓性、奠基性的历史作用，对这些国家现代作家群体的成长、现代创作理念的确立发挥了重要作用，对这些国家现代文学作品的发表、内容的丰富做出了贡献。

下面我们从西方文化在菲律宾等国的传播、西方文化与菲律宾等国现代文学之关系两个大的方面进行论述。

第一节　全球视域下西方文化在菲律宾等国的传播

关于西方文化在菲律宾等其他东南亚国家的传播，我们从菲律宾等国的仁人志士为挽救民族危亡、争取国家独立主动学习、吸收西方文化，西方国家与菲律宾等国贸易活动对西方文化在菲律宾等国传播的客观推动作用，西方殖民者在菲律宾等国的殖民统治客观上传播了西方文化等三个方面进行论述。

一　菲律宾等国人民对西方文化的主动吸纳

菲律宾等其他东南亚国家的人民面对西方列强的侵略和殖民统治，自我觉醒，主动学习、吸收西方先进文化为我所用，为挽救民族危亡服务，为争取民族独立服务。这极大地促进了西方文化在菲律宾等其他东南亚国家的传播。

菲律宾牧师发动的"教区菲化"运动和知识分子要求民族自由的改革运动是菲律宾早期的民族主义运动。博学多才的牧师佩德罗·佩莱斯神父是菲律宾民族主义运动的先驱。1862 年，佩德罗·佩莱斯担任马尼拉教区的代理大主教，撰写有多部著作，他提出将教区"菲律宾化"的倡议，同时高举反对歧视当地人的种族主义大旗，为当地人的民族权利呐喊。佩德罗·佩莱斯的学生何塞·布尔戈斯继承老师的未竟事业，继续推进反种族主义事业。1864 年，何塞·布尔戈斯发表《告高尚的西班牙人民书》，批驳了当时流行的白种人优越论。何塞·布尔戈斯领导的"教会菲律宾化运动"，表达了菲律宾牧师对殖民当局民族歧视政策的反抗，在某种程度上反映了菲律宾民族意识的觉醒。

在菲律宾牧师争取"教区菲化"的同时，资产阶级知识分子掀起了一场要求政治改革、争取资产阶级民主的运动。1868 年，圣托玛斯大学的菲律宾学生成立了一个名为"自由青年学生"的秘密组织。该组织提出了"给予菲律宾人民主、自由、教育世俗化和减少对书报的检查"的行动纲领。1869 年，另一个秘密组织"拥护改革者协会"成立，其成员包括地主、资产阶级、知识分子和牧师，该组织要求殖民当局把西班牙的法律制度扩展到菲律宾，保证个人自由和财产安全，赋予全民以选举权，给予出版、结社自由，取消书报检查。①

1872 年，菲律宾爆发甲米地起义。殖民当局对起义进行了残酷镇压，并指责"教区菲化"运动的著名领袖何塞·布尔戈斯、马里亚诺·戈麦斯和哈辛托·萨莫拉为起义幕后的策划者，于 1872 年 2 月 17 日将他们处死。殖民当局对甲米地起义的疯狂镇压，特别是对三位牧师的杀害，激起了菲律宾人民对殖民统治者强烈的民族义愤。

1872 年以后，越来越多的知识分子对殖民地的现状深感不满，开始思考菲律宾的前途和命运。他们要求进行政治、经济、文化等各个方面的改革，为此，他们发起了一场"宣传运动"，大力宣传他们的改革主张："一是在法律面前，西班牙人与菲律宾人一律平等；二是吸收菲律宾为西班牙的一个正式省份；三是恢复菲律宾在西班牙议会的代表权；四是实现菲律

---

① 梁志明主编《殖民主义史》（东南亚卷），北京大学出版社，1999 年版，第 438 页。

宾教区的菲化；五是赋予菲律宾人以个人自由，如出版自由、言论自由、结社自由以及请求申冤的自由。"① 这场"宣传运动"最初是由在香港、横滨、新加坡、马德里、巴塞罗那、巴黎、伦敦等地的菲律宾知识分子发起的，后来一些在菲律宾本土的知识分子和在马德里等地留学的菲律宾学生也加入其中，最后这场"宣传运动"发展为一场广泛的爱国维新运动。

"宣传运动"的兴起，不仅代表着菲律宾民族主义运动的发展，而且是菲律宾近代影响深远的思想解放运动。这场思想解放运动中涌现出了一批思想家，其中杰出代表是何塞·黎萨尔。何塞·黎萨尔（1861—1896）是近代菲律宾伟大的爱国主义者、民族主义者和民主主义者。在社会发展问题上，他重视工商业发展对社会进步的作用，强调教育对社会发展的作用，主张提高妇女地位。1892 年，何塞·黎萨尔从欧洲返回菲律宾之后，在马尼拉成立了一个秘密政治组织——"菲律宾联盟"。《菲律宾联盟章程》确定："联盟成立的宗旨是：一、把菲律宾群岛团结成为一个严密、有力、统一的共同体；二、在需要或必要时互相保卫；三、防止一切暴力和不公正行为；四、奖励教育、农业和商业；五、研究并实施改革。"② "菲律宾联盟"仅存在几天就因何塞·黎萨尔被捕解散。

1892 年 7 月 2 日，在"宣传运动"的影响下、在"菲律宾联盟"的废墟上，安德列斯·博尼法西奥（又译安德列斯·波尼法修）倡导成立了"卡蒂普南"，即"民族儿女最尊贵协会"（又译"最崇高的、最受尊敬的菲律宾儿女协会"）。"卡蒂普南"吸引了工人、农民、士兵、小手工业者等大量下层爱国群众以及商人、教师、牧师和政府下级军官参加，具有广泛的群众性。该组织主张："所有的人不论肤色如何，一律平等。一个人的智慧、外貌或财富可能比他人优越，但作为人类来说总是平等的。""自由是天赐的，并非来自善行和美德。""自由是人类生存的前提，因而只要不侵犯他人的权利，人人都可以按照自己的意愿去思考和行事。""任何权利要成为真正的合理的权利，它就只能是来自人民及其真正的代表。""统治

---

① 〔菲〕格雷戈里奥·卡·赛迪：《菲律宾革命》，广东人民出版社，1979 年版，第 21 页。转引自贺圣达著《东南亚文化发展史》，云南人民出版社，1996 年版，第 500 页。

② 周南京、梁英明选译《近代亚洲史资料选辑》（下册），商务印书馆，1985 年版，第 1 页。

者来自人民,因此他们的法令和法律必须为人民谋福利。"① 该组织还主张尊重妇女,提高妇女的地位,主张建立一个以自由、平等、博爱为基础的共和国,主张暴力革命是获得独立和自由的唯一出路。以上这些表明,"卡蒂普南"吸纳了西方自由、平等、博爱的思想,并将这些思想与菲律宾的民族主义思想结合,旨在服务于菲律宾的民族解放运动。

1896 年 8 月 26 日,在"卡蒂普南"的领导下,反对西班牙殖民统治的菲律宾革命爆发。经过艰苦卓绝的斗争,革命取得了反对殖民主义斗争的胜利。1899 年 1 月 23 日,菲律宾马洛洛的巴拉索阿伊恩教堂举行了"第一菲律宾共和国"成立典礼。1899 年 3 月,革命政府内政部颁布法令,准许农民耕种私有荒地;废除殖民当局的人头税;派遣代表出使欧美和日本,争取获得国际承认;稳定国内市场,促进对外贸易;发展民族教育,实行小学义务教育,允许私人办学,建立技术专科学校,创建菲律宾人文大学。"第一菲律宾共和国"是亚洲出现的第一个民主政体的共和国。但是由于美国的侵入,"第一菲律宾共和国"仅存在了两年,1901 年 3 月就解体了。

20 世纪 30 年代,柬埔寨的仁人志士不断通过西瓦索中学、佛学院和《那加拉哇塔报》(*Nagara Var*)等渠道介绍西方文化,宣传抗法救国的政治主张,鼓舞人民奋起为独立和自由斗争。《那加拉哇塔报》由巴真和辛瓦于 1936 年创办,1937 年,该报的发行量就超过 5000 份。它为柬埔寨人第一次用自己的民族语言了解外部世界打开了一扇窗户。②

马来民族主义是现代马来西亚政治思想的核心内容,概括地讲就是"马来人的马来亚"。这种马来民族主义在本质上是英国式的教育与马来上层利益相结合的产物,其领导人物主要是接受西方教育的知识分子,他们大多毕业于后来被称为"马来政治家摇篮"的马来学院。

综上所述,菲律宾等国的民族启蒙运动唤醒了这些国家的民众,促使这些国家的仁人志士思考民族未来、国家命运,促使他们主动学习西方先进思想和文化,以服务于挽救民族危亡、争取国家独立的伟大事业。学习

---

① 《卡蒂普南的学说》,载周南京、梁英明选译《近代亚洲史资料选辑》(下册),商务印书馆,1985 年版,第 7、11 页。

② 〔美〕大卫·钱德勒:《柬埔寨史》,许亮译,中国大百科全书出版社,2013 年版,第 194 - 195 页。

西方文化的动力，极大地推动了西方文化在菲律宾等国的传播。

二 西方国家和菲律宾等国的贸易与西方文化在菲律宾等国的传播

西方国家与菲律宾、马来西亚、柬埔寨等国的贸易活动不仅促进了西方商品在菲律宾等国的流通，同时，在某种程度、某些方面展现了西方的物质文明和生活方式，促进了西方近代科学技术、人文思想等西方文化在菲律宾等国的传播。

西方与菲律宾等国贸易的主要动力是香料贸易。香料主要有胡椒、樟属植物、丁香、肉桂皮等。西方最早与东南亚贸易的国家是葡萄牙和西班牙。葡萄牙在马六甲等地建立了贸易基地。葡萄牙王室创造了国家资本主义的独特形式，它成为依靠投资国家资源实现其在国外贸易中的垄断地位的唯一公司，葡萄牙王室在马六甲对香料的垄断持续到1533年，在马鲁古的垄断地位持续到1537年。[①] 除了王室贸易，葡萄牙的私营贸易规模也在逐步扩大。到16世纪中叶，私营贸易规模已经超过王室贸易规模。

西班牙与东南亚的贸易比葡萄牙起步晚，贸易范围仅限于菲律宾。1564年西班牙占领菲律宾。1571年西班牙将统治中心从宿务迁往马尼拉。1576年，西班牙已将马尼拉建成东西方贸易的枢纽之一，开辟了澳门—马尼拉—阿卡普尔科的东西方贸易航线，开启了东西方贸易的大帆船时代。1582年弗朗西斯科·加利从中美洲的阿卡普尔科出发，一路西行，到达菲律宾，从那里北上澳门，沿途经过台湾，于1583年返回阿卡普尔科。[②] 1565年至1815年期间，马尼拉和中美洲的阿卡普尔科之间的大型帆船往来频繁、运营有序，装载的货物以丝织品为主、以香料为辅。1604年至1620年，葡萄牙和中国对马尼拉的丝织品供应量持续增长。[③]

---

① 〔新西兰〕尼古拉斯·塔林主编《剑桥东南亚史》第1卷，贺圣达、陈明华、俞亚克等译，贺圣达审校，云南人民出版社，2003年版，第292页。

② 〔美〕唐纳德·F.拉赫、埃德温·J.范·克雷：《欧洲形成中的亚洲》第3卷，周宁总校译，载《发展的世纪》第1册（上）《贸易 传教 文献》，许玉军译，人民出版社，2012年版，第8页。

③ 〔美〕唐纳德·F.拉赫、埃德温·J.范·克雷：《欧洲形成中的亚洲》第3卷，周宁总校译，载《发展的世纪》第1册（上）《贸易 传教 文献》，许玉军译，人民出版社，2012年版，第39页。

16 世纪至 19 世纪初期，菲律宾是亚洲的贸易中心之一，马尼拉是连接大西洋、南美洲与亚洲贸易的重要港口之一，"大帆船贸易"是这一时期菲律宾海外贸易中最突出的特征。"大帆船贸易"航线西起中国大陆，经过菲律宾的马尼拉，东达拉丁美洲的墨西哥。"大帆船贸易"最兴旺的年代是 16 世纪末期和 17 世纪初期。据统计："仅 1579 年，从墨西哥的阿卡普尔科运往马尼拉的条金数额达到 1200 万比索，超过泛大西洋官方贸易总额，正常的贸易额为 300—500 万比索。"① 1720 年 10 月 27 日，西班牙国王颁发给墨西哥副王德巴莱罗侯爵的一项法令规定，每年只能有两艘500 吨的大帆船可以从菲律宾群岛开往新西班牙（墨西哥）。上述商船装运到阿卡普尔科港的货物总值可达 30 万比索，运输的商品必须严格限制为以下几种：黄金、肉桂、大象、石蜡、瓷器、丁香、胡椒、印度粗棉布、彩织亚麻布、印度猎豹皮、印花棉布、罗纱、印度产的棉织品、希利科斯毛毯、丝绵和生丝、索具及同类产品。这些商船不得装运丝织品。马尼拉抗议这项法令对群岛造成的损害。西班牙国王终于在 1734 年 4 月 8 日颁布一项新法令，允许马尼拉的贸易额增至 50 万比索②，后来把阿卡普尔科和马尼拉两个港口的贸易限制为每年各一条帆船往来，但在 18 世纪后期以前，"大帆船贸易"仍然是西班牙—菲律宾经济中的主要力量，只是到 1815 年才废除这种贸易。③ "大帆船贸易"始于 1565 年，截止至 1815 年，历时250 年之久，不仅促进了菲律宾与拉美及西方的经济联系，还促进了菲律宾与西班牙的殖民墨西哥及西方的文化联系，促进了菲律宾与外部世界的文化交流，促进了世界文化特别是西方文化在菲律宾的传播。

18 世纪 70 年代末 80 年代初，西班牙殖民当局实施的新经济政策取得了一定成效，引起了西班牙王室的关注，1785 年 3 月 10 日，菲律宾王室公司成立，公司的经营范围涉及农业、商业和对外贸易。公司垄断了西班牙与菲律宾和中国的直接贸易，其船运货物可获免税。公司的活动打破了

---

① 〔美〕唐纳德·F. 拉赫、埃德温·J. 范·克雷：《欧洲形成中的亚洲》第 3 卷，周宁总校译，载《发展的世纪》第 1 册（上）《贸易 传教 文献》，许玉军译，人民出版社，2012年版，第 40 页。

② J. O. 林赛编《新编剑桥世界近代史（1713—1763）》，中国社会科学院世界历史研究所组译，中国社会科学出版社，1999 年版，第 749 页。

③ 〔新西兰〕尼古拉斯·塔林主编《剑桥东南亚史》第 1 卷，贺圣达、陈明华、俞亚克等译，贺圣达审校，云南人民出版社，2003 年版，第 293 页。

"大帆船贸易"垄断菲律宾对外贸易的局面,有利于菲律宾商品经济和贸易的发展。

18世纪60年代到19世纪30年代,西班牙殖民当局迫于内外压力不得不逐步实施鼓励菲律宾本地经济发展、开放对外贸易的政策。1809年,西班牙批准英美商人在马尼拉建立商行。1815年,宣布取消垄断性的"大帆船贸易",允许西属拉美诸殖民地与菲律宾自由贸易。1834年,西班牙王室颁布诏令,宣布马尼拉港正式向世界开放。1855年,又决定将怡朗、三宝颜和苏阿尔港口也向国际贸易开放,同时降低关税。1869年取消出口税,统一港口税收,从而确立了自由贸易政策。菲律宾开放后,英、法、美等国商人大量涌入,直接参与菲律宾商品性农作物的生产和销售,使菲律宾的对外贸易得到较快的发展,畅销国际市场的经济作物,如糖、麻、咖啡等,产量和出口量都有大幅增长。菲律宾对外贸易从1810年的1100万比索增至1870年的5300万比索。[①] 此时马尼拉成为菲律宾群岛最大的贸易中心和国际港口,宿务等成为地区性贸易中心。外贸需求刺激了菲律宾的麻、甘蔗、烟草和椰子等经济作物的种植,促进了港口、海岛灯塔、铁路等基础设施建设的改善,促进了航运、电报等行业的发展,促进了农产品加工业的发展。

西方各国与菲律宾之间的贸易关系不仅促进了菲律宾商品经济的发展,促进了菲律宾与西方各国的物质交流,而且为菲律宾人打开了一个了解西方世界的窗口:"他们接触了外国的思想和外国的旅客。他们读报纸和书籍,包括从海外来的。因此,他们的精神扩展了。他们变得不满于事物的旧秩序了,而要有新的社会的与政治的变革,使与时代精神相协调。"[②]

西班牙在菲律宾的贸易活动,促进了西班牙文化在菲律宾的传播。尼古拉斯·塔林指出:"马尼拉的经济动力明显地服务于宗教文化需要,因为西班牙帝国的政策是把城镇中心视为传播西班牙语言、习俗和宗教给亚洲和美洲异教徒的工具。但是,不论建立和维持欧洲人所控制城市的正当理由如何,这些城市在为东南亚人提供了解和学习居住在他们当中的外国

---

① 张跃发:《近代文明史》,世界知识出版社,2005年版,第680页。
② 〔菲〕格雷·戈里奥·卡·赛义德:《菲律宾共和国:历史、政府与文明》,商务印书馆,1979年版,第331页。

人的活动方面，发挥了有益的作用。"①

15 世纪，马六甲已成为东南亚最重要的国际贸易中心。各国商贩云集，各地货物在此交易。1508 年，葡萄牙国王曼努埃尔派遣洛佩斯·德·斯奎拉、迪奥戈率船执行东方航行的使命。他们率领 5 艘船，途经印度科钦和苏门答腊北端的亚齐，于 1509 年 8 月抵达马六甲。斯奎拉派部属携带礼品和葡王的信函登岸求见马六甲素丹王，要求通商并建立商站。葡萄牙人受到友好款待，获准在滨海之地停留和经商。后因当地商人反对葡萄牙商人驻扎经商，葡萄牙人被迫退出。1511 年 8 月 10 日武力占领马六甲后，葡萄牙便着手恢复马六甲昔日在东南亚及印度洋的贸易地位。因为，葡萄牙占领马六甲的目的是进行商业活动和谋取贸易利益。"于是，马六甲城在葡人统治初期，很快恢复了繁荣。"② 由于当地穆斯林势力的干扰，马六甲的贸易局面有所衰败。为此，1544 年，葡萄牙国王发布敕令，准许马六甲海峡改为自由通道，并调整关税，除粮食外，所有进口商品一律征收6% 的进口税。③ 1557 年，葡萄牙人首先在文莱建立商馆。1609 年，西班牙人从葡萄牙手中夺取了文莱的三发，设立了一个商站。1659 年，荷兰联合东印度公司出兵攻占巨港，并在那里建立了贸易站。④

英国人最早到达马来西亚可追溯到 16 世纪末。1583 年，在英国东方公司的支持下，英国人菲奇从伦敦启程，经地中海、叙利亚、波斯湾、印度，到达马六甲，1591 年回国。⑤ 英国于 1786 年在槟榔屿、1819 年在新加坡、1824 年在马六甲建立起了贸易中心。在这些贸易中心，用于贸易的货物有：欧洲的布匹、中国的茶叶、印度的鸦片、马来西亚的锡、苏门答腊的胡椒、本地的棕儿茶、胡椒和木薯以及林产品，特别是杜仲胶。英国与东南亚国家建立起的自由贸易体系，促进了英国与东南亚国家间贸易的繁荣。由此，新加坡获得东南亚地区乃至国际贸易集散中心的突出地位。

自 1850 年前后，世界市场对锡矿需求量大增。马来西亚与世界各国的

---

① 〔新西兰〕尼古拉斯·塔林主编，《剑桥东南亚史》第 1 卷，贺圣达、陈明华、俞亚克等译，贺圣达审校，云南人民出版社，2003 年版，第 297 页。
② 邱新民：《东南亚文化交通史》，新加坡：文学书屋，1984 年版，第 429 页
③ 梁志明主编《殖民主义史》（东南亚卷），北京大学出版社，1999 年版，第 61 页。
④ 梁志明主编《殖民主义史》（东南亚卷），北京大学出版社，1999 年版，第 113 页。
⑤ 梁志明主编《殖民主义史》（东南亚卷），北京大学出版社，1999 年版，第 132 页。

锡贸易不断兴盛，到1895年，马来西亚占据了锡产量的55%。另外，马来西亚与西方各国的橡胶贸易也十分兴隆。受西方汽车工业急剧扩张的影响，橡胶种植面积从1900年的2400公顷扩大到1921年的近570000公顷，橡胶贸易量大幅增长。

東埔寨同法国之间的贸易活动体现了殖民地贸易活动的特点，就是東埔寨输出到法国的是工业原料，法国输入東埔寨的是工业消费品。以1938年为例看双方输入商品的结构：从東埔寨等印支国家输往法国的主要产品占该地区产量的百分比是橡胶97%、玉米89%、大米26%；从法国输入東埔寨等印支国家的工业消费品在该地区的总消费中的占比为棉布89%、服装94%、饮料89%。①

综上所述，西方国家与菲律宾等国的贸易大多呈现宗主国与殖民地之间贸易的特点，也就是说，双方的贸易地位是不平等的，双方的贸易商品价值是不对等和非等价交换的。同时，我们看到，西方国家与菲律宾等国的贸易不仅促进了双方商品的流通、交换，也带动了双方人员的交流，促进了双方的文化交流，从而促进了西方文明、文化在菲律宾等国的传播。

三　西方殖民统治与西方文化在菲律宾等国的传播

西方殖民者在菲律宾、马来西亚、老挝和東埔寨等国的殖民统治，对这些国家的资源、环境以及传统文化造成极大的破坏，对这些国家人民的生命财产造成了极大损害和威胁，给这些国家带来了深重的民族灾难和国家主权的沦丧。同时，我们看到，西方殖民扩张和统治，客观上给殖民地人民带来了比原来更为先进的生产方式，带来了比原来更为先进的科学技术，带来了与过去完全不同的人文思想、教育制度等，因而也促进了西方文化在菲律宾等国的传播。

菲律宾的殖民地历史是东南亚国家中最长的。1521年3月，受西班牙国王派遣进行环球航行的葡萄牙航海家费迪南·麦哲伦（1480—1521）到达菲律宾群岛。麦哲伦本人在麦克坦岛被杀，之后他的探险队继续航行至马鲁古群岛的蒂多雷，仅存的"维多利亚号"轮船满载香料，渡过印度洋，绕过好望角，于1522年9月6日回到西班牙。麦哲伦船队的航行历时

---

① 陈显泗：《東埔寨两千年史》，中州古籍出版社，1990年版，第590～591页。

3 年（1519—1522），完成了人类历史上的第一次环球航行。探险队返回的线路圆了西班牙统治者抵达马鲁古和垄断有利可图的香料贸易的梦，为西班牙入侵东南亚尤其是菲律宾开辟了道路。

1520 年，西班牙侵占了墨西哥。为争夺对"香料群岛"的控制权，西班牙殖民者于 1525 年、1526 年和 1527 年三次派遣舰队，从西班牙港口或从墨西哥出发，进入菲律宾群岛，并驶往"香料群岛"。1542 年，西班牙国王查理一世派遣一支远征队，委任鲁斯·洛佩斯·德·维拉罗博斯为指挥，从墨西哥出发，前往菲律宾群岛。1543 年 2 月到达棉兰老岛。维拉罗博斯的探险队在菲律宾活动了 9 个月，因遭到当地人的反抗而被迫撤出。

1564 年 11 月 21 日，米格尔·洛佩斯·德·黎牙实比的远征队，从墨西哥的纳维达德起航，奉命占领菲律宾。黎牙实比受命时说："愿上帝保佑驶抵西部群岛，而不是马鲁古……根据现有协议，岛屿已归葡萄牙管辖，而该岛附近的其他群岛，如位于国王定界范围内的菲律宾同样有丰富香料。此次远征的主要目的是……使当地人皈依（基督教）和探索返回新西班牙的安全航道。使国王能够通过贸易和其他方式增加利益。"① 黎牙实比的远征军有船只 4 艘，旗舰为"圣佩德罗号"，有水手 150 人，士兵 200人，传教士 6 人，殖民军官数名，共计 380 人。② 1565 年 2 月，远征队抵达菲律宾，选择具有重要战略地位的宿务岛为其侵略基地，发动武装进攻。4 月 27 日，远征队在宿务岛登陆，用武力击退了岛上居民的抵抗，焚烧了宿务城，在一片废墟上建立了第一个殖民基地。同年 6 月，远征军诱使宿务首领图帕斯与之签订条约，迫使图帕斯及岛民接受西班牙的统治与"保护"。

1566 年 10 月至 1567 年 8 月，黎牙实比获得了墨西哥总督的支援，其远征军的力量得到加强，他不仅能够与前来封锁宿务岛的葡萄牙舰队对抗，还可以向菲律宾其他地区派出分队，进行勘探。1569 年 1 月，黎牙实比占领班乃岛，建立了第二个殖民据点。同年，8 月 14 日，西班牙国王正

---

① 〔新西兰〕尼古拉斯·塔林主编《剑桥东南亚史》第 1 卷，贺圣达、陈明华、俞亚克等译，贺圣达审校，云南人民出版社，2003 年版，第 293 页。

② 李长傅：《菲律宾史》，商务印书馆，1936 年版，第 22 页。尼古拉斯·塔林认为："一支由 5 条船和 400 多人组成的远征队。"〔新西兰〕尼古拉斯·塔林主编《剑桥东南亚史》第 1卷，贺圣达、陈明华、俞亚克等译，贺圣达审校，云南人民出版社，2003 年版，第 293 页。

式任命黎牙实比为菲律宾总督。担任总督后，黎牙实比决定向北扩张，占领马尼拉地区。1571年4月20日，黎牙实比率领230名殖民军，入侵马尼拉。5月19日，黎牙实比正式占领马尼拉，宣布它为西属菲律宾首府。① 到17世纪初，菲律宾的中部和北部被置于西班牙的殖民统治之下。

西班牙在菲律宾的殖民统治采取"总督制"。总督既是殖民地的最高行政长官，也是军队的最高指挥官，握有行政和军事大权。总督由新西班牙副王委任，对西班牙的东印度议会负责。1583年成立的殖民地最高法院是总督的咨询机构和监察机构。菲律宾的省级行政机构由已平定地区的省长和不安定及战略地区的省督和镇长组成。省政府在行使行政、司法和军事权力方面仿效马尼拉的中央殖民政府。省政府之下是市政府，主要由地方领导人大都管理。

西班牙对菲律宾殖民统治的一个突出特点，是实行教会与殖民政权的"政教合一"制度，教会是殖民政权的重要支柱。② 与行政体系相并行，菲律宾有一个教会组织系统，全菲教会与政治行政体系相配合，并自成体系。③ 菲律宾的"政教合一"体制，"一方面表现为总督和最高法院为代表的世俗政权，不仅效忠于国王与王室，而且为教皇效力；另一方面，表现为大主教与教士们所组成的教会权威，不仅代表罗马教廷行使教权，而且代表国王，维护西班牙对菲律宾的宗主权"④。总督拥有最高行政权，并有推荐教士的权力；大主教在总督缺席时，有代表总督之权，平时教会亦有监督、弹劾总督之权。总督和大主教相互补充又相互制约，共同维护殖民统治。⑤

18世纪60年代，担任菲律宾总督的托雷和安达开始制订经济发展计划，试图发展菲律宾的商品生产。70年代，西班牙国内主张"开明专制"的势力活跃。1778年，具有自由主义思想倾向的菲律宾总督何塞·巴斯科一上任就着手制订《总体经济发展计划》，刺激农业发展，加大矿业、丝织业和蔗糖业的发展力度，鼓励私人集资开发当地资源，放松马尼拉港口

---

① 梁志明主编《殖民主义史》（东南亚卷），北京大学出版社，1999年版，第80~81页。
② 梁志明主编《殖民主义史》（东南亚卷），北京大学出版社，1999年版，第87页。
③ 陈鸿瑜：《菲律宾的政治发展》，台北商务印书馆，1980年版，第111~112页。
④ 梁志明主编《殖民主义史》（东南亚卷），北京大学出版社，1999年版，第87页。
⑤ 梁志明主编《殖民主义史》（东南亚卷），北京大学出版社，1999年版，第88页。

的贸易限制，允许一定数量的外国商船驶入港口进行贸易活动。1781 年，马尼拉成立了旨在指导经济发展的"国家之友经济协会"（又称"乡村之友经济协会"）。该协会注重引进西方先进技术，大力推进职业教育，重视工商业发展，鼓励农业发展，奖励经济作物的种植，尤其是棉花、马尼拉麻、甘蔗、烟草、咖啡和香料等经济作物的种植。19 世纪初，协会设立了一所工厂学校，训练纺织工人。1861 年，马尼拉开办了一所农业学校。1881 年，大学设置农学教授职位，以培养农业专门人才。

总之，巴斯科的新经济政策和"国家之友经济协会"的措施对菲律宾经济发展发挥了一定的作用，取得了一定的成效，带动了菲律宾经济的发展。菲律宾经济的发展和国际贸易的不断活跃，推动了菲律宾金融业的发展。菲律宾本地银行和英、美投资的银行不断被建立起来。

随着西方资本主义的侵入，菲律宾的社会经济结构发生了某种程度的变化。一方面，外国资本的渗透和国际贸易联系的加强，使菲律宾群岛的经济日益从属于西方列强的经济控制，被迫纳入了资本主义世界经济体系；另一方面，随着菲律宾群岛的社会分工进一步扩大，雇佣者和被雇佣者这两个阶层的人数日益增多，菲律宾内部的资本主义因素也日益发展，开始出现工人阶级和民族资产阶级。

西班牙第一次资产阶级革命以后颁布的加斯迪宪法，扩大了殖民地居民的权利。因此，西班牙殖民当局在推进菲律宾人教育方面做出了一些努力，取得了一些成绩。据统计："至 1847 年，菲律宾已经有 593 所小学，在校学生约为 11 万；中等教育机构除了 6 所普通中学，还有航海、商业、艺术、农业、工艺等职业学校和师范学校，学生有数千人；高等学校的人数也大有增加，平均每年毕业生在 1820—1850 年间只有 130 名，到 1871—1876 年间已达 348 名。"[1] 1860 年以后，西班牙殖民当局开始在菲律宾普及初等教育和发展中、高等教育事业。菲律宾教育事业的蓬勃发展，使菲律宾受教育人数不断增长。大量的菲律宾本土知识分子在吸收西方文化新思想的基础上，不断推动着西方文化在菲律宾的传播。

19 世纪 80 年代以后，被流放到西班牙的菲律宾爱国者发起了一场要求改革的运动，从此菲律宾人民开始了争取独立的斗争。1898 年美、西战

---

[1]　金应熙：《菲律宾史》，河南大学出版社，1990 年版，第 332 页。

争爆发。1898 年 6 月 30 日,美国军队在菲律宾登陆。8 月 13 日,美军进入马尼拉,宣布美国占领马尼拉。1898 年 10 月 1 日,美国和西班牙背着菲律宾开始在巴黎谈判。12 月 10 日《巴黎条约》签订。条约规定,西班牙放弃对古巴的主权,把波多黎各和关岛割让给美国。西班牙把菲律宾割让给美国,美国付给西班牙 2000 美元作为补偿。西班牙的公民、教会和行政单位的财产受到尊重,由美国出资把西班牙的人员、武器和动产运回西班牙。① 从此,菲律宾成为美国殖民地。

1901 年 4 月,阿吉纳尔多总统在被俘后投降美国,菲律宾第一共和国灭亡。1901 年 7 月,美国宣布在菲律宾建立文治政府,菲律宾进入了美国殖民统治时期。从 1901 年 7 月到 1935 年 10 月,菲律宾由美国直接统治。政府的最高长官为总督,下设若干部。总督、部长均由总统任命的美国人担任。"菲律宾委员会"改为立法机构,相当于参议院,其成员由美国总统任命。另外通过民选成立一个菲律宾会议,相当于众议院。这种统治制度一直持续到 1935 年菲律宾自治政府建立。

美国是一个后起的发达资本主义国家,它在菲律宾的殖民政策与西班牙有所不同,带有一定程度的自由色彩。在政治思想上,推行美国式的民主自由,重视输入美国式的政治体制。塔夫脱任美国驻菲首任总督时,美国国会于 1902 年通过的《菲律宾法案》就是参照美国的政治体制来制定的统治菲律宾的政府组织法。美国式政治体制的移植,使菲律宾人民获得了一定的资产阶级民主自由权利,其中包括出版、集会、结社等权利。② 1935 年,菲律宾获得自治权后,菲律宾自治政府的主要职务都由菲律宾人担任,内政方面获得了一定的自主权。

美国对菲律宾的经济政策是力求将菲律宾群岛迅速变为美国原料与农产品的产地、工业产品的倾销地和金融资本的投资地,并确立美国在菲律宾经济中的垄断地位。为削弱其他国家的竞争力,美国大力向菲律宾输出资本。1914 年,美国在菲律宾的私人投资为 6400 万美元,1918 年达 1 亿美元,1923 年增加至 1.45 亿美元。③ 通过投资,美国资本兴办糖厂、榨油

---

① 余定邦:《东南亚近代史》,贵州人民出版社,1996 年版,第 219 ~ 220 页。
② 梁志明主编《殖民主义史》(东南亚卷),北京大学出版社,1999 年版,第 471 页。
③ 金应熙:《菲律宾史》,河南大学出版社,1990 年版,第 482 页。

厂等出口加工企业、进出口贸易公司，垄断了菲律宾的主要经济命脉。

在美国统治期间，菲律宾的铁路、公路与航空运输得到发展，现代邮电事业以及金融、货币体系得以建立与发展。1903 年设立了以金本位制为基础的菲律宾货币制度。1916 年成立了菲律宾国家银行。

在文化教育方面，美国在菲律宾实行"同化政策"，大力推广和普及英语，规定英语既是官方正式语言，又是社会、教育等各个领域的使用语言。为输出美国的价值观念与生活方式，消灭菲律宾本土文化，培养受美国文化影响的菲律宾人，美国十分重视兴办学校，发展菲律宾的基础和中等教育事业，力图使教育成为影响菲律宾人思想和菲律宾文化的重要途径和有力手段。据统计："到 1903 年，菲律宾已有 2962 所学校，其中私立学校 1633 所。到 1939 年，公立学校已发展到 11000 所，在校注册的学生 175 万余人。10 岁以上的居民识字率达 49%，27% 的居民会讲英语。"① 可以说，在东南亚各国中，菲律宾是接受英语教学人数最多的国家，同时是会讲英语人数最多的国家。英语实际上已成为菲律宾社会上通用的语言，同时是菲律宾人学习美国文化知识和了解外部世界的工具。英语所承载的美国文化对菲律宾现代文化的发展产生了极大的影响。

在统治菲律宾期间，美国在教育方面取得了"美国官方引以为荣的成就"，即菲律宾当时成为东南亚教育水平最高的国家。② 英国学者霍尔指出："普及教育是美国在菲律宾的最大成就。"③ 教育的发展极大地推动了包括美国文化在内的西方文化在菲律宾的传播。

为培植亲美派，美国殖民当局重视在菲律宾人中选派赴美留学生。1903 年，殖民政府建立了公费留学制，仅在这一年菲律宾赴美留学的公费生就达 104 人，这些留学生在学习美国先进的科学知识方面发挥了桥梁作用。他们学成回国后，在传播西方文化，发展菲律宾的经济、文化等方面做出了重要的贡献。其中的杰出代表，有菲律宾第一位现代女医生奥诺里阿·阿科斯塔·西宋博士、著名的教育家法郎西斯科·贝尼泰斯博士、著名的法律学家何塞·阿巴德·桑托斯和菲律宾大学校长何尔

---

① 贺圣达：《东南亚文化发展史》，云南人民出版社，1996 年版，第 518 页。
② 梁志明主编《殖民主义史》（东南亚卷），北京大学出版社，1999 年版，第 472 页。
③ 〔英〕D. G. E. 霍尔：《东南亚史》，中山大学东南亚历史研究所译，商务印书馆，1982 年版，第 879 页。

里·博科等。①

为宣扬、传播美国文化，美国一些机构在菲律宾创办英文报刊。美国文化渗透到菲律宾社会的方方面面，不少菲律宾人产生了"崇美"心理，深受美国的生活方式、思想意识等美国文化的影响。20世纪30年代的菲律宾被称为"东方小美国"，菲律宾人被称为"东方的美国人"。

马来西亚的殖民历史是从16世纪初期开始的。1511年7月7日，葡萄牙船队通过对马六甲港的炮击，迫使马六甲素丹王释放先前扣押的葡萄牙俘虏，归还葡萄牙人的财物，并答应划出一块地，供葡萄牙人建立要塞。8月10日，亚伯奎再次对马六甲发动进攻，最后马六甲被葡萄牙军队占领。从此，马六甲被葡萄牙辟为其殖民地。

17世纪，英国开始侵入加里曼丹，并与荷兰人展开竞争。1623年，英国占领三发。1665年，向北加里曼丹扩张势力。1773年，英国东印度公司在沙巴设立办事处。1786年7月17日，英国人莱特率领3艘船在槟榔屿登陆，开始建设据点。1819年，英国占领新加坡。1824年，英、荷为调整在东南亚的势力范围，签订了《英荷伦敦条约》，荷兰将马六甲转让给英国。

1826年，英国将槟榔屿、新加坡和马六甲三地合并变为海峡殖民地。1841年11月，英国冒险家詹姆斯·布鲁克用武力取得了沙捞越的统治权。1846年，布鲁克在英军支持下，攻陷文莱首都，迫使素丹签订条约，确认将沙捞越割让给布鲁克，并允许其后裔继承，同时把纳闵（又称拉布安）岛割让给英国。同年12月28日，文莱素丹在割让纳闵的条约上签字。该条约规定，文莱将纳闵及其附近岛屿割让给英国；英国则竭力剿灭海盗，保障贸易进行，文莱对此须给予协助。这样纳闵便成为英国殖民地。②1867，海峡殖民地成为英国皇家殖民地，由英国殖民部直接管辖。

19世纪70年代，英国殖民势力开始向马来各土邦扩张。1896年，英国通过与各邦缔结条约，建立了由彭亨、森美兰、霹雳、雪兰莪四个土邦组成的"马来联邦"，在吉隆坡成立了联邦的中央行政机构。

---

① 〔英〕D. G. E. 霍尔：《东南亚史》，中山大学东南亚历史研究所译，商务印书馆，1982年版，第879页。

② 梁志明主编《殖民主义史》（东南亚卷），北京大学出版社，1999年版，第345页。

　　在马来半岛建立殖民统治的同时，英国开始在加里曼丹岛北部谋取统治权。1888 年，英国同文莱、沙捞越及北加里曼丹岛签订协议，正式确立了英国的保护关系。1890 年，查尔斯·布鲁克①从文莱手中夺取了林邦河流域，作为沙捞越的第五省。1906 年，英国又迫使文莱签订了新的不平等条约，并派遣一名驻扎官到达文莱。

　　1909 年，英国与暹罗曼谷王朝签订了一项条约，暹罗将马来半岛北部的吉打、玻璃市、吉兰丹、丁加奴等 4 个马来土邦的宗主权移交给英国，英国则把暹罗的一部分治外法权交还曼谷王朝，并同意给予铁路贷款 400 万—700 万英镑。② 至此，马来半岛北部的 4 个土邦沦为英国的保护邦。1914 年，英国强迫柔佛素丹伊卜拉辛接受英国顾问官制度，半岛上最后一个相对独立的土邦也成为英国的保护邦。从此，柔佛和吉打、玻璃市、吉兰丹、丁加奴这 5 个土邦组成"马来属邦"。这样英国便完成了对马来半岛上各土邦的殖民占领，马来半岛地区完全被英国殖民地化。

　　马来亚是一个土邦林立、民族众多、宗教多样、社会成分复杂的英国殖民地区。针对当地复杂多元的民族文化特点，英国殖民当局采取"分而治之"的方针。"马来联邦"和"马来属邦"的各土邦中存在两套政权机构：一是以土邦素丹为首的封建政权系统，各土邦保留素丹王位，仅保留宗教和习俗方面的权力；二是英国殖民政权系统，由海峡殖民地总督任命的总驻扎官组织政府的力量，协调各邦工作。

　　在马来半岛地区，英国殖民者疯狂掠夺土地。通过颁布法令，殖民当局把土地所有权、田赋征收权、强迫劳动权等攫为己有。1896 年，殖民当局颁布《土地法典》，宣称马来亚全部土地都为他们所有。1913 年，英国在"马来联邦"颁布《土地保留法》，后推行到"马来属邦"。殖民当局掌握了土地支配权后，便采取"让与"和"租借"的方式进行土地开发和促进殖民地经济发展。

　　在殖民当局的支持下，英国采矿公司开始使用机械设备，运用先进的采矿技术大规模开采锡矿。1887 年，海峡贸易公司开始炼锡。后来新加坡

---

①　查尔斯·布鲁克是詹姆斯·布鲁克的外甥，也是詹姆斯·布鲁克的继任者。
②　〔英〕D. G. E. 霍尔：《东南亚史》，中山大学东南亚历史研究所译，商务印书馆，1982 年版，第 655 页。

发展成为当时世界上最大的锡矿冶炼中心。到 1938 年，马来亚的锡矿年产量达 10 万吨，占世界锡产量的 29%。[①] 橡胶是英属马来亚的重要经济作物。1913 年，马来亚的橡胶产量已超过巴西野生橡胶的产量。1938 年，马来亚的橡胶产量占世界产量的 41%，输出总量为 52.7 吨。[②]

为培养为其殖民统治服务的人才，依据"分而治之"的原则，英国殖民者推行英语教育、马来语教育、华语教育和泰米尔语教育。其中重点是英语教育，目的在于推行英语，传播英国思想文化，进行殖民同化。在英语教育方面，英国人开办两类学校。一是以马来籍王公、贵族子弟为培养对象的学校，目的是培养政府机构的马来籍高级公务员；另一类是以非马来人的有产者子弟为对象的学校，目的是培养政府机构和商业部门的低级职员。上述开办学校的措施，客观上推动了马来亚教育的发展，在某种意义上传播了西方的教育思想和人文思想。

马来亚近代工商业、采矿业和种植园经济不断发展，交通运输、城镇港口建设不断推进。作为东南亚乃至世界著名贸易港口，新加坡的自由贸易不断发展。英国殖民者在马来亚推行的一系列经济举措，推动了马来亚社会的变迁，推动了资本主义因素的增长，在某种程度上推动了西方文化在马来西亚的传播。

老挝是 1893 年沦为法国殖民地的，从此老挝进入法国殖民统治时期，也标志着老挝近代史的开端。

1866 年，法国派出由弗朗西斯·安邺和杜达尔·德·拉格利率领的"探险队"沿湄公河逆流而上，调查老挝的地理、资源和社会状况，为占领老挝做准备。1778 年以后，从澜沧王国中分裂出来的万象、琅勃拉邦和占巴塞三个王国附属于暹罗的统治。因此，法国要侵占老挝，就必须把暹罗从老挝驱赶出去。1886 年 5 月 7 日，法国和暹罗签订了一项临时协定，暹罗同意法国在老挝的琅勃拉邦设立一个副领事馆。领事馆的设立为法国进入老挝打开了方便之门。在任领事期间，法国驻琅勃拉邦领事奥古斯特·巴维（又译奥古斯特·帕维）疯狂扩大法国在老挝的影响。[③] 1889 年

① 〔英〕D. G. E. 霍尔：《东南亚史》，中山大学东南亚历史研究所译，商务印书馆，1982 年版，第 906 页。

② 梁志明主编《殖民主义史》（东南亚卷），北京大学出版社，1999 年版，第 363 页。

③ 申旭：《老挝史》，云南大学出版社、云南人民出版社，2011 年版，第 173 页。

至 1891 年，巴维率领一个大型的勘测队在老挝进行地理调查，"勘测水陆交通，创办贸易仓库，收集样品，调查现存的商业程序，并提出一份关于湄公河盆地物产的特点和价值的明确的报告书"①。巴维勘测队绘制了一份完整、详细的地图，为法国吞并老挝做了充分准备。

1892 年 9 月，两个走私鸦片的法国商人尚佩努瓦和埃斯基洛被暹罗政府从乌庭驱逐出境以及法国驻琅勃拉邦的代表马西在沿湄公河南下时突然自杀的事件，让法国人找到了侵略老挝的借口。法国殖民好战分子乘机在国民议会里掀起轩然大波，要求对老挝进行武装干涉。1893 年 2 月，法国政府授权印度支那总督：如果得不到及时赔偿，可到暹罗边境采取"有力的行动"。1893 年 3 月，法国驻暹罗大使巴维根据法国外交部指示，向暹罗提出占领湄公河东岸全部领土的要求，并要求暹罗立即撤走防御措施。暹罗对此提出抗议，接着法国军队入侵老挝，法暹战争爆发。②

1893 年 4 月，法国军队兵分三路入侵老挝。第一路由托勒率领，于 4 月 4 日占领了柬、老两国交界地区；第二路由 F. 安邺率领，入侵老挝的芒平；第三路由吕斯率领向老挝的甘蒙进军。1893 年 10 月 3 日，暹罗被迫与法国在曼谷签订了《法暹条约》（又称《曼谷条约》）。条约规定：割让湄公河东岸的老挝领土给法国，暹罗向法国赔偿军费 300 万法郎。从此，老挝从暹罗的附属国沦为法国的殖民地，成为法属印度支那联邦的一部分。

从 1911 年开始，法国殖民者开始强化在老挝的殖民统治。法国殖民当局废除了川圹、万象和占巴塞以及上寮除琅勃拉邦以外地区的各个土王，取消了各地土王属下的"昭公""昭帕那琅""批阿""寻""门""昆"等封建王侯贵族的爵位头衔，将全国划分为省、县、区、乡、村 5 级行政区。在各级行政区，法国人担任省长，老挝人担任县长、区长、乡长、村长。同时，殖民当局派法国人在除琅勃拉邦以外的县以下各级机构进行监督和控制。③

---

① 〔英〕D. G. E. 霍尔：《东南亚史》，中山大学东南亚历史研究所译，商务印书馆，1982 年版，第 780 页。帕维的勘探队调查了整个地区，编写了一部长达 10 卷的被称为《帕维印度支那纪行》的报告，绘制了一张详细的地图。报告书为法国索取老挝提供论据，地图为法国军事入侵指明了道路。梁志明主编《殖民主义史》（东南亚卷），北京大学出版社，1999 年版，第 315 页。

② 申旭：《老挝史》，云南大学出版社、云南人民出版社，2011 年版，第 175 ～ 176 页。

③ 申旭：《老挝史》，云南大学出版社、云南人民出版社，2011 年版，第 178 页。

1911 年 10 月，法国殖民当局在老挝各省设立"参议会"。"参议会"由各省所有的县长和当局指定的每县两名"知名人士"组成。1923 年，法国殖民当局在万象举办"协商会议"，各省选出地方代表参会，每年开一次会，以便保证国家事务得到妥善处理。[①] 为了强化殖民统治、实行高压政策，法国殖民者在老挝设置了法院、监狱、密探局、宪警队等。通过上述措施，法国在老挝逐步建立和完善了从中央到地方的殖民统治体系。

法国占领老挝全境以后，在统一的殖民统治机构控制下，制定了"直接"与"间接"相结合的殖民统治制度，具体就是"由法国直接统治老挝全国的殖民制度和在琅勃拉邦王国中'保护国'式的殖民制度"。[②] 在老挝北部原琅勃拉邦王国所管辖的区域内（包括现在的沙耶武里省和南塔省），法国殖民当局保留琅勃拉邦王国形式，将王国与王室置于法国"保护"之下，实行"间接统治"。琅勃拉邦的国王还保留着王号与特权，万象作为行政首都设副王，占巴塞王公依然存在，但他们都要听从法国最高专员和驻扎在当地的法国专员的意见。法国殖民当局规定，琅勃拉邦王宫对于行政、财政和经济上的改革，只能提出意见和建议，而"法国政府保留有可否实行的决定权"[③]。法国在琅勃拉邦设立了高级专员公署，虽然高级专员不直接出面行使权利，但他对于在其"保护"之下的封建王朝却具有绝对的控制权。

在老挝，无论是在直接统治区域还是在间接统治区域，法国殖民当局均驻扎军队严加防守。法国驻扎在老挝的殖民军包括侦察部队、炮兵、工程兵等兵种，各兵种拥有精良的武器装备，具有较强的作战能力。1897年，法军开始在整个印度支那组建"土人"部队。在老挝，法国殖民当局组建了由老挝人组成的红带兵、蓝带兵和地方军。法国殖民者利用军队实行对老挝人民的高压政策，残酷盘剥、压榨老挝人民。

在法国对老挝的殖民掠夺中，土地成为最主要的掠夺对象。根据 1913

---

① 〔泰〕M. L. M. 琼赛：《老挝史》，厦门大学外文系译，福建人民出版社，1974 年版，第404 ~ 405 页。

② 〔老〕富米·冯维希：《老挝和老挝人民反对美国新殖民主义的胜利斗争》，蔡文丛译，人民出版社，1974 年版，第 19 页。

③ 〔日〕真保润一郎：《老挝的中立主义及其基础》，刘百先、郑焕宇译，《东南亚研究资料》1961 年第 4 期。

年法国国会通过的在整个印度支那实行土地"租让"的统一制度的专门决议,殖民当局规定,老挝的土地除一部分为老挝王族保留外,大部分归法国殖民当局所有。他们以登记土地为名,要求农民呈缴土地文契。由于老挝农民一般没有土地文契或因天灾人祸而遗失,殖民当局即以田主不明为借口将土地强行没收。殖民当局以各种形式掠夺来的土地,大部分以很低的价格被出售或无代价地"租让"给法国殖民当局的官员、地方封建领主、头人以及投机商人。例如,法国最高驻扎官一人就"租借"了 500 公顷土地。法国殖民者肆意掠夺老挝的森林资源,滥伐林木以供出口。万象周围的大片檀香木和其他地区的柚木被殖民者大规模砍伐。法国在老挝采伐的木材每年达 5000 立方米之多,每年掠夺的安息香为 30 吨。[①]

法国殖民者对老挝人民盘剥的另一个重要手段,就是实行沉重的赋税制度,如人头税、房产税、营业税、牛马税、土地税、市场税等,各种税在百种以上。以掠夺为主的法国殖民经济政策,导致老挝近代经济、社会发展极其缓慢。

从第一次世界大战结束到第二次世界大战前夕,法国对老挝等印支各国的投资有所增加。1919 年至 1929 年,共有 80 亿法郎的资本进入印度支那,而 1888 年至 1918 年仅有 4.9 亿法郎。资本投资多进入可获厚利的原料生产、采矿业、种植园和加工工业等。这一时期,法国殖民当局在老挝强行推广供原料出口的单一经济作物种植制度,开辟各类种植园。下寮沙拉湾省波罗芬高原的大批良田被殖民当局以优厚条件"承租"给法国退伍军人,由其组成"霍勒·巴考特垦殖公司",辟为咖啡种植园。由殖民者经营的种植园,最大的占地 2 万公顷左右。到第二次世界大战前夕,由法国资本投资的橡胶种植园已有 4 个。[②] 1923 年,法国"印度支那矿藏勘探和开采公司"投资丰督锡矿,1938 年采矿量已达 545 吨;另一家法国资本投资的"远东锡矿开采公司"也在老挝投资兴办锡矿,1938 年采矿量达到370 吨。[③] 这一时期,法国还在老挝开办了 12 家发电厂、自来水厂、锯木厂、碾米厂、造船厂和制冰厂等。法国在老挝先后修建了 3 条东西向的公

① 申旭:《老挝史》,云南大学出版社、云南人民出版社,2011 年版,第 182 页。
② 申旭:《老挝史》,云南大学出版社、云南人民出版社,2011 年版,第 184 页。
③ 申旭:《老挝史》,云南大学出版社、云南人民出版社,2011 年版,第 184 页。

路，穿过长山山脉，使湄公河沿岸地区与越南相连。万象到琅勃拉邦之间的公路也在这一时期竣工。由此，老挝的公路建设得到一定程度的发展。

为培养其殖民统治所需要的人才，法国在老挝开办各种层次的学校。为了培养老挝学生的亲法思想，殖民当局规定，所有学校各学科必须用法语讲授，甚至学生的课本也基本是照搬法国的。殖民当局还把老挝封建贵族的子女送往西贡公益学校、金边艺术学校和河内技工学校学习。① 法国殖民当局在老挝的办学举措，客观上，也在某种程度上，推动了老挝现代教育事业的发展，从而在一定程度上推动了法国文化在老挝的传播。

法国殖民者从语言的使用上来推行同化政策。除了强迫各学校一律采用法语教学外，法国殖民当局还规定法文为官方公文使用的唯一合法文字。

柬埔寨属于法属印度支那殖民地的组成部分。18 世纪中叶，法国主教让·克劳德·米希利用国王顾问这一有利职位，以宗教为掩护，不遗余力地为法国在柬埔寨的殖民活动服务。大卫·钱德勒在其《柬埔寨史》中指出："让·克劳德·米希还积极支持 1856 年法国派出的外交使团，并让安东相信摆脱泰国的控制和越南的威胁会对柬埔寨大有裨益。"② 这正好迎合了安东国王渴求国家独立的心理，因而他天真地相信了米希。1855 年，法驻暹罗湾公使德·蒙蒂尼（又译德·蒙提尼）奉命到达柬埔寨。此行是他与米希共同策划的，目的是说服安东王同法国缔结同盟和通商条约。这是为法国夺取柬埔寨而事先策划好的一次有预谋的行动。1856 年 10 月，德·蒙蒂尼到唝吥港，在米希的参与下，拟定了《法柬条约》，只等安东王前来签字。但德·蒙蒂尼和米希的阴谋并未得逞。

1863 年 8 月 11 日，法驻交趾支那总督德·拉格兰迪埃尔逼迫柬埔寨国王诺罗敦在乌东签署了《法柬条约》。条约规定，法兰西皇帝要"保护柬埔寨"，从而使柬埔寨成为法国的"保护国"；法兰西皇帝将任命一名法国官员为领事，派遣其驻扎在柬埔寨朝廷，他在这里将得到柬埔寨最高特权与待遇；柬埔寨未经法国同意，不得与外国建立任何外交关系；法国人在柬埔寨具有领事裁判权；法国商人具有入境贸易免税的权利；法国公民

---

① 申旭：《老挝史》，云南大学出版社、云南人民出版社，2011 年版，第 187 页。
② 〔美〕大卫·钱德勒：《柬埔寨史》，许亮译，中国大百科全书出版社，2013 年版，第 167 页。

可以在柬埔寨全境随意活动、迁移和经商，且受柬埔寨当局的保护；法国传教士可以在柬埔寨自由传教；法国当局有权在柬埔寨租借土地上砍伐木材。① 1867 年 2 月，法国与暹罗在巴黎签订《法暹条约》。条约规定，暹罗正式承认法国对柬埔寨的保护权，宣布 1863 年 12 月制定的《暹柬条约》无效，暹罗国王不再接受柬埔寨的贡品。法国则宣称：保证不占领柬埔寨王国，不把它并入法属交趾支那，并同意马德望、吴哥（即暹粒）和诗梳风三省归暹罗王国所有。条约还规定，凡悬挂法国国旗的船只都可以在湄公河、内陆湖泊以及和暹罗领土毗连的海面上自由航行。② 《法暹条约》的签订，表明暹罗已放弃对柬埔寨的宗主权，柬埔寨成了法国的"保护国"。

在法国驻扎官 E. 达尔·德·拉格里（E. Doudart de Lagree，1823—1868）的指挥下，法国人开始开发湄公河，搜集北段河流的数据，这正好解释了法国想把金边打造成重要商城的梦想。③ 1884 年，法国成功迫使诺罗敦同意抽取关税（主要是出口关税）用于支付法国人的行政费用。④

虽然通过 1863 年条约取得了对柬埔寨的"保护权"，但是法国并不满足。因为它给柬埔寨国王留下了某些行政权力。对于这点仅剩的权力，法国人也要将其剥夺，使柬埔寨成为事实上的殖民地。1884 年 6 月 24 日，法国驻交趾支那总督查尔斯·汤普森（Charles Thomson）（又译夏尔·汤姆逊）带领一支军队闯入王宫，对国王进行威胁。最后，法国殖民者把刀架在柬埔寨国王脖子上，强迫他签署了一项把柬埔寨的全部主权交出来的条约。大卫·钱德勒的《柬埔寨史》详细描述了法国殖民者威逼柬埔寨国王签约的过程。1884 年 6 月 24 日，查尔斯·汤普森（Charles Thomson）从西贡乘船来到金边，呈交给诺罗敦一份条约。该条约包括一套全面的改革措施，要比之前的文件更为苛刻，旨在取得柬埔寨法理上的控制权。一天晚上 10 时，汤普森未经通知就来到王宫，他所乘的炮舰就在王宫所视范

① 陈显泗：《柬埔寨两千年史》，中州古籍出版社，1990 年版，第 565 页。
② 梁志明主编《殖民主义史》（东南亚卷），北京大学出版社，1999 年版，第 227 页。
③ 〔美〕大卫·钱德勒：《柬埔寨史》，许亮译，中国大百科全书出版社，2013 年版，第 173 页。
④ 〔美〕大卫·钱德勒：《柬埔寨史》，许亮译，中国大百科全书出版社，2013 年版，第 175 页。

围内抛锚。在诺罗敦浏览文件的时候，汤普森的卫兵就在附近站着。在翻译官宋狄的殷勤帮助下，国王签署了文件，他看得出这是保留王位的唯一途径。毫无疑问，他也清楚西索瓦的诡计。或许他寄希望于文件中的条款会遭到柬埔寨统治阶层的反对而被解除。实际上，这确实发生过一次，但不管怎样，条约第二款标志着法国实质性地加强了对柬埔寨的控制。该款规定，"将来在法国政府认为是有助于法国保护的所有行政、司法、金融和商业改革措施，柬埔寨国王陛下将接受"①。条约还规定，根据法国提出的"改革"意见，国家的海关、税务、邮政、农林、卫生以及公共工程部门均置于法国理事长官（最高驻扎官）的控制之下；法国将向各省会及人口稠密的城镇派驻驻扎官和副驻扎官；国王除每年从法国当局那里得到一定数目的款项作为津贴外，未经法国同意，不能向其他国家借款。② 新的条约将柬埔寨的主权剥夺殆尽，法国的驻扎官控制了柬埔寨从中央到地方的一切大权。

对法国殖民者来说，仅对柬埔寨进行军事占领和政治统治，仅从国家法权上取得对柬埔寨的控制地位是不够的，经济掠夺才是最终目的，就是将柬埔寨变为法国的原料产地和商品销售市场。为了达到这一目的，法国殖民当局采取了种种措施和政策。首先，改变封建土地国有制，建立土地私人所有制。经过土地所有权的转移，法国殖民当局攫取了柬埔寨的全部土地。通过土地所有权的转移，他们把到手的土地进行租让或拍卖。从土地上获取经济利益，这便是法国新土地制的实质。

在土地掠夺完成后，法国殖民者开始大肆征收高额的土地税。除了土地税，柬埔寨人民还要承担各种名目的苛捐杂税。其中，最主要的是人头税和代役税，不但税额重，且逐年增加。另外还有动物税、作物税、营业税、所得税、注册税、各种专卖税、特许征税……几乎达到无物不税、一举一动都要纳税的地步。③ 法国殖民者对柬埔寨人民横征暴敛，极尽盘剥之能事。大卫·钱德勒在《柬埔寨史》中指出："1892 年，直接税收的征缴落到法国人控制之下。1894 年，在地方行省中已有 10 个法国人居住区。

① 〔美〕大卫·钱德勒：《柬埔寨史》，许亮译，中国大百科全书出版社，2013 年版，第171 页。
② 陈显泗：《柬埔寨两千年史》，中州古籍出版社，1990 年版，第579 页。
③ 陈显泗：《柬埔寨两千年史》，中州古籍出版社，1990 年版，第590 页。

实际上，整个 19 世纪 90 年代法国在整个印度支那地区都在强化统治。在总督保罗·杜美（1897—1902）统治时期达到顶峰。法国人在柬埔寨的所有活动经费、包括公共工程和法国官员的薪水，都来源于对盐、酒、鸦片、稻米及其它农作物和进出口货物的繁重税收，还有政府工作征收的一些额外费用。"① 此外，殖民当局还对柬埔寨消费量大的几种物品如盐、酒、鸦片等实行专卖。此种专卖不但使从事该项专卖行业的法国商人大获其利，还使法国殖民当局收取了数量可观的专卖税。

在金融方面，法国殖民当局通过在印支地区的代理金融机构——东方汇理银行对柬埔寨的金融活动进行控制，东方汇理银行在柬埔寨有发行货币权和管理货币权。

自 1863 年成为殖民地至 1953 年独立，柬埔寨接受法国殖民统治 90 年。在这期间，法国殖民者强迫柬埔寨人学习、使用法语，接受法国的文明和文化。这在某种程度上、客观地促进了法国文化在柬埔寨的传播。

综上所述，西方殖民者在对菲律宾、马来西亚、老挝、柬埔寨等国进行殖民统治的过程中，为最大限度地对殖民地进行掠夺，进行了基础设施建设、金融投资、兴办工厂。这些举措在某种程度上改变了这些国家的经济状况和社会面貌。在文化教育上，殖民者为巩固其殖民统治，极力推行宗主国的语言，创办西式学校，出版西文报刊。上述行为，在客观上以及某种程度上，将西方文化传播到了菲律宾等东南亚各国。当然，我们决不能忘记西方殖民者给菲律宾、马来西亚、老挝、柬埔寨等国带来的巨大的民族灾难和痛苦，并予以坚决的谴责。

第二节　全球视域下的西方文化与菲律宾等国现代文学

通过菲律宾等国人民的主动吸纳、菲律宾等国与西方的贸易活动、西方殖民统治等途径，西方文化源源不断地涌入菲律宾等国，冲击着菲律宾等国原有的政治制度、社会制度、文化形态和文学形态，冲击着这些国家

---

① 〔美〕大卫·钱德勒：《柬埔寨史》，许亮译，中国大百科全书出版社，2013 年版，第174～182 页。

原来的传统文化，改变着这些国家的人民对西方文化的认知观念，改变着这些国家文学家的文学观念。广泛传播并与本土文化相融合的西方文化成为菲律宾等国现代文学发展的先导和奠基之石，成为菲律宾等国现代文学发展的内在动力，对构建菲律宾等国现代文学发挥了一定的历史作用。

下面我们从西方新型媒体报刊对菲律宾等国文学产生的推动、西方文学对菲律宾等国现代文学的丰富性的贡献两个方面进行论述。

一 西方新型媒体报刊与菲律宾等国现代文学的产生

西方文化对菲律宾等东南亚国家现代文学产生的推动，首先可以从西方新型媒体报刊的推动作用进行研究分析。西方新型媒体报刊为菲律宾等国现代文学的萌发提供了土壤和园地，为菲律宾等国现代文学作品的发表提供了便捷、高效的载体和工具，为西方文化、文学在菲律宾等国的传播提供了重要的媒体条件，为菲律宾等国现代文学的大众化、作家的职业化提供了重要条件。

19 世纪末 20 世纪初，西方新型媒体报刊在菲律宾的大量出现，极大地推动了菲律宾现代文学的产生和发展。报刊是新闻传播的媒介，是西方文化在菲律宾传播的媒体，也是促进菲律宾现代文学萌发的土壤。美国人创办的英文报纸有：1900 年创办的《马尼拉每日公报》、1904 年创办的《菲律宾牧师》和《菲律宾自由报》等。菲律宾人创办的英文报刊有：1915 年创办的英文杂志《独立》、1920 年创办的英文日报《菲律宾先驱报》。1908 年，菲律宾《自由周刊》首次刊登英文小说。1910 年，菲律宾大学开始创办英语校刊《学府之夏》。1927 年，菲律宾大学成立"菲大作家俱乐部"并出版《文学研究》杂志。其他院校也竞相出版英语刊物，如1913 年菲律宾师范学院创办《火炬》杂志、1924 年创办《菲律宾教育》杂志等。上述报纸和杂志为菲律宾推出新时代的新小说、新诗歌创造了发表的园地。

报刊是柬埔寨作家发表作品的重要园地。涅·泰姆的代表作《拜林玫瑰》于 1941 年至 1942 年间在《柬埔寨的太阳》报上连载；梅帕特的小说《汽车司机孙姆》《乡村女教师》等都是先在《塔子山》报上连载，后汇集成册出版的；努·哈齐的小说《枯萎的花》于 1947 年 7 月至 9 月连载于《柬埔寨报》。

20世纪初期，马来西亚新型媒体报刊不断涌现，其中《教师月刊》《幽默新闻周刊》《每日新闻》等传播范围颇广，影响力颇大。马来西亚作家以报刊为阵地，发表了大量优秀小说。其中典型的代表是阿卜杜拉·拉希姆·卡贾伊，他一生都在马来西亚的新闻出版界供职，从一个排字员成长为大名鼎鼎的报人作家，被誉为"马来报业之父"，他以报刊为园地发表了大量短篇小说。

综上所述，西方新型媒体报刊为菲律宾等国文学家发表作品提供了有力的手段，为这些国家的文学家创作生涯的起步、成长提供了便捷的阶梯，为这些国家现代文学的诞生提供了肥沃的园地。

二　西方文学与菲律宾等国现代文学的丰富

在西方文化的推动下，在西方文学的影响下，菲律宾等国现代文学发生了从体裁到创作手法等方面的显著变化。在西方文学思潮、流派的影响下，菲律宾等国现代文学兴起了浪漫主义、现实主义等流派。一言以蔽之，菲律宾等国现代文学的不断完善和丰富，与西方文学的深刻影响是密不可分的。

西方文化影响下的浪漫主义传奇故事和抒情诗成为菲律宾近现代文学的发端。19世纪上半叶，弗朗西斯科·巴拉格塔斯（又译弗朗西斯科·巴尔塔萨尔）是用他加禄语进行创作的著名诗人，他的代表作是叙事长诗《弗洛兰特与劳拉》（又译《弗罗兰第和萝拉》），这是一部在菲律宾人人皆知的他加禄语诗篇。叙事长诗用"阿维特"的形式写成，每段四行，每行12个音节。作品描述了中世纪阿尔巴尼亚王国的公爵弗洛兰特的传奇及其与劳拉的浪漫爱情故事。长诗选取的故事情节源自欧洲，这显然受到欧洲浪漫传奇的影响。

作品讲述的是，弗洛兰特被绑在密林中的大树上。一位王子阿拉丁正巧穿过森林，救下了面临野兽袭击威胁的弗洛兰特，并且给予了无微不至的照顾，直至他完全康复。面对热情的阿拉丁，弗洛兰特向他讲述了自己的经历。弗洛兰特是公爵和公主的儿子，少年时被送到希腊雅典，跟随一位名师学习。他的一个同学叫阿道弗，是阿尔巴尼亚王国的公爵。因弗洛兰特学习名列前茅，阿道弗心生妒恨。在一次学校组织的戏剧演出中，阿道弗试图借机杀死弗洛兰特，弗洛兰特的朋友米南德奋不顾身地救了弗洛兰特。阿道弗离开学校，回到了阿尔巴尼亚。一年后，弗洛兰特收到父亲的来信，得知母亲去世的消息。弗洛兰特与米南德一起启程回国。弗洛兰特在阿尔巴尼亚国王的宫廷里遇见了公主劳拉，对她一见钟情。后来弗洛兰特参加了抗击波斯人的战争。当他凯旋的时候，发现阿尔巴尼亚已被波斯人占领，他重新夺回了被敌人占领的国土，解救了国王父女和阿道弗。弗洛兰特在对土耳其人的战争中奋勇杀敌，为保卫祖国而立下赫赫战功。弗洛兰特在取胜回国途中，遭到阿道弗的伏击，被捕后遭放逐。阿拉丁听完了弗洛兰特讲述的故事，告诉弗洛兰特他也有相似的经历。他被他的父亲苏丹放逐，而他的爱人弗洛丽达将要被迫嫁给苏丹。这时弗洛丽达和劳拉从天而降，来到了他们的身边。原来阿道弗僭夺王位，被米南德率兵赶下台。阿道弗挟持劳拉来到树林欲施强暴，弗洛丽达施展身手，将劳拉救下，并杀死阿道弗。两对情人劫后重逢，最后结为伉俪。①

在菲律宾他加禄语诗歌创作方面，亚历汉德罗·阿巴蒂亚引入了西方的现代主义诗歌，被称为"现代他加禄语诗歌之父"。

何塞·黎萨尔不仅是菲律宾 19 世纪下半叶民族独立解放运动的先驱，也是菲律宾近代著名的诗人。他在短暂的一生中，创作了《我的幽居》和《流浪者之歌》等 37 首抒情诗。他的诗歌感情丰富，风格多样，洋溢着爱国热情，充满着对祖国无比的热爱。在艺术表现手法上，独具匠心，富有特色。在《海德堡的花朵》中，他把花朵和微风注入人的主观感情，使它们能递言传情，把游子思乡的感情表达得淋漓尽致。黎萨尔的绝命诗《我最后的告别》共 14 节 70 行，抒发了火热的爱国激情和崇高的革命理想：

> 在迎接曙光时，
> 我将安息长眠，
> 黎明将冲破黑暗，阳光要普照人间。
> 假如您需要颜料来把黎明渲染，
> 请让我的热血奔流在美好的时辰，
> 让它把这新生的曙光染得更加金光闪闪。
> ……

---

① 庞希云主编《东南亚文学简史》，人民出版社，2011 年版，第 443 页。

当我的骨灰还留在人世间，

就让它化为尘土，覆盖祖国的良田。①

20 世纪初，菲律宾浪漫主义小说作家有佩纳和马里亚诺等人。佩纳一共创作了 9 部长篇小说，包括描写理想友谊的《妮娜和妮宁》（1902）和反映家庭问题的《父母的名誉》（1920）。马里亚诺的小说《河流之子》（1922）叙述了一个少女爱上渔夫的故事。

因多（又译为素达波雷杰恩）（1859—1924）是 20 世纪初柬埔寨最著名的诗人，他的诗作有 44 部之多，其中具有代表性的诗集有《碎片》、《女性谚语》、《远离吴哥》和《醒世箴言》等。因多的诗歌语言优美，韵律和谐，生动自然，富有哲理。

西方现实主义文学流派在菲律宾、马来西亚、柬埔寨等国现代文坛上的影响程度显然超过浪漫主义文学流派。菲律宾、马来西亚、柬埔寨等国现代文坛上现实主义比浪漫主义更加繁盛，这与这些国家所处的历史、社会环境有密切关系，同时与这些国家文学家们关注民生、关注社会以及文学担负的历史使命有一定联系。16 世纪中叶至 19 世纪末，菲律宾、马来西亚、柬埔寨等东南亚国家相继沦为西方列强的殖民地。处在殖民地环境中的菲律宾等国的文学家们，关注更多的是以文学作品为武器，揭露殖民统治的罪行和殖民地的黑暗现实，表达对处在水深火热中的民众的同情，号召民众为拯救国家危亡、国家独立而奋起斗争。

何塞·黎萨尔不仅是菲律宾 19 世纪下半叶民族独立解放运动的领袖，也是菲律宾近代现实主义文学的开拓者和奠基者，是菲律宾文学发展史上成就显赫的小说家。他的代表作是两部内容连贯的长篇小说《不许犯我》和《起义者》。这是菲律宾最早的反对殖民主义的长篇小说，是唤起菲律宾民族觉醒的第一声号角，也是对西班牙殖民统治的控诉书和菲律宾民族的苦难写照。鲁迅曾高度评价说，从他的小说中听到了"复仇和反抗的"呐喊和"真挚壮烈悲凉的"声音。②

何塞·黎萨尔的两部小说叙述了茜沙、埃利亚斯、老巴勃罗和塔勒斯

---

① 季羡林主编《东方文学史》，吉林教育出版社，1995 年版，第 922 页。

② 鲁迅：《鲁迅全集》第 8 卷，人民文学出版社，1996 年版，第 79 页。

四个家庭家破人亡的悲惨经历，描绘了菲律宾人民遭受奴役、压迫、欺辱的凄惨景象。小说具体讲述的是，埃利亚斯的祖父被西班牙商人诬陷入狱，悲愤离世。祖母上吊自尽，伯父被逼无奈，成为强盗，后死于非命。父亲隐姓埋名，四处流浪，暴尸街头。妹妹因受到家族牵连结婚不成，最后含恨死去。埃利亚斯被逼无奈，漂泊江湖，最后被国民警卫队杀害。一家三代饱受摧残，这是西班牙统治下菲律宾人民苦难的缩影。茜沙是个命运坎坷的妇女，她的丈夫忍受不了命运的折磨而成为浪荡的赌徒。她因生活无着落，把两个儿子送到萨尔维神甫那里当圣器管理员。小儿子克里斯宾受诬偷了金币而被神甫活活打死，大儿子巴西奥逃往远方，茜沙受不了种种折磨而发疯，凄惨而死。老巴勃罗是一个勤劳、本分的农民，对上低声下气，事事委曲求全，只求平安无事。他的女儿被一个神甫凌辱，神甫担心他两个儿子报复，以莫须有的罪名诬陷他们，动用酷刑将两个儿子杀害。无家可归的老巴勃罗被逼得走投无路，只好铤而走险，成为绿林头目，他在一次报仇行动中被国民警卫队打死。这一连串令人触目惊心的悲惨事件，构成了对西班牙殖民统治的血泪控诉。

黎萨尔以细致入微的描绘、讽刺的手法，揭露了西班牙殖民者盘剥、压迫、残害菲律宾人民的滔天罪行，揭露了殖民统治者的贪婪凶残，揭露了为殖民者服务的反动教会的罪恶本质，揭露了宗教骗子的荒淫伪善，真实展现了殖民统治下菲律宾民众的苦难生活和黑暗的社会现实。

黎萨尔的文学创作打破了宗教文学长期占据菲律宾文坛统治地位的局面，使菲律宾文学跨入了"民族觉醒文学"的新阶段。

在菲律宾现代文坛上，在黎萨尔之后，出现了弗兰西斯科·西翁尼尔·何塞和比恩维尼多·恩·桑托斯两位著名的现实主义小说家，他们在现实主义小说创作方面取得了令人瞩目的成就。

弗兰西斯科·西翁尼尔·何塞毕业于圣托马斯大学，他历任杂志编辑、土地改革部顾问和"菲律宾笔会中心"主席等职。他著有以其故乡罗萨勒斯镇为背景的系列长篇小说，具体内容可分为：描写伊洛干诺人反对外国殖民统治的《主要的哀悼者》、《世系图》和《伪装者》，描写农民起义的《我的兄弟、我的刽子手》，描写马尼拉地区社会变迁的《埃米尔塔》。

何塞短篇小说创作成就斐然，其中代表作为《偷神像者》和《英雄》等。《偷神像者》讲述的是，一名叫山姆的美国青年，供职于美国设在马尼拉的情报部门。山姆非常喜爱菲律宾各民族的民间艺术品，想在回国之前弄到被伊富高人视为圣物的小神像作为纪念。山姆的助手腓力是伊富高人。腓力向往城市生活和西方的现代文明，不顾族人的反对，到马尼拉为美国殖民者卖命。在腓力的带领下，山姆来到伊富高人生活的小镇。他们想尽办法也没有买到那种小神像。后来腓力决定去自己爷爷那里偷，却被爷爷发现，山姆情急之下失手杀死了爷爷。面对爷爷的遗体，腓力感到后悔万分。他决定留在家乡，重新穿起民族服装，专心雕刻新的小神像，做一个传统的伊富高人。这部作品反映东西方文化观念的巨大差异及其对菲律宾人生活和内心世界造成的冲击，具有很深刻的现实意义。①

比恩维尼多·恩·桑托斯毕业于菲律宾大学和美国伊利诺伊大学，获英语硕士学位。他常以旅美菲侨为题材进行小说创作，描写旅美菲侨对生活的热爱和追求，以及怀念故土的情怀和心灵上的孤独和创伤。他著有《火山》和《为何要留恋旧金山》等五部长篇小说以及《你们、可爱的人们》和《苹果的香味》等四部短篇小说集。短篇小说《移民的苦恼》是一部体现桑托斯现实主义风格的作品，曾获得 1977 年美国密苏里大学小说奖。

《移民的苦恼》叙述了旅美的菲律宾姑娘莫尼卡为定居美国而嫁给一个丧妻而又伤残的美籍老菲侨的故事。小说反映了美国法律对菲侨的种种限制，赞颂了菲律宾人的热情纯朴，赞美了菲律宾人在逆境中同舟共济、团结一致的民族精神。小说细节描写真切自然，生动幽默，人物形象塑造栩栩如生，真实可信。短篇小说《苹果的香味》以"我"在美国小城卡拉马索偶遇一位菲侨法比亚而展开故事。法比亚居住在乡下，生活穷困，但对"我"非常热情。在与他交往的过程中，"我"深切感受到他对祖国和故乡的不能割舍的眷恋。作者文笔细腻生动，作品充满了感伤。②

20 世纪初期，一些菲律宾作家用民族语言他加禄语进行文学创作。他们关注菲律宾现实社会，关注劳动人民的生活，站在民族解放运动的前沿，创作出了一批富有现实主义文学色彩的优秀作品，同时具有革命性、战斗性的无产阶级文学特色。洛佩·桑托斯被誉为"第一个伟大的他加禄

---

① 尹湘玲主编《东南亚文学史概论》，世界图书出版公司，2011 年版，第 172 页。
② 尹湘玲主编《东南亚文学史概论》，世界图书出版公司，2011 年版，第 363 页。

艺术家"。1906 年，他发表了长篇小说《光芒和日出》，这被认为是菲律宾最早的一部无产阶级文学作品。洛佩·桑托斯还著有长篇小说《命运的奴隶》（1932）等。另一位著名作家是阿基拉尔，他从 1907 年开始发表社会问题小说，写有长篇小说《幸运的奴隶》、《收买选票》和《罢工》等，这些作品站在批判现实主义的立场上，表现无产阶级和资产阶级的激烈斗争，无情揭露殖民统治下菲律宾的黑暗社会现实。

文化对文学的影响是巨大的，美国文化在菲律宾的传播及其对文学的影响是极其显著的。在美国文化的深刻影响下，菲律宾出现了一种新型的文学形式——英语文学。英语文学包括小说、诗歌、戏剧和散文等多种形式。菲律宾的英语文学作品在形式上深受美国文学的影响，但作品内容多为菲律宾的风土人情，抒发的是菲律宾人的思想情感。

在长篇英语小说创作方面，佐伊罗·M. 加兰（又译为佐伊罗·迦朗）取得了卓越的成就，他是菲律宾第一个用英语写作的小说家。1921 年出版的《忧伤之子》是他的第一部长篇小说。小说讲述的是，女主人公卡西亚与男主人公索里曼倾心相爱，老财主从中作梗。老财主逼迫卡西亚嫁给他，卡西亚以自杀相对抗。小说无情揭露残害人性的黑暗社会现实。佐伊罗·M. 加兰（又译佐伊罗·迦朗）的另一部小说《娜迪亚》（又译《娜迪娅》），讲述的是菲律宾环球旅行者保尔·达兰德与波兰女子娜迪亚的爱情悲剧故事。后来，佐伊罗·M. 加兰又写了《梦幻必然消逝》，小说讲述的是，黎萨尔和表妹莉薇拉这一对情侣真心相爱，但是有情人不能终成眷属，硬被莉薇拉的父母拆散，最后莉薇拉被迫嫁给一个英国工程师。上述小说通过对主人公悲剧命运的描述，谴责了残害青年人青春和爱情的种族歧视和包办婚姻。

在英语长篇小说方面取得成就的作家，还有马克西莫·M. 卡劳和朱安·C. 莱亚。马克西莫·M. 卡劳在 1929 年发表了小说《菲律宾的起义者》。小说无情抨击了男主人公利卡洛兹背叛爱情的可耻行为。故事发生在抗美救国独立战争期间，男主人公利卡洛兹是一名起义战士，他在战争中负伤后，得到女主人公约瑟法的救治。两人相爱并订下婚约。战争结束后，利卡洛兹却见利忘义，喜新厌旧。为了巴结权贵向上爬，娶了富家小姐。后来，约瑟法从美国学成归来途经香港时，巧遇利卡洛兹。这时利卡洛兹已丧妻，又向约瑟法求婚，遭到约瑟法的断然拒绝。同样是悲剧结局的还有费·欧坎坡的长篇小说《棕色少女》，讲述的是，女主人公卡门随男主人公诺兰上尉去美国结婚，婚后不久诺兰就另有新欢，和她离婚，最终卡门独自一人过着孤苦寂寞的生活。以上作品深刻反映了当时残酷的社会现实，有力控诉了封建制度对青年的迫害，表达了青年人对纯真爱情、美满婚姻和自由生活的向往。

不同于上述悲剧结局的作品，下列作品是以大团圆为结局的小说。莱亚（又译拉亚）的小说《他的故乡》描写了菲律宾知识分子马丁·罗罗（又译罗梅罗）留学、创业、收获爱情的奋斗生涯。小说表达了菲律宾知识分子要求改革的愿望。柯特兹的《虚假天堂》、萨隆比德斯的《妮达公主》等小说也均属于喜剧作品：男、女主人公是不同身份和社会地位的青年男女，他们靠自己的奋斗，克服种种障碍和阻力，终于喜结良缘，实现了人生理想。

同菲律宾英语长篇小说创作规律一样，菲律宾英语短篇小说的创作也经历了从模仿到独创的阶段。早期多篇英语小说主要是模仿美国的通俗爱情小说。贝尼特兹和博科波二人成就较为突出。贝尼特兹以短篇小说《死星》而闻名，作品描写了一对青年人的爱情故事。作品语言充满诗意，情感低婉沉静。博科波写有长篇小说《可怕的历险》和短篇小说与剧本合集《发光的符号》等。

从 1924 年起，菲律宾英语短篇小说的创作进入独创阶段。据作家何塞·迦·维拉统计，从 1926 年至 1940 年，共有 111 名作家发表了英语短篇小说 264 篇。[①] 而其中文学创作成就最大的作家是阿贵拉和布洛山。

阿贵拉被誉为菲律宾最优秀的乡土文学作家，他深受美国作家海明威[②]的影响。阿贵拉的小说集《利昂兄如何携妻而归》，共收 20 篇小说，

---

① 尹湘玲主编《东南亚文学史概论》，世界图书出版公司，2011 年版，第 242 页。

② 欧内斯特·海明威（又译厄纳斯特·海明威）（1899—1961）是 20 世纪上半叶美国著名文学家。1929 年，海明威发表了作为其代表作的长篇小说《永别了，武器》。该小说通过一个美国青年参加"第一次世界大战"的经历，反映了海明威对帝国主义战争的否定态度。30 年代中期他写的《弗朗西斯·麦康伯短暂的快乐生活》和《乞力马扎罗的雪》是两篇著名的短篇小说。1940 年发表的长篇小说《丧钟为谁而鸣》以西班牙内战为题材。《老人与海》是海明威晚年最重要的中篇小说。小说通过描写渔夫桑提亚哥在海上同鲨鱼搏斗，赞颂了"硬汉性格"面对失败而孤军奋战的精神。1954 年，海明威获得诺贝尔文学奖。

均以吕宋岛北部地区为背景，着重描写农民、渔民、佃户和无产者的生活，表现他们丰富的情感世界，以及理想与命运的冲突。短篇小说《利昂兄如何携妻而归》讲述的是，男主人公在乡下长大，后到城里读书，他在未经父母的许可之下，擅自娶了出生于城市的女同学，然后再带妻子回家拜见父母。小说阐述了不同社会阶层间必然存在的文化冲突。①

在英语诗歌创作方面，马尔塞罗·德格拉西阿在1925年出版了诗集《白荷》，受到美国文学界的好评。何塞·加西亚·维拉（又译何塞·加西亚·维拉列）的英语诗歌，在美国也享有较高的声誉。他的诗歌代表作有《众多的声音》《我来，在此》等。维拉深受美国19世纪浪漫主义诗人惠特曼的浪漫风格影响。在形式上，维拉也像惠特曼一样追求无拘无束的表现形式，最突出的是他的"逗号诗"。所谓的"逗号诗"就是每一个单词后都有一个逗号。这种鼓点式的、充满停顿和强调的诗歌与他宣扬自我的内容相适应，同时是维拉进行诗歌形式试验的产物。维拉是菲律宾为"艺术而艺术"的代表人物，他认为诗歌是"用词写成的，不是用观念写成"，所以做各种格律的试验是诗歌写作的应有之义。② 维拉的诗歌无论是形式还是内容都体现出感情洋溢、自由奔放和魅力四射的风格。

在西方宗教文化的影响下，菲律宾宗教文学逐步形成，这也是菲律宾文学从民间文学转向书面文学的开始。菲律宾宗教文学内容包括关于耶稣受难的诗歌、圣徒传记及根据《圣经》故事改编的戏剧等。1703年，菲律宾本土诗人加斯帕·阿奎诺·德·贝兰用他加禄语创作了诗篇《耶稣基督的神圣受难》，这是一首改编自基督教耶稣受难故事的诗歌。

菲律宾伊洛戈族史诗《拉姆昂传奇》在某种程度上受到西方宗教文化的影响。布卡纳格时代，西班牙文化已经在伊洛戈民族中扎根。布卡纳格本人又是在西班牙统治中心马尼拉由西班牙神甫抚养和教育的，所以在记录史诗时，自然就会带有西方宗教文化因素。如：在史诗《拉姆昂传奇》中，拉姆昂的部落都信仰天主教；拉姆昂刚出生时，接受了西班牙神甫的洗礼和命名；他和卡诺扬的婚礼由神甫主持、按天主教的仪式举行。诗中

---

① 《当代的菲律宾英文长篇小说概况》，载中国社会科学院外国文学研究所编《东方文学专集》，中国社会科学出版社，1979年版，第237页。
② 庞希云主编《东南亚文学简史》，人民出版社，2011年版，第448页。

不少人物的名字也来自西班牙语，如拉姆昂的父亲唐·胡安（Don Juan）、唐娜·米朗（Dona Miliang）和唐娜·伊纳斯·卡诺扬（Dona Ines Kannoy-an），地名圣胡安（San Juan）也是西班牙语。史诗的伊洛戈语原文中直接使用了大量从西班牙语借来的词汇，如 estilo、lugar、billetan、oracionan、cosinero、oras；还有一些词按照伊洛戈语规则略做变化后再借用过来，如 agsalvaacto 来自 salva（拯救），agviahian 来自 viajar（旅行），agbestido 来自 vestido（服装）。①

20 世纪初期，柬埔寨的现实主义作家有涅·泰姆、林·根、努·哈齐等。他们的作品一改过去皇室阶层和僧侣恪守使用的巴利语和梵语，使用柬埔寨民众广泛使用的高棉语，在内容上反映社会现实，反映人民反对殖民者、要求独立自由的愿望，反映广大青年要求摆脱封建婚姻制度束缚的心声。涅·泰姆（1903—?）的代表作是《拜林玫瑰》。作品歌颂了柬埔寨人民善良、淳朴的美好品质和不畏强暴的勇敢精神，同时鞭挞了以副县长为代表的卑劣、丑陋的灵魂。作品语言通俗易懂，人物描写细腻，文笔清新自然，深受读者喜爱。

林·根（又译林·金）（1911—1959）是一位多产的作家，共发表小说、诗歌和戏剧 34 部，其中的代表作是中篇小说《苏帕特》（又译《梭帕特》）。这部小说描写了一对青年男女苏帕特和曼燕的爱情故事。作品讲述的是，苏帕特从小丧母，因帮助一个叫纳林的同学免受他人欺侮而被其挽留家中居住。苏帕特无意间把他母亲留给他的戒指遗忘在同学家，被男主人苏恩发现，苏恩认出这正是他离开乡下时赠给一位姑娘的订婚戒指，由此断定苏帕特是自己的亲儿子。而苏恩现在的儿子纳林和女儿曼燕是领养的。为了让苏帕特继续奋斗，苏恩不想过早地与自己的亲生儿子苏帕特相认。在朝夕相处的日子里，曼燕和苏帕特已相互产生好感。但邻居的姑娘对苏帕特产生爱慕之情，引起曼燕误会。从此，曼燕有意回避苏帕特，苏帕特只好离开苏恩的家。几经周折和磨难，苏帕特和曼燕才结为伉俪。最后，苏帕特才知道苏恩就是自己寻找多年的亲生父亲。小说情节曲折，引

---

① 吴杰伟、史阳：《菲律宾史诗翻译与研究》，北京大学出版社，2013 年版，第 128 页。

人入胜，充分体现了柬埔寨人民朴实、善良的优秀品德。①

努·哈齐（1916—1975）是柬埔寨现代文学史上著名的现实主义作家，他的作品有小说《枯萎的花》、《小白鹭》、《亲爱的姑娘》、《女孩与莲》和《洞里萨的海关检查员》以及诗歌《去法国的路程》和《野水牛》等。其中，小说《枯萎的花》是努·哈齐的代表作。小说讲述的是，马德望市郊的一对男女青年门·特恩和维特威从童年时代就订立婚约，可谓青梅竹马，两小无猜。门·特恩在金边求学，但因父亲经商失败而破产，他不得不中途辍学回家。维特威的母亲见门·特恩家道败落，便单方撕毁婚约，将女儿许配给船主的儿子奈若特。奈若特是一个浪荡公子。维特威尽管不情愿，但"父母之命不可违"的封建思想枷锁束缚着她，只好认命。维特威日夜思念着情人门·特恩，却无力改变现状，日久积郁成疾而离开人世。

柬埔寨现代著名作家梅帕特的小说《汽车司机孙姆》和《乡村女教师》是两部优秀的现实主义文学作品。《汽车司机孙姆》讲述的是，主人公孙姆是一名普通的司机，他接受革命思想后，动员身边的工友，团结一致，奋起反抗资本家的压迫和剥削，争取自己的权利。小说无情揭露了资本家残酷盘剥工人的罪行，赞扬了工人阶级的勤劳勇敢，歌颂了工人阶级无私无畏、敢于斗争的精神。《乡村女教师》讲述了一位进步知识分子江老师在柬埔寨农村冒着生命危险为民办学的故事。江老师为民办学的正义行为遭到了反动当局的阻挠，她的生命安全也多次受到威胁，但她并未被反动当局的威胁所吓倒，仍坚持斗争，最终得到越来越多的村民支持。作品热情歌颂了为唤醒民众、付出巨大牺牲的进步知识分子的光辉形象。

西沙纳·西山的《爱老挝》、乌达玛·朱拉马尼的《占芭花之歌》、富米·冯维希的《老挝之歌》、玛哈帕蒙的《老挝人民之歌》、宋西·德沙坎布的《两杆火枪》等作品，是老挝现代文学史上的革命现实主义和革命浪漫主义结合的佳作。这些作品以昂扬的斗志、激昂的旋律，控诉法国殖民者的侵略罪行，赞颂抗法斗争中的民族英雄，宣扬无产阶级的革命理想，

---

① 彭晖编写《柬埔寨文学简史及作品选读》，外语教学与研究出版社，2003 年版，第 261 ~ 262 页。

鼓动广大人民积极投身于救国的伟大事业中。

阿卜杜拉·门希（1796—1854）是马来西亚 19 世纪中叶承前启后、最著名的现实主义作家，他给后世留下了大量有价值的文学作品，主要有《阿卜杜拉传》（1849）、《阿卜杜拉自新加坡至吉兰丹的旅途见闻》（1838）、《阿卜杜拉麦加朝圣记》（1854）以及长篇诗歌《新加坡毁于大火》（1838）。阿卜杜拉·门希在写作技法上摒弃了马来古典文学的传统手法，代之以现实主义的创作手法。他从当时马来文学沉迷于为王公贵族歌功颂德的文风中摆脱出来，大胆反映社会现实和个人生活经历，无情地批判马来封建统治阶层的腐败和马来社会的陈规陋习。在整个马来社会还处于腐朽的封建意识形态控制下的年代，他的作品可谓独树一帜，标新立异，具有鲜明的时代特色。

《阿卜杜拉传》是阿卜杜拉·门希最重要的一部作品。这部 400 多页的自传堪称 19 世纪马来文坛最有分量和最有影响力的经典之作。作品采用自传体，作者以写实的手法叙述了自己在马六甲和新加坡任职期间所经历的人生万象，展现了一幅 19 世纪马来社会的人生百态画卷。该书详细书写了阿卜杜拉与西方学者和官员交往中的种种感受。作者意在向人们传递近代西方文化的先进性和马来民族封建传统文化的落后性的信息，以此来向马来民族进行西方文化的启蒙教育。阿卜杜拉·门希在这部作品中表现出来的"崇洋"立场是不言而喻的，这也是该书遭到诟病的一个主要原因。[①]

20 世纪初，马来西亚出现了一批受过西方教育的马来作家。他们在西方近代文化思想和文学思潮的影响下，创作了一批具有现实主义内容的文学作品，反映了马来社会现实、马来人思想观念的变革以及民族主义思想。

综上所述，在西方文化的奠基下、西方文学思潮的深刻影响下，菲律宾等国的浪漫主义、现实主义等文学流派从无到有、从弱到强、不断发展兴盛，取得了可喜的成就。

---

① 尹湘玲主编《东南亚文学史概论》，世界图书出版公司，2011 年版，第 157 页。

结　语

　　西方文化是世界四大文化体系之一，它历史悠久，源远流长。它起源于公元前 3000 年至公元前 2000 年的古希腊文化。西方文化历经古罗马文化，中世纪文化，文艺复兴文化，包括思想启蒙、科技革命、哲学和经济学发展的近代文化，科技大发展和思想大解放的现代文化等各个阶段的发展，取得了辉煌灿烂的成就，对人类文化的发展做出了较大贡献，在世界近现代文化发展史上具有一定地位。

　　从 19 世纪下半叶开始，西方先进文化似潮水般涌入东亚地区，冲击着在近代已经落伍的东亚文化。借助于东亚各国人民主动吸纳西方文化，西方与东亚的贸易活动、殖民统治等渠道，西方文化得以在东亚各国广泛传播。

　　西方列强对东亚国家的殖民侵略，促使东亚各国人民不断觉醒，促使东亚国家的仁人志士开始反思本国已经落后于时代的传统文化，开始思考如何学习西方文化以自救、自强。东亚各国通过翻译西方科技等方面的书籍、派遣留学生出国学习、派代表团出国考察等方式，逐步地掌握了西方的先进思想文化和科学技术，为国家富强服务，为挽救民族危亡和争取民族独立服务。

　　西方国家与东亚各国的贸易活动，并不是完全平等和对等的，有西方国家强加和掠夺的特性。但从另一个方面看，西方与东亚的贸易不仅促进了双方商品的流通，促进了体现西方先进工艺的商品在东亚各国的流通，还在某种程度、某些方面展现了西方的物质文明和生活方式，促进了西方近代科学技术、文化思想在东亚各国的传播。可以说，西方与东亚的贸易活动，对西方文化在东亚各国的传播发挥了一定的推动作用。

西方殖民者在东亚各国实行殖民统治，对东亚各国的自然资源进行了疯狂的掠夺，对东亚各国的传统文化造成极大破坏，给东亚各国人民带来了巨大的民族灾难，激起了东亚各国人民的强烈反抗。但我们也不得不承认，西方殖民统治，在客观上、某种程度上给东亚各国人民带来了一些以前从未接触的西方科技、人文知识，在某种意义上传播了西方文化。

通过上述途径，西方文化源源不断地传入了东亚各国。西方文化在东亚各国的传播，向东亚各国输入了民主、平等、自由、人权、博爱等人文主义思想，给东亚各国带来了人道主义、理想主义和社会主义思想，在某种程度上影响了东亚各国人民的世界观、人生观以及近代国民道德意识、自我意识的形成。西方文化人文思想新颖，科学技术领先，西方文学形式多样、内容丰富、创作方法先进，推动了东亚各国文学家以及广大读者崇尚西方文化、文学审美心理的形成。西方文化在东亚各国的传播，催生了西方大众文化媒体——报刊在东亚各国的诞生，从而为东亚各国现代文学的产生提供了媒体条件和载体基础，为东亚各国现代文学作品的发表提供了园地，为西方文学作品的译介提供了阵地，同时推动了东亚各国文学的大众化和作家的职业化。西方文化在东亚各国的传播，营造了东亚各国接受西方文学的社会环境、文化氛围，奠定了东亚各国接受西方文学的认知基础，奠定了东亚各国接受西方文学的认同心理，为东亚各国现代文学观念的确立贡献了力量。

由于西方文化的奠基，西方文学通过翻译的渠道来到东亚各国的时候，西方文学很快在东亚各国落地生根、发芽成长，成为东亚现代文学构建的重要元素，成为东亚现代文学转型升级的催化剂，成为东亚各国现代文学发展的动力。

西方文学传播到东亚、对东亚现代文学产生影响的路径是原作翻译、模仿改写、借鉴创造。在东亚各国从古代文学到现代文学的转型阶段，由于东亚各国社会环境、文化环境的剧烈变化，东亚各国原来的文学形态已经不适应变化的新形势、新环境，而本国并没有随之产生与之相适用的文学发展模式。此时，文学更新发展的唯一出路，就是要外求、外借比自己先进的西方文学模式，要比任何时候都更加积极地翻译西方文学作品。可以说，西方文学作品的翻译是东亚现代文学更新发展的助推器。

诗歌是东亚各国古代文学史上最主要、最受推崇的体裁。但随着时代的发展和社会的变迁，诗歌单一的文学形式已经不再适应新形势的要求。在西方文学的影响下，东亚现代文学发生了从以诗歌为主到以小说为主的革命性的巨变。这种巨变源自东亚各国文学家对传统文学的批判、扬弃，以及对西方文学理论，尤其是小说理论的容摄和创新。

在西方文学浪漫主义、现实主义、自然主义、唯美主义、象征主义等流派的深刻影响下，东亚各国的各种文学流派逐步形成和发展起来。

综上所述，东亚现代文学的产生和发展，是东亚文学自身求新、求变的结果，是东亚各国在本民族传统文学基础上不断革新的结果，也是西方文化推动的结果，是东亚现代文学不断引进西方先进文化的结果，是东亚各国吸收、学习西方文学，不断将本民族文学与西方文化、文学融合的结果。

主要参考文献

陈独秀:《法兰西人与近世文明》,《青年杂志》第 1 卷第 1 号,1915 年 9 月 15 日。

陈独秀:《今日之教育方针》,《青年杂志》第 1 卷第 2 号,1915 年 10 月 15 日。

陈独秀:《敬告青年》,《青年杂志》第 1 卷第 1 号,1915 年 9 月 5 日。

陈独秀:《吾人最后之觉醒》,《青年杂志》第 1 卷第 6 号,1916 年 2 月 15 日。

陈独秀:《袁世凯复活》,《新青年》第 2 卷第 4 号,1916 年 12 月 1 日。

陈显泗:《柬埔寨两千年史》,中州古籍出版社,1990 年版。

成仿吾:《成仿吾文集》,山东大学出版社,1985 年版。

〔英〕D.G.E. 霍尔:《东南亚史》,中山大学东南亚历史研究所译,商务印书馆,1982 年版。

〔美〕大卫·钱德勒:《柬埔寨史》,许亮译,中国大百科全书出版社,2013 年版。

〔英〕丹·乔·艾·霍尔:《东南亚史》(古代部分),赵嘉文译注,张家麟校订,云南省历史研究所编印,云南省玉溪地区印刷厂印刷,1979 年版。

丁凤麟、王欣之:《薛福成选集》,上海人民出版社,1987 年版。

丁名楠等:《帝国主义侵华史》第 1 卷,人民出版社,1961 年版。

段立生:《泰国通史》,上海社会科学院出版社,2014 年版。

方汉文:《东方文化史》,上海外语教育出版社,2007 年版。

方汉文:《东西方比较文学史》(下),北京大学出版社,2005 年版。

〔美〕费正清、刘广京：《剑桥中国晚清史》（下），中国社会科学院历史研究所编译室译，中国社会科学出版社，1993 年版。

冯玮：《日本通史》，上海社会科学院出版社，2008 年版。

郭沫若：《沫若文集》第 6 卷，人民文学出版社，1958 年版。

〔美〕海斯、〔美〕穆恩、〔美〕韦兰：《全球通史》（上下），王颖译，江西教育出版社，2015 年版。

胡适：《建设的文学革命论》，《新青年》第 4 卷第 4 号，1918 年 4 月 15 日。

胡适：《易卜生主义》，《新青年》第 4 卷第 6 号，1918 年 6 月 15 日。

贺圣达：《缅甸史》，云南人民出版社、云南大学出版社，2015 年版。

贺圣达：《东南亚文化发展史》，云南人民出版社，1996 年版。

齐涛主编《世界通史教程》（近代卷），山东大学出版社，2001 年版。

季羡林：《东西文化论》，当代中国出版社，2015 年版。

季羡林：《简明东方文学史》，北京大学出版社，1987 年版。

季羡林：《文化沉思录》，吉林出版集团、时代文艺出版社，2015 年版。

〔韩〕姜万吉：《韩国近代史》，贺剑城等译，东方出版社，1993 年版。

靳明全：《区域文化与文学》，中国社会科学出版社，2003 年版。

金英今编著《精编韩国文学史》（中文版），南开大学出版社，2016 年版。

金应熙：《菲律宾史》，河南大学出版社，1990 年版。

近代日本思想史研究会：《近代日本思想史》第 1 卷，商务印书馆，1983 年版。

匡兴：《外国文学史》（西方卷），北京师范大学出版社，2010 年版。

康有为：《日本变政考》，中国人民大学出版社，2010 年版。

孔庆东：《超越雅俗》，北京大学出版社，1998 年版。

〔日〕濑户宏：《莎士比亚在中国——中国人的莎士比亚接受史》，陈凌虹译，南方出版传媒、广东人民出版社，2017 年版。

李长林：《中国对莎士比亚的了解与研究——〈中国莎学简史〉补遗》，《中国比较文学》1997 年第 4 期。

李赋宁总主编，刘意青、罗经国主编《欧洲文学史：古代至十八世纪欧洲文学》第 1 卷，商务印书馆，1999 年版。

李赋宁总主编，刘意青、罗经国主编《欧洲文学史：十九世纪欧洲文学》

第 2 卷，商务印书馆，2001 年版。

〔韩〕李基白：《韩国史新论》，厉帆译，国际文化出版公司，1994 年版。

黎跃进：《东方现代民族主义文学思潮研究》（上卷），昆仑出版社，2014
年版。

李健：《泰国文学沉思录》，世界图书出版公司，2007 年版。

梁立基：《略论世界四大文化体系对东南亚文学发展的影响》，《国外文学》
1990 年第 2 期。

梁立基：《印度尼西亚文学史》（下册），昆仑出版社，2003 年版。

梁立基、李谋：《世界四大文化与东南亚文学》，经济日报出版社，2000
年版。

梁启超：《论变法不知本原之害》，《戊戌变法》第 3 册，神州国光社，
1953 年版。

梁志明主编《殖民主义史》（东南亚卷），北京大学出版社，1999 年版。

梁志明、梁英明：《东南亚近现代史》（下），昆仑出版社，2005 年版。

梁志明、李谋、吴杰伟：《多元 交汇 共生——东南亚文明之路》，人民出
版社，2011 年版。

刘培华：《近代中外关系史》（上册），北京大学出版社，1986 年版。

鲁迅：《鲁迅全集》第 1—4 卷，人民文学出版社，1981 年版。

栾文华：《泰国文学史》，社会科学文献出版社，1998 年版。

栾文华：《泰国现代文学史》，社会科学文献出版社，2014 年版。

〔美〕罗兹·墨菲：《亚洲史》（上册），黄麟译，海南出版社、人民出版
社，2012 年版。

〔英〕马丁·怀特等：《权力政治》，宋爱群译，世界知识出版社，2004
年版。

马新国主编《西方文论史》（第三版），高等教育出版社，2008 年版。

马永强：《文化传播与现代中国文学》，安徽大学出版社，2003 年版。

茅盾：《关于创作》，《茅盾文艺评论杂集》（上），上海文艺出版社，1980
年版。

〔泰〕M. L. M. 琼赛：《老挝史》，厦门大学外文系译，福建人民出版社，
1974 年版。

〔新西兰〕尼古拉斯·塔林主编：《剑桥东南亚史》第 1、2 卷，贺圣达、

陈明华、俞亚克等译，贺圣达审校，云南人民出版社，2003 年版。

潘润涵、林承节、王建吉：《简明世界近代史》，北京大学出版社，2001 年版。

庞希云主编《东南亚文学简史》，人民出版社，2011 年版。

彭晖：《柬埔寨文学简史及作品选读》，外语教学与研究出版社，2003 年版。

钱林森：《法国作家与中国》，福建教育出版社，1995 年版。

申旭：《老挝史》，云南大学出版社，2011 年版。

沈之兴、张幼香：《西方文化史》（第三版），中山大学出版社，2010 年版。

〔美〕唐纳德·F. 拉赫、埃德温·J. 范·克雷：《欧洲形成中的亚洲》第 3 卷，周宁总校译，载《发展的世纪》第 1 册（上）《贸易 传教 文献》，许玉军译，人民出版社，2012 年版。

石兴泽：《中国现代文学》，中国社会科学出版社，2012 年版。

施蛰存主编《中国近代文学大系》第 26 卷，上海书店出版社，1990 年版。

汤志钧编《章太炎政论选集》上册，中华书局，1977 年版。

田涛：《国际法输入与晚清中国》，济南出版社，2001 年版。

王飞鸿、崔晟：《西方文学简史》，吉林大学出版社，2013 年版。

王嘉良：《现代中国文学思潮史论》，中国社会科学出版社，2008 年版。

王介南：《中外文化交流史》，书海出版社，2004 年版。

王立新：《美国传教士与晚清中国现代化》，天津人民出版社，2007 年版。

王立新：《西方文化简史》，河南人民出版社，2005 年版。

王守仁、方杰：《英国文学简史》，上海外语教育出版社，2006 年版。

王铁崖：《中外旧约章汇编》第 1 册，生活·读书·新知三联书店，1957 年版。

王先明：《中国近代史（1840—1949）》，中国人民大学出版社，2011 年版。

王晓秋：《东亚历史比较研究》，北京大学出版社，2012 年版。

王新生：《日本简史》，北京大学出版社，2013 年版。

王佐良主编《英国文学论文集》，外国文学出版社，1980 年版。

吴杰伟、史阳译/著《菲律宾史诗翻译与研究》，北京大学出版社，2013 年版。

吴岳添：《左拉学术史研究》，译林出版社，2014 年版。

夏东元：《郑观应年谱长编》（上卷），上海交通大学出版社，2009 年版。

肖霞：《日本近代浪漫主义文学与基督教》，山东大学出版社，2007年版。

解光云：《世界文化史》，安徽大学出版社，2004年版。

谢昭新、张器友：《地域文化与文学艺术创新》，合肥工业大学出版社，2013年版。

徐建新：《多民族国家的民族与文化》，人民出版社，2016年版。

薛绥之、张俊才编《林纾研究资料》，知识产权出版社，2009年版。

严家炎：《中国现代小说流派史》，人民文学出版社，1989年版。

杨传鑫：《世界文化与文学》，华中师范大学出版社，2015年版。

杨军、张乃和主编《从史前至20世纪末东亚史》，长春出版社，2006年版。

杨义主编，连燕堂著《二十世纪中国翻译文学史》（近代卷），百花文艺出版社，2009年版。

姚秉彦、李谋、蔡祝生：《缅甸文学史》，北京大学出版社，1993年版。

叶渭渠：《日本文化通史》，北京大学出版社，2009年版。

尹湘玲主编《东南亚文学史概论》，世界图书出版公司，2011年版。

余定邦：《东南亚近代史》，贵州人民出版社，1996年版。

俞成云：《韩国文化通史》，南京大学出版社，2015年版。

郁达夫：《郁达夫文集》第6卷，生活·读书·新知三联书店，1983年版。

郁龙余、孟昭毅主编《东方文学史》，北京大学出版社，2001年版。

于荣胜、翁家慧、李强：《日本文学简史》，北京大学出版社，2011年版。

〔英〕约翰·德林瓦特主编《世界文学史》，陈永国、尹品译，北京大学出版社，2011年版。

〔英〕约翰·洛克：《教育漫话》，傅任敢译，教育科学出版社，1999年版。

曾长秋：《世界文化概论》，中南大学出版社，2012年版。

张国刚、吴莉苇：《中西文化关系史》，高等教育出版社，2006年版。

张静庐：《中国小说史大纲》，西北大学出版社，2019年版。

张跃发：《近代文明史》，世界知识出版社，2005年版。

张哲俊：《东亚比较文学导论》，北京大学出版社，2004年版。

〔韩〕赵东一等：《韩国文学论纲》，周彪、刘钻扩译，北京大学出版社，2003年版。

赵林：《西方宗教文化》，武汉大学出版社，2005年版。

郑彭年：《东亚开放史——日中现代化的源泉》，浙江大学出版社，2012

年版。

中国社会科学院外国文学研究所外国文学研究资料丛刊编辑委员会编《欧美古典作家论现实主义和浪漫主义》（二），中国社会科学出版社，1981年版。

钟叔河主编《走向世界丛书》，岳麓书社，2008年版。

周晓明、王又平：《现代中国文学史》，湖北教育出版社，2004年版。

周南京、梁英明选译《近代亚洲史料选辑》（下册），商务印书馆，1985年版。

周作人：《谈虎集》，北新书局，1928年版。

周作人：《周作人散文》第2集，中国广播电视出版社，1992年版。

周作人：《苦雨斋序跋文》，十月文艺出版社，2011年版。

图书在版编目（CIP）数据

西方文化与东亚现代文学关系研究／徐志英，于在
照著. -- 北京：社会科学文献出版社，2021.3
ISBN 978 - 7 - 5201 - 7785 - 6

Ⅰ.①西… Ⅱ.①徐… ②于… Ⅲ.①西方文化 - 关
系 - 现代文学 - 研究 - 东亚 Ⅳ.①I310.065

中国版本图书馆 CIP 数据核字（2021）第 016692 号

西方文化与东亚现代文学关系研究

著　　者／徐志英　于在照

出 版 人／王利民
责任编辑／李建廷

出　　版／社会科学文献出版社（010）59367215
　　　　　　地址：北京市北三环中路甲29号院华龙大厦　邮编：100029
　　　　　　网址：www.ssap.com.cn
发　　行／市场营销中心（010）59367081　59367083
印　　装／三河市尚艺印装有限公司

规　　格／开　本：787mm×1092mm　1/16
　　　　　　印　张：18.75　字　数：306千字
版　　次／2021年3月第1版　2021年3月第1次印刷
书　　号／ISBN 978 - 7 - 5201 - 7785 - 6
定　　价／128.00元